D1557312

El inútil de la familia

ALFAGUARA

© Jorge Edwards, 2004
© Aguilar Chilena de Ediciones S.A., 2004
© De esta edición: Aguilar, Altea, Taurus, Alfaguara, S.A., 2004
Beazley 3860, (1437) Ciudad de Buenos Aires

ISBN: 987-04-0019-1

Hecho el depósito que indica la ley 11.723
Impreso en la Argentina. *Printed in Argentina*
Primera edición: noviembre de 2004

Diseño: Proyecto de Enric Satué
Cubierta: Ricardo Alarcón Klaussen sobre
una imagen de ImageGroup.

Una editorial de Grupo Santillana que edita en:
Argentina - Bolivia - Brasil - Colombia - Costa Rica - Chile -
Ecuador - El Salvador - España - EE.UU. - Guatemala -
Honduras - México - Panamá - Paraguay - Perú - Portugal -
Puerto Rico - República Dominicana - Uruguay - Venezuela

Edwards, Jorge
El inútil de la familia. – 1ª. ed. – Buenos Aires: Aguilar, Altea, Taurus,
Alfaguara, 2004.
360 p., 23 x 14 cm.

ISBN: 987-04-0019-1

1. Narrativa Chilena I Título
CDD Ch863

El inútil de la familia

Jorge Edwards

Joaquín Edwards Bello, el personaje principal de este libro, no es ningún invento mío. Como lo sabe en Chile cualquier hijo de vecino, Joaquín Edwards Bello existió. Nació en Valparaíso en 1887 y murió en Santiago a comienzos de 1968. Era hijo de Joaquín Edwards Garriga, el hermano mayor de mi abuelo paterno, y, por lo tanto, primo hermano de mi padre y tío mío en segundo grado. Por el lado materno era bisnieto de Andrés Bello, el bisabuelo de piedra, como él se permitió bautizarlo, miembro destacado de nuestros panteones de hombres ilustres, de nuestros medallones, de nuestros paisajes republicanos de piedra, de mármol, de bronce. Joaquín, mi tío, fue novelista, cuentista, ensayista, autor durante largas décadas de una crónica semanal que se publicaba en el diario *La Nación* del día jueves. Sus novelas, y cito, entre otras, *Criollos en París, El chileno en Madrid, El roto, La chica del Crillón, Valparaíso, fantasmas,* tuvieron repetidas ediciones, y los jueves de *La Nación* eran arrebatados por los lectores. Los jóvenes de hoy siguen leyendo a Edwards Bello con fruición, con evidente simpatía, como si intuyeran que es, por encima del tiempo, uno de ellos. Era un escritor incorrecto, desdeñoso de la Academia, pero de pluma incisiva, de ritmo ágil, nervioso, de visiones fulgurantes y a menudo contradictorias. Sus lecturas, sus grandes amores literarios, eran tan variadas, desconcertantes, contradictorias, como su propia escritura. En sus comienzos, que se remontan al siglo XIX, a sus años infantiles en Valparaíso, devoró a Emilio Salgari y a Ponson du Terrail. Siempre siguió con fascinación las hazañas de Rocambole y en buena medida fue un autor rocambolesco. Las grandes pasiones de su juventud fueron Guy de Maupassant, el Emilio Zola de *Naná*, novela cuyas escenas finales, las de la muerte de Naná en el Gran Hotel de París, recordó durante toda la vida, y Paul Bourget. Después descubrió a Stendhal y no se apartó nunca de ese descubrimiento. Y llegó a identificarse de manera exaltada y atrabiliaria con algunos personajes de Eça de Queiros, sobre todo con Fradique Mendes y con el Primo Basilio, fenómeno que lo llevó a escribir una curiosa Fantasía Portuguesa, como él mismo la definió: *Don Juan Lusitano*. Joaquín, desde luego, nunca fue indiferente al mito de Don Juan, como se demuestra en este opúsculo y en muchas otras páginas suyas. No está demás agregar que fue Premio Nacional de Literatura y Premio Nacional de Periodismo, el único caso en la historia de las letras chilenas en que ambos galardones recayeron en la misma persona. En resumen, Joaquín Edwards Bello, mi tío Joaquín, tío en segundo grado, como dije, para ser preciso, y figura real, histórica, fue un rebelde, un solitario, un francotirador, en cierto modo un maldito, y terminó por obtener, sin embargo, al cabo del tiempo, en su Chile que amaba y que también odiaba, un reconocimiento oficial. Además, por encima de todo, desde su primera y escandalosa novela publicada en 1910, *El inútil*, conquistó el reconocimiento y la adhesión exaltada, incondicional, de innumerables lectores, gente que uno todavía encuentra de cuando en cuando en el horizonte chileno de ahora.

Joaquín desafió a la familia Edwards, la suya y la mía, en años en que no era nada de fácil desafiarla. Más allá de eso, fue irreverente con respecto a los poderes establecidos en su conjunto, y esto lo llevó a vivir como un ser aparte, un marginal, un excéntrico. Poco antes de cumplir los 81, y a pesar de que había logrado una forma de estabilidad y hasta de felicidad hogareñas, resolvió y preparó con sumo cuidado su suicidio. En mis propios comienzos, en mis años de escritor inédito y medio clandestino, escondido de la autoridad paterna, el fantasma de Joaquín, que estaba vivo y residía en Santiago, pero que la familia no frecuentaba y ni siquiera mencionaba, flotaba en alguna parte. Ocupaba un espacio en un segundo plano mental, en un sitio no bien definido. Yo solía divisarlo, al personaje de carne y hueso, quiero decir, en la penumbra del fondo de una librería, en la penumbra, o caminando por las calles del centro de la ciudad, por Huérfanos, por Ahumada, por San Antonio, y ahora comprendo que no me atrevía a acercarme a él. Iba siempre o casi siempre solo, vestido de tweed, con un sombrerito inglés coronado por una pluma verdosa. Caminaba con la mirada clavada en un punto indefinido, fijo, como ausente, y cualquier lector suyo sabía que no le gustaba nada que lo miraran a él, que era capaz de salir con cuatro frescas. Desde hace tiempo pienso que su vocación de escritor, que se manifestó en los primeros años del siglo XX, en un contexto social ultra reaccionario, y en el interior de una familia poderosa y donde él, aunque perteneciera a una rama acomodada, hacía figura de segundón, de pariente pobre, fue, en último término, un destino, y un destino trágico. La historia que narro en este libro, por consiguiente, es la de un héroe trágico, alguien a quien siempre seguí con los ojos muy abiertos, con apasionada y a veces abismada atención. Es, en alguna medida, mi propia historia, pero he sentido más de una vez, y sólo me atrevo a reconocerlo ahora, que el sacrificio de Joaquín contribuyó de alguna manera, en forma indirecta, en cierto modo misteriosa, a facilitar el camino mío. Aunque no nos cruzáramos casi nunca. Se trata, si ustedes quieren, de un mito personal, pero ya sabemos que el mito, como sostuvo un poeta del siglo pasado, es la nada que es todo.

Las novelas de Joaquín tienen fuertes elementos autobiográficos, anclados en terrenos profundos de la memoria, profundos y de cuando en cuando resbaladizos. Por eso he tratado a sus personajes de ficción como autorretratos parciales, confesiones entreveradas en la invención novelesca. Por otro lado, la biografía, la autobiografía, la memoria personal, se han visto alteradas en mi escritura por intromisiones ficticias. La verdad biográfica ha triunfado a cada rato, sin embargo, sobre la llamada mentira novelesca. Mentira que, por lo demás, es una forma única, insustituible, de transmitir parcelas de verdad en sus diversos matices, en sus luces y sombras.

Existió, pues, el primo Joaquín de mi padre, o, si ustedes prefieren, mi tío Joaquín, y también existieron, de otro modo, Eduardo Briset Lacerda, Pedro Plaza y Pedro Wallace, el Azafrán, el Curriquiqui, Teresa Iturrigorriaga y el terrible Esmeraldo. No hago ni pretendo hacer crítica literaria formal, pero transmito impresiones de lectura, completo a veces episodios novelescos, como si las novelas de Joaquín, en lugar de terminar en sí mismas, crearan espacios abiertos y transitables. Son libertades que me tomo sin demasiado respeto por los límites de un género o del otro, con sentido del juego. Al fin y al cabo, el arte es juego, y lo que he trazado aquí, como verán ustedes desde el primer capítulo, es el retrato de un jugador. Porque el texto funciona como un vasto paréntesis: se abre con una mañana desgraciada en el Hipódromo Chile, anuncio del fin, se cierra con el final suicida seguido de una breve coda o cauda, y en el medio, es decir, adentro del largo paréntesis, se cuenta toda la historia, desde la infancia en el Valparaíso del siglo XIX, con uno que otro personaje secundario que conocí de cerca y con más de algún detalle de la historia mía, detalle incrustado a manera de viñeta o entremés o cuento intercalado.

Advierto al lector, para su inteligencia del primer capítulo, el que abre el paréntesis, que el Hipódromo Chile es una pista de arena donde se realizan carreras de caballos en las mañanas. Entiendo que los programas han cambiado, pero en la época del primer capítulo, es decir, en los últimos años de Joaquín, siempre había carreras en las mañanas de domingos. Asistí alguna vez con mi padre, Sergio Edwards Yrarrázaval, carrerero entusiasta de toda la vida, a esas sesiones, pero tengo la impresión de que su primo Joaquín, marginal, autoexcluido, sombrío, no iba entonces a la tribuna de socios. El Hipódromo está situado en el barrio popular de Independencia, no lejos del Cementerio General, relativamente cerca de la calle Santo Domingo abajo, donde vivía Joaquín en ese tiempo y donde vivir era muy mal visto, precisamente, por la gente como mi padre. Desde todas partes, pero sobre todo desde la tribuna de socios, el Hipódromo, más allá de los techos pobretones de las cercanías, se abre sobre un magnífico paisaje de la cordillera de los Andes, más visible en los años de mi padre y de Joaquín, cuando la contaminación no había envenenado todavía el aire de la ciudad. El episodio narrado por mí, que conocí de buena fuente, pero que me he tenido que imaginar en sus detalles, debe de haber ocurrido alrededor de diez años antes del suicidio de Joaquín, allá por 1958 ó 1959, en las postrimerías del segundo período del general Carlos Ibáñez del Campo o en los comienzos de la presidencia de Jorge Alessandri. Eran tiempos grises, de mediocridad rampante: años de apariencia tranquila y de fondo terrible. Y ya tenían, los años aquellos, aunque no todos lo percibieran, un definido carácter de vísperas: estaban llenos de anuncios que no se llegaban a interpretar en su correcto sentido, de movimientos y desplazamientos subterráneos, de cambios dramáticos, repentinos. A pesar de que en Chile, como se decía con insistencia en todos los ambientes, en los tonos más diversos, nunca pasaba nada, de que Chile estaba fuera del mundo. Nunca pasaba nada, y sin embargo pasaba, y pasaría. Había procesos sordos, ajustes geológicos, ruidos y temblores de toda especie, y no se encontraba demasiado lejos la era de los grandes cataclismos.

I

Cuando Joaquín partió esa mañana de domingo al Hipódromo Chile, calculo que a fines de 1958 o a comienzos de 1959, ya se le había olvidado, parece, el origen exacto de su manía, de su pasión frenética por el juego. Lo que él sí sabía, supongo, es que venía de muy atrás y de muy lejos, quizá de los patios del Liceo de Hombres de Valparaíso en los primeros tiempos del parlamentarismo, el régimen que había triunfado entre nosotros en la guerra civil de 1891. Pero lo más probable es que el momento preciso, la primera aparición, se le hubieran borrado de la memoria. Todo tendría que ver, a lo mejor, con esos patios, con los gritos destemplados de sus compañeros de curso, con el viento helado de los cerros, que cortaba como un cuchillo, y también con la cara, con el bigote de su padre (don Joaquín, el hermano mayor de mi abuelo), cuando él, tú, de niño, en los comienzos de la adolescencia, regresabas lleno de polvo, con las mangas de la camisa rotas, con los pantalones bolsudos, al caserón frío del Almendral, en el plano del puerto. Esa mañana en Santiago, medio siglo, más de medio siglo más tarde, había niebla, flotaba encima de las casas del barrio bajo un aire sucio, húmedo, y daba la impresión de que el vicio de tus años juveniles, la pasión inexplicable, hubiera vuelto con toda su fuerza. Habías cobrado bastante plata en los últimos días, gracias a circunstancias diversas, y llevabas todo en gruesos fajos de billetes repartidos entre la cartera de cuero negro y finos cantos dorados, de Inglaterra, de *Maple*, legado de tu abuelo paterno (detalle que te parecería curioso), los dos bolsillos interiores de la chaqueta, y uno de los bolsillos traseros del pantalón, el del lado izquierdo, para ser exacto. No está mal, pensó, pensaste, que haga mal tiempo. No se puede tener suerte en el amor, en el clima y hasta en las carreras de caballos, todo de una vez, y se rió con una risa un poco descontrolada. Porque él, tú, a tus setenta años ya bien cumplidos, pensabas que tenías mucha suerte en el amor, casi demasiada: tu cambio de vida, de barrio, de familia, de clase, había sido un éxito completo. Eso creías, por lo menos, y me parece muy probable, con la perspectiva de tanto tiempo, haciendo un balance equilibrado, que no te equivocaras. Soy feliz, pensabas, y sin embargo, no sabías por qué, tenías que arriesgarlo todo. Porque alguien, una voz que no era la tuya, te lo dictaba. El juego es lo peor, solía sentenciar don Joaquín, tu padre, la última de las desviaciones, en aquellos años del liceo en el cerro, de la casa en El Almendral, y la familia repetía lo mismo, a coro, uniformada, como si leyera un libreto. Y todo a más de medio siglo de distancia.

Pues bien, habías estudiado los programas en la mañana, después de tomar el desayuno que te servía Mayita, en cama, con toda clase de añuñúes, digamos, nada te gustaba más en esta última etapa de tu vida. Los habías estudiado armado de un lápiz, con los anteojos en la punta del caballete, rodeado de los pronósticos de toda la prensa matutina desplegada encima de la colcha, como un general antes de la batalla, y habías resuelto seguir una línea de segundos y de terceros favoritos, siempre que el paseo de los caballos por el círculo de arena, el golpe de vista, el lustre de la piel, la fuerza tranquila de los remos, confirmara tus cálculos.

—El estudio —murmuraste—, pero, además del estudio, el pálpito, —y agitaste el lápiz en el aire, como una espada o una banderola. Porque siempre, como buen jugador, fuiste milagrero, supersticioso hasta el tuétano. Y si alguno de los amigos del *paddock*, un corralero, un jinete veterano, un niño de caballerizas, ratificaba tu intuición, aunque sólo fuera con un guiño, ¡mejor todavía!

Sabemos que ahí comenzó su final, y nos da mucha pena, pero fue, después de todo, un desenlace muy suyo, muy

en su tono, en su estilo. Un final de una coherencia impecable, para decirlo de otra manera. *Exit, Jacques. Exit, Hamlet.*
Su primo rico, el heredero del hermano afortunado de su
abuelo, le había dicho una vez, hacía ya alrededor de medio siglo, en una época en que él todavía lo trataba de cuando en
cuando: la pasión del juego, querido primo, te podría destruir.
Y él, Joaquín, había movido la cabeza, con aire compungido,
como un cura, cruzando las manos: Tartufo reencarnado. Para reírse después a carcajadas, como loco, mientras golpeaba los
cachos a toda fuerza en el mesón del bar de La Bahía. Pues
bien, ahora, en la mitad de esta mañana, cruzaba, cruzabas el
umbral del Hipódromo Chile, bajo las nubes que no termina-
ban de abrirse, y te imaginabas que tu destino se había empezado a cumplir. El destino, pensabas, era parecido a un
caballero alto, enjuto, de levita oscura, bastón y sombrero de
copa, que solías divisar al final de la calle del Teatro, en el Valparaíso de tu infancia. ¿Por qué? No sabías por qué. El caballero, personaje importante del bando que había derrocado a
Balmaceda, te hacía severas advertencias con la empuñadura
de plata de su bastón, una serpiente de fauces abiertas, y las
acompañaba de gestos como si masticara tierra. ¡Cuántas advertencias habías recibido en la vida, y cuántas habías desesti-
mado!
Él, en todo caso, ya no iba más, me parece, a las tribunas de socios, y probablemente no miraba para ese lado nunca.
Era parte de su cambio, de su metamorfosis radical. Algunos
me reconocerán, supongo, pensaba, y a mí qué me importa.
Llevaba una chaqueta de tweed, el inevitable sombrerito con
una pluma, corbata de papillón con pintas amarillas. Además
de los fajos de billetes, que de vez en cuando palpaba: para cer-
ciorarse de que seguían en su sitio. Si me va bien, había anunciado en la casa, me compro un Chevrolet, contrato a un chofer
de confianza, un chofer guardaespaldas, y a ti, Mayita, te regalo una cartera de cuero de cocodrilo. Y ella, que no creía en esos
golpes de suerte, que desconfiaba cada día más, había movido
la cabeza con un gesto más bien huraño.

—¿Y si le va mal, don...? —le había preguntado García, el mesonero de La Bahía, a quien le había hecho el mismo anuncio. —¡Me jodo! —exclamó, golpeando el mesón con el sombrero, y los demás, García, el Incandescente Rojas, el Pájaro Jaramillo, soltaron la risa.

—¡Este Joaquín! —exclamaron—. ¡Este piolita!

Llegó cuando los altoparlantes anunciaban la quinta carrera y le jugó una suma importante a Richmond, tercer favorito: todo a ganador. Era una carrera rápida, mil cuatrocientos metros: Richmond, un tordillo de cabeza ladeada, partió como una bala y corrió en punta toda la recta, pero al final, a pocos metros de la meta, un pingo negro, feo, que había entrado por los palos, le metió una nariz de ventaja.

—¡Mierda! —exclamaste, a pesar de que no perdías el control en estas circunstancias, o las apariencias del control, y de que no eras aficionado, tampoco, a las palabras feas. Pero en esta ocasión, en contra de tu costumbre, o quizá porque habías perdido la costumbre, te volviste loco de rabia. También perdiste en la sexta carrera, donde le jugaste a una tincada, a una corazonada que no resultó. ni por los palos, y cobraste un *placé* mísero, una broma, en la séptima.

—¿Cómo le ha ido, don Joaquín? —te preguntaron unos jovenzuelos en uno de los mesones del Hipódromo, mientras bebías una cerveza tibia, y contestaste que pésimo. ¡Como el forro!, contestaste, sin ganas de disimular tu derrota, tu desastre. ¡Hacía años que no me iba tan mal! Y añadiste como para ti mismo, pensativo: parece que los dioses me abandonaron.

—¡Qué bonito! —exclamó uno de los jóvenes, y el otro, que ya se había declarado admirador tuyo, te dio un dato seguro para la novena. Forastero, hijo de Lancero y de Vagabunda, no podía perder, y pagaría por lo menos siete con uno.

—Ahí me recupero de todo —suspiraste.

—¡Seguro! —dijeron ellos—. Se acordará de nosotros.

Perdiste de nuevo en la octava: divisaste a tu caballo cuando acababa de cruzar la meta, entre los últimos, despanzurrado, como ánima en pena, el pobre pingo y también su jinete, pero no le habías jugado mucho. Te habías reservado para la novena. Para jugarle a Forastero, el dato de los jóvenes, hasta la camisa. Porque nunca te gustaron las apuestas mediocres, las cautelas, las medias tintas.

—Todo a ganador —murmuraste, medio tartamudo, con un temblor que no podías reprimir—, al siete. —Y colocaste el fajo entero, el del bolsillo trasero del pantalón, en la bandeja de metal de la ventanilla.

—Cuente —le pediste al empleado. Y buscaste en los demás bolsillos, donde no te quedaba más que un par de billetes arrugados y algunas monedas.

—Son veinte mil —dijo el boletero, impresionado, aun cuando no le correspondía, pensaste, impresionarse por nada.

—¡Todo a ganador!

El tío Joaquín salió. Saldría, me imagino, a mirar el paseo de los caballos, no antes, sino, ahora, contra su costumbre de toda la vida, después de haber hecho sus apuestas, y tuvo que comprobar, con profundo disgusto, que las piernas le flaqueaban, y que tenía la boca seca como la yesca. Nunca habría estado tan cerca de perder los papeles como ahora. Y resultó que Forastero salió de los corrales al *paddock* y era un animal chico, de piel arratonada, feo. A él, sin embargo, por puro olfato, le tincó. Le gustó mucho. El pingo tenía una mirada indomable, casi demoníaca, y patas sólidas, nerviosas, de acero de buena ley.

—A ti no te gana nadie —le susurró a la pasada, y se lo dijo, se lo dijiste, con verdadera ternura, con arrebatado entusiasmo, porque eso eras tú, así se manifestaba a cada rato tu fibra, tu chispa, tu enrevesado genio, y dijo, después, para sí mismo, pero pronunciando bien cada palabra: mi destino, mi vida, lo que me queda de vida, está en tus manos, Forastero. Los dos jovenzuelos del mesón, los que le habían soplado el dato, pasaban lejos, hacia el final de los corrales, y le hacían un gesto amistoso. ¡Forastero seguro!, parecía que gritaban, y empuñaban la mano derecha con fuerza, con verdadera furia, como si esgrimieran un látigo, una huasca infalible. ¡Sus jóvenes amigos de hacía media hora, sus compadres!

Pienso que el tío Joaquín subió hasta las tribunas de más arriba y esperó sentado, respirando con profundidad, contemplando el cielo espléndido, las maravillosas nubes, en un estado semejante al éxtasis. A lo mejor reconoció en la tribuna de socios, hacia el sur, en las alturas, al infaltable Palito Lecaros, arrugado como una pasa, decrépito, pero igual a sí mismo, ¡tal como en sí mismo la eternidad lo cambiaba!, arropado en un abrigo de franela inglesa de buen corte. Hablaría a gritos, como siempre, como si sus interlocutores fueran sordos, y los demás no le harían ni pito de caso: mirarían para otra parte, o conversarían entre ellos. Los colores de Forastero eran rojo y verde en rombos y gorra verde. Y el jinete no era el mejor de las pistas chilenas: demasiado alto, desgarbado, de piernas arqueadas, de estilo simple, bueno para huasquear, aun cuando nunca dejaba de ganar una que otra carrera importante. A ti, Joaquín, no te parecía mal para la ocasión. Te habías puesto con todo, sin asistir antes al paseo, sin hacer mayores cálculos, y ahora sólo te cabía esperar que los dos jóvenes, además del antiguo caballero de levita oscura, el antibalmacedista de antaño, te trajeran suerte.

—Estoy seguro, Palito —musitó, mirándolo de reojo, suspirando, riéndose sin muchas ganas.

Había llevado unos anteojos de larga vista viejos, que no conseguía regular bien, y los dejó enfocados sobre los últimos cien metros y la meta. Cuando los caballos ya entraban a los cajones de la partida, comprobó que los anteojos estuvieran bien enfocados. Las manos todavía le temblaban, pero menos que al comprar los boletos. Se acordó de repente que al salir de su casa esa mañana no se había parado entre la mampara y la puerta de calle a rezarle a la Virgen María, como era su costumbre desde hacía por lo menos veinte años, desde que había dejado de ser ateo rabioso.

—¡Ahí está! —exclamaste, espantado, esperando que

los caballos no partieran todavía, y te persignaste y rezaste a la carrera tres ave marías. Te volviste a persignar, te besaste el dedo gordo de la mano derecha, pidiéndole a la Virgen que te perdonara, y los caballos, como por milagro, partieron en ese instante preciso. Seguías siendo ateo con respecto a Dios, pero de la Virgen María habías dejado de serlo, o nunca lo habías sido: porque la necesitabas, Joaquín, y porque te echabas sal por encima del hombro izquierdo cuando botabas un salero.

Forastero corría en el séptimo puesto, parece que firme, y llevaba la delantera a buen ritmo una yegua bonita, no se podía negar: Lady Chatterley. La yegua era gran favorita y tus vecinos de tribuna gritaban como energúmenos, se ponían de color lacre, reventaban las cuerdas vocales. Tú, de pie, impávido en apariencia, de manos en los bolsillos del abrigo, te limitabas a mirar. *Les jeux sont faits,* te decías, recordando los tiempos de gloria y desgracia del Casino de Vichy, de Enghien, del Club Popular de la calle Bandera, de tantos antros de tu perdición, y no te olvidabas, tampoco, de una obra de teatro de Jean-Paul Sartre o de alguno de ellos. Cuando el pelotón, envuelto en nubarrones de polvo, doblaba la curva del lado norte, el corazón, aunque trataras de evitarlo, te palpitaba con una violencia demoledora. Si no tenías cuidado, te podía saltar por la boca, ¡hasta por las orejas! Escuchaste en los parlantes que Forastero había pasado al cuarto lugar y lanzaste, tú también, dando un salto ridículo, un grito descomunal, pero es probable que el grito saliera al aire convertido en estertor, en quejido (yo no estaba al lado suyo para atestiguarlo).

—¡Córrele, Forastero! —murmuraste entonces, en voz baja, como si rezaras o imploraras, como si suplicaras con obscenidad, apretando los puños. Levantaste, entonces, los prismáticos, y no te costó distinguir a tu caballo tirado a negro, de remos fuertes, y al jinete desgarbado, demasiado alto, parado en la silla, rombos rojos y verdes, gorra verde, tieso, pero usando la huasca como un recontra condenado. Pasó al tercer lugar en medio del griterío ensordecedor, y en seguida al segundo, y dio la impresión de que no le darían las fuerzas para alcanzar al primero, un tordillo grandote, Lucky Jim, que le llevaba un poco más de un cuerpo de ventaja. La nariz de Forastero, sin embargo, heroica, se asomó a la altura de las botas del jinete de Lucky Jim y siguió en su avance. —¡Córrele, Forasteeero! —aullaste, ya sin el menor recato, y ahora la voz te salía entera, sonora, y nadie te miraba, todos gritaban a tu alrededor como enfermos de la cabeza. Voy a perder por nariz, te dijiste, lloriqueando, pensando en la pistola Colt del fondo de uno de los cajones, y volviste a gritar, saltando de nuevo, a pesar de que te dolían los huesos, en la punta de tus zapatos. La nariz de Forastero llegó hasta el cuello de Lucky Jim, en una arremetida final, furiosa, y te pareció que había cruzado la meta con cerca de media cabeza de ventaja, cosa que fue confirmada al poco rato por los altoparlantes. Forastero daba un dividendo de ocho veces y media la plata: suficiente, con lo que le habías apostado, para recuperar todas las pérdidas de la mañana, ¡holgadamente!, y regresar a casa bastante más rico. Bajaste las gradas silbando, tarareando *Menilmontant, Menil Madame...,* una de las canciones de París que te gustaban, por añeja que fuera, subrayando el ritmo con la cabeza.

—¡Hola, Pedro! —te gritó alguien, y no te diste el trabajo de contestar. ¿Por qué Pedro? ¿Sería, acaso, un lector bromista?

—¡Hola, Joaquín! —volvió a gritar, y respondiste con un gesto vago de la mano izquierda, sin dar la cara. No te gustaba dar la cara cuando te iba muy bien, cuando tus rasgos se dilataban en una sonrisa delatora. Tampoco si te iba demasiado mal. Eran situaciones, emociones, para guardarlas y rumiarlas, no para compartirlas, y eso le había dado fama a Joaquín, desde siempre, desde que tenía recuerdo, de mañoso, de fuera de lo común, de excéntrico. Hasta, en algunos casos, esto es, en la visión de alguna gente, de mala persona.

—¡Qué le vamos a hacer! —murmuró, canturreando—, ¡qué le vamos a hacer! —mientras se colocaba en la fila. Puso el montón de boletos encima de la bandeja metálica.

—¡Esperesé! —dijo, triunfal, ya que no podía, no podías evitarlo, y sacaste más boletos de otros bolsillos.

—El ganador, señor —dijo el cajero—, es el ocho.

—Forastero.

—Sí, señor. Forastero es el ocho, y los boletos suyos son del número siete, Lucky Jim, el que salió placé.

—No puede ser —dijiste—. Yo le aposté a Forastero —pero sabías lo que era la suerte, lo que eran los golpes de la diosa Fortuna, y ya tenías un presagio negro.

—Lo siento, señor —dijo el hombre de la ventanilla, y te devolvió los boletos.

—¡Es que...!

El que estaba detrás de ti en la fila avanzó y te dio un empujón para que te apartaras. Tú, que casi te habías caído al suelo, te calaste los anteojos de lectura y viste que los boletos tenían el número siete, en una cifra grande, y que debajo decía Lucky Jim.

—¡Maldición! —vociferaste, con voz resquebrajada— ¡Suerte maldita! —y la gente que venía en la fila te observaba con una mezcla de curiosidad, de risa, de burla. También de incomodidad, hasta de miedo. Como si fueras un sujeto peligroso, y quizá lo eras, o estabas en camino de serlo. Tierno, delicado y peligroso. Algunos te habían reconocido, y no faltaba el que dijera: ¡pobre Joaquín, pobre viejo, qué mala pata!

—¡Boletos del demonio! —volviste a vociferar, descompuesto. Un periodista de *El Diario Ilustrado* que te vio salir del Hipódromo, un par de minutos más tarde, contó en una tertulia de bar que caminabas pálido, con la boca entreabierta, con el sombrero ladeado, con pasos inseguros, como si acabaras de sufrir un ataque. ¡Un esperpento, un barco a la deriva! Y el ataque, en realidad, se preparaba, pero no te había venido todavía. Los jóvenes que te habían dado el dato de Forastero, los dos jovenzuelos, te vieron desde lejos, entre la multitud, y te hicieron señas, eufóricos.

—¿Le apostó? —te preguntaban, poniéndose las manos como bocinas alrededor de la boca.

Les contestaste que sí, pero no quisiste que te vieran la cara, y que te vieran, sobre todo, los ojos congestionados, inyectados en sangre, reventados. Con la intención, sí, queridos amigos, pero el caballero antibalmacedista, el de la cacha del bastón en forma de serpiente, el del Valparaíso del siglo XIX, se te había cruzado en el camino. En la desembocadura de la calle del Teatro, de tantas otras calles. Siempre se te había cruzado. Habías sido toda tu vida un perdido, un quemado, un meado de gato. ¡Sí! Y eso que habías estado muchas, muchas veces, a un pelo de tocar la gloria. Lo cual era, quizá, todavía peor. ¿No crees? Aunque no se sabía. Tuve momentos de gloria, pensó, pensaste, y ahora me toca retirarme del escenario. ¡Sí, señor! Con una venia al distinguido público.

—Pedrito —te gritaban, porque de pronto no estabas en la salida del Hipódromo Chile, cerca de Independencia, sino adentro de una de tus novelas, en tu historia autobiográfica de Pedro Plaza, o en la de Pedro Wallace, oriundo, también, de Valparaíso, y en la de Pedrín, su hijo, alias El Azafrán, y tú respondías, furioso, porque odiabas a la gente intrusa, que se fueran al carajo.

—Va de malas —comentaban los otros, los que bajaban de la tribuna de socios, risueños, con las manos hundidas en las chaquetas de buena tela, con las hebillas de los zapatos relucientes. Entre ellos, Palito Lecaros, el infaltable.

—¿No quieres venir con nosotros —preguntó uno, más confianzudo que los demás—, a tomarte un martini, un pichunchito?

—¡No! Ya les dije que no quiero.

Alguien notó que tenías un patacón de espuma sucia, medio verde, en la comisura de los labios. Y después comprendieron, los que sabían, quiero decir, los que estaban al tanto, que aquella mañana en el Hipódromo Chile fue el comienzo de tu fin. Eso sí, un fin prolongado, que se arrastró durante años. Llegaste en un taxi a tu casa de los alrededores de la Plaza Yungay. Abriste la puerta de calle huraño, esquivo, pero no antes de haberte arreglado la corbata de papillón, de haber puesto el sombrero en su sitio, de limpiarte la cara y la boca con un pañuelo. Mayita, Manolín, y hasta Zoraida, la cocinera, supieron con sólo mirarte los ojos que habías perdido y que preferías no tocar el tema, como sucedía cada vez que perdías en las cartas, en las carreras, en los dados, en lo que fuera, pero ninguno de los tres sospechaba que habías cobrado una suma gruesa hacía dos o tres días, un pucho rezagado de acciones, porque nunca terminabas de heredar, aunque te costara reconocerlo, y que el producto de la venta se te había hecho humo en una sola mañana cabrona, en una puta mañana. ¡Maldición, boletos malditos!, y te sacaste el sombrero para darte una tremenda palmada en la frente. Después, años después, comprendimos toda la magnitud del desastre. Porque él, el tío Joaquín, tú, proclamaba sus éxitos a voz en cuello, sin demasiado pudor (para ser claros), pero las derrotas, los descalabros, se los tragaba, los engullía como quien engulle un sapo, terco, enigmático. Amargo.

El ataque sobrevino hacia el final de la mañana siguiente, lunes, entre un cuarto para las doce y las doce y media. Se quejó de haber pasado muy mala noche, de haber sufrido de dolores intensos de cabeza, de una sed, dijo, de ratón envenenado. Todo indica que el ataque fue brusco, devastador: un violento tirón en el lado izquierdo de la cara y otro, fulminante, en la pierna izquierda. Miraba por la ventana en dirección a la calle Cumming, con la pluma en la mano, falto, en ese instante, de inspiración, de ganas, de todo, en pleno invierno, en pleno desierto, y los arbolillos sucios, el prado inculto y lleno de papeles, de cáscaras, del bandejón central, se le nublaron, se le empezaron a borrar. Sintió un dolor intenso, como si le hubieran clavado un puñal en las sienes. Entonces se puso de pie con más dificultad que nunca, más tembloroso que después de haber hecho su apuesta de la última carrera, asustado, francamente asustado; trató de pedir socorro, y antes de abrir la boca se desplomó, cayó cuan largo era. Menos mal que alcanzó a sujetarse de la silla, y menos mal que debajo había una alfombra mullida, que amortiguó el golpe.

—De todos modos, el costalazo resonó en toda la casa. Yo corrí como loca, llena de angustia —comentaría ella, Mayita, la compañera de sus años finales, tres o cuatro días más tarde—. Entré, y les juro, creí que estaba muerto. Llamé a la ambulancia, desesperada, preparada para lo peor, llorando a moco tendido. Ahora estoy más optimista: todo el personal de la clínica, desde los doctores hasta el último de los camilleros, lo ha tratado muy bien. Hasta había una enfermera que era lectora suya, ¡imagínense!, una gordita muy simpática. Y dicen que es fuerte como un roble, que se va a recuperar.

—¿Y la familia? ¿Se presentó la familia?

—¡La familia! —exclamó Mayita, levantando los brazos robustos, invocando a los dioses, ahuyentando las sombras funestas.

Los amigos, los preguntones, intrigaban, suponían, y no sabían dónde estaban parados. La que llegó de visita en las primeras horas fue la tía Elisa, a pesar de que nadie creía que siguiera viva. A todo el mundo se le había olvidado, incluso, que existía, que había existido alguna vez. Parecía, la tía Elisa, una aparición de ultratumba, encorvada, ojerosa, con un pañuelo negro amarrado al cuello menudo, intensa, a pesar de todo: con su nariz pálida y descomunal. Se instaló en una silla al lado de Joaquín, su sobrino predilecto, según se descubrió en esa ocasión, después de cambiar una mirada con Mayita, la única, por curioso que parezca, que entendía estas cosas, estos secretos antiguos, aun cuando no tenía, en verdad, nada de curioso: tomó a Joaquín de la mano, se incorporó con mucha dificultad para darle unas palmaditas en la frente, y él, no se sabe cómo, porque todavía no había recuperado la conciencia, entendió, entendiste y sonreíste, feliz y contento.

II

A propósito de la tía Elisa, la aparición de ultratumba del final del capítulo anterior, la que se presentó en la clínica el primer día del ataque de Joaquín, a pesar de que casi nadie sabía que estaba viva, la de las palmaditas cariñosas y que surtieron un efecto mágico, más eficaz que los tubos, los sueros, las inyecciones, yo también la recordaba de niño en la casa de mis abuelos paternos. En otras palabras, la tía Elisa también existió. No es, ni mucho menos, un personaje ficticio. Era, para ser más preciso, hermana del padre de Joaquín y de mi abuelo paterno.

La casa de este abuelo paterno mío, Luis Edwards Garriga, quedaba en el costado norte de la Alameda de las Delicias, un par de cuadras más abajo del Colegio de San Ignacio. Las dos torres decimonónicas de la iglesia del San Ignacio se divisaban desde la terraza delantera y desde los balcones. Era, la de mi abuelo, una mansión sólida, elegante, iluminada por una claraboya, con una bonita biblioteca enchapada en buenas maderas en la parte de adelante, la que miraba a la Alameda, y un amplio comedor que daba en altura sobre el jardín de atrás. Ahora, en la memoria, escucho el grito desabrido de unos pavos reales que se paseaban por ese jardín, debajo de las ventanas de una casucha que se levantaba al fondo y donde vivía, si no me equivoco, un hermano de mi padre que se había divorciado, cosa que los mayores decían entre susurros y ocultaban de los niños. Me parece divisar en la penumbra de la casa, a contraluz, un revoloteo de sotanas, pero también, en mi recuerdo, había nubes de niños, y casi siempre, entre los niños, con cara de risa o con seriedad de conspiradora, ella, la tía Elisa, muy baja de estatura, casi enana. Su nariz era la proa de un barco que rompía las aguas del griterío, de la confusión: las olas infantiles en movimiento perpetuo, desbordando las faldas repolludas de las nodrizas, de las mamas, como se decía en el Chile de entonces (el de mi infancia, el de fines de la década de los treinta y comienzos de los cuarenta, el de los primeros tiempos del Frente Popular y del gobierno de Pedro Aguirre Cerda, don Tinto, como le decía sobre todo la derecha, intentando acusarlo de ser demasiado aficionado al vino de ese color, como lo eran, se suponía también, sus seguidores, esto es, el populacho, la chusma, el rotaje, los hermanos de Juan Verdejo, además de radicales, radicales democráticos, masones, socialistas, comunistas).

La tía Elisa, Elisa Edwards Garriga, no podía faltar en los días de la procesión del Carmen, que tenía lugar en los comienzos de la primavera y que en aquellos años era multitudinaria, hasta el extremo de paralizar todo el centro de la ciudad. Multitudinaria y militante, puesto que la Virgen del Carmen, desde los inicios de la república, era patrona de los ejércitos, es decir, refugio, dique de contención frente a la marea roja, masónica, atea, que había llegado al poder con unos pocos votos de ventaja y que ahora desbordaba por todos lados. Primero desfilaba la tía Elisa con los adultos, de velo negro, cantando a voz en cuello, proclamando su fe a todos los vientos, portando a menudo algún estandarte, entre una doble fila de rojos, según su versión cargada de truculencia y que parecía adoptada de la guerra de España: seres malignos que la insultaban desde las veredas, que trataban de alcanzarla con sus escupos, que se encaramaban en las ramas de los plátanos orientales para dominar desde la altura, y después de manifestar, ella, su catolicismo exaltado, sin una pizca de aquello que se llamaba respeto humano, y de sortear todos esos escollos, hacía su entrada triunfal en la casa, sobándose las manos nudosas, entraba al vasto comedor y se ponía a picotear en las bandejas de dulces de San Estanislao, de huevos chimbos, de cuadraditos y canutillos, de pastelillos de coco. Nosotros, los niños, que también habíamos desfilado y cantado, de uniforme azul oscuro, mirábamos el resto de la procesión, de la cual todavía faltaba la mejor parte, desde la terraza delantera, a través de las ramas frondosas de los plátanos de la Alameda de las Delicias. Cuando se divisaba a lo lejos, hacia el lado de la cordillera, el anda imponente, la Virgen que se balanceaba apenas, con su enorme manto cuajado de pedrerías, con sus mejillas pequeñas, rosadas y estáticas, escoltada por los penachos blancos y rojos de la Escuela Militar, los gritos, los ¡Viva la Virgen del Carmen!, los frenéticos aplausos, los cánticos, llegaban a su paroxismo. Desde todos los balcones salían brazos que le arrojaban claveles, pétalos de rosas, calas enteras. Sólo ella, la Virgen, podía salvarnos, y ella, entonces, con su manto recamado de piedras multicolores, avanzaba con lentitud, con una leve vacilación, con una sonrisa entre enigmática y celestial impresa en los labios, bajo la densa lluvia de flores. La tía Elisa, en estos minutos de culminación, transportada, medio enloquecida, se movía de un extremo a otro de la terraza, con energía milagrosa, como si levitara, y nos hacía bromas repentinas, nos pellizcaba, nos daba golpecitos en la cabeza. Era inquisitiva, intranquila, preguntona, y siempre, en medio del bullicio, del caos general, parecía dominada por una curiosidad reconcentrada, por alguna idea fija.

—¿A ti también te gusta la música —preguntaba, por ejemplo—, como a tu abuelo?

—No sé, tía Elisa.

—¡Cómo que no sabes! ¿Y a qué te vas a dedicar cuando grande? ¿A la música? ¡Ni loco! ¿A ganar plata? ¿Sí? Porque a mí, no sé por qué, me tinca que vas a terminar de cura.

—¡Yo!

—¿Por qué no? Al fin y al cabo, los curitas les sacan montones de plata a las viejas. Con el cuento del infierno y todo eso... Y tú, con tus bonitos ojos... Jorge haría un cura estupendo —pasaba a decirle a los demás, a los que quisieran oírla, feliz con su idea, entusiasmada, mirándome desde los rincones—. A lo mejor, un santo.

El tío divorciado, a todo esto, el que vivía en la casucha, bajaba la voz y nos contaba que la Elisa, así decía, se había casado muy joven con un militar de apellido Gana, Gana Jaraquemada o algo por el estilo, y que no se sabía si el militar había muerto en alguna guerra o había desaparecido sin dejar rastro.

—Yo creo que partió a comprar un pollo al almacén de la esquina —decía—, y que no volvió nunca más —y lanzaba una carcajada estruendosa, que nosotros no éramos capaces de interpretar. Porque nunca se sabía si el tío Juan Carlos, el divorciado, hablaba en broma o en serio. Tenía gestos, temblores, modos de bromista, pero de repente parecía que se ponía una máscara de persona profundamente seria, una máscara de palo, y eso nos desconcertaba.

—No puede ser, tío Juan Carlos —replicábamos.

—No podrá ser, pero así fue.

Un día de invierno en que una lluvia torrencial inundaba las calles y tamborileaba en la claraboya del centro de la casa, la tía Elisa me hizo un gesto desde una esquina del salón. Aquí, en esta escena, creo estar ya en los comienzos de los años cuarenta, y el protagonista, desde luego, soy yo, de niño, y no es ni podría ser Joaquín, puesto que en aquellos años, justamente, andaba desaparecido. Aguirre Cerda ya se había muerto, porque había resultado, como decía mi padre y decían mis tíos normales, los que no eran Joaquín, en otras palabras, que los presidentes de izquierda, de mala clase, duraban poco, fenómeno que no dejaba de tranquilizarlos. Me hizo ese gesto, la tía Elisa, con su dedo índice huesudo, parecido al de las Parcas, personajes que había encontrado en uno de los libros de la biblioteca de mi abuelo, y me llevó a un lado, a un rincón que estaba detrás de cortinas pesadas amarradas por cordones rematados en borlas y pompones dorados. Era un rincón oscuro, donde ni siquiera llegaba la luz invernal. ¿Qué me querrá decir?, pensaba yo, contagiado por la humedad del día, por su tristeza, y ella me mostró desde la sombra la tapa de un libro. Alcancé a leer *En el viejo Almendral*, y ahora, después de más de medio siglo, supongo que no entendí, ya que ignoraba que el Almendral era un barrio del plano de Valparaíso. Hoy día sé, por otra parte, que ese título corresponde a la primera versión de *Valparaíso, fantasmas*: Joaquín tenía la manía compulsiva, como tantas manías suyas, de revisar sus novelas después de publicadas y hasta de cambiarles los títulos.

—¿Tú sabías que tienes un tío escritor?

—¿Un tío escritor?

Yo, en esos años de mi infancia, no sabía. No tenía la menor idea. Ni siquiera sabía muy bien lo que era, en qué consistía eso de tener un tío escritor.

—¿Escritor de qué, tía Elisa?

—Escritor de novelas, de historias, de toda clase de cochinadas —respondió ella, riéndose, y ahora, a la distancia, tengo la impresión de que estaba excitada a más no poder, de que las cochinadas aquellas bailaban adentro de su cabeza. Me acuerdo muy bien, en cualquier caso, de que junto con reírse para sus adentros, miraba al centro de la sala, a mi abuela sentada en un sofá, imponente, gordota, de collar de perlas, con una larga falda negra plisada, a mi abuelo, enjuto, de piel tostada, que era poco aficionado a hablar de política, que contaba, creo, una historia de París, y de que los miraba como si tuviera miedo de que la descubrieran. Pero no es que tuviera miedo, exactamente: a la tía Elisa, con su nariz de pájaro de las selvas tropicales, le gustaba la comedia, el secreto, la intriga. ¿No sería escritora, ella también? Siempre andaba en confabulaciones, en cabildeos, proponiendo algo de lo que podía depender, según ella, al menos, la vida o la muerte. Cantaba en las procesiones, portaba estandartes o cirios, pero no sólo odiaba a los comunistas, a los masones, a los profesores de Estado (que eran, según ella, todos ateos, todos masones): también le gustaba hablar mal de los curas y reírse de las monjitas.

—Tu abuela —me dijo un día—, vive rodeada de curas y le van a sacar hasta el último peso. ¡Por tontona!

—¿Y el tío escritor?

—Ése es otra cosa. A ése, aunque se esconde, me lo encontré en el centro el otro día. Sé que vive en un barrio de mala muerte y anda rodeado de rotos de pata rajada. Pero cuenta historias tan entretenidas… A mí me divierte a morir —y suspiró, mirando el techo, poniendo los ojos en blanco, casi como si estuviera enamorada.

Muchos años más tarde encontré un libro del tío escritor, la sombra de la familia, el oscuro, en una librería de la calle San Diego. Lo compré sin pestañear, a pesar de que el librero, un gallego de boina, me notó interesado y me cobró más de la cuenta, y me lo leí, me lo devoré, mejor dicho, en las horas que siguieron. Encontré dos páginas y media dedicadas a la tía Elisa. Hablaban de su baja estatura y de su nariz de tucán, de manera que no había dónde perderse. El texto, que correspondía a una de sus crónicas de los jueves, afirmaba que era muy simpática, y según mi recuerdo lo era, aunque también insidiosa, un poco extraña, a veces asustadora. Agregaba el texto que era una lectora voraz. De literatura inglesa, anotaba: autores como Dickens, Oscar Wilde, Somerset Maugham, Conan Doyle. Parece que también había leído ensayos de Thomas Carlyle y que sentía fascinación por su retrato del Doctor Francia del Paraguay, que obligaba a la gente a encerrarse en sus casas y a bajar las persianas cuando daba su paseo diario por las calles de Asunción, y por el perfil de un Walter Scott heroico y arruinado, que escribía, para pagar sus deudas, encerrado en mansiones del campo escocés, largas novelas de la Edad Media. Además de leer tanto, supe por la crónica de Joaquín que la tía Elisa era gran aficionada a la música, como se habría podido inferir de la pregunta que me hizo un día cualquiera, y que tocaba el arpa.

—Sí, es verdad. Desde que su marido, el milico, desapareció del mapa —comentó, con sus gestos poco agradables, mi tío el divorciado. Era un hombre dientudo, de nariz de gancho y mentón adelantado, y tenía una pequeña joroba.

—¡Cállate! —le dijeron—. ¡No seas vaca!

—Pues la verdad es que tocaba muy bien, y le encantaba ir a un orfelinato para tocarle conciertos a los niños reclusos.

Me imaginé, entonces, después de escuchar el comentario del tío de la casucha, que la tía Elisa canturreaba, mientras los dedos de las Parcas volaban por encima de las cuerdas, que su nariz descomunal se insinuaba hacia regiones ignotas, y que sus ojos, clavados en un horizonte capotudo, despedían destellos como puñales. ¡La inexpugnable tía Elisa, y el tío escritor en su salsa, en su mundo, en medio del humo, de las carcajadas, del ruido de los cachos, del entrechocar de las fichas! Porque supe mucho más tarde que era un jugador empedernido, y que se había puesto a escribir papeles y libros después de perder hasta la camisa, y que, sin embargo, cada vez que cobraba unos pesos, corría a apostarlos de nuevo en las carreras, en garitos, en tabernas de última clase. Mi padre, mi tío de la casucha, mis demás parientes, decían que era un salvaje, un demente. Mi padre, mientras lo decía, se movía entre las cuatro paredes de su habitación como un león enjaulado, con cara de loco, mordiéndose las uñas. Pero ella, la tía Elisa, cruzaba las manos chicas, nudosas, encima del vientre también chico, más que chico, diminuto, y le perdonaba todo. Somos almas gemelas, parecía murmurar, extraviadas y gemelas, y sonreía, escuchando acordes celestiales.

III

He comenzado con el comienzo del fin, con aquella nefasta jornada del domingo en el Hipódromo Chile, con el fulminante ataque del día lunes, y he narrado la aparición de la tía Elisa, caprichosa y benigna, insidiosa y plácida, narigona, lectora omnívora, tocadora del arpa. Ahora retrocedo a las postrimerías del siglo XIX, que ya es el siglo antepasado, y empiezo a contar la historia de mi tío Joaquín, tu historia, y en alguna medida, en forma indirecta, por reflejo, la mía. Tú naciste en Valparaíso, en un caserón de la entonces llamada calle del Teatro (hoy Salvador Donoso), en los primeros días de mayo de 1887. A comienzos de enero de 1891, en los momentos del estallido de la rebelión del Congreso y de la escuadra en contra del presidente constitucional José Manuel Balmaceda, aún no habías cumplido los cuatro años de edad. Pero, a juzgar por algunos de tus escritos, tenías recuerdos infantiles más o menos precisos. Eras un niño memorioso. En los días que antecedieron a la sublevación, el clima de Valparaíso debe de haber sido de una tensión, de un dramatismo nunca vistos. Un primo hermano de tu padre, el primo rico, para describirlo de alguna manera, había sido Ministro de Hacienda de Balmaceda hasta hacía muy poco tiempo, hasta el momento en que la oligarquía, enquistada en el Parlamento y apoyada por la Marina, había resuelto derribar al presidente a toda costa. La rama poderosa de tu familia estaba en la primera línea de la conspiración, y el resto de la parentela la seguía en forma incondicional. Siempre se dijo que el Banco familiar, manejado con voluntad férrea por la viuda del fundador, uno de los hermanos de tu abuelo, y cuya casa matriz se encontraba en una calle del centro del puerto, había contribuido poderosamente a financiar las compras de armamento del bando revolucionario. Fue una información que se difundió por el mundo en aquellos años. El novelista Joseph Conrad, por ejemplo, en *Nostromo*, su novela de ambiente hispanoamericano, habla de una familia poderosa, de origen inglés e instalada en Valparaíso, que financia una guerra civil a fin de apoderarse de la riqueza del salitre. ¿Qué te parece? Conrad escribía como novelista, con la exageración o, si se quiere, la invención propias del oficio, pero algo había vislumbrado. Tú relatas algunas visiones que tienen ese conflicto como telón de fondo, algunas imágenes de infancia, y tu relato, disperso en diferentes páginas tuyas, revela algunas cosas y quizá, sin proponérselo, oculta o escamotea otras. Parece que los niños de la casa de la calle del Teatro, la de tu nacimiento, la de tus años infantiles, se subieron al techo un buen día para mirar la entrada del barco del tío Juan Bello. Esto podría haber ocurrido hacia fines de 1890, quizá un poco antes. El tío Juan era, entendemos, hermano carnal de tu madre y nieto, en consecuencia, de don Andrés, el prócer, el fundador y primer rector de la Universidad de Chile, el gramático, el redactor del Código Civil. No hay duda de que el fantasma de Bello, aquel a quien bautizaste como *el bisabuelo de piedra*, vale decir, el bisabuelo en estatua, influyó a fondo en tu formación intelectual, y más que eso, se diría, en tu actitud, en una mezcla curiosa de respeto por los valores clásicos, de arrogancia, como si dichos valores te pertenecieran por derecho propio, y de sentido crítico permanente, algo que ejerciste siempre, en forma insobornable, contra viento y marea. Pero aquí nos adelantamos. Corremos el riesgo, aquí, de no respetar el ritmo, el detalle, la morosidad exigida por el relato. Nos subimos, entonces, con los niños de 1890, al techo de la casa del Teatro, y contemplamos, embelesados, en una mañana gloriosa de primavera, la entrada de lo que todos llamaban el barco del tío Juan. Era un acorazado pintado de blanco, dotado de torrecillas, puentes, chimeneas blancas, cañones de acero bruñido, bronces que relucían al sol, y nos habían dicho (les habían dicho a los niños de entonces, tú entre ellos) que regresaba al puerto de Valparaíso después de haber dado la vuelta al mundo. Era una embarcación hermosa, de aspecto sobrenatural, como una aparición encima de las olas, y todos (los niños de entonces, se entiende), nos quedamos callados. Yo creo que me quedé sin respiración, mudo (yo, es decir, tú).

—Ahora sí que se va a necesitar —murmuró mi padre, con rabia, y nosotros no entendimos, pero tampoco hicimos preguntas. Cuando estaba así, callado, con los ojos azules perdidos en la lejanía, y sobre todo cuando se acariciaba las patillas en forma nerviosa, había prohibición estricta de hacerle preguntas.

El tío Juan llegó a la casa tres o cuatro horas después, invadiendo todo el espacio y hasta la calle del Teatro entera con su vozarrón. Nosotros (ellos, los niños, y tú, de menos de cuatro años) estábamos terminando de almorzar. Él venía feliz, quemado por los aires del trópico, perfecto en su uniforme, de otro mundo, y le cargaban las maletas, con etiquetas de todos colores, además de una cantidad de bultos, entre dos ordenanzas. La casa de la calle del Teatro se llenó de ruidos, de risas, de exclamaciones, de una agitación que se contagiaba y se propagaba por todos lados. El tío Juan entraba, salía, llamaba a gritos a toda la gente: parientes, empleados, personas asomadas a los balcones del vecindario, asistentes. A pesar de lo largo del viaje, no se había olvidado de nadie. Se asomó al comedor con su uniforme negro y dorado, hizo un gesto para que esperáramos, sobre todo los niños, pareció decir, y volvió con un mono tití de cara asustada, lleno de arrugas, vestido con un chalequito rojo, encaramado en su hombro izquierdo. Se lo había regalado, explicó, en medio del asombro nuestro, el Emperador del Brasil en persona, don Pedro Segundo, *Dom Pedro*, precisó, y además le había regalado sus obras completas empastadas en cuero y en oro.

—¿Cómo es el Emperador? —preguntamos.

—Era —respondió el tío Juan—, porque ya lo sacaron de su trono a patadas: un hombre chico, barbudo, bastante parecido a este mono, muy simpático.

Mi padre, en esta etapa de la conversación, tuvo un cambio sorprendente (todavía te acuerdas, todavía sientes la fuerza dramática de ese cambio). Enrojeció, se le puso cara de furia, y dijo, con una pasión muy poco frecuente en él, que los estaban echando a todos. El anarquismo triunfaba en todas partes. Y se acercan, anunció, tiempos de horror, ¡tiempos de Apocalipsis!

—En China —contó el tío Juan, que contaba las cosas como si fueran una comedia, un chiste, una broma, y que tenía una manera de pronunciar enrevesada, con un eco extranjero—, vi a una cantidad de gente colgada de los faroles. Los vi cómo se balanceaban, y cómo los niños les tiraban piedras, pedazos de barro, de caca.

Nosotros nos quedamos en silencio, imaginando los cadáveres que se bamboleaban al viento. El tío Juan traía en sus baúles una colección de mantos de seda con motivos chinos: montañas, lagos, pájaros rosados o amarillos, barcas de junco, hombrecitos con sombreros redondos y cargamentos de frutas que se perdían en desfiladeros. Pero le dijeron que las chilenas ya no usaban mantos: las señoras del Almendral, las de las Quintas de la Zorra, y con mayor razón las de Santiago, habían empezado a ponerse sombreros recién llegados de París, de Lanvin y de otras casas: blancos, negros, rojos, con guindas y nueces artificiales, con velitos para la cara.

A pesar de todo, el tío Juan partió al día siguiente a vender sus mantos, nadie supo dónde, y apareció en vísperas de la Navidad en nuestra quinta de Limache, donde habíamos ido a pasar las fiestas de fin de año, en el caserón antiguo. Contó que había viajado en tren en compañía del Viejo Pascuero y de tres enanitos vivos que había importado directamente de Hong Kong.

—¿Cómo? —preguntamos.

—Sí, niñatos —vociferó el tío Juan—: ¡De Hong Kong!

Después de la comida, del pavo relleno de ciruelas de Noche Buena, nos hizo una indicación misteriosa. Nosotros habíamos comido en la mesa de los grandes y habíamos tenido derecho, para acompañar el pavo, a medio vaso de vino espumante cada uno. Bajamos por una escalera que crujía, alumbrados por una vela, tambaleándonos, borrachos, o haciéndonos los borrachos, y entramos a una pieza oscura, medio húmeda, con olor a maíz guardado. Esa pieza, nadie sabía por qué, se llamaba *El Costurero*. Todavía, cuando me encuentro con mis hermanas, con quienes, la verdad, ya no me encuentro casi nunca, hablamos del *Costurero*. El tío Juan había colocado en un rincón una lámpara de parafina de cristales rojizos, que lanzaba sombras danzarinas sobre las paredes, sobre un armario destartalado, sobre muebles panzudos, derrengados, que tenían los resortes a la vista.

—Esperen aquí —ordenó con voz de mando, como si estuviera en el puente de su acorazado—, y que nadie se mueva.

Después de un rato apareció el Viejo Pascuero, con su vestimenta roja y sus grandes barbas de algodón, y nos habló con una voz entre cascada y chillona. Creo que nos reíamos, sentados en el suelo, pero la verdad es que lo hacíamos con risas nerviosas. Una de mis hermanas se hizo pichí de susto y se estiró la falda para tapar las piernas mojadas.

—Ustedes —sentenció el Viejo Pascuero—, son unos flojos, una tropa de hediondos, unos peorros.

—¿Peorros?

—Sí —dijo—, pasan tirándose peos.

—¿Peos?

—Pe-dos —repitió, pronunciando las sílabas en forma exagerada.

Nosotros nos miramos, no muy divertidos, pensando que las cosas podían ponerse feas. El Viejo Pascuero parecía respirar con rabia, con odio, con ganas de agarrarnos a coscachos y a varillazos.

—No merecerían, la verdad, que les traiga nada, pero les traje algunas cosas —dijo, con acento más suave—. Ahora, si siguen portándose así, revolcándose por la tierra como chanchos, comiéndose los mocos, mintiendo como carretoneros, se las quito.

Las luces rojizas cayeron entonces sobre un escenario. Se abrieron las cortinas e hicieron su aparición los tres enanos que el tío Juan nos había anunciado. Eran tres sujetos movedizos, carnosos, de ojos vivos, de frondosas patillas blancas, de acentos exóticos. Anunciaron, arrebatándose las palabras, dándose empujones, pegando repentinos alaridos, que iba a comenzar una guerra. ¿Cuántas veces en la vida nos hemos encontrado en la víspera de una guerra? Dijeron que iba a ser una guerra enooorme, que la gente moriría como moscas. Que lloverían balas, porque se iba a estrenar armamento nuevo, unos fusiles con tambores que daban vueltas y que escupían balas, y que después de las balas habría una lluvia de azufre.

Dijeron en otra parte de la casa, habían dicho, que el tío Juan partió a conversar en un escondite, en unas casas de fundo de tierra adentro, con un almirante, uno de los jefes máximos, hijo de un antiguo presidente de la República, y que la escuadra se sublevó al día siguiente. Nosotros no supimos mucho, pero algo alcanzamos a saber. Los barcos amanecieron uno de esos días echando humo frente al puerto, lejos de los muelles, y antes de que terminara la mañana ya habían zarpado. Parece que el almirante, el tío Juan y algunos dirigentes del Partido Conservador, armados de sendos catalejos, miraban la costa desde el puente de mando del buque insignia. Decían que mi padre se iba a tener que esconder, pero nadie se habría atrevido a tocar a mi tía, la Reina Victoria de Valparaíso, como la llamaban algunos, que se pasaba el día entre su palacio en la plaza, el Banco que había fundado su difunto marido, instalado en una casa de dos pisos, donde ella manejaba las llaves del oro, de los billetes, de todo, y donde a cada rato apagaba las luces para ahorrar electricidad, y la iglesia de Nuestra Señora. Era ella, contaban, recurriendo a las reservas escondidas en la bóveda, en el subterráneo de aquella casa oscura, la que financiaba la revolución contra el Champudo, el presidente Zamacueca, el Anticristo.

—Está rodeado de ateos, de herejes —murmuraba ella—. ¿No han escuchado hablar de ese poeta medio indio, recién llegado de Centroamérica, que vive borracho? Después del zarpe de la escuadra vinieron semanas de un silencio extraño. Sólo se escuchaban, de noche, los cascos de los caballos en los adoquines. Se sabía que los soldados de repente se desmontaban frente a las casas, entraban y las allanaban. Mientras más ricas las casas, menos seguridad tenían. Era una guerra de los rotos, decían, de los pililos, contra los ricos. Porque Balmaceda, el Champudo, el Zamacueca, después de haber sido novicio en su juventud, y a pesar de que había heredado una hacienda enorme, se había enchuecado, se había convertido en una encarnación de lo peor, de lo último. Reunió a un conjunto de niños bien, hijos de la gente más conocida de Chile, los acusó de haberse juntado para conspirar, para realizar actos de sabotaje, y ordenó que los fusilaran sin contemplaciones. ¿Entienden ustedes? El tiempo de silencio, después del zarpe de la escuadra, fue largo. El tiempo de las catacumbas. No llegaban cartas. No se recibían noticias de ningún lado. Hasta que mi padre, una mañana, llegó del campo, donde se había escondido, tomó una cinta colorada, brillante, y me la amarró con solemnidad encima de la manga derecha.

—Ya desembarcaron —me sopló al oído—. Tendrías que estar muy contento.

En la madrugada siguiente la brisa del mar traía ruidos de disparos, explosiones, un olor a pólvora y a humo que picaba en las narices. Había pelotones armados en las calles y nadie se atrevía a salir. Corrieron la voz de que el Champudo había llegado hasta el edificio de la Intendencia, frente a la poza número uno del puerto, dispuesto a dirigir él mismo su defensa, pero más tarde, cuando comprendió la gravedad de la situación, se hizo acompañar por una escolta de caballería hasta un tren estacionado en Quillota y partió de regreso a Santiago. Ahora, se supo, estaba instalado en su oficina de La Moneda, pegado al telégrafo, y en la batalla, a la orilla del río

Aconcagua, en la subida de las lomas, se había empezado a usar el arma nueva que escupía metralla en abanico y no dejaba títere con cabeza, la maquinita que llamaban ametralladora. Después escuchamos los disparos, las explosiones, mucho más cerca, detrás de los cerros de La Placilla, y teníamos prohibición estricta (los niños de ese año, de ese mes de agosto de 1891) de asomarnos a las ventanas. El mono tití saltaba en su jaula, nervioso, de chalequillo rojo y con una medalla en el pecho, adivinando algo. El tío Juan estaba frente al puerto, en uno de los puentes de mando de uno de los buques, tratando de seguir las operaciones militares, pero dicen que sólo conseguía divisar el humo de las granadas detrás de los cerros, los flecos blancos dispersados por la ventolera. En los balcones de la Intendencia había un intenso movimiento: detrás de los cristales y de las cortinas, en la sombra, se perfilaban las cabezas de los jefes balmacedistas y de sus familias.

—Si los llegamos a agarrar —decían los marineros, y el tío Juan pensaba, pensaría, que había bailado con alguna de las niñas y con más de una de las señoras que ahora estaban, temblando de miedo, detrás de aquellos ventanales.

En la noche llegó un oficial revolucionario a la casa, pariente de alguien, con el uniforme lleno de tierra, y dijo que había visto con sus propios ojos lo siguiente: el cadáver del general Orozimbo Barbosa, que había sido un héroe de la Guerra del Pacífico y había tenido la mala idea de seguir leal a Balmaceda, desnudo, amarrado a una silla de paja, con el pirulo, dijo, cortado y puesto en la boca, como si fuera un cigarro puro, y los soldados desfilaban frente a él, tapándolo de insultos y de escupos, sucios, medio borrachos, pero felices porque habían ganado la batalla y la guerra había terminado. Después supimos que el general Baquedano, el que había aplicado durante la Guerra del Pacífico la consigna de cargar siempre de frente contra los cuicos bolivianos y los cholos peruanos, se había hecho cargo del orden en Santiago. En Valparaíso, los jefes políticos y militares del Champudo habían escapado de la Intendencia y habían corrido a refugiarse en un barco alemán, como ratas. Del Champudo no se supo una palabra. Nosotros, los niños de la calle del Teatro, salimos al centro de Valparaíso con nuestras cintas rojas en el brazo y toda la gente nos saludaba y nos felicitaba. Todos sabían que nuestra familia había triunfado y muchos nos hacían la pata, nos hablaban con voces melosas. En la puerta de servicio del palacete de la Reina, en la Plaza de la Victoria, había un montón de gente solicitando audiencia, casi toda pobre, pero algunos de terno, de cuello y corbata. Un hombre que sabía escribir, de levita negra, sudoroso, les ordenaba que formaran cola y anotaba los nombres en un cuaderno. Le costaba anotar los nombres más largos, pero la gente se inscribía y así esperaba más tranquila. El Banco seguía cerrado a machote, oscuro, custodiado por tres o cuatro guardias armados hasta los dientes. Los pelotones a caballo del viejo régimen se habían hecho humo y habían aparecido unos jinetes con lanzas y con uniformes de colores más claros.

—Son de palitroque —me dijo mi hermano, que siempre hablaba en broma.

Has contado en alguna parte que fuiste de visita a Limache, más de cincuenta años después de todo eso, en compañía de la Mayita, y que bajaste a la pieza que los niños de tu tiempo llamaban *El Costurero*. El caserón de Limache estaba en ruinas, con el parquet de madera carcomido, con los techos llenos de agujeros, pero *El Costurero* seguía igual. El ropero no cerraba, como antes, y los resortes del sofá se veían un poco más desvencijados y amohosados. En un rincón había un baúl de palo con la dirección del tío Juan escrita con tinta china. Era una dirección en Inglaterra, en Liverpool o algún otro lugar. Abriste el baúl y te encontraste con una serie de trastos viejos, papeles, archivadores, medallas, tinteros, y con los tres enanos desplomados, perforados por la polilla. Sentiste algo como un dolor en el corazón, una puntada. Estabas seguro, o querías estar seguro, de que los enanos eran de carne y hueso. Te resistías con toda tu alma a creer lo contrario.

—Eres un niño —comentaría la Mayita, riéndose.

—Es verdad —le contestarías, probablemente le contestaste, y era una típica manera tuya de contestar—: pero el que no es niño es porque está muerto.

IV

Nací en el año del cólera, escribió, y evocó imágenes que no podrían haber salido de recuerdos suyos. Porque habrían sido recuerdos prenatales o de recién nacido. Era la gente del puerto, seguro, la que hablaba de esas cosas, de ese ambiente de pesadilla, parecido al de algunas películas de Ingmar Bergman, al carricoche fúnebre de las primeras secuencias de *Las fresas salvajes*, y él, al cabo de los años, convertiría esa memoria ajena, colectiva, de pesadilla, de carnaval negro, en propia. Avanzaría un carromato arrastrado por dos caballos viejos, con probables crespones de luto en las crines, por la calle Esmeralda, y las veredas estarían sembradas de ataúdes de madera sin barnizar. La gente agitaba pañuelos desde adentro de las casas, desde detrás de las cortinas, o desde los techos, para que no se olvidaran de los cajones. Los agitaba con angustia, porque había que llevarse rápido a los apestados, pero esa misma noche, o antes de que la semana hubiera terminado, otra persona de la casa, una empleada del servicio, el abuelo, un niño, ya tenía los síntomas, los ojos desencajados, los vómitos. Los obreros, con un saco en la cabeza, cargaban los carricoches hasta el tope. Después de subir al cementerio de la cumbre del cerro, descargando huascazos en las ancas huesudas de los pobres pingos, tiraban los ataúdes de palo en una enorme fosa común, dentro de un espacio desolado, una antesala, que ya había sido bautizada por la gente como Patio de los Coléricos.

El entierro de los que no poseían panteón familiar, ni columnatas y ángeles anunciadores o exterminadores —nótese que desde Bergman retrocedemos, o avanzamos, si ustedes quieren, a Luis Buñuel—, nos lleva, por contraste, a otro funeral ocurrido algunos años más tarde, el más solemne de todos, el de la Reina Victoria de Valparaíso, como le habían puesto algunos. Fuimos victorianos de una colonia remota, o fuimos, para ser más precisos y para citar al doctor Nicolás Palacios en su libro *Raza chilena*, araucano-góticos. Tú marchaste en el cortejo en los primeros lugares, detrás de las carrozas cargadas de coronas florales, de crespones, a un costado de la familia. Eras, entonces, un adolescente pálido, de mirada intensa, ojos de paloma, como decían, y para la ocasión tu padre, don Joaquín, te había mandado hacer un par de pantalones largos, de franela negra listada. Llevabas corbata negra de mariposa, sombrero hongo y una cinta, negra esta vez, no la roja que te habían colocado en los últimos días de la guerra civil y que ya habías olvidado. Eras todo un monigote, una miniatura de caballero grande. Y te acuerdas de una subida lenta, como la de los carromatos de los apestados, de interminables discursos, de un cielo plomizo por donde avanzaban y se apelotonaban nubarrones. Por desgracia, como anotaste mucho más tarde, o fui yo el de la nota, nunca faltan los siúticos (los cursis, los pisiúticos), apostados en las más diversas trincheras. Escribir historias de familia en Chile, en el de entonces y en el de ahora, es endiabladamente difícil. A ti te constaba y a mí también, al cabo de una dilatada experiencia. Tu padre venía a ser sobrino político y a la vez primo hermano de la difunta, la Señora, la Benefactora. Pero no insistamos, no entremos en senderos escabrosos. Como ya eras mayor, niño grande, como decía tu mamá, o caballero en miniatura, como parecías con tu sombrero y tu corbata, podemos suponer que después del entierro partiste al Bar Inglés, en el plano, cerca de la Intendencia (el Bar Inglés está en el mismo lugar, pero en ruinas, con los espejos rotos, con los excusados tapados, malolientes, repugnantes), y que bebiste un par de cervezas. Ahí estarían el Pitula, el Negro Suárez, el Petit García, es decir, algunos de los personajes secundarios de tu historia, a quienes te gustaba nombrar muy a menudo, enumeraciones líricas, o quizá épicas, y un poco más allá, con su cara llena de lamparones, el

Incandescente Urrutia, el terrible. No faltaría, probablemente, Perico Vergara, quien habría venido desde la Quinta y prepararía su primer viaje al corazón del África, a tierras de elefantes y de jirafas.

Todos especulaban acerca de la fortuna de la señora, de sus obras y fundaciones, de los impuestos de herencia, y se preguntaban cuánto le habría costado la guerra. Porque José Manuel Balmaceda, después de sus comienzos como seminarista, y a causa de eso, justamente, podríamos añadir, había pasado a ser la encarnación exacta del demonio, el Anticristo en levita y con la banda presidencial terciada, y no se sabía cuánto había gastado ella, dueña de la mitad de Valparaíso y de sus alrededores, defensora de la Cristiandad, para derrocarlo. Unos, exagerados, achispados, sostenían a gritos, ¡huevón!, que la plata le alcanzaba para financiar tres o cuatro guerras, pero, según otros, la cuenta le había salido demasiado salada. Tu padre, en la noche, en el salón de la casa que le acababa de comprar a don Manuel Ossa, de mucho más lujo, de más rumbo que la de la calle del Teatro, de techos con guirnaldas y cortinajes de brocato, sentado bajo aquellos brocatos, aquellas guirnaldas, pero con los ojos azules un tanto desvanecidos, con una cara extraña, de payaso, o de una seriedad excesiva, sospechosa, no quiso hacer comentarios. Te aconsejó, además, llevándose el índice a los labios, y por tu bien te lo digo, que no hables una palabra, que te quedes callado como tumba.

¿Qué le pasa a mi papá? —preguntaste, y te contestaron, porque ya tenías edad suficiente para saber, que el médico lo había examinado y lo había dejado en observación. Porque parecía que estaba enfermo, y tu madre, después del entierro, había llorado mucho, a pesar de que no quería nada a la difunta, la Reina, que había sido, según ella, una vieja avara y una beata criticona. Todas las glorias de este mundo se acaban, ¿viste?, y la expresión de payaso en los ojos, payaso triste, expresión de data reciente, inexplicable, guardaba directa relación con una dolencia no confesada y casi no admitida, un mal más que secreto.

Fueron a Limache y él, tu padre, se pasó todo el verano sentado en la galería, con las piernas cubiertas por un chal, a pesar del calor, y con un libro en la falda. A veces leía, pero casi todo el tiempo miraba los árboles, los cerros que se habían desteñido en la niebla, los abejorros, el revoloteo de las mariposas amarillas y jaspeadas, con esa mueca de payaso, entre furiosa y burlona, con el lado derecho de la cara un poco prendido hacia arriba. Te daba la impresión, cuando llegabas de algún paseo, entierrado, y lo divisabas desde que cruzabas el portón, clavado en la galería, que la piel se le había empezado a convertir en cera. Sufría, sin duda, pero tú sabías que, aparte de sufrir, estaba congestionado de rabia, indignado, furioso con todos, con el mundo en general, y que no quería reconocerlo. La Hermelinda, entretanto, la cocinera, había andado de compras en una chacra cercana y le habían contado la historia del gringo Aldington, el marido de doña Martina Benavides, una de las dos hermanas que heredaron las tierras de al lado: un gringo que se pegó un tiro encaramado en la copa de un pino, en unos tablones donde se sentaba todas las tardes a leer y a emborracharse, y que las hermanas Benavides, parece, lo escondieron al fondo de la casa hasta que se pudrió y se quedó en los puros huesos.

¿Cómo sería la pistola del gringo? ¿Tendría empuñadura de nácar, o sería de acero bruñido y madera barnizada? Después de aquel verano en Limache, la familia se había trasladado a París a consultar a un médico famoso. Era tu primer viaje a París, bastante anterior al de tus andanzas juveniles, que se prolongaron hasta los años de la primera guerra. El mundo ya había empezado a desmoronarse, pero tú, todos ustedes, trasplantados chilenos, metecos finos, todavía no alcanzaban a notarlo. Lean ustedes la novela de Alberto Blest Gana, *Los trasplantados,* publicada en esos años en París en la imprenta de los Hermanos Garnier, rue des Saints-Pères, y comprenderán. Ellos, las eternas familias, no se daban cuenta, pero don Alberto, el novelista, el seguidor apasionado de Honorato de Balzac, ya sabía. Tu padre estaba todo el día en cama, en su departamento de los grandes bulevares, con los pómulos increíblemente hundidos, extenuado, tembloroso, sudoroso, y una tarde te hizo llamar. Antes de que la familia pudiera conseguir hora con el médico famoso, que pontificaba en alturas por lo visto inalcanzables, habían tocado el timbre de la casa dos chilenos. Tenían, explicaron, un método infalible para curar esa enfermedad, mejor que el del célebre galeno. Cobraron una suma por adelantado, para comprar elementos de trabajo, substancias químicas, jeringas, vendajes, y desaparecieron para siempre a la vuelta de la esquina. Dos chilenos que vivían del cuento, como tantos otros.

Obedeciendo al llamado, preparándote para algo serio, entraste al dormitorio de tu padre y tuviste la impresión de que la enfermedad, la fiebre, desde la tarde anterior, había avanzado a pasos agigantados. Las cortinas estaban cerradas a machote y se escuchaban, apagados, los rumores de la calle, los pasos, las voces de los transeúntes, los coches.

—Mira —dijo él—, te voy a regalar una cosa importante.

Palpó con dificultad, con una mano que se había achicado, que parecía una garra de pájaro, la cubierta del velador. Entonces viste, sorprendido, que levantaba una pistola, temblando intensamente.

—Es una Colt —te dijo—, muy buena marca. ¿Y sabes para qué te la doy?

—¿Para qué?

—Para que defiendas —dijo, ahogado, con el pecho agitado, con ojos turbios —tu honra. ¡Es lo único que vale en la vida! ¡Lo demás es paja picada! —y comprendiste que se refería, con mala leche, con amargura, a la plata de su primo hermano.

Diste vuelta por la orilla de la cama, con expresión seria, o sin saber, más bien, qué cara poner, y recibiste el arma. Él no había querido ponerla en el testamento, y te la daba, dijo, porque tenía la intuición, ¡curiosa intuición!, de que la necesitarías, tú, más que ningún otro.

—Porque eres bueno —añadió, ya con un hilo de voz—, de buen corazón, pero un poco disparatado, y si no tienes cuidado, la gente se podría reír de ti, se podría aprovechar. ¿Me entiendes?

—Sí, papá —susurraste.

—¿Cómo?

—Que sí, papá.

La cara de payaso, de Tony Caluga, con un lado de la boca subido, con un estertor débil, se había convertido en un rictus. Saliste del dormitorio con la pistola en las dos manos, como si trataras de mantenerla alejada de ti, y le pediste a la enfermera que fuera a atenderlo. Porque parecía que estaba en las últimas.

—Así es —dijo la enfermera—, mejor llamen al doctor.

El doctor, el galeno famoso, con su levita y su maletín, llegó al final de la tarde, y sólo pudo certificar la defunción, que se había producido, aseguró, hacía por lo menos tres horas. Escribió el certificado, lo firmó, le puso un timbre, y después estiró la mano para recibir el pago de su visita.

Hubo una misa en la iglesia del otro lado de la calle, que se llamaba San Roque y tenía huellas de balas de los tiempos de Napoleón Bonaparte, y al día siguiente partieron en tren a Boulogne-sur-mer. El ataúd iba en un compartimiento especial para ataúdes, tapado con las coronas de flores que habían mandado el cónsul Azunátegui, misiá María Menchaca de Ross, don Antonio Salcedo y familia, don Alberto Blest Gana y familia, aparte de don Federico Santa María, el solterón millonario, y en la Estación los esperaba una carroza cubierta de crespones, aunque no tan grandes y ostentosos como los de la Reina de Valparaíso, misiá Juana, y un conjunto de carricoches que los condujo directamente al cementerio. Salieron, después de una ceremonia más bien rápida, y él le dijo a Luis Emilio que tenía mucha hambre. Después le contó lo de la pistola Colt y le preguntó, sin mayores preámbulos, a su manera atolondrada y atropellada, que cuánto, más o menos, creía que heredarían.

—Pocón —respondió Luis Emilio sin pestañear.

Me imagino que pusiste una cara de inmediato desengaño. Y supongo que ahí empezó a germinar la idea de jugarse la herencia entre los dos, a ver si la doblaban, o de irse definitivamente al hoyo.

—¿Y si nos vamos al hoyo?

—Nos vamos. Yo me dedico a escribir artículos de diario.

—Y yo trato de que me manden a alguna embajada.

Todavía te faltaba un par de años para cumplir la mayoría de edad, pero era cuestión de esperar un poco y de viajar de nuevo a Europa a jugarse la plata. A todo esto, tú y tu hermano iban de chaqué de luto, de tongo, de pantalón a rayas, y así se subieron al tren de regreso a París. Pocos días después hacían las maletas para emprender el viaje a Chile. Había una guerra entre Rusia y Japón y se decía que la situación no estaba buena. Los caballeros chilenos se cruzaban de piernas y opinaban con caras fruncidas. Había que andar, pensaban, despacito por las piedras. Unos eran partidarios de comprar oro y otros no. Oro no, decían: acciones salitreras, o mineras. El problema es que nunca se sabía si las minas existían o si algún vivo las había inventado. Llegaban a la notaría de Copiapó, de Coquimbo, de Vallenar, a inscribir una pertenencia, pero ¿vas a subir a dos mil metros de altura, en pleno invierno, para comprobar que la mina susodicha existe, y que tiene, otrosí, una cabida de tanto y de cuanto?

Dos años después, a fines del mes de diciembre, te encontrabas en una función de gala en el Teatro Municipal. La platea, los palcos, los balcones y hasta la galería, el gallinero, estaban de bote en bote. Había llegado a Chile una diva italiana famosa y se representaba *Lucía de Lamermoor*. Tú habías ido de frac, puesto que se trataba de una función de gala, pero mirabas a la galería, molesto, porque te cargaba que personas que conocías, tus profesores, por ejemplo, o periodistas que te habían presentado en las redacciones, en los bares, te miraran desde el gallinero, con sus trajes arrugados, con sus zapatos rotos, y te vieran instalado en un palco y vestido de pingüino. Te encogías, te hacías más chico adentro de tu frac, te rascabas la coronilla, mirando al suelo. De repente, como si se hubieran puesto de acuerdo, los de la galería empezaron a patear y a berrear, a gritar cosas. Habían llegado hacía dos o tres días las noticias de una tremenda matanza en Iquique, al final de una huelga de obreros que habían abandonado las salitreras con sus familias y habían llegado en masa hasta la ciudad, y los gritos, los insultos, los feroces denuestos, tenían que ver con la matanza.

—¡Asesinos! —vociferaban—, ¡ladrones!, ¡burgueses de mierda! —y las patadas arreciaban, las lámparas de lágrimas se estremecían, tintineando, y empezaban a flotar por el aire nubes de polvo. Daba la impresión de que el teatro se podía venir abajo.

—¡Rotos groseros, incultos! —murmuraban los de la platea—. ¡País de indios! ¿Qué va a pensar la Carlini, famosa en todo el mundo y que se ha dignado llegar a cantar para nosotros?

De repente sentiste un golpe, algo frío en la nuca, y era un tomate hecho plasta. Una señora de al lado tuyo se puso a gritar a voz en cuello, histérica, con un pedazo de repollo sucio pegado en la pechuga. La gente empezó a cubrirse la cabeza, a buscar la salida, a esconderse debajo de los palcos. Dijeron que habían llamado a la policía y que iban a secarlos en la capacha a todos. Tú te sentías observado, clavado con un alfiler, como una mosca: no te gustaba nada estar donde estabas. Habrías dado cualquier cosa por hundirte debajo de la tierra. Habías leído el relato de la matanza en un pasquín y no lo habías creído, pero ahora, mientras los ocupantes de la galería pateaban el piso como barracos, empezabas a creer. Los obreros con sus familias se habían encerrado en la Escuela Santa María. Habían recibido la orden terminante de regresar a las salitreras y no la habían cumplido. Entretanto, llegaban barcos de guerra al puerto y bajaban regimientos enteros. Algunos traían ametralladoras pesadas. El general Silva Renard ordenó colocar las ametralladoras en los techos, rodeando la escuela y la plaza. Cuando las conversaciones fracasaron, avanzó en su caballo blanco hasta cerca de la escuela y levantó su sable. Después lo bajó, impávido, con cara de piedra, con bigotes a la prusiana, con un casco que relucía, y las ametralladoras y los fusiles vomitaron fuego. Al comienzo creyeron que eran armas de fogueo, pero después empezaron a ver que la gente, los niños, las mujeres, los trabajadores, los ancianos, caían como peleles, entre charcos de sangre. Parece que el tiroteo, el tableteo de las ametralladoras, duró una eternidad. Hasta que el general, por fin, levantó su sable. Las noticias de los diarios, en los días que siguieron, no decían cuántos habían sido los muertos, pero se calculaba que eran miles.

—¡Viva el general Silva Renard! —gritó uno de los que estaban acurrucados debajo de un palco, enfermo de miedo, cagado en los pantalones, doblado en dos, a pesar de que sólo caían huevos, tomates, lechugas. Sonaron pitazos de la policía y empezaron a desalojar las localidades baratas. Un caballero de patillas blancas, incorporándose, con la cara roja, murmuraba que este país no tenía remedio. La gente de la platea volvió poco a poco a sus asientos, observando que habían despejado la galería y que la tenían ocupada, ahora, con empleados del teatro y con gente uniformada. Alguien golpeó las manos y anunció desde el proscenio que la función iba a continuar. Los artistas, con este gesto de seguir la representación, querían demostrar su repudio de la anarquía. La verdad es que tú habrías preferido salir de la sala, pero al final, con tu típica indecisión, o con tu contradicción, no lo hiciste. Te quedaste en tu asiento, clavado, escuchando a la diva, rodeado de miradas furibundas, convencidas, combatientes. ¿Eras demasiado sensible, como le gustaba decir a tu difunto padre, como solía decirse por ahí? ¿Habías salido a tu madre, lectora de Paul de Kock, de Paul Bourget, de novelas de amor de tono más bien subido? ¿A un tío abuelo tuyo poeta, recitador, funcionario público? Tu padre había dicho siempre, y los hermanos y hermanas de tu padre solían decir, que los hombres de la familia de tu madre no sabían otra cosa que vivir a costa del fisco. Si tenían estatuas con levitas, plumas, libracos de bronce ennegrecido por la humedad, ensuciado por las palomas, en lugar de sables y uniformes, peor, mucho peor. Parece que después, en los días que siguieron, hablaste con tus nuevos amigos, los de las redacciones de los diarios, y recibiste noticias más detalladas, completas, tremebundas. Había sectores de la escuela y de la plaza, te contaron, donde la sangre había corrido en acequias. Hasta el cura de la parroquia, horrorizado, había tratado de intervenir, y habían estado a punto de ametrallarlo a él, por meterse donde no lo llamaban.

—La próxima vez —anunciaste—, voy a tomar el partido de los obreros.

—No te van a dejar.

—¿Quién dijo que no me iban a dejar?

—¿Quién es usted? —preguntó otro.

—Eduardo Brisset —respondiste, a pesar de que Eduardo Brisset Lacerda sólo existiría en *El inútil*, en tu primera novela, que todavía no habías empezado a escribir.

Tus recientes amigos se miraron entre ellos, un tanto sorprendidos. Uno se tocó la sien con el dedo índice, insinuando que te fallaba un tornillo. Te encontrarías con ese gesto, con esa burla mal disimulada, por todos lados, en tabernas de mala muerte y en clubes de lujo, a lo largo de toda tu vida. Era una de las formas que asumiría tu destino, una de tus particulares condenas.

V

Jorge Cuevas Bartholin, Cuevitas, fue uno de sus mejores amigos de juventud. Quizá el mejor. En todo caso, el más divertido, el más ocurrente y sorprendente, el más cariñoso. Demasiado cariñoso, decían las malas lenguas. Muchos, en el Santiago de los primeros años del siglo XX, aseguraban, con el más chileno de los chilenismos, que estaba enamorado de él, de Joaquín, hasta las patas. Hace algunas décadas se sabía bastante del personaje, pero supongo que las generaciones jóvenes ya no saben nada o casi nada. Cuevas, Cuevitas, fue el afrancesado en estado puro, el meteco perfecto, el *parvenu* que partió a París con una mano por delante y otra por detrás y que logró (a diferencia de Joaquín, en flagrante contradicción con él), todos sus objetivos, hasta los más audaces: se casó con una millonaria norteamericana, tuvo hijos con ella y se transformó al cabo de los años en marqués de Cuevas, mecenas, hombre del gran mundo, financista de un cuerpo de ballet internacional. Los chilenos siempre miraron esta transformación con asombro, con envidia, con incredulidad. ¡Qué desmentido para ellos, qué desafío, qué broma de mal gusto! Antes de salir de Chile, Jorge Cuevas Bartholin era un joven pobre, de aspecto más bien insignificante, afeminado, loco por la vida de los salones. Nadie, comenzando por su amigo Joaquín, habría dado un cinco por él. Su apodo de Cuevitas lo definía, lo encasillaba, le venía como anillo al dedo. Sin embargo, las personas que lo vieron en sus años finales, en su lujoso departamento del Quai Voltaire, frente al Sena y al Louvre, rodeado de personajes como el Aga Khan, Jean Cocteau, el antiguo Príncipe de Gales y su esposa, Rodolfo Nureyev, primera figura de su ballet particular, dan el testimonio coincidente de una metamorfosis extraordinaria, en cierto modo milagrosa. Cuentan que proyectaba la figura de un auténtico aristócrata español, heredero de viejos pergaminos, y que había adquirido rasgos curiosamente interesantes: una cara pálida, distinguida, una lengua inteligente, chispeante, oportuna. Parece que a todos los chilenos, o a los chilenos de talento, por lo menos, les hace sumamente bien escapar de Chile, pero Jorge Cuevas fue, de lejos, el más aventajado, el más excepcional con distancia. Alone, Hernán Díaz Arrieta, el gran cronista literario de ese tiempo, da en sus memorias un testimonio curioso del joven Cuevas antes de salir del redil. Relata una visita que le hizo Cuevas, en calidad de autor novel, a la redacción de un periódico. Dice que el asiento que ocupó el joven quedó impregnado durante días de un perfume fuerte, poco usual en el Santiago de aquellos años. Por lo demás, siempre se dijo que Hernán Díaz Arrieta pertenecía a la familia gay y no se preocupaba mucho de ocultarlo. De modo que su retrato de Jorge Cuevas, el futuro marqués, está lleno de segundas intenciones, de guiños, de rasgos de un humor insidioso. Se puede inferir que Jorge Cuevas, Cuevitas, desde antes de salir de Chile, era excesivo en muchas de sus manifestaciones y podía llegar a parecer, en el cotarro nacional, francamente disparatado, absurdo. De hecho, parecía siempre fuera de tiesto, hasta fuera de escala. Ahora bien, Joaquín, a quien Cuevas desde sus años de Chile llamaba Jacques, con una especie de complicidad delatora, en clave afrancesada y privada, llegó a pensar al cabo del tiempo que tenía razón. En el balance final, después de medir todos los factores. Llegó a decirse que Cuevitas, hasta en sus excesos, en la desmesura de sus ambiciones, no se había equivocado en lo más mínimo. Porque sin emociones profundas, sin salirse de los senderos trillados, sin el desarreglo sistemático de los sentidos, citaba Cuevas, que sabía de muchas cosas, aun cuando ignoraba más de una, la vida no valía la pena de ser vivida.

—Te comprendo —respondía Joaquín, Jacques, y el otro lo miraba con ojos brillantes, húmedos, que lo hacían sentirse incómodo. Pero la verdad es que triunfaba el otro, terminaba por tener razón el otro: Sotito en una de las primeras novelas de Joaquín, Dueñitas en *Criollos en París*, Cuevitas.

Cuando él (tú) publicó *El inútil* y se armó un escándalo descomunal, que lo obligó a salir cascando de Chile, el otro escribió un texto breve, poético, un homenaje vibrante y secreto, páginas de tono confesional, íntimo, al estilo de Pierre Loti o quizá de Paul Morand, y lo publicó en edición escasa, de lujo: *Mi amigo Jacques*.

—Es una novela de amor —le dijeron—, no puedes negarlo —y él rechazó la insinuación con franca molestia, con ira. Vivían, vivíamos (y seguimos viviendo), en un mundo chico, miserable. Creo que así pensó siempre, y estoy en total acuerdo. No había libertad de espíritu ni nada que se pareciera. No la había entonces, y no la hay ahora. El otro, entonces, Cuevitas, ¿Dueñitas?, estaba haciendo sus maletas, y con la más absoluta razón. Había decidido irse de Chile con lo puesto, a como viniera.

—¡Adiós, Chile que odio, ni mis huesitos te dejaré! —había exclamado desde la cubierta de un barco, mientras contemplaba los cerros de Valparaíso, que se alejaban en la noche del sur del mundo, una señora conocida, misiá no sé cuánto viuda de no sé cuánto, y la frase había circulado en forma intensa, había sido repetida y comentada infinidad de veces, entre Santiago y Valparaíso, entre el Valle del Maipo y la costa central, para extender un poco el espacio.

—Yo —dijo, dijiste al cabo de los años—, le presté plata, puse algunas fichas en la ruleta con los restos de mi herencia, acerté dos plenos seguidos, dos veces el número 32, mi predilecto, le entregué toda mi ganancia, y nunca me he arrepentido de haberlo hecho. Llámalo préstamo, si quieres, le dije, pero es una contribución a tu escapada, a tu huida, a la liberación de tu espíritu. Él me devolvió hasta el último centavo, con creces, en champagne de la mejor clase, bebido en maravillosas flautas de cristal cortado, en caviar de granos gruesos y sobre fondos de hielo *frappé*, en presentaciones a sus amigas y amigos de lujo, en alegrías, en momentos de verdadera gloria, en favores incontables. ¿Qué mejor devolución podía pedir? Insistía en que yo era sombrío, que me encerraba, que me torturaba sin necesidad, y él me hacía salir a la luz. O trataba de hacerme salir, y con las mejores intenciones, porque, en definitiva, a pesar de sus buenos deseos, seguí en la sombra, recogido en mi concha, aferrado como lapa a lo oscuro. Ahora creo que fue un destino. Y ahí estaba, como lo he repetido tantas veces, el coro que me anunciaba la catástrofe. Él, Cuevitas, Sotito, Dueñitas, en la ficción y en la no ficción, cantaba en la primera fila, con voz de tenor y hasta de tenor soprano. Sin equivocarse, desde luego. Sin dar una sola nota en falso. Como Sibila infalible.

No nos debían, decías, haber enseñado tanta química orgánica, tanta física, tantas fechas de muertes y batallas, tantos nombres de dinastías. Debían habernos enseñado a tocar la guitarra, a cantar, a sonreír (sobre todo a las viejas ricachonas), a caminar con gracia. *Hago vida de playa eterna. Soy una ficción y no una horrible realidad.* Eso declaraba uno de tus personajes, ya en tus comienzos. Y ahí tenían ellos, se decía en ese texto tuyo primerizo, a Sotito, a Olano y Guiñazú.

Nosotros, los lectores de hoy, ya no sabemos quién es este Olano y Guiñazú, o a quién quería aludir el narrador de una de aquellas primeras novelas con ese nombre. Pero era, seguro, me imagino ahora, algún argentino bien vestido y engominado, de buena cara, bailarín eximio de tango, cantante en altas horas de la noche, guitarrista cuando correspondía. Y ese Sotito, sin la menor duda, a juzgar por el diminutivo y por uno que otro detalle, era el famoso Cuevitas, célebre en los años cincuenta por su cuerpo de ballet, por sus fiestas extravagantes, por sus disfraces de Luis XIV, en la mitad del mundo, entre Nueva York, digamos, París, Biarritz y Montecarlo. En Chile se dice «cueva» por la suerte. Joaquín lo comentó con gracia en dos o tres de sus crónicas. Existe la mala cueva o la buena cueva. Fulano de Tal jugó grueso en la Bolsa y tuvo buena cueva. Zutano se casó a ciegas y resultó que su mujer era un cabo de guardia: ¡mala cueva! ¿Y Cuevitas, Dueñitas, Sotito? Ahora creemos, y en eso estamos enteramente de acuerdo con el análisis de Joaquín, que no fue una cuestión de cueva. Fue un talento, una astucia. *Last, but not least*, una perseverancia, una obstinación, una línea de conducta seguida con lucidez sorprendente: seducir a las viejas e incluso a las no tan viejas, como aconsejaba un proverbio árabe, y desconfiar de tanta química y tanta geografía. Guiarse por la nariz, por el olfato. Dejarse de teorías. Y saber amar, saber contemplar y admirar la belleza del universo y de los seres humanos, el vuelo de un pájaro y la gracia suprema de un *pas de deux*. En algún sentido, saber vivir.

Cuevitas, Jorge Cuevas Bartholin, el histórico, a todo esto, había tenido una infancia estrecha, triste, en la casa de un par de hermanas mayores, solteronas. Entendemos que su padre, hidalgo honesto y sin fortuna, murió joven, y no tenemos noticias mayores de la señora Bartholin, hija de algún inmigrante, ¿algún tendero llegado del norte de Europa? No nos parece improbable que el abuelo Bartholin, de rasgos finos, de complexión rubia, vendiera casimires detrás de un mostrador, lo cual ayudaría a comprender, como veremos más adelante, una de las etapas de la vida de su aprovechado nieto. Pero sabemos poco, y no queremos entrar en especulaciones ociosas. Creemos, a todo esto, que una de las hermanas de Cuevitas era profesora de música, y que la otra confeccionaba sombreros femeninos. Vivían, de hecho, en un segundo piso del barrio bajo de Santiago, en las cercanías de la calle Santo Domingo, cerca de donde viviste tú muchos años más tarde, en tu desclasamiento, pero no en tu desgracia, puesto que no lo viste nunca como una desgracia. Era, la residencia de las hermanas Cuevas, un segundo piso de tablas que crujían, de ruidos nocturnos, de ratas roedoras, de olores a comida. En una sala del fondo, sobre pedestales de madera en forma de altas cañas, se desplegaba el pequeño bosque de los sombreros, el bosque en penumbra. Él, Jorgito, mucho antes de pasar a ser Cuevitas, caminaría en la punta de los pies y lo miraría desde su estatura infantil, fascinado. Su afición a la moda, a las formas, al misterio de los velos vaporosos, a los diseños audaces, ya sería notoria. Sentiría que los sombreros tenían, en su altura, en la relativa oscuridad, en el silencio alterado por vagos rumores domésticos, ecos de voces, choques de utensilios, zumbido de máquinas de coser, una vida secreta, independiente: cada sombrero le hablaría en una lengua particular, en su condición casi humana, en su vuelo inmóvil. Por eso, años después, cuando consiguió que Yusupof, el príncipe homicida de la corte de los últimos zares de Rusia, el asesino del monje Rasputín, lo contratara para trabajar en la tienda que instaló en París en el comienzo de su exilio, pudo hacerse cargo de la vestimenta femenina, y sobre todo de la sección de los sombreros. Cuando la clienta en potencia, la señora del banquero tal, del barón de Nucingen, para citar un ejemplo balzaciano, o la marquesa cual, la de Villeparisis, para remontarse a Marcel Proust, se probaba uno, él, Cuevitas, desde atrás, en la punta de los pies, ya que nunca superó el complejo de su estatura, sobándose las manos, hacía su elogio en un lenguaje que dominaba, que saboreaba, donde las erres sonaban un tanto españolas, pero eso le daba, justamente, un sabor adicional, y no le costaba demasiado terminar de convencerla. De hecho, hacía más o menos lo mismo de niño, cuando las señoras de la sociedad de Santiago visitaban el cuarto de los sombreros, en el fondo de la casa. Se probaban frente al espejo de cuerpo entero, en la galería, y le preguntaban. Porque les gustaba preguntarle a él, más que a la hermana sombrerera:

—¿Te gusta?

Sí, contestaba, señora Lucy, o señora María Cristina, o señora Lala (era un experto consumado en nombres y en sobrenombres, en apodos y apócopes), le queda muy bien, o va muy bien con su forma de cabeza, con su color de pelo. ¡Maravilloso!

Una de las anécdotas de su infancia estrecha, de su pobreza, se ha narrado por escrito en diversos lugares. No sabemos si a él le gustaban estas historias de sus orígenes, de algo que en Chile llamamos hambres atrasadas, pero, en cualquier caso, no hizo mucho por acallarlas. A sus hermanas mayores, niñas bien, como se decía, pero venidas a menos, descendientes, según ellas, de unos Cortés de Madariaga o de alguna otra cosa, una de las pocas familias que había traído al Nuevo Mundo títulos de Castilla (factor que él supo aprovechar tan bien muchos años más tarde), les gustaba, a pesar de sus estrecheces, recibir de vez en cuando en la casa de altos aquella. Había que subir por una escalera crujiente, escorada de un lado, cubierta por una alfombra desteñida, llena de manchas dudosas, pero ellas se encargaban de limpiarla bien, y, cada vez que se producía uno de estos eventos sociales, lo cual no era frecuente, le pedían a la vecina del primer piso, que se pasaba en la puerta conversando, a veces en bata, incluso en enagua, con un eterno pitillo a medio consumir entre los labios, que no conversara, por favor, en la puerta de calle.

—Da mala impresión, misiá Chepa.

La vecina, la Chepa Coto, ponía una cara fruncida, una mueca de sabor ácido, un dengue, murmuraba algo entre sus dientes manchados por la nicotina, pero al final acataba. Al rato, pasadas las nueve de la noche, sonaba el timbre en el fondo de la casa, ronco, y abría una empleada en delantal blanco y negro, uno de los lujos que sus hermanas mayores se permitían en estas ocasiones. A la empleada, la Edelmira Flores, le pagaban una miseria, pero el delantal lo cosía la hermana sombrerera, y en la tela blanca y negra, de pechera almidonada, no escatimaban. Se abría, pues, la puerta de calle, mientras la Chepa Coto espiaba desde abajo, y se ingresaba a una sala en penumbra, de olor más bien dudoso, con un par de cómodas de estilo Imperio que habían pertenecido a la abuela de los Cuevas, Marcelina Vidaurre de Cortés, de los antiguos Cortés de Madariaga, flanqueadas, las cómodas, de columnas y cabezas de esfinge, y donde se divisaba una buena cantidad de figurillas de porcelana, retratos desteñidos, animalitos de bronce: un perro enhiesto y huesudo, un jabalí cornúpeto, un negro que ensartaba un león melenudo con una lanza, un Quijote y

Sancho en amena plática, en sus respectivas cabalgaduras, aparte de un tintero que era, explicaban las hermanas Cuevas Bartholin, de cristal de roca, y que se había usado en la firma de una Constitución federalista de los primeros tiempos de la Independencia. En el comedor brillaba un servicio de copas verdosas que un antepasado había traído de Francia, colgaba del techo una lámpara de madera con pantallas de seda de color frambuesa, y campeaba en el centro de todo un adorno de plata maciza, un objeto caracoleado, de lujo, que más de una vez había partido a la Casa de Empeños, pero que nunca dejaba de reaparecer recién rescatado y más bruñido que nunca.

La anécdota repetida y hasta consignada por escrito en diversos lugares, incluso en una historia de Chile desde 1891 hasta 1938, ocurrió en aquella mesa, alrededor de aquel sólido centro, a la luz de aquella lámpara de apariencia bávara. A él, al Jorge Cuevas niño, anterior, por consiguiente, a su condición de Cuevitas y mucho menos de Sotito o Dueñitas, a Jorgito, le habían advertido que no podría servirse el postre de lúcuma porque apenas alcanzaba para las visitas. Uno de los invitados, Manuel Alfonso Renjifo, musicólogo, pintor de domingo, empleado de banco, conocido por la familia como Renjifonfo, aparecía por la casa con frecuencia y era de confianza, pero los demás venían por primera vez y eran, por consiguiente, de etiqueta. Pues bien, la empleada, la Edelmira Rojas o Edelmira Flores, ya no me acuerdo con exactitud, torpe, bruta, de manos hinchadas y tapadas de sabañones, sirvió la mesa en el orden que se le pasó por la cabeza y le acercó la fuente a él, a Jorgito, antes de servirle a los invitados principales. Él miró el castillo suculento, magnífico, los contrafuertes de merengue invadidos por oleadas de crema de lúcuma, salpicados por chispas de chocolate, observado de reojo por las hermanas aterrorizadas, comprendió ese terror, tembló de gula, de impotencia, de furia reprimida, dijo "no, gracias", con un gesto retorcido, con el ceño pálido, arrugado, con labios estrechos, y después, cuando la fuente magnífica se alejaba para no volver, se largó a llorar a moco tendido.

Así se contó la historia, por lo menos, y parece que así, o en forma muy parecida, ocurrió. Cuevitas, ¿Dueñitas?, creció, perfeccionó sus conocimientos de canto y guitarra, estudió baile con el famoso maestro Valero, leyó libros sobre historia del mueble, se instruyó lo mejor que pudo y en los comedores más ricos de Valparaíso y Santiago acerca de las maneras más elegantes de poner una mesa, se ejercitó en las artes de la conversación y en las maneras de arreglar un florero (como Leonardo da Vinci, después de todo), gastó en camisas de seda con su monograma y en rutilantes corbatas todos los pesos que pudo ahorrar, incluyendo el producto de los dos plenos acertados por Joaquín, y un buen día pasó a despedirse de sus amistades. Joaquín, después del viaje motivado por la enfermedad de su padre, de la vuelta a Chile después de su muerte, del escándalo provocado por la publicación en 1910 de su primera novela, *El inútil,* y de su escapada a Río de Janeiro, había estado un tiempo en Santiago y había partido a París. Me parece que Jorge Dueñas, Jorge Cuevas Bartholin, el histórico, llegó por el año catorce, un par de meses antes de que estallara la guerra. Alcancé a escucharle a mi abuelo materno, Luis Germán Valdés, pariente suyo, que una vez, hacia 1918 ó 1919, caminaba por una calle de París y lo llamaron desde la vereda del frente. ¡Luis Germán!, gritó una voz que sólo podía pertenecer al cotarro criollo. Era un chileno, contaba, más bien bajo de estatura, de mirada viva, de expresión simpática.

—¡Soy el decimotercero de tu tío Conrado!

—¡Cuevitas! —exclamó de inmediato mi abuelo, a cuyos oídos ya habían llegado las hazañas de su pariente.

Y la anécdota no pasa de ahí, de ese rotundo ¡Cuevitas! Calculo, como digo, que esto ocurría al terminar la guerra. En vísperas de su estallido, cuando se supo del asesinato en Sarajevo del Archiduque heredero del Imperio Austro Húngaro y de su esposa por un terrorista serbio, Gavrilo Princip, dicen, y lo cuenta Joaquín en alguna página extraviada, que un grupo de chilenos reunido en una terraza del balneario de San Sebastián, en Donostia, exclamó:

—¡No puede haber una guerra por un Archiduque!

Pero ocurre que se encontraba en la misma mesa un general español bigotudo, de resplandecientes charreteras, de cara ancha, amigo, al parecer, de la familia de la madre de Joaquín, y golpeó con el puño en la mesa, rojo de indignación:

—¡Los Archiduques son de sangre real! Toda nación digna tiene la obligación de defenderlos.

¡Ya ven ustedes! Estos generales de grandes bigotes, de frondosas patillas, se las traían. Eran, estos generales, precursores de otros, y hasta nosotros, hasta nuestras orillas lejanas en el tiempo y en el espacio, llegó su numerosa descendencia.

VI

Sus amigos contaban que desde muy joven, desde los veintitantos años, incluso desde antes, era un verdadero salvaje para el juego, un descontrolado: el episodio del primer capítulo, el que abre el paréntesis narrativo, demuestra que a los setenta todavía no conseguía controlarse, que todavía perdía los estribos y que los perdería siempre, hasta el extremo y amargo final. Era, eso sí, un descontrolado con golpes de suerte, con tincadas increíbles. La tincada es una expresión chilena: alude a una forma de la intuición, a una mezcla de la intuición y la adivinación. A uno le tinca un número de ruleta, pero también le tinca una mujer que todavía no conoce o sólo conoce de vista. Él, Joaquín, entró una noche al Popular, un garito clandestino del centro de Santiago, de la calle Agustinas, perdiendo. No era su primera visita a ese antro siniestro, de color de humo y caca de moscas. Los guardaespaldas de la entrada inclinaron la cabeza en silencio, los crupieres lo reconocieron y siguieron enfrascados en sus tareas, el administrador, lleno de venias, de bigotes pintados y peluca lustrosa, se acercó a saludarlo, a saludar a ese mozalbete de corbata de papillón y de tongo y que solía jugar grueso. Entró, como digo, perdiendo, y cuando sólo le quedaban dos mil pesos de los diez mil que había traído en billetitos colorados, relucientes y crujientes congrios de a cien, los puso todos al 16.

—¡No seas loco! —le murmuraron sus amigos al oído, pero él, cuando estaba así, en algo muy parecido al estado de trance, no escuchaba.

—¡Negro el 16!

Recogió una tonelada de fichas, sin demostrar emoción alguna, y se fue a una de las mesas de punta y banca. Puso diez mil a público. Le salió un cinco, pidió cartas y sacó un nueve de corazón: cinco más nueve, cuatro. La banca se tendió con cinco. Puso veinte mil y también los perdió. Remató la banca en treinta mil y pidió que le sirvieran, por favor, un martini seco. Llegó a tener más de cien mil pesos, con un capital inicial de diez, pero al cabo de tres horas lo habían desplumado. Estaba impertérrito en apariencia, pero muy pálido, con ojeras enormes. No decía una palabra, y las manos finas, delgadas, no le temblaban.

—Vámonos a Calén —le propuso uno de sus mejores amigos, Vicho Balmaceda. Vicho tartamudeaba un poco, y lo miraba desde las sombras de su cara aquilina, de rasgos acentuados, de nariz larga.

—¡Vámonos! —aceptó él sin pestañear. Ninguna propuesta podía parecerle más oportuna. Salieron del Popular, cuyos crupieres, comentó Vicho, parecían criminales de novela francesa, y en la cordillera de los Andes despuntaba la luz del amanecer. ¡Qué pureza!, pensó él, pensaste, después de salir de tanto humo, tanta mugre, tanta codicia. Pasaron por la casa de su madre a recoger un poco de ropa y corrieron a tomar un tren que salía de la Estación Central a las ocho y media de la mañana. Él vivía entonces con su madre viuda y con otros miembros de la familia a media cuadra de la Plaza de Armas, a quince minutos en coche de la estación. Era la casa, puedo añadir, que después, con el correr de los años, se convertiría en el bar y restaurante La Bahía, uno de los puntos cardinales, metafísicos, por así decirlo, de la vida santiaguina. En vez de tomar desayuno, se empinaron un par de martinis extra secos en un café de la esquina de la estación, un antro de aspecto miserable. Ya había empezado la afición de algunos vástagos de familias ricas por los escenarios míseros, cutres, como se diría en el Madrid de hoy, una tendencia que podríamos bautizar como «miserabilismo».

La vida no tiene ningún sentido —declaró él, cuando ya empinaba el segundo de sus martinis. A los veinte años, y después del segundo o del tercer martini seco, no es imposible escuchar declaraciones como ésa.

—A ver —dijo el Vicho Balmaceda, entre tartamudo y burlón, acariciándose la barbilla—, explícate un poco.

Él insistió. Dijo que la vida era trágica. Que mientras antes se muriera uno, mejor. Y que lo mejor de todo, lejos, era no haber nacido. Vicho, elegante y trasnochado, escuchaba con una sonrisa de ligera sorna. Tenía una manera de caminar inconfundible, como si sus largas piernas buscaran para un lado y terminaran por seguir en línea recta, y ahora, de pie, se apoyaba de costado en el mesón sucio, como un barco escorado. Tenía un pañuelo de seda gris claro colgado del cuello y fumaba en una cachimba de marfil, con un gesto de indolencia, de abandono. Después de escuchar, declaró con la mayor solemnidad que no estaba en absoluto de acuerdo. Se irguió, en seguida, cuán largo era, sacando pecho, y terminó de zamparse su martini.

—A mí —declaró—, me gusta la vida como chancho.

Como chancho, chilenismo muy chileno. Si pudiera, él, prosiguió, firmar contrato por dos vidas o por tres, firmaría sin pestañear. Además, para colmo, estaba, estoy, declaró, enamorado hasta las patas.

—No te voy a preguntar de quién —dijo Joaquín, enarcando las cejas—. Pero ya me imagino de quién.

—Así es —respondió Vicho, sin exagerar, pero sin disimular ni disminuir—. Para desgracia mía.

Joaquín movió la cabeza, a sabiendas de que Vicho estaba enamorado de la bellísima mujer de un primo hermano suyo, y que su amor, para su suerte y para su probable desgracia, era correspondido. Estuvo unos días en Calén, el fundo de Vicho, dando paseos a caballo, comiendo hallullas con mantequilla de campo, huevitos de gallinas castellanas a la copa, cazuelas, locros falsos, escuchando cantar a las cantoras de los alrededores:

¡Vivan los balmaceítas
Toritos bravos!

dejándose regalonear por las mujeres del patio del fondo de las casas, haciendo cabalgatas por los cerros, sentándose en el suelo a contemplar el crepúsculo desde la cumbre de una loma, en la desembocadura del río, y una tarde cualquiera, con unos pocos minutos de anuncio previo y un abrazo rápido y torpe, como era su costumbre, se despidió de Vicho y le dijo que partía a la estación.

—Suerte —le dijo, y Vicho le respondió lo mismo. La verdad es que partió con el corazón pesado. Vicho tenía mucho miedo de haber contraído la sífilis, la enfermedad de las enfermedades, y además, si la había contraído, tenía miedo de algo todavía peor: de habérsela contagiado al amor de su vida, a Teresa, la mujer de su primo Gustavo. ¡Eso sí que era desgracia! Era el sino trágico de su generación. Una de las alternativas que había contemplado, a pesar de su apego a la vida, era suicidarse, y la otra, las otras... Nada era claro. Todo era extremadamente confuso.

Se fue de Calén, entonces, pero no llegó a la casa de su madre y de sus hermanos, la que al cabo de una década o década y media se convertiría en bar y restaurante La Bahía, puerto mitológico de políticos, periodistas, borrachines, poetas melenudos, lugar nerudiano, huidobriano, y hasta frecuentado por el clan desmesurado de los De Rokha. Transcurrieron largas semanas, más de un mes, y no aparecía por ningún lado. Los amigos, presididos por Andresito, su primo, el más fiel de todos, fueron a visitar a misiá Luisa Gertrudis, su madre, preocupados, asustados: podía tratarse de una cuestión de juego, o de una cuestión de faldas, o de algo todavía peor, de una desgracia, un crimen. Doña Luisa les suplicó que estuvieran tranquilos. Había recibido un par de misivas suyas, en papelitos arrugados, que llegaban no se sabía cómo ni por dónde, pero él no quería confesarle su escondite a nadie, ni siquiera a ella. Había retirado un poco de plata, y daba la impresión de que no tenía problemas. Sólo las ganas de estar escondido. Ella, misiá Luisa Gertrudis, se peinaba con un moño y usaba tenidas de color celeste, amarillo suave, marrón con pinceladas amarillas, abundantes tules, gasas envolventes, zapatos de colores claros, de botones delicados, de tacos finos.

Tendría cincuenta años, quizá un poco menos, y su voz era medio extranjera, ajena, extraña. En la voz se notaba que su relación con el país era más bien confusa, si es que no era de conflicto abierto. Andresito, su sobrino, a la salida de la casa, declaró que la vieja le encantaba, que estaba enamorado de ella, a pesar de la diferencia de edad, del parentesco, de todo. Llegaron al Club de la Unión (no al de juego), felices, ocuparon una mesa del patio andaluz y pidieron una ponchera.

—¿Y Joaquín?

O estaba en brazos de alguna campesina robusta, de grandes tetas, de poto grande, o estaba jugando en algún garito de Valparaíso, de Buenos Aires, de quién sabe dónde. Había que brindar por él, dijeron los amigos, y dejarlo tranquilo. Brindaron, alegres, hasta que cayó la oscuridad, y pidieron otra enorme ponchera: vino blanco, toques de coñac, oporto, huevo batido, canela.

En el centro, a la salida de la Bolsa de Comercio, le contaron a Andrés, al final de la mañana del día siguiente, que lo habían visto rodeado de gente rara —periodistas, poetas de mala muerte, anarquistas desdentados—, en un segundo piso de la calle Bandera. Tomando vino litreado, untando marraquetas de pan en un pebre verdoso, y hablando del socialismo, de la sociedad sin explotadores que nacería en un futuro cercano, de los detentadores del capital, que tenían sus manos manchadas de sangre, y de los crímenes de la Iglesia, aliada eterna de los ricos. Por esos días, un obrero tipógrafo y periodista, un tal Iribarren o Echebarren, se había negado a jurar por Dios y sobre la Biblia cuando asumía su cargo en el Congreso y le habían robado un puesto de diputado ganado en las urnas, en una circunscripción del norte, en elecciones de buena ley. ¡Ladrones!, gritaba Joaquín a voz en cuello, golpeando la mesa, y la gente del recinto destartalado de Bandera, de paredes manchadas con vino y otras materias inciertas, se daba vuelta. Corrió la voz de quién era y los parroquianos del boliche se quedaron asombrados. Él, Andrés, para defenderlo, cuando escuchó esa historia en el club, dos horas más tarde, porque las historias, en ese Santiago más primitivo, corrían igual de rápido que ahora, quizá aún más rápido, dijo que era un excéntrico, un artista, y que eso le venía por el lado de su madre.

—¡Qué excéntrico ni que ocho cuartos! —replicó alguien, un antecesor directo de Patria y Libertad y de otros grupillos similares—. ¡Es un traidor del carajo, y un loco peligroso! ¡Eso es lo que es! Lo que sucedía es que por todos los confines de la ciudad y del país corrían aires de guerra, de revolución, de sangre, y había que andar con tiento. Si alguien traicionaba, por muchos pergaminos que tuviera, por bonita que fuera su cara, había que sacrificarlo sin compasión. Que se acordaran de Felipe Igualdad, de toda esa manga de corrompidos. ¿No había pertenecido José Manuel Balmaceda, el Champudo, el presidente Zamacueca, a esa misma especie humana? Andrés, Andresito, se dedicó a caminar por Santiago y a preguntar. Cuevitas, Dueñitas, Sotito, le prometió hacer averiguaciones. Las averiguaciones de Cuevitas, hombre de mundos diversos, de frecuentaciones heterogéneas, a menudo inconfesables, dieron rápidos resultados. Los indicios más diversos apuntaron a un hotelucho en un portal, cerca de la estación. Andrés se presentó en la dirección que le anotó Cuevitas, quien siempre sabía más cosas de las que pretendía saber, dio una propina a la mujerona de la recepción antes de abrir la boca, y preguntó. Le dijeron que estaba en su pieza, la número 37.

—Es primo mío —explicó Andrés—. Subo a visitarlo.

La mujer de la recepción, una anciana bigotuda, con cara de guarén, se encogió de hombros. El parentesco del señorito con el otro señorito era la última de sus preocupaciones. La alfombra de la escalera tenía los bordes deshilachados, los centros desteñidos. Los escalones se hundían hacia el muro de adentro. Había en la atmósfera un fuerte olor a comida y a meados de gato, a cosas peores. ¿Cómo es posible?, se preguntaba Andrés, Andresito, con el corazón lastrado, malherido.

Dio dos golpes fuertes en la puerta, que tenía el número 37 mal pintado en caracteres negros, y la verdad es que lo hizo con miedo, hasta con angustia. El inefable, el delicado, el caballeroso Andresito.

—¿Quién es? —preguntó desde adentro la voz inconfundible, aunque medio dormida.

—Soy yo. Andrés.

Escuchó pasos. Joaquín, en mangas de camisa, con cara de sueño, le abrió la puerta, y se dieron un abrazo muy apretado. Andrés se vio en una pieza estrecha, en medio de un desorden indescriptible. Una ventana mezquina daba sobre los techos metálicos de la Estación Central. Debajo se adivinaban émbolos, máquinas que echaban humo, calderas al rojo, ferrocarrileros tiznados, gentes que corrían de un lado para otro, como hormigas. Joaquín le contó que llevaba 25 días encerrado.

—¿Dedicado a qué?

—A escribir una novela.

Cuando la publicara, dijo, se iba a armar la gorda. La novela no dejaba títere con cabeza. Andresito contó, muchos años más tarde, en una época en que ya nadie, con la sola excepción de su señora, prima hermana suya, lo trataba de «Andresito», y en que muy pocas personas se acordaban de aquella novela, que Joaquín le había leído ochenta páginas de un tirón y que él se había quedado asustado, escandalizado. No puedes publicar eso, le había dicho, entre otras razones, porque eres un caballero, y cuentas cosas que un caballero no puede contar.

—¡Qué caballero ni qué ocho cuartos!

No sólo podía publicarla, sino que la publicaría de todos modos, costara lo que costara.

—Pero ahí, aparte de tus indiscreciones terribles, te declaras ateo y socialista sin el menor disimulo.

—Es que soy ateo y socialista.

Andrés, Andresito, se quedó mudo, abrumado por la consternación. Hasta aquí no más puedo llegar, sintió, hasta aquí no más llego. El era hijo de misiá Lupe, sobrino nieto de misiá Pelu, sobrino carnal de don Elías, el viejo del chambergo, de las polainas, y no podía darles una puñalada por la espalda. Eso sentía, eso rumiaba. Se reía, sobre todo cuando estaba con Joaquín, del tío Elías, pero cuando el tío entraba a un recinto, con su mirada circular, con sus patillas blanquecinas, con su bastón imponente, se le entraba el habla. A Joaquín lo admiraba, en cierto modo lo amaba, aunque esto no se pudiera decir, porque podían creerlo raro: lo seguía con fascinación, lo imitaba en lo que podía, hasta en la manera de hacerse el nudo de la corbata, citaba sus frases, hacía su continua apología, su frecuente defensa, pero ahora, en este mismo instante, lo miraba de cerca, entre papeles y libracos, con el humo y el ajetreo de la Estación Central visibles detrás de su ventana, con una taza sucia de café encima del velador, y tenía unas ganas locas de escapar, de no saber nada de él nunca más. Y los ojos del otro, implacables, brillantes y rodeados de ojeras profundas, entre inocentes y demoníacos, lo taladraban, lo reducían a la condición de insecto clavado en su insectario.

—Salgamos un rato —propuso Joaquín, y él se aferró a la idea como a una tabla de salvación. A lo mejor conseguía que no regresara más a ese antro, que saliera de su pesadilla. Fueron a un café de al lado de la gran estructura de fierro, con sus dragones de fierro a los dos costados del reloj, y pidieron sendas copas de coñac con terrones de azúcar. Había salido un coñac chileno, el Tres Negritos, que era un mandoble directo al hígado. Se acercó, moviendo la cintura, una puta gorda, de falda ceñida, de pelo rubio oxigenado y le dijo algo a Joaquín con familiaridad.

—¿Es amiga tuya?

Joaquín se encogió de hombros. Le siguió hablando de la novela, como si nada, y la oscuridad empezó a caer entre el ruido de los coches, los pitazos de los trenes, los gritos de los suplementeros. Andresito estaba muerto de miedo, desesperado. En su vejez era un caballero de grandes bigotes entrecanos, vestido como inglés en un día de campo, con profundos bolsillos en la chaqueta de tweed, ojos azules, pestañas grandes, que hablaba en voz baja, haciendo muchas bromas, y sonreía con un aire entre distraído y dulce (conocí más ·o menos bien a toda la familia, pero no supe que había sido tan amigo y que sabía tantas cosas de Joaquín). Cuando se hizo de noche, le dijo de repente, convencido de que estaba obligado a decirlo, por difícil que fuera:

—Tienes que pensarlo muy bien.

—¿Por qué?

—¡Porque te van a crucificar!

—Que me crucifiquen. No espero otra cosa —y abrió los brazos, Joaquín, abriste los brazos, con una expresión entre cómica y melodramática, mirando de reojo a la puta gorda. Habían bebido varios coñacs mojando terrones de azúcar, y él declaró, declaraste, enfático, que jamás juraría por Dios sobre una Biblia, aunque le costara la vida, ¡estaba con el diputado electo y despojado de su cargo hasta las últimas consecuencias!, y que prefería mil veces a las putas jamonas de la estación, de la calle Borja, que a las señoras de sociedad. Aunque el personaje de su novela, Eduardo Brisset Lacerda, hubiera tenido amores con una de esas señoras en el fondo del jardín de su propia casa, detrás de unos magnolios. ¡Como los amores suyos con Lila Pires Ferreira!

—Mi personaje, Andresito. ¡No yo!

Calculamos que Andrés, Andresito, el futuro don Andrés, movería la cabeza con pesar, sobrepasado por la situación, y que después se alejaría a tranco firme de aquellas antesalas malditas. Tenía una sensación de impotencia, de imposibilidad absoluta, de golpearse la cabeza contra una roca. En el otro había un núcleo duro, terco, una enfermedad extraña, enquistada hasta el tuétano, y contra eso, se daba cuenta, no había nada que hacer: sólo esperar con los dedos cruzados.

VII

Le entregaron los primeros paquetes de *El inútil*, novela que publicó por cuenta propia, en una imprenta de la calle Huérfanos 1036, un galpón oscuro, bullicioso, pasado a tinta, a grasa, a toda clase de olores sospechosos, donde los obreros de manos negras lo miraban con mala cara, y los fue a repartir él mismo en las cinco principales librerías del centro. Uno de los libreros, obsequioso, de bigotito, le preguntó por misiá Luisa Gertrudis, por don Agustín, por don Luis, el menor de sus tíos, persona, le dijo, afable, amable, aficionada a la lectura, y se encargó él mismo, doblándose en dos, poniéndose rojo como un tomate, de colocar un ejemplar en la vitrina en lugar destacado.

—Entra usted en la literatura —dijo, después de cumplir su complicada faena, sacudiéndose las manos—, y por la puerta ancha. Ahora, a esperar.

—A esperar los palos —replicó él, y el librero lo miró a los ojos, asustado.

—Tiene que llevarlo —dijo— a *El Mercurio*. Ahí, con su nombre, imagínese.

No se imaginó ni se quiso imaginar nada, viejo siútico, pensó, y le dejó un ejemplar en la portería del diario al sacerdote señor Omer Emeth, el crítico de los domingos, sin ponerle siquiera una dedicatoria de una línea. Sabía que en aquel recinto, en aquellas salas de redacción, bajo las fotografías de los fundadores patilludos, la novela caería como patada de mula. ¡Por muchas y diversas razones! Le llevó después un ejemplar a su madre. Ella dijo que estaba un poco asustada, ya había escuchado rumores, y acarició el lomo de cartulina gris como si se tratara de un gato de Siam o de Angora, tratando de amansarlo, de limarle las garras. Le rogó, en seguida, que se quedara en la casa, con los tuyos, le dijo, le imploró, pero él, sin dudarlo un solo instante, partió a esperar las reacciones en su hotel de cerca de la estación, su escondite y su atalaya, su torre, aunque no de marfil, de ladrillos y adobes manchados por el carboncillo de los ferrocarriles, por vapores turbios. De repente leía la *Invitación al viaje*, de Carlos Baudelaire, o algunas páginas de su edición francesa de *Naná*, de Emilio Zola, las del final de una función en el Teatro de Variedades, o las de la muerte de la joven protagonista en el Gran Hotel, mientras las masas enardecidas pasaban por el bulevar gritanto: ¡A Berlín!, ¡A Berlín!, ¡A Berlín!, episodio que lo había hecho soltar lágrimas, como al Conde Muffat, a Muffito, que había pasado horas con la cara tapada por un pañuelo. La puta gorda que se le había acercado en el café de la Estación Central, cuando conversaba con Andresito, era, se decía él, una Naná de barrio, descuajeringada, venida a menos. Pero a él le gustaban esas mujerotas de carnes superabundantes, de grandes pechugas, de nalgas descomunales. O le gustaba, mejor dicho, ese desclasamiento, ese refugio en lo oscuro. ¡Lo siento, mamá! Hundirse entre tetas y nalgas, medio borracho, sobre un camastro desvencijado. ¡Sí, mamá!

No soportó la impaciencia, la falta de noticias, y salió al tercer día, de mañana, a dar un paseo por el centro. Se encontró con Luisito Grajales, el Chico, de gafas gruesas, de nariz respingada, de botines, que enteraba todo el día en el Club de la Unión tratando de bolsear algo, un cigarrillo, un trago, en el mejor de los casos un almuerzo, pero que vivía, según las malas lenguas, en un conventillo miserable. Luisito le dio un abrazo fuerte, con ojos húmedos, como si le manifestara su solidaridad por algo. Se notaba, eso sí, que no había podido comprar el libro, que estaba esperando que se lo prestaran o se lo regalaran. Tenía los dientes cariados, le salía de la boca un aliento espantoso, y tentado estuvo él de pasarle plata para que fuera al dentista.

—Parece que hay gente furiosa —le comentó Luisito

en voz baja, medio en secreto, con un gesto de consternación, mirando para los lados.

—¿Furiosa?

—Así parece. ¡Gente importante! ¡Peces gordos!

Y así tenía que ser. Pero él lo había pensado en un principio, mientras revisaba el manuscrito, mientras se iba encontrando con sus afirmaciones tajantes o con sus escenas escabrosas, con sus modelos demasiado reconocibles, y después lo había olvidado. Lo defendía, lo defendió toda su vida, de embates, de angustias, de temores, una curiosa capacidad de olvido, un estado más o menos permanente de distracción, una inconsciencia. De lo contrario, no habría podido resistir, habría tenido que suicidarse (es decir, habría tenido que suicidarse mucho antes). Se despidió de Luisito de repente, a su manera nerviosa, sin mayores trámites. Le dijo que andaba muy apurado, y el otro:

—Anda, y ojalá que no te hagan papilla.

Su primo, Carlos Lartundi Sologuren, caminaba por la vereda del frente: uno de los jóvenes de mejor facha, más elegantes de la ciudad, y además de eso, lector de literatura francesa, de Paul Bourget, de Anatole France, de Claude Farrère, y a sus horas, poeta nebuloso, de jardines crepusculares, entre François Coppée y Amado Nervo. Le hizo señas, notó que Carlos lo había visto, pero el joven apuesto apuró el paso, mirando para otro lado. De manera que él, al hacerle señas como si tal cosa, había calculado mal, y además había hecho el ridículo. Pasó, entonces, en busca de consejo, de auxilio, por la casa de Andrés, y se encontró con que estaba angustiado, desesperado.

—Tú sabes —le dijo Andrés—, que los míos fueron derrotados, perseguidos, que muchos tuvieron que partir al exilio, que están en desacuerdo con el gobierno, pero todos consideran que no tenías derecho a contar las cosas que cuentas, y hasta dicen, algunos, que eres un demente, un loco peligroso. Yo ya no sé cómo defenderte.

—Escribir novelas es una locura peligrosa. Estoy de acuerdo —replicó él, rascándose la coronilla, mirando la etiqueta de su sombrero de fieltro—. Pero si no puedo escribir, prefiero pegarme un tiro.

—No lo tomes así —contestó Andrés—, por favor, ¡tan a la tremenda! —y él le respondió que no podía tomarlo de otra manera.

Bebieron un poco de whisky y se despidieron con sendos besos en las mejillas. Andrés no entendía por qué tenía que tomar las cosas tan a la tremenda, sin hacer concesiones de ninguna clase, y él pensaba que Andrés era dulce, avenible, pero demasiado blando, demasiado complaciente, ajeno en el fondo a la verdad verdadera. Él se metía a la parte más peligrosa del ruedo, y si le daban una cornada mortal, muy bien, ¡se la daban! Había visto una corrida de toros en Madrid poco después de la muerte de su padre, antes del regreso de la familia a Chile, y había llegado a esa conclusión. ¡Había que meterse al ruedo y correr la suerte! Vivir de otro modo no valía la pena, y Andresito lo miraba con la boca abierta, preocupado por su amigo, desesperado, completamente desbordado por una sensación de impotencia.

Habló con la puta gorda, Clarisa, a quien encontró sentada en la esquina del café del lado de la estación, bebiendo un vaso perfumado y repugnante de cola de mono, una pócima donde había coñac, leche y otros menjunjes, porque ya se acercaba la Pascua y era la bebida tradicional de esa época del año, y le dijo que necesitaba un refugio seguro, donde no pudiera alcanzarlo nadie: nadie ni nada, ni los rumores.

—Váyase a la casa, papito —contestó ella—. Yo lo cuido.

Era una casa de un piso, en la calle Borja, ocupada por cuatro o cinco pensionistas más, y donde Clarisa, la mayor de todas, representaba a una regenta lejana. Tenía muros de adobe pintados de un color verde sucio y techos de calamina negra. Él llegó con su maleta y sus papeles, sus libracos y sus cuadernos, y lo instalaron en la habitación del lado de la de Clarisa. Había una sirvienta vieja, de nubes blancas en los ojos, encorvada, aficionada a la plata, encarnación de todas las maldiciones de este mundo, y un sujeto de pelo oxigenado, de muñeca quebrada, de caderas flacas y ondulantes, la Manuela, que llegaba en los anocheceres y que tocaba y cantaba en el piano hasta desgañitarse, hasta ponerse ronco, hasta sacarse sangre de los dedos, acompañado a veces por una arpista. En su primera noche hubo una riña de borrachos y a la mañana siguiente le contaron que habían salido a relucir los cuchillos. Él sólo había escuchado los gritos destemplados de la Manuela, como en una pesadilla, y se había vuelto a quedar dormido. Le gustaba, en todo caso, esa ruptura de sus costumbres de familia, esa violenta salida de su ambiente. Excursionaba en lo más siniestro de los arrabales santiaguinos y se acordaba del último baile de su primo rico: un coro de personas de frac negro, de pecheras almidonadas, de escotes recamados de brillantes y perlas, que le advertía que tuviera cuidado: se estaba internando en un camino escabroso, se estaba desviando de la recta vía. Él le anunció a las pensionistas de la calle Borja que la próxima noche pensaba quedarse en el salón y pagar una ponchera para todos los parroquianos. Clarisa, que lo besaba a cada rato, que parecía pendiente de la niña de sus ojos, lo animó a que hiciera lo que se le frunciera.

—La casa, papito, es suya.

El se rió, feliz y contento. Nunca se le había pasado por la cabeza que una casa así pudiera ser suya. El baile de sociedad de su primo era un friso de rostros severos, un tribunal que lo amonestaba y parecía dispuesto a condenarlo. La crítica del cura se publicó en el suplemento del domingo y era aún más lapidaria de todo lo que él se hubiera podido imaginar. Hablaba de su ateísmo, de su profunda irresponsabilidad social, de sus ideas perniciosas, destructoras, y concluía con la siguiente frase, que él se dedicó a repetir todo ese día, como si se autoflagelara con el estribillo: *En resumen, ¡lo peor de lo peor!* Él pensó que lo llevaban al patíbulo, de manos amarradas a la espalda, que su madre escondía la cara, entre sollozos, y que su primo rico, de sable alzado, daba la orden de fuego.

—Me voy de Chile —declaró.

—Quédese, mijito —suplicó la Clarisa, y la Manuela, mirándolo con ternura, de ojos llorosos, de cadera doblada, le insistió:

—Quédese, mi lindo.

Al día siguiente agarró una maleta y tomó el tren sin avisarle a nadie. Ni siquiera a Andrés, su primo de confianza. Llegó a Buenos Aires con la ropa ajada, patilludo, y se dirigió de inmediato al puerto a buscar un barco. Le ofrecieron un vapor de carga con tres o cuatro camarotes para pasajeros, el Ipiranga, que zarpaba esa misma noche a Río de Janeiro. Tomó uno de los camarotes encantado de la vida. La novela se había vendido entera, habían publicado una segunda edición a los pocos días y él había logrado juntar unos buenos pesos. Mientras el barco se alejaba de las aguas barrosas del Río de la Plata, bebía, sentado en la cubierta, un espléndido whisky, y esperaba que le sirvieran un bife con dos huevos fritos, papas fritas, cebollas saltadas. La vida, en resumidas cuentas, comenzaba. Todo lo anterior había sido un preámbulo. Desde la barandilla de babor, respiraba el aire caliente de la libertad, de las costas de un mundo enorme que se abría. Tenía la sensación de tragarse el universo y de convertirlo en pura vibración, en un estado de éxtasis. Todo el resto, el hormigueo de las molestias, de las limitaciones, de las censuras, desaparecía.

A las pocas horas de navegar, supo que se bajaba por una de las escaleras de popa, se golpeaba en una puerta de hierro del segundo subterráneo, al lado de la bodega principal, y que adentro había una timba formada por oficiales, marineros, uno que otro pasajero. Golpeó, entró y nadie le preguntó nada. Le hicieron un hueco frente a una mesa y le ofrecieron una copa de cachaza, un aguardiente brasileño aceitoso, nauseabundo, con gusto a petróleo sin refinar. Puso veinte pesos al frente y le pasaron los dados. Tenía que tirarlos contra un hueco de madera de forma rectangular. Sacó un seis y un cinco y le pagaron alrededor de cincuenta pesos. Colocó los cincuenta y ganó con un cuatro y un cinco. Al amanecer se retiró con una ganancia de 370 pesos. Si gano dos mil, pensó, ya tengo la base para quedarme un año fuera, lejos. Así podía escribir otro libro, hacerse escritor de una vez por todas. Podía navegar frente a costas exóticas y escribir relatos de viajes. Recorrer Turquía, Mongolia, Malasia, asomarse a los harenes de Pierre Loti, conocer los tigres de Sandokán, y regresar a Chile después de cinco años. O no regresar hasta que sus censores, sus inquisidores, el coro, el ruedo de caras severas, el que examinaba la raya de sus pantalones, el que condenaba sus malas compañías, sus hábitos viciosos, pecaminosos, se hubiera hecho humo.

En la segunda noche de juego, cuando el Ipiranga navegaba frente a las costas de Rio Grande do Sul, en medio de un ruido de émbolos, poleas, turbinas sofocadas, rumbo al puerto de Santos, llegó a tener más de mil pesos en billetes arrugados, que le hacían un grueso bulto en los bolsillos. Pensó que llegaría fácilmente a dos mil, pero fue entonces cuando el rumbo de la suerte, la magia de los dados, se puso en contra suya. No hubo caso, por más que restregara los pequeños cubos de marfil, que los golpeara con fuerza, que los mojara con escupos, que los tirara con furia contra la caja de madera. Golpeaban en la caja con un ruido seco y daban números miserables. La mano tenía que cambiar. Pero duplicaba la apuesta, y se hundía un poco más. El bulto de los bolsillos se desinflaba. Vuelvo en seguida, dijo, sudoroso, pálido, sintiendo los efectos del calor infernal, y subió a su camarote a buscar más plata. Se echó agua en la cara, puso la cabeza debajo de la llave, bajó, tratando de serenarse, pero la suerte no mejoró. Volvió a subir a su camarote y dejó dos billetes para pagar sus consumos. Cuando terminó de perder, pensó que sus compañeros de juego dirían algo. Pero no dijeron, no demostraron nada. Eran caras de cartón piedra, de cera, de astillas engomadas. El dejó de jugar y dejó de existir. Se convirtió en un cuerpo extraño, un perfecto estorbo. Pensó en mandar un telegrama a Santiago para pedir auxilio, pero la noche era grande, el cielo tapado de estrellas, con la mancha difusa de la vía láctea, era un espacio indiferente. El ruido sordo de los pistones, de los émbolos, no cesaba. Él se habría volado la tapa de los sesos, pero ¿cómo?, ¿con qué? ¿Por qué había olvidado la Colt en un cajón de la casa de su madre? ¿Para evitar tentaciones? Uno de los marinos, un negro grandote, vaciado del ojo derecho, lo invitó a una cachaza.

—*Uma cachazinha.*

—Gracias —respondió él, conmovido, alzando su copa, y pensó que había hecho bien en declararse socialista, anticapitalista. Sus primos, los Lardeta, los Lartundi Sologuren, los Wanders, con sus cuellos duros, con sus ojos de lechuza, con la raya perfecta de sus pantalones, podían irse al carajo. Él era, murmuró, citando un soneto antiguo, un tenebroso, un solitario, un viudo, y brindó mirando al marino tuerto y dirigiendo la mirada, en seguida, más allá del ojo de buey, a la noche marina estrellada, enorme.

En Santos, como lo habían dejado planchado en la timba, prefirió quedarse en la cubierta del barco. Miró las faenas de la descarga, los estibadores, en su mayoría negros, que trabajaban a su ritmo o descansaban, tendidos boca arriba, de brazos abiertos en cruz, sobre sacos sucios, las ratas que se asomaban al muelle de tanto en tanto, una sandía abierta, de color rojo oscuro, una hilera de almacenes. Se puso a leer un ejemplar de Ponson du Terrail, aventuras de Rocambole, hasta que cayó el crepúsculo. Ya se vería más adelante. Ya se las arreglaría, o se hundiría en la noche. El marino tuerto regresó con un cargamento debajo del brazo, no se sabía muy bien de qué, y le mostró una botella llena de cachaza. La vida continuaba, parecía decir. No había por qué hacerse mala sangre. La suerte era esquiva, de eso no cabía la menor duda, pero después de cruzar el recodo de la esquina siguiente, o de tocar en el puerto próximo, podía volver a sonreírle. ¡Quién sabía!

Bajó en Río de Janeiro con su pesada maleta llena de prendas inútiles, de pesados zapatos, y buscó un hotel de la zona portuaria. Podía pagarse una buhardilla trabajando de botones. Después recibiría plata de Chile. El hotelero, un suizo grande, pecoso, lo miró desde el pelo hasta la punta de los zapatos. Después llamó a su mujer y le dijo algo al oído. La mujer era suizo brasileña y él entendió que se llamaba Yolanda o Yolanta. Ella, a su vez, le dijo algo al oído al hotelero.

—Pruébate esta gorra —le dijo el suizo, y le pasó un bonete alto de color marrón con el nombre del establecimiento, Gran Hotel Suizo, escrito en caracteres dorados.

—Le queda perfecto —dijo doña Yolanda o Yolanta, complacida, de brazos cruzados sobre sus pechos voluminosos, extendidos hasta la cintura. Durante días y noches subió y bajó enormes maletas, bultos de toda clase, hasta bicicletas, por una escalera estrecha, llena de gatos, porque a doña Yolanta le gustaban los gatos, recibiendo a veces una propina mísera y a veces nada, ni las gracias. Pasó hambres feroces, porque las propinas no alcanzaban para comprar comida, y la hotelera, la Yolanda o Yolanta de los cojones, sólo le daba una sopa aguachenta y un pedazo de pan rancio, pero una mulata encargada del aseo de los dormitorios lo miraba a los ojos y se sacaba del refajo un pedazo de fruta tropical, un mango, un abacaxí. Después le enseñaba a pelarla y a comerla, riéndose, hasta que un día, a la hora de la siesta, golpeó en la puerta de su buhardilla con suavidad casi inaudible, entró, le pasó un pan con algo que parecía dulce de membrillo, y mientras él lo devoraba, empezó a desabotonarse la blusa.

—¿Me tienes miedo? —le preguntó, cuando ya se bajaba los calzones y se tendía en la cama, desnuda, de cuerpo bien formado, sólido, de piel impecable, y él, con la voz entrecortada, le contestó que no, por qué iba a tenerle miedo... Ella volvió a reírse y le metió la lengua gorda, voluptuosa, húmeda, en el hueco de la oreja, diciendo palabras raras: *graçinha, rapazinho*, y otras más o menos parecidas. Al bajar una hora más tarde, la suiza de la recepción, es decir, doña Yolanda, lo miró con atención sostenida y con severidad, como si sospechara algo, pero se notaba que no tenía certeza de nada. El caballero de la número once necesitaba dos *charutos* de buena calidad.

—Apúrate —le exigió—. Si no quieres perder tu trabajo, no andes papando moscas.

Esto le sucedía por haberse peleado con los curas de su colegio, por haber dicho que la hostia consagrada no era más que una oblea de harina, por haberse enfrascado en la lectura de *Naná*, de *Rocambole*, de *Un crimen de amor*. Sentía a veces una amargura inmensa, un deseo de venganza que le taladraba el pecho. El caballero de la once era un monstruo en camiseta y en calzoncillos que no hizo el menor amago de darle propina, que tenía una rubia platinada, pintarrajeada, cadavérica, la muerte en pelotas, tendida en la cama, y que le cerró la puerta en las narices. Al día siguiente hacía planes para escapar, parado en la puerta de calle, cuando vio a un señor de buena facha, de bastón y corbata de mariposa, que se detenía en la acera del frente y lo observaba con intensa curiosidad. El señor miró para todos lados y se decidió a cruzar la calle. Usaba pantalones de color de paja o de crema que caían sobre elegantes zapatos de cuero amarillo.

—¿No eres, por casualidad, el hijo de... y de...?

El personaje del bastón, de la chaqueta de lino inmaculado, de los pantalones de color de paja, de los amarillos zapatos, era el cónsul general de Chile, don Darío Ovalle Urmeneta, vástago por el padre y por la madre de familias ilustres, hombre de cultura superior, de modales exquisitos.

—Tengo un hermano menor botado a poeta y que también se escapó de la casa, como tú —dijo—, y un sobrino cura que escaló los muros del noviciado de los jesuitas y colgó la sotana. ¡Así que ya ves!

Y parecía muy satisfecho de poder citar aquellos ejemplos a fin de tranquilizarlo.

—Son picardías juveniles —agregó—. Pecadillos menores.

—Aquí se gana poco —replicó él—, pero tengo un techo para dormir, y no me muero de hambre.

Don Darío regresó a sus oficinas y le mandó un telegrama a misiá Luisa Gertrudis. A los pocos días lo instaló en un hotel de lujo de la rua do Catete, una mansión de los tiempos del Imperio, de dos pisos, con gran galería exterior, rodeada de un parque magnífico, de plantas y arbustos de colores fabulosos, casuarinas, árboles de opulentas flores rojas que colgaban como campanas, rodeados de enjambres de mariposas, ahí se llamaban *borboletas*, y de pájaros de las formas y los trinos más diversos, más inverosímiles.

—¿Tienes ropa adecuada? —le preguntó don Darío, con aire de preocupación.

—Lo único que tengo es ropa.

—Prepárate, entonces. Uno de estos días te paso a buscar para presentarte al Barón de Rio Branco, la persona más importante del país.

El pensó decirle que no se molestara, pero prefirió quedarse callado. Tenía la sensación de que no podía esconderse en ningún lado. De que el ojo de la familia, como el ojo de Dios, llegaba a todas partes. Un día era don Darío, con su corbata de papillón, el largo brazo, el instrumento, y otro día era otro. Y él sentía una incomodidad y a la vez una seguridad, un acomodo acompañado de un sentimiento de culpa y hasta de vergüenza. El mozo que le servía la cena, un calvo de piel lustrosa, le señaló con disimulo a una familia que ocupaba una mesa vecina.

—¿*O senhor* sabe quiénes son?

—No sé —replicó él—. No tengo la menor idea. No soy de aquí.

VIII

—Aquí estarás muy bien —me había dicho don Darío, con su olor ligeramente perfumado, guiñándome un ojo, al dejarme instalado en el Gran Hotel Sul América—: entre gente de buena clase. Y de buena raza.

Eso me había dicho, ni más ni menos, en un tono de complicidad, tocándome en el pecho con un dedo huesudo cuando mencionó aquello de la raza, satisfecho de haberme rescatado, de haberme enderezado, de haberme salvado de la mugre. ¡Cuántos, a lo largo de la vida, y sobre todo en mi juventud, cuando los caminos todavía no parecían cerrados, me quisieron salvar de la mugre, de cosas y personas que consideraban mugrientas! Pues bien, estoy en el comedor del hotel, una de las primeras noches, solo, bien acicalado, y el mozo, en las líneas finales del capítulo anterior, me pregunta en un susurro:

—¿No sabe?

El mozo es un hombre mayor, calvo, negro como el azabache, de ojos chicos. Como dije antes, de piel lustrosa, de aspecto general oleaginoso. Es un apatronado absoluto, casi frenético: un nostálgico de los años dorados del Imperio y de la esclavitud, un ser abrumado por el respeto, por la sumisión, por las bisagras de su espalda de palo.

—Es —explica, bajando la voz todavía más, mirando a los lados, con el pulso acelerado por la emoción—, el excelentísimo señor mariscal Pires Ferreira. El que derrotó al final de la Guerra de Canudos a los ejércitos de Antonio Conselheiro y sus bandidos. ¡A los del *cangaço*!

Miro en dirección a la mesa bien aderezada, con flores de trópico, de colores y brillos que nunca había visto, en un centro de cristal de roca, y la señora del excelentísimo señor mariscal, pintada como una puerta morisca, me devuelve la mirada con sus ojos capitosos, capotudos, e inclina la cabeza con una sonrisa indescifrable. Se ve que don Darío, el Excelentísimo Señor cónsul general, con sus zapatos en punta pintados a la creta blanca, me ha preparado el terreno. Ahora bien, ellos, los mariscales, tienen una hija que se parece mucho a la señora, la mariscala, pero habría que precisar: en delgado, en cintura de avispa, en bellos ojos en sombra, en piel blanca, tersa, subrayada por una cabellera negra, peinada hacia arriba para dejar en descubierto un cuello, unos hombros que me parecen la perfección suma, nunca vista en esta tierra. Cambiamos una mirada, apenas una chispa, una fracción de segundo, una suposición, quizá, porque ella baja los ojos, los bonitos ojos de paloma torcaz en sombra, púdica, y los fija en un plato de fresas, o de guindas, alguna fruta concentrada y colorada.

Sentí que me había enamorado en esas fracciones de segundo: con toda mi alma, hasta el tuétano. Por inverosímil que esto pueda parecer. Pero yo, él, tenía 22 ó 23 años a lo sumo, y representaba 20 ó 19, y tuvo un corazón de niño hasta su vejez avanzada, hasta la mañana misma, me atrevo ahora a decir, porque él ya no está en condiciones de decirlo, de su muerte. Su padre, hasta el final de su vida, esto es, hasta alrededor de cinco años antes del episodio de Río de Janeiro, había tratado de que se hiciera hombre (como se decía y todavía se dice en Chile), hombre de acción, de lucha, de empresa, nada de poesía, nada de maricantungas, y su madre, en cambio, lo había mantenido y lo seguía manteniendo en una burbuja bastante protegida, aunque en el fondo frágil (como quedaría ampliamente demostrado). Después dijeron que su madre, doña Luisa Gertrudis, la señora de los divanes, de los crisantemos, de los vestidos de colores pastel, se había equivocado siempre y a fondo, y que por eso sus hijos, casi todos, habían caído hasta donde habían caído. Dijeron las malas lenguas que no daban tregua: los cenáculos de Santiago, los de la colonia de trasplantados en París.

Joaquín, el de los veintitantos años, salió al parque del Gran Hotel Sul América, a un sendero rodeado de palmeras espigadas, entre arbustos y pájaros que cantaban con sonidos de órgano, y seguía impresionado, aturdido, con el corazón a mil revoluciones. Al poco rato vio que ella, con su cintura ondulante, su mirada en llamas, sus hombros de diosa, avanzaba por el mismo sendero. Lo vio y se quedó mudo. Ella, la mariscala chica, se detuvo frente a él, a pocos centímetros de distancia, desenvuelta, desafiante, y él no fue capaz de abrir la boca. Se sentía fulminado por un rayo, idiotizado. El corazón le palpitaba con violencia inaudita, la vista se le nublaba. Nunca en su vida le había pasado nada ni siquiera remotamente parecido. No sabía cómo saldría de esta experiencia, si es que salía.

—¿Cómo se llama *você*? —preguntó ella.

Dije mi nombre, y resultó que ella se llamaba Lila, Lila Pires Ferreira de no sé cuánto, y al caminar se balanceaba como una caña, como una palmera más pequeña. La ciudad de Santiago, me dije, no sé por qué, era pura tierra, piedra, barro que se infiltraba hasta en los pulmones, olores dudosos, y en Río, en cambio, en el cielo azul celeste, azul de prusia, azul cobalto, revoloteaban pájaros de maravillosos colores, de raros plumajes, que cantaban como instrumentos de ébano profundo, como liras celestiales, y caían crepúsculos lentos, perfumados, incendios en todas las gradaciones del rojo, cruzados de repente por baterías de estallidos eléctricos, truenos y enrevesados y aparatosos relámpagos.

Le tomó la mano al cabo de dos horas de conversación inconexa, historias de Valparaíso, de Quillota, de aparecidos en una mansión destartalada, que contaba mal, medio tartamudo, paralizado por la timidez, y que ella, por lo demás, no entendía muy bien, historias que sólo servían para suprimir el silencio, para sacárselo de encima, y se retiró con la idea de que en ese primer encuentro ya habría debido besarla en la boca, de que había sido un torpe, un inexperto. Hasta para esto, pensó, llegaste a pensar, soy un inútil, un bueno para nada. Porque me atreví una vez con una empleada de la casa, la Zoila, después de Luis Emilio, quien tomó la iniciativa y después me dejó el terreno preparado, a la Zoila en la cama, desmelenada, y con la mulatona del hotel, la que me enseñaba a comer frutas exóticas, pero con la hija de un mariscal, un héroe del antiguo Imperio, de la naciente República, no me atrevo, me pongo tartamudo.

Esa noche reunió la plata que le había entregado don Darío en medio de interminables recomendaciones, ya que su mamá se lo tenía encargado, y se encaminó a un casino de lujo, el mejor de la ciudad, le habían dicho. En el camino miró un buen rato, para darse ánimo, las olas que hacían remolinos y azotaban la arena de Copacabana, después de la tempestad, que se había ido con la misma rapidez con que había llegado, y se acercó a una puerta profusamente iluminada, realzada por un anfiteatro de columnas corintias. Parecía que la historia de la humanidad llegaba hasta esas orillas, pero no pasaba hasta el otro lado de la cordillera de los Andes (algo que también sentí alrededor de medio siglo más tarde), y fue a la ventanilla a comprar un boleto. La empleada lo miró con desdén mal disimulado, puesto que los clientes habituales y hasta las personas medianamente conocidas no necesitaban entrada, no pasaban por boletería. Además, detalle humillante, la empleada, de anteojos calados, mirándolo de arriba a abajo, le exigió que mostrara algún documento para acreditar la mayoría de edad.

Él iba bien vestido, con su mejor camisa de seda, chaqueta de lino blanco, zapatos blanco y beige pintados con creta, peinado al medio a la brillantina (salvo que todavía no se hubiera descubierto la brillantina). Los jugadores gruesos se instalaban en una mesa de punta y banca de un rincón: un gordo de ostentoso anillo de oro y con aspecto de chimpancé, un par de argentinos bulliciosos, hablantines, un inglés delgado, dispéptico, de mala uva, una señora de edad avanzada, tapada de collares y brazaletes, perlas, esmeraldas, topacios, de abundantes pecas en la piel pegada a los huesos.

Voy a jugar, se dijo, te propusiste, contra la vieja. El gordo es demasiado peligroso: con sus manos de orangután sería capaz de triturarme. Cuando la anciana tomó la banca, puso un par de billetes grandes a público. Ganó y mantuvo la apuesta en su totalidad, sin pestañear. Dieron las cartas: la banca se tendió con un siete y público sacó un nueve. Las manos descarnadas de la señora, de largas uñas pintadas de un rojo tirado a violeta, se movían entre montículos de fichas parecidas a galletones, pero que iban en descenso. Él se lanzó, dejando la totalidad de su postura inicial, los dos billetes grandes ya doblados encima de la mesa, a un tercer pase de público. El chimpancé, apostando también a público, se tendió con un siete. El crupier sacó las cartas de la banca.

—¡Ancar de siete! —gritó el crupier, y después, con su paleta como bastón de mando, mirando al vacío—: ¡Hagan juego, señores!

Él, yo, mantuve la apuesta. Público sacó dos monos, bacarat, y pidió cartas. La banca se tendió con un seis. El gordo, impávido, sin transpirar, sacó la carta del carro, con la mano del anillo de oro, y la restregó un buen rato contra el tapete verde. Era, el gordo, no cabía duda, un maestro del suspenso. Después miró la carta y la tiró sobre la mesa con un gesto brusco, teatral, triunfal. ¡Un nueve, señores! El corazón me palpitaba en forma inusitada, la sangre se me había ido no sabía dónde. Retiré mi ganancia y me puse a pasear alrededor de otras mesas. Había mujeres bien vestidas, pintadas más de la cuenta, que se ofrecían con un gesto discreto, con una mirada entre disimulada y lasciva, a los jugadores afortunados. También había caras pálidas, tensas, ojerosas, que disimulaban mal su descalabro. Yo ya tenía en el bolsillo una buena cantidad de fichas de las gordas. No se podía, pensaba, ser afortunado en el amor y a la vez en el juego, de modo que ella, Lila Pires Ferreira de no sé cuánto, seguramente no me amaba. Al día siguiente, sin embargo, en la tarde, dije que me gustaría leerle unas páginas, y ella contestó que subiría a mi pieza, pero no sería bueno, añadió, mirándome con ojos cándidos, que nos vieran subir juntos. Yo tenía que dejar mi puerta entreabierta: ella se deslizaría por el hueco. A mí, ante esto, se me había secado la boca. Creo que la circulación de la sangre se me había detenido por completo, que me podría desplomar en cualquier minuto.

—Si nos pilla mi padre —dijo ella, cuando ya estuvo en mi habitación, cuando ya había, ella misma, cerrado la puerta con llave—, *o meu pai*, a ti te mata de dos balazos, ¡pum!, ¡pum!, y a mí me encierra en un convento.

Yo sabía que no bromeaba. Después de besarnos más de media hora, casi una hora entera, nos metimos semidesnudos debajo de la única sábana. Ella no aceptó sacarse los calzones celestes, de encaje, por ningún motivo. ¡Cualquier cosa menos sacarse los calzones! Y sobre todo debajo del mismo techo que cobijaba *o meu pai y a minha mae*. Siguió un largo forcejeo, medio en serio y medio fingido, con risas, falsos enojos, castigos, y tuve un orgasmo encima de sus pechos jamás vistos. Pensé en llegar a Santiago y correr a contarle todo a Luis Emilio. ¡Qué diría Luis Emilio! ¡Qué exclamaciones atronadoras lanzaría! ¡Qué saltos mortales pegaría! Convocaría a los amigos para narrarles la historia, y después celebraríamos con corridas de gin con gin, de pichunchos, de Chilean Manhattans. Volví a tratar de bajarle los calzones y ella me golpeó con la mano abierta en una mejilla, a toda fuerza, con expresión de advertencia.

—¡Si sigues, me voy y no vuelvo más! *¡Nunca mais!*

—Perdón —dije, juntando las manos—, perdoncito. Es que me vuelves loco.

Ella sonrió, satisfecha, y empezó a vestirse.

—Por hoy, ¡basta! —decretó. Y se deslizó fuera de mi pieza con sus movimientos de planta, o de serpiente, o de palmera, bella y lejana, dejándome sentado sobre las sábanas revueltas, en pelotas, desesperado. Hoy día no voy al casino, me dije, porque podría perder hasta la camisa. Prefiero dar una larga caminata por la orilla del mar. Caminé hasta Botafogo y me llamó la atención que hubiera buques de guerra en alta mar, a la cuadra del puerto, pero detenidos ahí, sin hacer maniobras para acercarse a los muelles.

Dormí soñando con los brazos, con los pechos, con la maravillosa espalda, con la línea inexpugnable de los calzones, con una acequia llena de cangrejos, con una espada recubierta de hormigas, y al amanecer me despertó un ruido que no podía ser otra cosa que cañonazos, disparos desde los buques. Me vestí a toda carrera, salí a la calle, y vi que mucha gente corría, gritando y señalando hacia el mar. Me habría encantado ir a buscar a Lila, pero el mariscal, seguro, a esa hora, y sobre todo en una situación de emergencia, la tendría encerrada. El recuerdo de su piel me producía un efecto sólo comparable con el dolor físico. Me dolía en la piel mía, en el corazón, en las articulaciones, en cada uno de los huesos. Así y todo, corrí: la carrera me tranquilizaba. Salieron pequeñas columnas blancas de los cañones de uno de los buques, y después, en los cerros, hubo una explosión, un estrépito, un griterío seguido de un coro de ladridos.

Llegué a los muelles, que se habían llenado de mirones, y supe que había estallado una rebelión dirigida por un sargento de Marina, un tal Joao Cándido. Los marinos habían apresado a los oficiales y habían fusilado a tres o cuatro. Proponían, entre otras cosas, la repartición de los grandes latifundios y mandar a la cárcel a los políticos prevaricadores. La gente del gobierno trasladaba cureñas y colocaba sacos de arena en los paseos de la orilla del mar. De cuando en cuando se escuchaba el zumbido de un proyectil y estallaba en los cerros y hasta en las calles vecinas. Caían cascotes en la distancia, tejas rotas, y había gritos por todos lados: un ambiente de excitación general, de fiebre, de miedo y a la vez, porque así eran las cosas en Río de Janeiro, de fiesta. Algunos lanzaban consignas a favor de los rebeldes, y otros contestaban con indignación, con furia, enarbolando revólveres en las manos nerviosas. ¡Había que aplicarles un castigo ejemplar! ¡Colgarlos de los faroles de la Plaza de la Constitución!

Cuando los rebeldes fueron reducidos por las tropas del gobierno, se produjo un tremendo debate en el Parlamento.

Los parlamentarios más influyentes, los grandes tribunos, los picos de oro, eran partidarios de doblar la página, de dictar una ley de amnistía. Pero había otros que los acusaban de blandengues, de cobardes, ¡hasta de traidores! Don Darío Ovalle me pasó a buscar al hotel, vestido de azul oscuro, con una flor en el ojal, con ojos claros un tanto acuosos, como si el cristalino se le hubiera diluido en agua de rosas, y fuimos a seguir la discusión desde la tribuna diplomática. Los ánimos estaban caldeados hasta un extremo indecible. Un diputado calvo, de bigotes en punta, enemigo de la amnistía, partidario del principio de autoridad, insultó a otro y después sacó una pistola. Parecía que iba a dispararla, o que se iba a morir de un ataque, porque estaba lacre, de un lacre azuloso, con los ojos extraviados, pero después guardó la pistola y no pasó nada. Había gente en el hemiciclo y en las tribunas que se reía. Al final, los partidarios de la amnistía triunfaron, Joao Cándido se salvó. Llegué a mi pieza pasado el mediodía, un mediodía de calor aplastante, y tenía un papelito encima de la colcha. Lila me pedía que la esperara al fondo del parque, detrás de las casuarinas, pasada la medianoche. Durante la tarde caminé por calles mal afamadas, devorado por la impaciencia, con la sensación de que me podía morir de un ataque fulminante. Tocó una noche exaltada, bulliciosa, sofocante. Había música, orquestas, gente que cantaba en todas partes, en los cerros, en las terrazas, en los muelles. Después del conato de guerra civil, la ciudad entera había entrado en un estado de alegría desenfrenada, de locura. ¡Qué ciudad!, exclamaba yo, conmovido, fuera de mis cabales: ¡qué disparate! Caminaba por la oscuridad, a pasos agigantados, me instalaba en el lugar que ella me había indicado, detrás de las casuarinas, y me comía las uñas. La espera me tenía hecho papilla. Estaba seguro de que había entendido mal, de que Lila, Lila Pires Ferreira de la Gran Puta, no llegaría, pero al mismo tiempo no podía dejar de esperarla. Hasta que hubo un roce de vestidos, un estremecimiento de las ramas, y tuve a Lila, la propia, la sobrenatural, delante de mí, a mi alcance, alta, muy escotada, ojos y labios muy pintados, una belleza que me volvió a entrar el habla. Dijo algunas cosas en su lengua, frases vagas, risas sin sentido, y nos empezamos a besar como enfermos, detrás de los arbustos. A los pocos minutos estaba semidesnuda, con los ojos entrecerrados. Yo metía una mano debajo de los calzones de encajes portugueses y le tocaba el sexo húmedo. Se lo tocaba con infinita suavidad y ella gemía, mientras cantaban pájaros con gargantas de saxofones tenores, pero los calzones no se los sacaba, de eso no había la menor esperanza. Eran, esos calzones, un cinturón de castidad de materiales delicados, aunque no menos firmes que los armazones de hierro de la Edad Media.

—Lila —murmuré, desesperado—, ¡Lilita! —babeante, besándole los pechos, y caí de rodillas, con la boca abierta. Me había abierto el marrueco a tirones, me había sacado la poronga, y en ese mismo instante mi semen salió a borbotones y manchó la tierra de hojas. Me pareció ver que ella, Lila Pires Ferreira, brillaba con una mirada de triunfo, de gloria, y que después escapaba con el vestido recogido.

—*Meu pai!* —exclamaba, o algo por el estilo—, *minha mae!*

En la noche hubo alaridos en los callejones, carreras, disparos, lamentos, y en el alba, cuando sólo había dormido tres o cuatro horas, volvieron a retumbar los cañonazos. Al mediodía cesaron, y pareció que la tranquilidad, la normalidad, como quien dice, se había restaurado de una vez por todas. ¡Lila!, murmuré, deshecho, y estiré los brazos en el vacío. Llegó un mensajero al hotel y me traía pasajes para un barco que zarpaba a la mañana siguiente. Sentí que me habían dado un mazazo en la cabeza, que no tenía voluntad. Si el día antes hubiera acertado un doblete al 36, mi destino habría cambiado, pero en lugar del 36 se dio el cero. El maldito cero. Hice mis maletas, saliendo a cada rato al corredor para asomarme al jardín y ver si ella pasaba por casualidad. Pero ella no pasaba, y tuve la sensación extraña de que todo había sido un sueño, un espejismo. No le dejé mensaje alguno y ni siquiera intenté despedirme. Creo que la di por desaparecida y que de inmediato me puse a sufrir de unos celos bestiales (celos quizá literarios, ficticios, sadomasoquistas...). Razoné después, con la cabeza más fría, tendido en una silla de lona en la cubierta del barco, sobre tablones calientes, junto a bronces que resplandecían, saboreando un martini archiseco, casi congelado, y llegué a la conclusión de que había preferido escapar, de que había huido a perderme. Aterrorizado ante Vaca Brava. Previendo que me encadenaban y me arrastraban hasta un altar carioca. Resolví cortar así con Lila, en forma brusca, con el corazón lacerado, con un gusto amargo. ¿Por qué? Vaya uno a saber por qué. Escogía con gusto mórbido mi pasión caprichosa, desesperada, sin salida. La fantasía se desmoronaba y yo, sin conseguir sujetarme de su cuerpo espléndido, palmera, pantera grácil, caía, jadeante, con la poronga afuera, y manchaba la tierra. Y en seguida regresaba a mi barro original, a mis pobres adobes santiaguinos, a mis ceremonias sin gracia ninguna. En el barco de pasajeros no había nadie con quien cambiar cuatro palabras. Una señora intrusa, de nariz afilada, me preguntó por qué leía tanto libro en francés, ¿no me interesaba en compartir, preguntó, con los demás?

—No, señora —le respondí, y ella se alejó, tranqueando con piernas flacas, indignada, echando pestes. Dos días más tarde miraba los contrafuertes cordilleranos desde las ventanillas del tren, con la frente pegada a los vidrios fríos, con los ojos empañados por lágrimas repentinas. Resolví que no creía en Dios, como ya lo había escrito en mi novela y para mi desgracia, que la belleza de los picos nevados no era un argumento convincente, pero que sí creía a pie juntillas, como me parece haberlo dicho, en la Virgen, madre de todos nosotros, los pecadores, y recé un par de Ave Marías, mientras la locomotora a carbón, acezante, dejando atrás sus espasmos de humo negro, se acercaba a la cumbre, a la frontera, al punto en el que se dividen las aguas. Lila Pires Ferreira de no sé cuánto, a todo esto, ya no era más que una luz difusa en el horizonte crepuscular, una mancha incierta, una voz insinuante, pero que se apagaba.

IX

En el andén de la Estación Central, a tu regreso de
Río de Janeiro, te esperaba la familia entera, de punta en blanco, y hasta la Pancracia, una de las viejas del servicio, que se
había puesto su mejor vestido y te había llevado un ramo de
claveles blancos y rojos. También estaban Perico Vergara, y
Andrés, tu primo, y Cuevitas, y hasta el Negro Jaraquemada,
peinado con brillantina, de traje cruzado azul marino a rayas.
Y se atrevió, también, a llegar, sola, en su condición cada vez
más sostenida, más explícita, de mujer emancipada, María
Fontenelle del Estero, la bella misteriosa, de ojos en sombra.
Te abrazaste y te besaste con todos, entre gritos de júbilo, y
con María, después de mirarla a los ojos, te diste un abrazo
más suave, pero más prolongado. Más intencionado, comentó Perico más tarde, con cara burlona. A tu madre, que se había puesto un sombrero claro, con velo de un amarillo tenue
con pintas, con chispitas, la besaste muchas veces. El reencuentro, después de tu escondite en la calle Borja, de tu huida en un barco contrabandista y a una ciudad inverosímil,
parecía el colmo de la felicidad: el cielo en la tierra. Tu madre, doña Luisa Gertrudis, estaba dichosa, conmovida hasta el
fondo de su corazón, emoción que se reflejaba en sus ojos claros, bellos, que soñaban y ardían: te habías comportado como
un réprobo, un maldito, un tiro al aire, pero ahora tenías todos los caminos abiertos. Hasta podías llegar a ser presidente
de la República, ¿por qué no? La Pancracia aplaudía, los amigos hablaban a gritos y te palmoteaban en la espalda, y la gente de paso por el andén miraba al grupo y sonreía, o no sabía
qué cara poner, o se alejaba con la cabeza baja, mascullando
insultos. A la hora de almuerzo, en la mesa engalanada con la

vajilla de los grandes fastos, manteles de hilo y encajes, copas de cristal de Bacarat, hubo galantina de ave, fricasé de filete y criadillas, una pierna de cordero bien dorada y acompañada de porotos pallares, torta de mil hojas, todo lo que a ti te gustaba más en la vida, y Perico y Andrés fueron invitados de honor, Cuevitas, ¿Sotito?, no, quizá por qué, cuando menos porque tu madre lo consideraba siútico, y el Negro Jaraquemada ni hablar, por siútico y por picante, y a nadie se le ocurrió mencionar el escándalo de la novela. Había sido, al fin y al cabo, una tempestad pasajera, una arruga en el horizonte. ¿Quién iba a tomar una novela, una colección de palabras inventadas, en serio? Habías hecho afirmaciones tremebundas, habías contado episodios indiscretos, ¡más que indiscretos!, pero se trataba de historias pasadas, y, además, sobre todo: no eran más que historias, palabras, burbujas. Todos celebraban la vuelta del hijo pródigo, y hasta te hacían señas desde las ventanas de las casas vecinas, desde terrazas de techos cercanos, como si el suceso conmoviera a todo el barrio, desde Monjitas hasta la Plaza de Armas, a la ciudad entera, y en la tarde recibiste esquelas de saludo, de felicitación, de alegría, de la gente más diversa, incluso de tu tía Elisa, la arpista, con su nariz de tucán, de tu tío Lucho, el de criterio, el callado, de unas hermanas Rozas, descendientes de Martínez de Rozas, parientes de tu madre y que no veías casi nunca, pese a que de cuando en cuando aparecían en el vestíbulo de la casa, de visita, cada vez más arrugadas, con las manos cada vez más retorcidas y llenas de manchas, más encorvadas sobre sus bastones, con un aire de sacristía, de fotografía desteñida, hasta de cementerio.

Publicaste tu libro de viaje, *Tres meses en Río de Janeiro,* con una foto de petimetre, de gomoso irremediable, sombrero hongo, chaleco de fantasía, ojos de palomo enamorado, pero suprimiste toda alusión a tus visitas a la calle del lado izquierdo del hotel, donde las mulatas mostraban los pechos y se levantaban las faldas hasta la cintura, dejaban al aire los muslos maravillosos, tostados, y no dijiste nada, desde luego, sobre el episodio de Lila Pires Ferreira de no sé cuánto, demasiado emparentado con el de Jenny en su jardín, ¡aunque detrás de casuarinas, no de magnolias!, y nada, tampoco, sobre la timba miserable en el barco de contrabando, entre negros, chinos, uruguayos, un polaco de brazos tatuados, de expresión peligrosa. Todo se convirtió en un relato de paseos, devaneos, atardeceres cariocas, alterado por un movimiento de marineros sublevados, unos cuantos cañonazos desde barcos de guerra, obuses que silbaban por encima de cabezas excitadas, motudas, chillonas. Fue leído por unas cuatrocientas personas, quizá quinientas, y tú te sentiste amargado. Comprendiste que la sociedad criolla, en pocas semanas, a punta de festejos, de gracias diversas, de sonrisas femeninas, te había devorado, te había secado el alma, la había dejado reducida a la condición de un hollejo seco. Para que sepas, para que saques tus conclusiones, para que no te botes a gallito de la pasión. Habías nacido en jaula de oro y parecía que no tenías escapatoria, que no podías oponerte al destino. En realidad de verdad, daba la impresión de que no tenías destino. Sólo habías hecho un alarde, y te habían castrado de un tijeretazo certero.

De manera que partiste a conversar con Perico, a contarle, y Perico reconoció que él también era un desastre, una piltrafa. Había heredado medio Viña del Mar, Reñaca entera, las vastas tierras que rodeaban la desembocadura del río Aconcagua, hasta Quintero por el norte, hasta Ocoa por el este, y su mayor deseo, después de tanto desconcierto, de tanto éter y tanto opio, de tanto viaje vertiginoso, desatento, de un par de safaris en el corazón del África, era volarse la tapa de los sesos de un tiro.

—¿Por qué no lo hacemos en compañía —propuso Joaquín—, para darnos ánimo entre los dos?

—Estupenda idea —respondió Perico.

—¿Te das cuenta —prosiguió Joaquín— de lo que van a decir, de las copuchas de la mañana siguiente?

—Me doy cuenta, y me sobo las manos.

—Yo tengo una Colt que me regaló mi padre antes de morirse.

—Y yo la pistola de guerra que usó el mío, el general, en la batalla de Concón, cuando cruzaba el río en su caballo, cuando las tropas de Balmaceda habían empezado a desbandarse. Las balas de cañón caían cerca, pero no explotaban, y nuestras ametralladoras de tambor, las que habían financiado tus parientes, sembraban el pánico.

—¡Qué diablo! La mejor obra de arte es un bonito suicidio.

Decidieron invitar a Edmundo Fuenzalida, conocido tuyo y excelente amigo de Perico. Hombre de recursos variados, de empresas más o menos extrañas, de ideas un poco alambicadas, Fuenzalida, Edmundo, no tenía la menor intención de suicidarse, nadie más alejado que él de toda idea de suicidio, pero era un liberal, un humorista, un filósofo a sus horas, y no les impediría que llevaran a cabo su propósito. Por el contrario, los acompañaría con solicitud amistosa y después se ocuparía de los detalles: de las esquelas, de los ataúdes, de las coronas de flores, de esas cosas. Se dieron cita, pues, a las cinco de la tarde del día siguiente, en los potreros de Tobalaba con Providencia, en el sitio donde el canal San Carlos pasaba en aquellos años y todavía pasa por debajo del final de la avenida Providencia. Decretaron que el canal era el Aqueronte. Y el Cancerbero era un viejo que dormitaba encima del pescante, junto a la huasca gastada, en un carricoche roñoso movido por un tronco de dos caballejos, uno que esperaba pasajeros en la esquina.

—¿Es capaz de llevarnos hasta el faldeo de los cerros de Peñalolén?

Sí que era capaz, y no les preguntó qué se proponían hacer en aquellos cerros abandonados, en aquellos peladeros donde sólo prosperaban las lagartijas, pero los miró con una mezcla de curiosidad y de sorna, pensando, probablemente, en los caprichos de los pijes del centro, caprichos que había tenido oportunidad de conocer en sus largos años de transportista.

—Vamos a estudiar unos terrenos —dijo Fuenzalida.

—Vamos —corrigió Perico—, a volarnos la tapa de los sesos.

El viejo esbozó algo con su boca desdentada, pero no alcanzó a reírse. Sabía mucho de corazonadas, de extravagancias, de finales de fiesta, y evitaba los comentarios. Cruzaron el canal y se internaron por el territorio de los muertos. Eran caminos llenos de polvo, de piedra, de zarzamora, y de repente, por ahí, se levantaban unos eucaliptos, algún sauce llorón. Lo que más abundaba eran las matas de espinos, los cardos de florones azules, además de yuyos, de quiltros acalorados, de pata quebrada, gallinas de plumas jaspeadas, uno que otro conejo que emprendía la carrera, asustado. El carricoche avanzaba a saltos, moliendo los riñones, y ellos contaban historias de cachetonas, de mujeronas populares, de una cantante de ópera italiana amiga de don Arturo Alessandri...

—También italiano —interrumpió Fuenzalida.

... de una puta nueva que había aparecido en Sotomayor, en la casa del fondo, y que tenía loco a medio mundo, de la curiosa amistad entre Rubén Darío y el hijo lisiado de Balmaceda, Pedrito, que firmaba sus escritos como A. de Gilbert, y de Europa, de Venecia, de París, del *Palais de Glace,* de las calles de la amargura y los callejones del pecado que florecían en los más diversos lugares de este mundo.

—La verdad —dijo Perico—, es que no sé si es mejor idea partir a Venecia.

—¿En lugar de qué?

—En lugar de suicidarnos.

—Yo me jugué hasta el último centavo —explicaste—. Si no conseguimos vender una propiedad de la calle Puente, o las últimas acciones de una mina de cobre, estoy frito. Pero tú no tienes ninguna obligación de suicidarte conmigo.

—Te acompaño —respondió Perico—. No te puedo dejar en la estacada.

—Hay una brisa de ultratumba —dijiste, sonriente,

acariciando el cañón de la Colt—, y dentro de unas horas saldrán a pasear los fantasmas.

Había, en realidad, una casa de inquilinos abandonada y una plantación de maíz. Más allá se divisaba una taberna con un letrero chueco: el Pipirigallo. (¿La de la Aurora de *El inútil*, la de Marianela?)

—Yo me quedo aquí —anunció Fuenzalida—. Voy a pedir que pongan unas botellitas de cerveza en la acequia. Y aquí los espero.

—Es que no vamos a volver —dijiste, con la pistola Colt en la mano, pensando en Lila, en María, ¿en Jenny?, en la cara de tu madre detrás de un velo tenue, soñadora, delicada.

—Vayan, no más —insistió Fuenzalida, con un gesto vago, y se instaló a la sombra de la taberna, en una gran mesa de palo, debajo de un parrón, mientras ellos se adentraban en el territorio desconocido y emprendían la subida. Fuenzalida les había advertido que si se orientaban hacia la derecha, hacia el sur, se encontrarían con la quinta de los Arrieta, la que había pertenecido a la familia Egaña. Tú recordaste que tu bisabuelo de piedra solía llegar de visita, y que una carta de uno de los Egaña, Juan o Mariano, recomendaba poner a las chinas, a las empleadillas jóvenes, a buen recaudo. Porque el bisabuelo, el fundador, el legislador, el hombre de sentencias y de dictámenes, para citar un conocido poema, había sido un joven viejo y había llegado a ser, al cabo de largos años, un viejo joven, ligón, picado de la araña. Te reíste, y pensaste que los propósitos de suicidio podrían postergarse un poco.

—A lo mejor en la taberna de abajo podrían prepararnos una cazuelita —te atreviste a sugerir—. Y mandamos al cochero, al Cancerbero, a comprarnos unas buenas botellas de tinto.

Perico, que miraba su revólver con atención, se rascó la coronilla.

—¡Gran idea! —exclamó al fin.

Dispararon dos tiros, de todos modos, para probar las pistolas, para saber si podrían servir más adelante, cuando se

suicidaran en serio. Ladraron perros en los cajones cordilleranos y volaron algunos pájaros negros, porque en este paraje
todos los pájaros eran negros, de aspecto infernal, y también
los perros y los gatos, y los ladridos llegaron desde una distancia irreal, deshechos por las agujas de los espinos, de los cac-
tos, por los remolinos de brisa.

—No se suicidaron, entonces —comentó entre dientes, sin permitirse una sonrisa, Fuenzalida, Edmundo.

—Decidimos dejarlo para más adelante.

—Podemos destapar, en ese caso, unas cuantas botellitas guatonas.

—Y Joaquín —comentó Perico—, pensaba ordenar
una cazuelita de ave, y mandar al cochero, al Cancerbero, antes de que se nos caiga del pescante de sueño, a que nos com-
pre el vino.

Comieron una cazuela cocinada por la dueña de la
fonda con una gallina recién degollada y desplumada, celebraron, brindaron a gritos, se rieron a carcajadas, se imaginaron
al sabio bisabuelo pellizcándoles el trasero a las chinas de don
Mariano Egaña, el prócer, le invitaron vino al viejo del coche,
le pasaron un sándwich de queso de cabeza con harta salsa de
ají, para salir, después, cantando canciones francesas y españolas, dando tumbos en las piedras y en los baches, espantando
pollos y conejos, de las antesalas sulfurosas, y entrar en los barrios de siempre, con sus luces que parpadeaban, sus tranvías
que tocaban campanillas, sus carretelas de dos ruedas cargadas
hasta el tope y arrastradas a tracción humana, con los campa-
narios de sus iglesias que tocaban campanas cada cuarto de
hora, y la gente que se dispersaba como hormigas, como vista
en cámara rápida, en el atardecer.

—¿No sé qué me parece más irreal —dijiste—, si esto o lo otro?

—¡Esto! —exclamaron ellos.

Anunciaste que ibas a dar una vuelta por el club de
juego. Ellos hicieron un signo de negación con los dedos, con
la cabeza, con todo el cuerpo. Después de haber descendido al

Hades y de haber salido ilesos, no querían ponerse a jugar unas miserables fichas, y tú, aunque no querías dar tu brazo a torcer, te quedaste en la duda.

—Debimos suicidarnos —le dijiste a Perico en la barra de Gage, al mediodía siguiente, y la respuesta suya fue curiosa.

—Le habríamos dado gusto —declaró— a una tropa de miserables, y nunca hay que darles en el gusto.

A lo mejor Perico, después de todo, tenía razón. A las dos o tres semanas se presentó un comprador para la propiedad de la calle Puente, la Renta Urbana, que llamaban, o Lavinia Hermanos, algo por el estilo, y tú recibiste tu parte como quien recibe las fichas multiplicadas por 36 de un número de la ruleta. Entretanto, Carlitos Lamota, o Lartundi, tu primo por el lado de tu madre y del bisabuelo de piedra de cantería y de mármol de Carrara, el jovenzuelo de la raya perfecta de los pantalones, el de los zapatos siempre relucientes, que te había quitado el saludo y después, en una sobremesa, mientras saboreaba un coñac con aires de sibarita, te lo había devuelto, dijo que ellos se habían aburrido y partían a París. ¡Chile ya no daba para más!

—¿Y tú, por qué no partes con nosotros?

No lo dudaste ni un segundo, a pesar de la ira contra él que en los días del escándalo te había atravesado de parte a parte, que te había sacudido, que casi te había enfermado, o que te había enfermado sin casi. Pero hay que saber jugar, pensaste, saber ganar y saber perder, saber retirarse a tiempo y reaparecer. En este momento reaparecías, triunfal, de bastón, guantes pato, sombrero hongo, ojos relucientes, mejillas de poto de monja. Si se me hubiera permitido un comentario al margen, habría dicho que parecías uno de esos personajes masculinos, hieráticos, totémicos, que nunca dejan de llevar sombrero hongo, de la pintura de Magritte. Pero tú no sabías nada de Magritte, a pesar de que ya sabías algo de Tristan Tzara y de sus amigos del Dadaísmo.

—Yo me voy con usted, mijito —dijo tu madre, y la abrazaste con una ternura que desbordaba de tu corazón,

¿amor filial agudo, edipismo perverso, insinuación incestuosa? Una de tus ventajas consistía en vivir, en caminar, en correr como un loco, y en hacerlo sin saber demasiado, entre la chochera y el abismo.

Tu tío Lucho, el criterioso, bajito, de piel y de ojos tostados, te recomendó que no partieras.

—El horno —dijo—, no está para bollos.

—¿Qué quiere decir con eso?

Quería decir que el horizonte internacional se había nublado de repente, y mucho más de la cuenta.

—¿Y?

—Además —dijo—, los paquebotes internacionales se han puesto muy caros. Parece que el *Titanic* es una maravilla de la ciencia moderna, y ha hecho subir los precios.

Pero Joaquín, el tío Joaquín, tú, nunca habría dudado en cambiar una propiedad polvorienta, corroída por los colmillos de las ratas, por algunas semanas en París, en Sorrento, en San Sebastián. Y si su madre se aburría, le contrataría un enano de circo para que la entretuviera. Así dijo, y todos, en la sobremesa de Papá Gage, porque así era conocido ese restaurante estratégico del centro de Santiago por la gente enterada, por la gente *comme il faut,* para decirlo de alguna manera, aplaudieron como locos.

X

Uno se pregunta, y no termina de preguntarse, en qué consistió ese tan mentado escándalo de *El inútil*, por qué hubo una reacción tan desmesurada de la sociedad chilena de la época, por qué el joven autor tuvo que esconderse y después escapar de Chile. Es una pregunta que pertenece a la historia de la literatura chilena y que nunca ha tenido una respuesta verdaderamente satisfactoria. Hay que partir de una premisa, de una base fundamental. Como ya lo he dicho de diversas maneras, todos los primeros textos narrativos de Joaquín Edwards Bello son autorretratos parciales, aparentes biografías: si se escarba un poco, si se descartan detalles, son, en verdad, autobiografías más o menos alteradas. Podríamos añadir: confesiones disimuladas. ¿Su temprana vocación de escritor sería, en último término, una necesidad de confesarse, de mostrar su diferencia, de poner su corazón encima de una mesa, o en el centro de un escenario? ¿Su pobre corazón, su corazón al desnudo? Autobiografías alteradas, disimuladas, ¿tramposas? Eduardo Briset Lacerda (el personaje de *El inútil*, la novela del escándalo, la de 1910), soy yo, habría podido exclamar Joaquín, a la manera de Gustave Flaubert, aunque no es seguro que Flaubert haya pronunciado jamás su exclamación famosa: *Madame Bovary c'est moi*. Muchos creen que fue una invención de diarios, de gacetilleros de provincia.

Por otro lado, en el preámbulo de su segunda novela (el escritor confesional, autorreferente, abunda en preámbulos, en notas al margen, en explicaciones de sí mismo, como Stendhal, como Montaigne, como tantos autores de parecida familia, salvando, claro está, todas las distancias), *El monstruo*, que es como decir de nuevo el inútil, pero con un rasgo

de autodenigración mayor, con un trazo añadido decididamente más negro, a pesar de que el monstruo de esta novela,
en realidad, no es un personaje sino una institución, el casino
de juego de la ciudad de Enghien, en los alrededores de París,
Joaquín sostuvo, y lo hizo con pasión arrebatada, con auténtica furia, con pública indignación (¿para quién, para qué público, precisamente: para su madre y sus hermanos, para sus
profesores del colegio, para los primos perfectos, de espaldas
bien planchadas, de acentos cultivados, conocedores de las
conjugaciones latinas?), que él *no era* Eduardo Briset Lacerda,
«lo saqué de la nada», que no había participado nunca en una
huelga obrera, «jamás he presenciado escenas de huelgas sangrientas» (¿sabía alguien en el Chile de entonces de la existencia
del anarquista catalán Ferrer Guardia, de su fusilamiento en
las alturas del Montjuic?), que todo había sido ficción, nada
más que ficción, ficción pura.

¿Por qué sostuvo esto último en forma tan exaltada,
en líneas separadas parecidas a versos o versículos? Porque la
gente, comprendemos, se había dedicado a husmear, indagar,
transmitir chismes sin la menor delicadeza, ávida de curiosidad, de morbo, dominada por ánimos vengativos, destructi-
vos, y había sacado a la luz toda suerte de claves, supuestos
modelos de la vida real, nombres ingleses que correspondían
a otros nombres no menos ingleses, y debajo de ellos, de di-
chas claves, de dichos nombres, anidaban situaciones escabrosas, mal disimuladas, escándalos que clamaban al cielo,
bombas de tiempo y de profundidad.

Con lo cual él, Joaquín, novelista, pero también actor
mediocre, secundario, quedaba en situación altamente com-
prometida, seriamente precaria. ¿Dónde te fuiste a meter, tío?
¿Hasta dónde te llevó tu ceguera, tu egoísmo, la peligrosa
mezcla tuya de ingenuidad y de arrogancia? El indiscreto eras
tú, no los otros. Como decimos en Chile con grosería, con se-
mántica pesada: el hocicón. Fuiste, Joaquín, o fuiste, Eduardo
Briset Lacerda, heterónimo tuyo (para emplear la terminolo-
gía de un poeta portugués, pero no es inadecuada al tratarse

de un autor, Joaquín, quiero decir, de largas lecturas y de inspiración portuguesa declarada, alguien que se miraba a sí mismo como «una especie de Primo Basilio»), autorretrato tuyo parcial, tramposo, un hocicón, un descriteriado, y, por encima de todo, un petimetre vanidoso, inmaduro. Besaste a Jenny (¿y quién era Jenny?, ¿te atreverías a confesar quién era Jenny, cuál era su modelo en la vida real?), en el fondo de su parque lujoso, en un banco que escogiste porque estaba en la sombra, con notoria premeditación: la besaste en la boca, con la mayor audacia y descaro, sin vacilaciones, y ella, dueña de casa, esposa del Dragón, el dueño, sólo se resistió a medias, con evidente debilidad por ti, y no sabemos hasta dónde llegaron estos besos, la novela no dice nada, pero tampoco excluye nada, y lo peor de todo, lo que te condena sin apelación posible, es que no pasaron cuatro o cinco horas sin que lo hubieras contado a individuos vulgares, soeces y en estado de intemperancia extrema: seres con quienes te encontrabas reunido, más o menos por azar, sin conciencia clara de nada, con la guardia baja, para decir lo menos, en la sala maloliente de un prostíbulo, antesala, en otras palabras, del mismísimo infierno. ¿Te parece poca tu debilidad, tu falta de respeto, y hasta podríamos agregar, recordando a tu padre, que en la novela no había muerto y era una persona muy diferente, por mucho que te duela, y que nos duela, tu falta de hombría? Por suerte no fuiste tú, fue Eduardo Briset, a quien habías sacado de la nada. Pero, para sacar a alguien de la nada, hay que partir de algo, hay que tener algo. A todo esto, tu padre verdadero te había regalado una pistola Colt, antes de morir en París en 1905, para que resguardaras tu honra, para que te hicieras hombre, en buenas cuentas, lo cual revelaba el buen ojo de tu padre biográfico, el de la carne y el registro civil: el ficticio, el señor de apellido Briset, ni siquiera había llegado tan lejos. La ficción, como suele suceder, se había quedado atrás, había ido a la zaga.

Después del beso nocturno y de la vergonzosa, imperdonable indiscreción tuya o de Eduardo Briset, la historia se bifurca en dos corrientes y cae de pronto en un abismo, una sima previsible. Tú, borracho, en la forma de Eduardo Briset, terminas por acostarte con Marianela, puta gorda, de grandes tetas, de carnes colgantes en los antebrazos, de ojeras profundas, productos de la trasnochada constante, del vicio, de los toques matinales de cocaína, y descubres de repente, con horror y también con un resto de ternura, con mala conciencia, con la noción vaga de que todo está perdido, que Marianela es Aurora, niña de campo que habías conocido en las afueras de Santiago, que habías llevado a caminar por los cerros de La Dehesa, a quien habías terminado por desgarrarle el vestido y por acariciarle los muslos debajo de unas matas, entre sollozos y suspiros. Habías hecho el amor con ella, por fin, debajo de los boldos y los maitenes de La Dehesa de comienzos de siglo XX, un par de tardes, y en un hotel por horas en los días que siguieron, habías prometido regresar y rescatarla de la pobreza, y pocas semanas después habías partido a Europa y te habías olvidado de tus promesas. Había algo de don Juan en toda esta historia: don Juan de barrio, o don Juan colonial. Tú, Eduardo Briset, ¿Joaquín?, te engañabas a ti mismo, te creías diferente, pero al final no te hacías cargo de nada. Tus ideas socialistas, tu proclamado ateísmo, no te redimían. Llegabas a un prostíbulo del barrio de la Estación, borracho, te acostabas con una jamona monumental, de mirada turbia, y resultaba que la jamona, Marianela, era Aurora. Tocamos aquí los límites de lo verosímil, y es, quizá, lo bueno, lo sano, lo juvenil de las viejas novelas. Cuando inventaste a Briset leías a tus adorados Salgari, Paul Bourget, Ponson du Terrail, aparte de Maupassant, de Eça de Queiros, de Emilio Zola. Te movías, como ya sabemos, entre la conmovedora Naná y el frívolo e irresponsable Primo Basilio, pero amabas, no podías dejar de amar, a Rocambole con sus enredos, a Sandokán con sus tigres de la Malasia, con sus eróticos mercados de esclavas semidesnudas. Y esto, quizá, sin que tú lo supieras, era tu gran excusa. Te gustaba la peripecia más que el lenguaje, y la peripecia de la ficción se te confundía con la de la vida. Era una sana, ingenua, conmovedora confusión. A mí la poesía me llevaba y sentí a veces que me traicionaba, que me depositaba en terrenos inciertos, un tanto sofocantes. Tú corrías a todo galope, desmelenado, dando alaridos, contemplando un incendio en la distancia.

Hiciste el amor toda esa noche con Aurora Marianela, lloraste, caíste al suelo de tablas, de rodillas, y le pediste perdón, y después, cuando ella roncaba con la boca torcida, pero con una expresión de alegría, a pesar de todo, de recuperada inocencia, saliste del cuarto en penumbra en la punta de los pies, parpadeaste al encontrarte con el sol alto, corriste a desayunar con una cerveza y unos pequenes (las empanadas del pobre, sin carne, de sólo cebolla —*a los que sueñan renombre y gloria / y luego almuerzan con un pequén...* Carlos Pezoa Véliz), en un bar cercano, y entraste después a casa de tu madre, también en puntillas, mal afeitado, pálido, sin el menor remordimiento, sin memoria, siquiera, porque tenías, como ya lo he apuntado, la facultad privilegiada de manejar a tu favor, siempre a tu favor, las memorias y los olvidos.

Suponemos que Jenny, entretanto, en sus salones principescos, trató de mantener la calma mientras se despedía de sus invitados. Recordemos que Jenny es otro personaje de ficción, pero las malas lenguas locales especulaban sobre una clave cercana, inconfundible, particularmente escandalosa. Pues bien, Jenny estaba transpuesta, con los ojos encandilados, temblorosa, al borde de uno de sus ataques de llanto, pero conseguía disimular. Corrió después a su dormitorio y se tiró encima de la cama, sollozando, riéndose como una histérica, tironeándose los pelos, besándose la mano como si fuera la boca de Eduardo. Abrió la ventana y miró con expresión de éxtasis los arbustos gruesos, los floripondios, los crisantemos, el magnolio detrás del cual se encontraba el banco encantado. Entró su marido, el Dragón gordinflón, y ella lo abrazó con fuerza y le puso la cabeza en el pecho, entre lágrimas y suspiros. Él le daba golpecitos en la cabeza con su mano rechoncha. La había llevado una vez a un médico, el doctor Barraza, recibido en La Sorbona, y el doctor Barraza, un hombre reposado, criterioso, que al respirar emitía un silbido, como si tuviera algún desperfecto en las tuberías pulmonares, le había recomendado hacer ejercicio, caminar mucho, jugar al golf, y, por encima de todo, no leer ni mucho menos escribir poesía, eso le podía hacer un terrible daño al sistema nervioso. En Chile, además, agregaba el doctor, a diferencia de lo que sucedía en los países del Caribe, no teníamos vocabulario, éramos un país de juristas y de historiadores, no de poetas. ¡A Dios gracias!

Conversó por teléfono con su confesor, que era pariente de su marido, y comprendió que nunca podría confesarse con él de su beso, de su pasión nueva, de su locura bella e insensata. Me voy a hundir, se dijo, como tantas otras antes que yo. ¡Quién se lo hubiera imaginado! Había quemado una etapa detrás de la otra, sin comprender que Eduardo Briset, con sus ideas disparatadas, con su egoísmo, era el peligro en persona. Ningún otro se habría acercado a ella con ese desparpajo, pero él, justamente, y ningún otro, se acercó y produjo una conflagración. El confesor, el padre Canudas Larraín, debía de olfatear algo. Era hombre de cuerpo enjuto, de rasgos acusados, de nariz fina. Le dijo de repente, y ella se quedó helada, ¿qué había intuido, qué le habían soplado?, que tuviera cuidado con Eduardo Briset Lacerda.

—Es —dijo— un muchacho interesante, sin duda, pero un poco peligroso. He sabido que se junta con gente extraña. Y en los últimos tiempos ha dejado de ir a misa. ¡Mal asunto!

Ella, en su camisa de dormir de raso celeste, sentada en el borde de la cama, con el teléfono de bocina en la mano derecha y el auricular en la izquierda, se puso roja como un tomate, lacre. Su rubor encendido, ardiente, la habría delatado a leguas de distancia, pero por suerte estaba sola en su dormitorio.

—No creo que sea mala persona, en el fondo —protestó, a la defensiva, con palabras torpes, con la lengua trabada.

—Pues yo me temo que sí lo sea. Sus padres son gente de lo mejor, respetable, piadosa, ordenada, pero nunca falta la rama torcida, la mente pervertida.

—¿Usted cree, padre?

—Creo. Y te recomiendo el máximo de prudencia. Parece un niño bueno, pero es un perfecto demonio, y ninguna precaución es poca. Yo que tú trataría de no encontrarme nunca con él bajo el mismo techo. ¡Por mucho que te cueste!

La conversación con el padre Canudas Larraín es una mera suposición, un invento mío, una prolongación del espacio ficticio de *El inútil*. Pero cuántos sacerdotes como el padre Canudas Larraín existieron y existen todavía, con otro estilo, con palabras un tanto diferentes, en la sociedad chilena. A veces parece que hemos evolucionado, y a veces parece que damos vueltas alrededor de la misma noria. Lo contado en la novela, en *El inútil*, ocurrió, entendemos, en la mañana siguiente de aquella fiesta de sociedad y de aquellos besos furtivos en el fondo del jardín, que no sabemos en qué terminaron. Hay una mesa fina, de patas de caoba entrecruzadas, cortinas cerradas a causa del calor, pero que permiten vislumbrar los árboles del parque, los arbustos, el magnolio mágico, y hay una taza de porcelana de Limoges, casi transparente, llena de chocolate que humea. Ella, Jenny, piensa en las cosas que ocurrieron al otro lado del magnolio. No ocurrió nada y ocurrió todo (suspira). Abre un sobre de calidad superior, con un monograma azul en la parte de atrás. Es de Mariana Moore, la escritora, o bien, como le gustaba definirla a Eduardo, que a menudo tenía lengua de lija, la escribidora, y la invitaba a un té literario en sus salones. Hablarían, seguro, de los personajes de sus novelas, siempre frágiles, soñadores, liberados de ataduras prácticas, y que se bañaban en tinas de mármol y se perfumaban con esencias guardadas en ánforas griegas. Después escogió un sobre barato, enrevesado, con su nombre y dirección escritos en letra muy pequeña, y el solo tamaño de la letra, que revelaba una decisión de esconderse, de ocultarse, le dio palpitaciones. ¿Por qué?, se preguntó, transpirando, con las manos temblorosas. Sacó la carta y la leyó, sintiéndose cada vez más aturdida, más enferma. Después la dejó caer al suelo. En seguida la recogió, la rompió en pedazos chicos y la tiró por el excusado. Temblaba entera y tenía los ojos desorbitados, inyectados en sangre, húmedos, pero no lloraba. Sabía, eso sí, que su vida había cambiado para siempre, que lo tendría todo y le faltaría todo. Su corazón sería un erial, un pedregal, y en su sangre habría un componente de veneno. Señora, comenzaba la carta, y el autor, sin estampar su firma, aseguraba que escribía lo que escribía por amistad con ella, con su marido, con su familia. Eduardo había contado a voz en cuello, en una casa de mala fama, que la había abrazado y besado en el fondo de un parque, detrás de un magnolio protector, durante una *soirée* de gala. Ella habría podido dudar y salvarse, pero el detalle del magnolio era una puñalada. Salvación no había por ningún lado: el magnolio, y el banco detrás del magnolio, la mataban.

Nosotros nos hacemos preguntas. ¿Por qué inventar, nos preguntamos, un personaje de novela que no sabe quedarse callado cuando corresponde, un monigote, un sujeto movido por una vanidad infantil? ¿Será que el autor no había podido dejar de inventar, de colocar en su invento, algo que ya existía en él mismo, una indiscreción, una lengua larga que nadie, precisamente, había inventado? El novelista y su personaje, el Dios de la novela y su criatura, se caen a un mismo tiempo, arrastrados por el mismo mínimo cataclismo. Mínimo, pero revelador de una debilidad máxima. Caminas hacia el desastre, habría recitado el coro de la familia, subrayado por la voz de barítono de su padre: la sociedad te va a despreciar, a escupir, a hacer papilla, y tú serás una hoja en la tormenta, un muñeco, una piltrafa hecha de nada, o la nada misma, sin remisión alguna.

Tres o cuatro días más tarde te levantaste, saliste a la calle con una tenida oscura, de luto, y encontraste numerosas patrullas de policías a caballo con rifles terciados a la espalda. Te contaron que en el Parque Cousiño había un destacamento del regimiento Tacna y que llevaban bala pasada. Había estallado una huelga en protesta por el fusilamiento en España, en Barcelona, en el cuartel de un cerro, del profesor anarquista aquel, ése que se llamaba Francisco Ferrer Guardia y que en las mutuales chilenas de tipógrafos, de carpinteros y otros artesanos, aunque la gente del centro de la ciudad no lo supiera, tenía una cantidad de seguidores. Nunca participaste en huelgas sangrientas, declaras. Debemos admitir, entonces, que el personaje que salió a la calle en tenida de luto era Eduardo Briset, no tú. Entramos, en consecuencia, en los terrenos de la ficción tuya. Pues bien, ahí se decía, o se habría podido decir, que algunos obreros contrarios a la huelga, indiferentes a la suerte de un revolucionario del otro lado del océano, trataron de entrar a la fábrica de somieres donde trabajaban, allá por la calle Maestranza, y que se produjo una batalla a tiros. Uno de los huelguistas murió de un balazo en la cabeza y el cadáver todavía se desangraba, tendido en el asfalto, en una esquina que se había convertido en tierra de nadie. Llegaste a la puerta de La Moneda, llegó Eduardo Briset, se entiende, pensativo, y divisó al Dragón y a Jenny en el asiento de atrás de su lujoso automóvil, en una semi oscuridad bien acolchada y protegida. El chofer iba de correcto uniforme, de gorra negra. El Dragón mundano y financiero tenía una expresión preocupada. ¿A qué habrían ido a La Moneda a visitar al presidente de la República, a conspirar, a pedir la intervención de las fuerzas armadas, petición de la que algo supimos en los años que vinieron? ¿Y por qué los dos? Jenny te divisó (divisó a Eduardo Briset Lacerda), con el rabillo del ojo, y volvió la delicada cabeza para otro lado con un movimiento brusco, como si hubiera visto al demonio en persona. Su marido, en cambio, no se dignó divisarte. No tenía para qué. Tú, Eduardo Briset Lacerda, ¿Joaquín?, diste media vuelta y te encaminaste hacia tu destino. Tu equívoco y trágico destino. El que ya te había anunciado el coro con palabras enteramente claras. El que tú mismo, con tu insólita debilidad, con tus flagrantes contradicciones, con tu locura, te habías buscado.

XI

El capítulo anterior se relaciona con el aspecto secreto, privado, erótico, si se quiere, del escándalo provocado por la publicación de *El inútil*. El de ahora tiene que ver con su vertiente política, más grave y en cierto modo más actual, más vigente. En el anterior eras, a través de tu autorretrato novelesco, un joven imprudente, indiscreto, un disparatado. Aquí eres algo mucho peor: un hipócrita y un traidor a tu clase, un desconformado cerebral, como diría el historiador conservador Francisco Antonio Encina, don Pancho, pecados imperdonables, irredimibles, y de los que nunca, en verdad, quisiste redimirte. Después del episodio de Jenny y el Dragón financiero, mundano, en la penumbra del automóvil de lujo, detrás del chofer uniformado y que debía de llevar una pistola en la guantera, Eduardo Briset Lacerda, tu alter ego en la ficción, subió por la calle Bandera y llegó hasta la Plaza de Armas, la antigua Plaza del Rey. Había gente asomada a la calle en las ventanas de los edificios del portal Fernández Concha y del pasaje Phillips, pero detrás de las cortinas, desde la sombra, desde el interior de las habitaciones, como si tuvieran miedo de una bala loca. Ya se habían escuchado balazos dispersos, algunos muy cercanos, y las patrullas de a caballo llegaban por la calle Compañía, cuyo nombre completo es Compañía de Jesús, como bien sabes y para que te cuides, y después subían por la calle del Puente hacia el sector del Mercado Central y de la Estación Mapocho. Porque los grupos de obreros más enardecidos, los que alzaban los puños cerrados y enarbolaban banderas negras y rojas, se habían concentrado frente a la estación, en el gran espacio abierto que se extendía entre el mercado y el Parque Forestal, o habían cruzado al otro lado del

Mapocho, a la Chimba de antaño, y se aglomeraban en los terraplenes y en las calles del barrio de la Recoleta. En la explanada de la estación te encontraste (o se encontró, insistimos, Briset) con el espectáculo siguiente: los soldados de a pie y de a caballo protegían la triple entrada en forma de bóveda y encañonaban con sus fusiles a la masa de revoltosos. También habían colocado en el suelo, protegida por un par de sacos de arena, una ametralladora de tambor. En la concentración no sólo había hombres de todas las edades, desde muchachos de trece o catorce años hasta ancianos, armados en su mayoría de palos, de piedras, de picotas de fierro, con una que otra pistola vieja, con alguna escopeta de cañón recortado: había también mujeres desmelenadas, furibundas, que lanzaban chispas por los ojos, que gritaban más que ninguno, que insultaban soezmente a los soldados y a los oficiales, que esgrimían palos de escoba, cacerolas y hasta cuchillos de cocina, cuchillos que habían degollado aves de corral y que estaban muy dispuestos a rebanar cuellos humanos. Tú, Eduardo Briset Lacerda, descendiente de franceses por la rama paterna, intelectual criollo afrancesado, pensaste en escenas de la Revolución Francesa, del año 1848, de la Comuna de París. Sentiste en forma imprecisa, sin recordar las palabras exactas, la vibración de páginas de Julio Michelet, su resonancia coral, su eco profundo, que llegaba desde el pozo de la historia, desde la remota Edad Media, y también, quizá, la de algunos versos de Victor Hugo, el tribuno, el bardo, el iluminado, el que conversaba con los espíritus. Podemos suponer que estabas emocionado, conmovido hasta el tuétano, con piel de gallina, y que tenías la tentación de unirte a los grupos de obreros, al bando de los proletarios, pero ocurre, y era difícil que ocurriera de otro modo, que llegaste vestido de impecable chaqueta inglesa, de pantalón a rayas, de alba camisa de cuello redondo y de corbatín azul oscuro. ¿Con qué cara, entonces, te iban a mirar, cómo se te podía ocurrir, no era tu tenida un insulto, un conjunto de trapos delatores, un disfraz extemporáneo, enteramente inapropiado? ¿Se podía salir así nomás, Eduardo Briset

Lacerda, de un lugar de privilegio, de un palacete bien protegido, y entrar en un espacio diferente, abierto, expuesto a todos los vientos, y donde nadie, por añadidura, te había
llamado? Soy un desgraciado, pensaste, un monigote, y me
gustaría mucho que me tragara la tierra. Una de las mujeres,
entretanto, morena, de pelos revueltos y ensortijados como
los de la hidra, cutis aceitunado, ojos que lanzaban llamaradas, brazos gruesos, acostumbrados a fregar ropa sucia, a tra-
pear suelos de hospitales, había avanzado tres pasos, le había
dado la espalda al coronel en su cabalgadura, el que comandaba el pelotón, con su sable desenvainado, y se había puesto a
arengar a los suyos con elocuencia singular, a grito pelado,
¡compañeros!, ¡camaradas!, la libertad, el pan de nuestros hijos, la dignidad del proletariado. Tú, Eduardo, debes de haber pensado en la célebre pintura al óleo de Eugenio
Delacroix, *La Libertad*, con un gorro frigio, con los magníficos pechos al aire, la bandera tricolor en la mano derecha, una
bayoneta en la izquierda, un niño armado de una pistola en
cada mano a su lado, *guiando al Pueblo*. En la explanada de la
estación, frente al mercado con sus enrejados y sus faroles republicanos, sus alegorías de bronce reclinadas sobre el pórtico
en actitudes voluptuosas, su arquitectura humanista, inventada por don Benjamín Vicuña Mackenna, quien había aspira-
do a ser el Michelet o el Edgar Quinet de Chile, se sentía la
poderosa respiración de aquella entidad que llamaban el Pueblo, con mayúscula, su presencia colectiva, en alguna medida
enigmática. Y los caballos de los soldados pateaban los adoquines con sus cascos, sacaban chispas, tenían ojos desorbitados que parecían reflejar ira contenida y miedo. Salió un
disparo de alguna parte y el oficial que comandaba el destacamento, el del sable desenvainado, dobló la cabeza con extraña
lentitud, como si lo estuvieran filmando en cámara lenta. Su
cuerpo se inclinó hacia el costado de la montura, y dio la impresión de que se había enredado en los estribos, en las rien-
das, y de que su caída se había interrumpido. Hubo una
exclamación, un murmullo, un asombro que circuló por la

explanada, y los soldados de a pie pusieron la rodilla en tierra y apuntaron a la masa con sus fusiles. Se escuchó la voz estentórea de un oficial gordo, moreno, de pelo tieso, de ojos fijos, que gritaba ¡Fuego!, y los obreros empezaron a tirar piedras, a gritar los insultos más groseros, a disparar con las escasas pistolas y escopetas de que disponían.

—¡Alto el fuego! —gritaban algunos, desencajados, y parecía que las mujeres eran las más lanzadas, las más furiosas, las que desafiaban a los soldados con mayor audacia.

De repente viste a un pelotón de amigos tuyos, o amigos, si quieres, de tu alter ego, de Briset: gente con la que solías reunirte en el club, en las carreras de caballos, en la barra de Papá Gage, en otros lugares bien escogidos, y que avanzaba, todos ellos armados de pistolas y fusiles, con caras de venganza, de indignación, de coraje.

—¡Eduardo! —gritaron al unísono, y te llamaron, te dieron tirones y pescozones para que te unieras a ellos, ¿qué haces ahí, parado?, ¿nos traicionas?, y te viste, de repente, marchando en el centro del pelotón furioso y armado de un fusil nuevo, reluciente, listo para disparar contra los huelguistas.

—¡Viejito! —decían, y te pasaban una mano por la cabeza, te miraban con ternura—, vamos a darles una lección a estos rotos sublevados, desalmados, ¡a estos carajos!

Tú pensaste que Aurora, tu amor silvestre, de debajo de las matas de salvia de los terrenos del sur de Santiago, podía estar junto a los cabecillas de la rebelión, o que un hijo de Aurora y tuyo podía ser el niño que empuñaba las pistolas en la alegoría pintada al óleo por Fernando-Víctor-Eugenio, simpatizante de los revolucionarios, amigo de Carlos Baudelaire, el sombrío. No son, desde luego, más que suposiciones, en cierto modo ficciones, puesto que no eres, Eduardo Briset Lacerda, más que el personaje principal de una novela, para colmo, desaparecida, olvidada, enterrada en los anaqueles subterráneos de una biblioteca pública. Y es mejor que así sea, ya que no le quedan, a tu contradictorio invento, más que pocas horas de vida. Me pregunto por qué, si eras proyección autobiográfica, autorretrato parcial, te colocó tu inventor en una posición tan incómoda, de tan poca altura moral. Tus compañeros de pelotón, por lo menos, eran consecuentes con ellos mismos, con sus ideas reaccionarias y atrabiliarias. Pero tú, pensando en unirte a los revoltosos y marchando pocos minutos después contra ellos, armado de un fusil... Tus socios, tus amigotes, dispararon, dando gritos de victoria, y tú, estremecido, dominado por un sentimiento abrumador de repugnancia contigo mismo, disparaste al aire. Tu vecino, un chicoco tartamudo, el más histérico de todos, el más ávido de sangre, te miró con extrañeza, con desconfianza honda, casi corporal, dispuesto a denunciarte a no se sabía qué tribunal supremo. Disparaste al aire por segunda vez, y el chico, pálido, desencajado, se llevó su fusil al hombro, hizo la puntería en la masa desarrapada y apretó el gatillo. Viste a un hombre joven que caía, sangrando por el pecho, y las filas de los huelguistas empezaron a retroceder lentamente. Los tuyos, entonces, tus compañeros de club, quiero decir, avanzaron, envalentonados, enardecidos, dando alaridos de victoria. En ese momento sentiste un dolor, un mareo, una punzada hirviente, y perdiste la conciencia. Había sido necesario, me digo ahora, que el narrador te hiciera perder la conciencia: conciencia desgarrada, confusa, pintura de colores sucios, corridos. Sabemos, por otro lado, que tus amigotes, tus compañeros de club, de facción, los del pelotón fanatizado y homicida, te recogieron, asustados, conmovidos, ¡por la puta madre!, y justo cuando la batalla se terminaba, cuando los rotos sublevados retrocedían en desorden, te subieron a un coche. Estabas herido en la cabeza, lívido, con los ojos entrecerrados, y tu sangre manaba profusamente y manchaba los cojines. Alguien dijo que te parecías, con tu lividez, con tus ojos entrecerrados, con la sombra de tus ojeras, con tu expresión de dolor, al Cristo bajado de la cruz, el de los pintores italianos, el de Mantegna, el del Tiziano, y otro pidió, ¡por la cresta!, que no fueran blasfemos. Una prima hermana tuya, Margarita Briset Echazarraín, te recibió en la puerta de tu casa, aterrada, temblorosa, lloriqueando, y tu madre, la señora Lacerda (tu madre en la novela), acudió a la mampara dando gritos, seguida de tu padre, en camisa de cuello duro, corbata de plastrón, chaleco gris. Mandaron al hijo de la cocinera, un muchachón atolondrado, de manazas rojas, de ojos medio pasmados, a buscar al médico, provisto de un papel donde tu padre había garabateado unas líneas. Uno de los que te había acompañado en el coche, miembro de tu grupo, le contó a tu padre que te habías portado como un héroe, como un hombre digno de tus antepasados criollos, próceres de las guerras de la Independencia (aquí la filiación parece no ser de tu alter ego sino tuya), y que en los minutos finales, cuando la batalla estaba ganada, cuando el enemigo huía en desorden, con sus harapos y sus ojotas, con sus indias desgreñadas, una bala perdida, una de las últimas de la batalla, te había alcanzado. Había sido el destino, y tu padre, que conocía tus desviaciones, tus culpables devaneos, mejor que nadie, arrugó el ceño, con aire consternado, sintiendo el soplo de la tragedia, de lo inevitable. Porque habías sentado cabeza, por fin, te habías unido a los tuyos, habías empuñado las armas en defensa de una causa justa, y la mala suerte se había ensañado contigo. Te había castigado en el minuto mismo de tu reivindicación, de tu redención. A todo esto, ya tendido en tu cama, abriste los ojos con un esfuerzo inmenso, viste las caras de la familia y de tus amigos o seudo amigos, la del doctor, la de un cura que se asomaba desde atrás, seguido de un monaguillo, armado, y la palabra armado adquiría un sentido literal, de un crucifijo enorme, aparte de unas vinajeras, unos óleos, unos lienzos, y trataste de protestar a toda costa, sentiste una inmensa indignación. Pero habías nacido y habías vivido envuelto en una telaraña sólida, metido en una red de hilos delgados, transparentes, pero que a medida que te debatías, que tratabas de moverte por tu cuenta, sin ataduras externas, se volvían más resistentes, de modo que tus esfuerzos, mientras más denodados, más desesperados, más absurdos, inútiles, ingenuos parecían.

—¡Todo es mentira! —exclamaste, desesperado—. ¡Mentira!

Pero tus palabras no se alcanzaron a escuchar, o no salieron, quizá, de tu boca. Las preguntas, de todos modos, el desconcierto de tus lectores, subsiste. ¿Por qué un invento tan contradictorio, un héroe de ideas tan confusas? ¿O habías querido reírte de algo, de alguien, quizá de ti mismo?

—¡Mentira! —dijiste varias veces, gritaste, haciendo un supremo esfuerzo, pero la palabra, al parecer, no fue escuchada, o no fue, siquiera, pronunciada, no salió de tus labios exangües, arrasados, empalidecidos por la agonía. Tu prima hermana lloraba ahora a moco tendido. Tu madre, fuera de sí, no atinaba a llorar: sus labios se movían en una imploración atropellada. Tu padre, anonadado, pero, en el fondo, diciéndose que te había juzgado antes con precipitación, orgulloso, movía la cabeza, pensativo, ¡qué tremenda era la vida, qué trágica!, y los amigos del pelotón, los pijes matones y fusileros, los que te habían colocado el fusil en las manos y te habían arrastrado al campo de batalla, se reunían de a poco en el pasillo, pálidos de la impresión, y uno de ellos, alto, de buena facha, de apellido vasco, uno que con los años se haría muy amigo del autor de la novela, no tenía más remedio que sacar un pañuelo y restañar las lágrimas que salían de sus ojos hinchados. En tu lecho de agonía, entretanto, estabas mudo, y no besabas el crucifijo que te acercaban a los labios, pero como no podías reaccionar de una manera o de otra, era lo mismo que si lo hubieras besado, de modo que habías sido, a pesar tuyo, un héroe de la defensa del orden, de la lucha contra la subversión, contra la anarquía, y así, en esa condición, exhalaste tu último suspiro. Las formas confusas que mirabas desde tu cabecera se borraron, de ese modo, en la primera línea de la página 187 de la novela, en papel más bien grueso y tirado a amarillo, a un centímetro y medio, equivalentes a cinco líneas, de la fecha, *Santiago, Agosto de 1910*, y a cerca de tres centímetros, unas diez líneas, de la palabra *Fin*, que era el fin tuyo y de todo el texto, de toda tu historia, palabra subrayada abajo, un poco más abajo de la mitad de la página, por una greca o un remate modesto, simétrico, pero que acusaba, de todos modos, su estilo *Art Nouveau*, ese aire distintivo del tiempo, de tu época. Los decorados que rodeaban a Jenny en su alcoba, los servicios de té de plata del Perú con asas de color negro azabache, eran *Art Nouveau*, y las masas desarrapadas, vociferantes, por extraño que esto parezca, también lo eran, mientras que tú, en el medio, en tus complejidades, eras un vacío, una pincelada rápida en la nada, ¡un flato!

XII

Publicó un libro de cuentos en 1912, cuando ya hacía rato que había regresado de Río de Janeiro, en la misma imprenta y litografía Universo de su primera novela. El libro había sido anunciado a comienzos de ese año con el título general de *Cuentos y narraciones fantásticas*. A la manera, podríamos decir, de Edgar Allan Poe. Pero Joaquín nunca tuvo la mente matemática de Poe. O, si es por eso, la impecable inteligencia de Jorge Luis Borges. Fue siempre un arrebatado, un emotivo extremo, además de un suicida, tendencias que le provocaban momentos de confusión también extrema, y tenemos que admitir que esto, en último término, a pesar de algunas apariencias y de algunas ingenuidades, no ayuda a la perfección de la obra literaria. En el anuncio de la colección de cuentos, que ahora llevaba el título de *Cuentos de todos colores*, se dice que el autor tiene un agente de ventas en Valparaíso: El Libro Barato, Casilla 3191, Plaza Victoria. Ya saben ustedes. Vayan a comprar libros baratos a la Plaza Victoria. Se sabe que misiá X, a quien él llamó la Reina Victoria de Valparaíso, había vivido en una mansión de aquella plaza, y se sabe que en la puerta de servicio siempre había una cola de gente que pedía favores, ayudas, intercesiones ante autoridades de esta tierra y de la otra, limosnas. Y él había nacido, en mayo de 1887, un poco más allá, en la calle del Teatro, ahora de Salvador Donoso.

Uno de los cuentos de la colección aparecida en 1912 lleva un título cualquiera, bastante poco atractivo: *La primera aventura*. Yo le habría puesto *Las Carne Asá*, pero yo no soy él. *La primera aventura* es la historia de un joven de quince años, un adolescente de familia rica en el Santiago de comienzos del siglo XX. El libro de 1912 nos sirve para vislumbrar, para adivinar al adolescente de 1902 ó 1903, quizá de antes. El cuento que voy a utilizar se inicia en una casa de muros altos, de suelo de tablas, de tapices desflecados, con un gran repostero de colores claros, una despensa donde existen reservas de azúcar, harina, café, sal, lentejas y porotos, almacenadas en cajones profundos, un comedor de paredes recubiertas de papel de seda con florones oscuros, una lámpara pesada, recargada de adornos, un bodegón o naturaleza muerta de gran formato con granadas abiertas, calabazas, ramas, pajarracos de abundante plumaje y cabezas exangües. Una mujer gorda, joven, que fue nodriza del adolescente, se pasea por los cuartos del fondo. Predomina la penumbra, un silencio interrumpido por rumores y voces remotas, por alguna tos, por una cuchara que golpea en una taza, y una sensación general de madera gastada, de montículos de polvillo dejado por termitas. En la oscuridad, la nodriza se acerca; el joven nota, con sobresalto, que tiene los dos primeros botones del chaleco desabrochados. La nodriza ha calculado, por lo visto, que ya es tiempo de que el adolescente se haga hombre. Parece que debajo del chaleco de lana blancuzca, de color más bien incierto, no lleva sostenes, nada. Sus pechos son grandes, opulentos, bien formados, y se bambolean a medida que ella avanza. Cuando ya se encuentra encima de él, se abre el chaleco sin decir una palabra. Todo el chaleco, dejando los grandes pechos a la altura de sus ojos. Él, tembloroso, los toca, los manosea. Los trata de besar, pero ella, con una risa extraña, con la cara torcida, se retira en forma brusca, abrochándose los botones, y sale del dormitorio en la punta de los pies. Habrá tenido miedo, piensa el lector, en el momento decisivo.

El joven grita el nombre de la nodriza, desesperado, pero lo grita en voz baja, para que sus padres y sus hermanos y hermanas no puedan escuchar. De modo que no se oye, y ella, la nodriza pechugona (de cuyo nombre no estamos informados, es uno de esos personajes de la literatura que no alcanzan nunca a tener nombre a lo largo del texto), no regresa de su penumbra, de sus refugios del fondo de la casa, de lo que siempre se llamaba las piezas del servicio. Al día siguiente, el joven reúne algunos billetes, le pide plata prestada a la cocinera, quien no pregunta para qué la quiere, y se sube a un coche de alquiler. Le dice al cochero (en tu historia y en la de tus personajes, en Valparaíso, en Santiago, en París, en Madrid, en todas partes, hay numerosos cocheros, muchos y diferentes carricoches, además de abundantes ferrocarriles, barcos de carga y transatlánticos de lujo), un hombre de edad mediana, de narizota colorada, de fusta o huasca en ristre, ¿fusta fálica?, que lo lleve «a ver niñas».

El cochero, sin demostrar sorpresa, contesta que lo va a llevar donde unas muy buenas, las Carne Asá.

—¿Así se llaman?

—Así se llaman, patroncito.

Avanzan por calles del sur de la Alameda de las Delicias, por adoquines mal colocados, y desembocan en un callejón lateral, de tierra con orines, con pozas de agua estancada, con ratas que se asoman desde tuberías y quiltros flacos, echados, que se rascan las pulgas. Es otro comienzo del infierno, otra antesala, aun cuando este infierno aspira a ser paraíso. Ahí mismo, al fondo del callejón, comienza la bajada. Eso, al menos, es lo que piensa, mientras cuenta monedas contaminadas y le entrega algunas al cochero. Se queda solo y toca el timbre de una de las casas, una que el cochero le ha señalado poco antes con un gesto de la boca trompuda. A todo esto, el hombre de la fusta se ha detenido en la esquina y se ha quedado esperando, espiando por encima del hombro. La mujer que abre la puerta de calle recibe a nuestro joven con una sonrisa acogedora y con una invitación a pasar. Hay otras mujeres en el umbral de una sala. Una de ellas, flaca, pálida, muy escotada, con aspecto de tuberculosa, labios y ojos pintarrajeados, lo mira con ardor y le dice:

—¡Papito rico!

—Chiquillo con gusto a leche —dice otra, y lo toma de la mano para hacerlo entrar al salón. Se divisan, en un rincón, tres o cuatro personajes de aspecto oscuro, de caras borrosas, de bocas gruesas, torcidas. Parecen figuras de un cuadro de Francis Bacon: caras de carne cruda, distorsionada, martirizada. En una tarima, a un costado, frente a un enorme espejo de marco dorado que las reproduce desde la altura, tres cantoras de trajes multicolores, de pelos recogidos en un moño, lo ven entrar y rompen a tocar una cueca a toda pastilla, como si la función comenzara con su llegada. A él le dan unas ganas imperiosas de esconderse. Se metería en el túnel que lleva al infierno, se hundiría en la tierra, con la condición de que no lo miraran (nunca, en ninguna época de tu vida, soportaste que te miraran, dato permanente y digno de ser anotado, pero aquí no se habla de ti, se habla de un joven innominado, de alrededor de quince años de edad, de buena familia santiaguina).

—Es la cueca de los franceses —observa la gordita que lo lleva de la mano, que lo sujeta con la suya, amistosa y sudorosa, y que no lo suelta.

Cantan las cantoras a voz en cuello, rompiéndose las gargantas, mientras tocan el arpa y rasgan a todo dar las cuerdas de sus guitarras:

Las chauchas
Los dieces
Los Padres
Franceses

Chaucha, según el *Diccionario de Chilenismos* de don Zorobabel Rodríguez (1875), es voz araucana y quechua que designa una clase de «papa chica y tempranera». Cuando desapareció la peseta, el vulgo aplicó la voz a las monedas republicanas de veinte centavos, a las que llamó chauchas y chirolas.

Agradecemos el dato de don Zorobabel y nos internamos en el salón de fiestas de las Carne Asá. El cochero cazurro, después de recibir su paga, con propina y todo, le había aconsejado al joven que preguntara por la Coliflor.

—¿Es buena?
—¡Es muy re güena!

—¿Dónde está el dormitorio de la Coliflor? —le pregunta a la gordita que lo lleva de la mano y que no quiere soltarlo. La gordita, decepcionada, le indica una puerta en el corredor, a mano derecha. Él entra, ve que la Coliflor, una morena rechoncha, medio fofa, ronca debajo de gruesas frazadas, y se esconde detrás de la puerta abierta de un ropero. Hay en el ropero un gran espejo rectangular donde se reflejan las formas generosas de la Coliflor. Detrás del espejo asoman los zapatos y los calcetines caídos del chico, que ya usa pantalones largos, pero pantalones largos que le quedan medio cortos. La historia, en esta etapa, se vuelve un poco extraña, por lo menos para mi gusto. Tan extraña, que me da la impresión de que fue tomada directamente de la realidad, de una experiencia vivida. Tenemos al joven de casa rica, un imberbe, un adolescente con gusto a leche, bien vestido, de bonitos ojos, de pelo botado a rubio y algo rizado, de manos delicadas, escondido en el dormitorio de un prostíbulo, mientras la dueña del lugar, la Coliflor, duerme a pata suelta. Ella, de repente, despierta, se despereza, da un bostezo descomunal y lo divisa.

—¿Qué hacís ahí, cabro? —pregunta.

No conocemos la respuesta. No sabemos si el imberbe salió de su escondite, se sacó los pantalones e hizo el amor con la puta gorda, fofa. Más bien nos imaginamos que no. El chico deseaba ardientemente, desesperadamente, a la nodriza de los cuartos del fondo de su casa, la nodriza pechugona e innominada, como él mismo, y lo más probable es que no pudiera suplantarla por la Coliflor. Ella, en todo caso, le dijo que se metiera en su cama, debajo de sus frazadas, porque hacía mucho frío.

—¿Te vas a meter con ropa? —le preguntó después, riéndose.

Él, entonces, el innominado, colorado hasta la punta de las orejas, se sacó los zapatos, los calcetines, los pantalones, la camisa. Quedó en camiseta y en calzoncillos, aterido. Nunca había visto habitaciones más frías, más glaciales. Cuando estuvo adentro de la cama, ella le acarició la nuca, papito, y le comenzó a contar su vida. No es improbable que aquí, en este punto, él se haya excitado y que ella le haya pedido la entrega de dos o tres de sus billetes. Él se habrá subido encima de la gorda medio fofa, de pechugas enormes, de muslos descomunales, y habrá hecho el amor en forma atolondrada, rápida. Sea lo que sea, la Coliflor se empeñó en continuar con su historia. Había estado locamente enamorada de un marinero que desertó de la Armada, en Valparaíso, y que después mató a un paco (un carabinero, aun cuando no existía todavía en aquellos años el Cuerpo de Carabineros de Chile, tal como lo conocemos ahora), en una riña. El marinero se escondió en los cerros del puerto, en los recodos de algún callejón, en alguna pieza de guardar, y después consiguió escapar a Santiago. Pero en Santiago agarró la costumbre de aparecer en el prostíbulo a cualquier hora, muchas veces a medio filo, de sacarle toda la plata que ella había ganado en la noche y, más encima, de pegarle. Si ella se quejaba, si pedía que le dejara un poco para sus gastos, para la mantención de su hijita, le pegaba con más fuerza, la dejaba llena de moretones, contusa, con los ojos en tinta, de manera que durante dos o más días ni siquiera podía asomarse al salón «a trabajar». No sólo eso, sino que se exhibía, el muy cabrón, por las calles vecinas, con otra, una china viciosa, pichicatera (aficionada a la pichicata, a la cocaína), desvergonzada.

—Más puta que yo —asegura, convencida, muy seria, la Coliflor.

El hecho es que la desgraciada Coliflor no aguantó más. Era terrible, abrumadora, su humillación. Su prestigio en «el ambiente» rodaba cuesta abajo. Partió un buen día y denunció al marinero, el desertor y criminal, en un cuartel de policía de la vecindad. Le tomó declaración un suboficial indiferente, sucio, que se escarbaba los dientes y la nariz con un dedo grueso, y que le advirtió que tendría que mantenerse «a disposición de la justicia».

Dicho esto, el suboficial levantó la cabeza cuadrada, pelada al cero, y adoptó una expresión neutra, como para impedir que lo siguieran importunando. La Coliflor, asustada, sintió que había metido la pata una vez más, que todo le salía mal en la vida, que su fin, ahora, su muerte violenta, se encontraban cerca. Regresó a la casa del callejón con el alma en un hilo. En el camino recogió un gatito del suelo, de los muchos que había en aquellos parajes, y lo acarició con intensa ternura. Después de su visita al cuartel del barrio y de sus infaustas declaraciones, podía darse por muerta. De eso estaba convencida. Eso era sólo cuestión de tiempo.

—Así es que aquí estoy —suspiró—, esperando...

Esperando que se cumpliera su sino terrible, que el marinero desertor echara la puerta abajo y la matara a golpes y a cuchilladas. El joven, temblando de miedo, se puso los pantalones y la camisa. Su iniciación sexual no había podido ser más desgraciada. Había transcurrido en una oscuridad ambigua, viscosa, y que ahora se había puesto directamente siniestra. En una silla de paja agujereada había una página completa de la revista *Zig-Zag*. Comprobó con asombro, el joven, que era una foto a toda página de una tía suya, una señorona vestida de negro, llena de joyas, con una especie de gorro imperial en la cabeza.

Laura Rocamonte Larramendi de Santapascua, rezaba el pie de la fotografía (según el texto de *Cuentos de todos colores*), presidenta de la Sociedad Fomentadora de Ángeles Exterminadores, fundadora del Asilo de Hallulleros, consejera de la Liga Anticoreográfica.

—¿Por qué está aquí? —preguntó el muchacho sin nombre.

—Porque uno de los cocheros de esta Fulana, el favorito, parece, el Ñato Peiro, es muy conocido en esta casa.

La Coliflor se rió a mandíbula batiente, estirando los brazos regordetes. Vio la perplejidad reflejada en el semblante del chico y dijo:

—¿Qué? ¿Vos creíai que las pobres nomás éramos picás de l'araña?

Doña Laura, la señorona de la foto, continuó la Coliflor,

era caprichosa, insaciable, cambiaba de cochero a cada rato, pero se veía que el Peiro era su preferío. Y la Zoila...

—¿Quién es la Zoila?

—Una de las de aquí.

Era, esta Zoila, la más emperifollada de la casa. Se vestía con la ropa que el Peiro le guachipiaba a doña Laura. Tenían, la Zoila y la Fulana, la viejuja aficionada a los cocheros, el cuerpo igualito, según el Peiro.

En el Diccionario de don Zorobabel figura la voz «guachapear», que sería de origen castellano y significaría el ruido que forman, al andar, las herraduras de los animales mal herrados.

Entre nosotros, «entre colejiales i jentes de buen humor» (don Zorobabel seguía las reglas ortográficas de su maestro Andrés Bello), significa «hurtar prendas de poco valor: un cortaplumas, un libro, cigarros, volada, etcétera». ¿Qué será esa *volada* de 1875, palabra con que los jóvenes designan hoy los efectos de la marihuana y de otras drogas? Suponemos que don Zorobabel no sabía nada de estas cosas, de estos vuelos, y que su *volada*, a lo mejor, era un volantín, o algún refresco de la época, una botella de aloja. Y hasta aquí llegamos en la grata o ingrata compañía de las Carne Asá. De la continuación de la historia del joven innominado con la nodriza pechugona no se nos dice nada, a pesar de que quizá sería interesante conocerla. ¿Y a quién aludirías, nos preguntamos, con el personaje de doña Laura Rocamonte Larramendi de Santapascua, la señora picá de l'araña, en quién estarías pensando? ¿Tendría doña Laura un modelo en el Santiago de 1911 ó 1912? ¿Sería una de aquellas señoras de sociedad conocidas en aquellos años como *cachetonas,* y prefiero no dar nombres de la pequeña historia santiaguina, a pesar de que nombres no me faltan? He tenido una cachetona palpitante entre mis brazos, escribiste alguna vez, y yo me quedo pensativo, y sonrío, aunque sin mayor alegría.

XIII

Había que saber ganar. Y había que saber perder. En eso, por lo visto, consistía todo. Y las casas viejas de la calle del Puente, construidas encima del antiguo basural de Santo Domingo, a una o dos cuadras del Mercado Central, dieron para bastante. Viajaste en primera clase, en compañía de tu madre, en el mismo camarote, hablando largo todas las noches después de apagar la luz, tú en la litera de arriba, ella en la de abajo, mecidos por el ruido del oleaje y por el trepidar de las máquinas, y se instalaron en París en un bajo de la calle de Cognac-Jay, junto a un cuartel de bomberos y a una cuadra de la Plaza de L'Alma y del Sena. En esos primeros días, en una de las grandes galerías, Printemps o quizá Lafayette, conociste a una vendedora de quince años, una muñeca rubia y que se vestía de retazos recogidos en la sección de moda femenina. Por eso la bautizaste como Chiffon, es decir, retazo, trapo, trapito. Y a las pocas semanas te hablaron del casino de la ciudad de Vichy y decidiste partir a probar la suerte. ¿Por qué? Por lo de siempre. Por lo del todo o nada. Por lo de la *gloire* o la *merde*.

—Vamos a un bonito hotel de Vichy, pequeña Chiffon —propusiste, y ella, deslumbrada, hija del pueblo de París, te respondió con ojos azules que brillaban: Sí, *mon amour*. Nunca en su corta vida había conocido a una persona capaz de tanto dispendio, de tanta locura.

—Sí, *mon amour* —repitió, y el marqués de Montemar, patilludo, voluminoso, hablantín, de andar de pato, se agregó a la partida.

—Los vientos son favorables —dijiste, porque eras supersticioso: creías en los vientos, en las cábalas, en el vuelo de las aves. Si la sal se caía en la mesa, te detenías y tirabas un puñado por encima del hombro izquierdo. Tu madre, misiá Luisa Gertrudis, sollozaba al conocer tu decisión, pero ya había encontrado a un grupo de amigos de todas las nacionalidades: desde chilenos y argentinos hasta rumanos, princesas rusas, excéntricas norteamericanas, y eso la consolaba. Le aseguraste, además, que ibas a volver rico, que ibas a multiplicar por cuatro el precio de las casas de Puente, y ella te miró a los ojos, en lo profundo, inspiraba, y te creyó.

—Te creo, hijo mío.

De manera que partiste con todas sus bendiciones. En la compañía rotunda, corpulenta, del marqués de Montemar, y sin mencionarle que la pequeña Chiffon, el pedacito de trapo, la muñeca sonrosada y rubia, también era de la partida.

Todo esto tuvo algo que ver, aunque parezca extraño, con *La dama de las camelias,* la obra de Alejandro Dumas hijo. A primera vista, *La dama de las camelias, La dame aux camelias,* es una gran novela del amor romántico, el de Margarita Gautier y Armando Duval. Pero, en una segunda lectura, en una segunda revisión, es un texto sobre el juego y sobre la muerte, temas también románticos y no menos universales que el amor, como no se le escapará al lector avisado. Temas románticos y temas de la vida de mi tío Joaquín, si quieren saber ustedes, ya que sus días transcurrieron entre tapetes verdes de casinos legales o clandestinos, frente a ventanillas de hipódromos o meditando sobre el suicidio con la mirada puesta en la pistola Colt que le habían regalado a sus 18 años de edad. Ahora bien, gracias a diversos testimonios, suyos y de terceros, sabemos que él y sus amigos, en la ciudad francesa de Vichy, durante ese viaje a Francia concebido en una sobremesa bien regada de *Papá Gage,* en vísperas de la primera guerra mundial, tuvieron oportunidad de ir a una representación teatral de la obra de Dumas hijo, *Dumas fils,* como se le conoce hasta hoy en Francia. La compañía dramática de André Brulé había viajado a Vichy desde París y el papel de Margarita Gautier lo representaba una actriz célebre en aquellos años, la Dorziat. Greta Garbo, la actriz sueca legendaria de los tiempos del cine mudo, llevaría el personaje a la pantalla algunos años más tarde. En la novela, en su adaptación teatral, y supongo que también en la película, que todavía no he conseguido ver, la atmósfera general está dominada por el anuncio de la muerte segura de la joven (sólo tenía, si no llevo mal la cuenta, 22 años), tuberculosa, escupiendo sangre cada vez que gastaba energías en una fiesta, en un baile, en una orgía privada, cada día más pálida, con un aspecto cada vez más frágil. Es una atmósfera de luto, de muerte inminente, de melodrama. Es una conjunción de la belleza, la juventud y la muerte. Los éxtasis, las euforias, los actos de amor que abundan en la obra en diferentes formas, llevan, y el lector lo sabe, o lo presiente, al desenlace inevitable. Los médicos de Margarita prescribían calma, reposo, sueño reparador, aire puro. Prohibían, por ejemplo, escribir cartas, debido al desgaste emocional exigido por su escritura, y más que nada cartas volcánicas, del estilo de las que mandaba Margarita a su amante desaparecido. Y ocurría que la vida de Margarita era exactamente lo contrario de lo que le aconsejaban, lo más contraindicado para su salud que uno se pudiera imaginar: trasnochar sin pausa, beber torrentes de champaña, amar en exceso, en el abismo de los sentidos, aparte de escribir misivas desgarradoras, que le desgarraban los pulmones en el sentido más literal del término. Armando Duval, como la mayoría de los jóvenes de su clase que no tenían fortuna, jugaba, aunque el autor nos advierte que lo hacía con prudencia. Por mi lado, pregunto: ¿qué no hacía Armando Duval con prudencia? Fue tan prudente, que llegado el momento prefirió perder a Margarita y seguir los consejos de prudencia, precisamente, de buena conducta, que le dictaba su señor padre. Ahora bien, pese a que no lo sabemos en el interior de la novela, se sabe que el modelo de Margarita, Marie Duplessis, maravillosa cortesana de los tiempos de la gran cortesanía, jugaba grueso y perdía o ganaba fortunas en breves instantes. Una ganancia importante, segura, la habría salvado, pero las rachas ganadoras pasaban como suspiros, y en la misma forma la vida se escurría, entre pasmos amorosos y escupos de sangre: la de Margarita, quiero decir, y la de su modelo Marie Duplessis.

¿Y tú, Joaquín? ¿No se te iba la vida del mismo modo, aunque a ritmo más lento, en un tiempo más prolongado? Jugabas, ganabas sumas importantes, y de repente estabas en la inopia, acosado, acariciando una vez más la idea de usar contra ti la pistola Colt, la del regalo *in articulo mortis*. En los días de Vichy y de su casino, sentado en la mesa de los potentados, a un metro de las manos peludas y enjoyadas del Aga Khan en persona, llegaste a estar rodeado de una verdadera montaña de fichas. Nadie duda de que tenías estilo, desplante, audacia, además de cierta elegancia, y a pesar de que en el fondo, como opinaba tu primo Andrés, cuyo testimonio póstumo sobre el episodio de Vichy es el más completo e interesante, eras inseguro. El telegrama que le mandaste a Andrés a París y que él reproduce en sus memorias no deja de tener una fatuidad cómica: «Te esperamos con el marqués y Chiffon. Vente antes que quiebre la banca. Ganamos millones. Somos los reyes del casino».

El marqués, a quien hemos presentado muy al pasar, era, en realidad, un personaje criollo, un cursi pintoresco, en otras palabras, un perfecto siútico, quien se había inventado para sí mismo, sin mayor base en la historia o en la genealogía, el título de marqués de Montemar. No sabemos de qué laberintos chilenos venía, desde qué pellejerías se había levantado, de qué hambres atrasadas. El Chile parlamentario, salitrero, decadente, siempre produjo personajes de esta especie: Cuevitas, Dueñitas, Sotito, sin ir más lejos.

Andrés, su primo, aceptó la invitación, acepto, anunció por telegrama, encantado de la vida, y le propuso a un amigo suyo, Ascurra, argentino de Mendoza y hombre «picado de la araña», que lo llevara en su Hispano-Suiza, uno de esos automóviles que hacían «temblar la atmósfera» con su escape libre. Ascurra, el mendocino, el picado de la araña, no se hizo de rogar. Llegaron a tiempo para encontrar a Joaquín y al marqués de Montemar rodeados de una verdadera muralla de fichas brillantes, frente a un semicírculo de mirones fascinados, encandilados. Vieron a Joaquín levantarse como un semidiós, como si las mesas de *chemin de fer* y los salones iluminados, llenos de pecheras albas y de escotes enjoyados, fueran mares procelosos, y repartir propinas de escándalo. Y partieron todos juntos a la función de teatro, al palco de *avant scène*, de encima del escenario, que Joaquín había conseguido reservar a punta, precisamente, de propinas.

La pequeña Chiffon hizo su aparición en el vestíbulo del Hotel du Rhul envuelta en tules celestes, vaporosos, peinada con gran aparato, teñida de un rubio de oro, y con el pecho, miniatura blanca, perfecta, atiborrado de corridas de perlas. El inventor del apodo eras tú, como ya se sabe. Y te diste el trabajo de explicar, con un infantilismo que reaparecía en ti de cuando en cuando, que el vestido con que se había presentado en los bajos del hotel era de Paquin, y había costado cerca de cuatro mil francos. Ella, la niña, que ya acababa de cumplir los 16 años, no entendía una palabra de español, de manera que no tuvo la menor idea de lo que habías dicho. Todos tomaron un *fiacre*, no habrían cabido en un solo automóvil, por mucho que fuera un Hispano-Suiza coludo, e hicieron su entrada supuestamente triunfal en el teatro iluminado y lleno de público elegante. Chiffon, prendida con alfileres, con su peinado aparatoso, subió las escaleras con dificultad, enredada en sus tules. Los franceses se daban vuelta para mirar a ese grupo absurdo y que hablaba el francés con un acento que no se sabía de dónde provenía. Era la primera vez, por otra parte, que la pequeña Chiffon entraba a una función de teatro: esto la ponía nerviosa, la forzaba a mantener un silencio tenso. El miedo, el nerviosismo, se le notaba en los labios, en los músculos de la cara. Pues bien, en el vestíbulo iluminado del teatro, entre la gente que apuraba el paso en busca de sus asientos, Chiffon tropezó, hizo un movimiento en falso, una de las vueltas de su collar se rompió y las perlas rodaron por el suelo. Todo el grupo de amigos corrió a buscarlas por los cuatro rincones, a gatas, mientras el público se reía sin el menor recato y hacía comentarios burlescos en voz alta. Tú estabas rojo, indignado, arrepentido de haber invitado al teatro a esa muñeca disparatada, con ganas de mandarla en un tren de vuelta. Pero era, la pobre chica, una buena compañía en las horas de salida del casino, y sobre todo en las noches, en las sábanas de hilo y los mullidos almohadones del Hotel Rhul. Era como las dueñas chicas de que hablaba el Arcipreste de Hita, bien formada, y, por añadidura, cariñosa. De modo que las perlas fueron recogidas del suelo, y el grupo heterogéneo, extravagante, parlanchín, ingresó al palco de *avant scène* ante la expectación general. Tú le explicaste a la niña, en pocas palabras, el sentido de la obra que iban a ver, y ella decidió que se había enamorado de Margarita Gautier a primera vista, o quizá antes de verla. Se había producido, por efecto de tus palabras, del ambiente, de lo que fuera, el *coup de foudre*, el flechazo de Cupido. Apareció Margarita en escena, encarnada en la persona interesante de madame Dorziat, y Chiffon aplaudió a rabiar, provocando algunas miradas de reproche en la platea.

—No aplaudas tanto —le susurraste al oído, y ella dijo que sí, pero es que la encontraba tan bella, tan maravillosa, tan deslumbrante. ¡Las manos se le habían ido! Tú moviste la cabeza, molesto, y miraste a tu primo, que se atusaba los grandes bigotes y se reía solo. Ascurra, por su lado, se encontraba en el mejor de los mundos posibles, con los ojos clavados en la escena, y Montemar, el seudo marqués, recorría la sala en penumbra con los suyos, pensando en quiénes, en aquellas filas de pecheras, de condecoraciones, de joyas costosas, tendrían títulos auténticos. Chiffon aplaudió de nuevo, con frenético entusiasmo, en el silencio completo de la sala, y tú le apretaste un brazo e hiciste un gesto severo de silencio con el dedo índice.

—Es que... —protestó ella, y abrió los brazos. Porque, la verdad, no había podido resistir. Margarita era tan genial, tan conmovedora. Chiffon explicaba esto con un brillo agudo en los ojos, con las lágrimas a punto de saltarle. Aplaudió así varias veces, a pesar de tus protestas mudas, de tu vergüenza, de tu sentimiento del ridículo, porque ya todo el teatro se burlaba del grupo y hasta de tu rabia. Tenías, de repente, ganas de estrangularla, de hacerla desaparecer. Hasta que ocurrió algo que estaba fuera de todos tus cálculos, algo que superó tu imaginación. Existe la célebre escena en que Armando Duval, después de haber pasado una noche de amor con Margarita, se dirige la tarde siguiente a casa de ella y no lo dejan entrar porque está ocupada con el Conde de N..., el hombre que la mantiene. La pareja ya había vivido junta en una casa de campo y Margarita, para no causar la ruina del joven, había resuelto alejarse. Después del rechazo en la puerta de la calle de Antin, Armando regresa a su domicilio, ebrio de furia, de celos, de pasión contrariada. Toma un billete de quinientos francos, lo pone en un sobre y agrega la siguiente nota: «Usted (pasa del tuteo al usted) partió tan rápido esta mañana, que se me olvidó pagarle. Aquí va el precio de su noche». Es de suponer que la obra de teatro dramatiza este episodio. Armando le tira los billetes a la cara a Margarita, como un escupitajo, como un latigazo. ¡A la puta de Margarita! Pues bien, en ese momento, en la culminación de aquella escena, Chiffon, frenética, fuera de sí, avanzó hasta el borde del palco, encima del escenario, e insultó al actor que hacía el papel de Armando.

—*¡Cochon!* —le gritó—, ¡cerdo! —con voz de joven verdulera o vendedora de castañas calientes. Agregó, suponemos, algunos otros epítetos de grueso calibre, y en seguida, bajo las miradas de toda la sala, se puso a llorar a mares. Fue un momento enteramente imprevisto, extraordinario. Ahí había alguien que en verdad, fuera de toda farsa, no sabía distinguir la realidad de la ficción. Un alma ingenua, adolescente, ignorante en extremo, pero sensible hasta las lágrimas. Mucha gente de la platea se rió con ganas y hasta hubo algunos aplausos, aplausos sinceros, solidarios, corregidos por voces que increpaban, que insultaban.

—¡Fuera de aquí —gritaban aquellas voces—, metecos de porquería! *Dehors les mètèques!*

Y el tumulto, en lugar de disminuir, crecía, los aplausos y las risas se mezclaban con las desaforadas protestas, con
las patadas en el piso, hasta el punto de que se suspendió la representación y tuvieron que cerrar las cortinas.

—¡Escapemos de aquí —dijiste—, antes de que nos
echen!

Salieron todos a la carrera, cruzaron los corredores
que todavía no se habían iluminado, bajaron hasta la calle,
con Chiffon pisándose el vestido de Paquin, dando grititos,
enredada en sus sedas y sus tules, con el peinado medio deshecho por una fuerte lluvia que había empezado a caer. El
grupo tuvo suerte, porque al poco rato pasó un *fiacre* y pudo
llevarlos al hotel. Si no hubiera sido así, no habría sido raro
que aparecieran los gendarmes y los llevaran hasta una comisaría, acusados de provocar escándalos en un lugar público.
Dicen que Chiffon, en el trayecto en *fiacre* hasta el hotel, se
iba sacando los pedazos de tul y de seda pegados al cuerpo, a
las piernas, y los arrojaba por la ventana, con ojos llenos de lágrimas. Quedó, cuentan, en paños menores, con los cuatro
mil francos del vestido reducidos a trapos mojados. Antes de
que bajaran frente al hotel, el marqués de Montemar se sacó
su abrigo de pieles y se lo puso. El marqués era grande, re-
choncho, panzudo, y la pequeña Chiffon desapareció debajo
de tanta piel. En la recepción contaron que la chica había tenido un accidente, una caída grave, y eso era, en resumidas
cuentas, lo que le había sucedido.

Nos imaginamos las risas, las protestas, los gritos, las
patadas en el suelo. Ahora bien, el hecho de que una minoría
dispersa en la sala aplaudiera la inesperada reacción de Chiffon, sus insultos a Duval, no deja de ser interesante. A lo mejor Margarita, la inefable, encantadora Margarita, la mejor
creación de Dumas hijo, ya que Armando Duval es un insis-
tente, un majadero, un cobarde, se habría encontrado en el lado de los que aplaudían. ¡Seguro que se habría encontrado!

Sobre todo que los aplausos celebraban a una súbita, repentina adoradora suya. Dumas hijo, pronto convertido en personaje pomposo y conservador, oráculo de la burguesía de su tiempo, miembro de la Academia, ejemplo perfecto del éxito mundano, dueño de un palacete en la avenida de Villiers, donde coleccionaba antigüedades, figurillas de porcelana, cuadros de pintores pompieristas, probablemente no habría celebrado, en cambio, la curiosa interrupción de su obra. Algunos detalles de su biografía indican que era un nacionalista, un chauvinista. Su desprecio de los metecos, los advenedizos, los *sale étrangers*, un desprecio que en Francia resurge a cada rato, hasta hoy día mismo, no podía ponerse en duda. *Dehors les métèques!*, habría gritado también el novelista gordo, sudoroso, amulatado, que contaba con una ex esclava martiniquesa entre sus abuelos. Prueba de que la imaginación literaria es capaz de crear personajes mejores que sus autores. La imaginación más el amor, puesto que el Dumas hijo estuvo enamorado en su juventud de Marie Duplessis, el modelo de Margarita, y de ahí salió la idea de su novela. La Duplessis murió en 1847, antes de haber cumplido los 23 años de edad, y su catafalco quedó cubierto por las camelias que mandaron sus admiradores, pese a que sólo asistieron cuatro o cinco personas al entierro: el viejo Conde de Stackelberg, que le hacía regalos fastuosos y no le exigía nada en cambio; el Conde de Pérregaux; un amigo misterioso que llegó desde su pueblo natal en el norte de Francia, y su fiel empleada doméstica, la que le cocinaba comida sana y le filtraba a los amantes, la Nanine de la novela. Pocos días después, el cadáver fue exhumado y trasladado al cementerio de Montmartre. Dumas hijo describe la escena en detalle, sin omitir la espantosa apertura del ataúd, los ojos ya carcomidos, los pelos pegados al cráneo, el olor insoportable, de modo que es probable que haya asistido a lo que algunos llamaban «ceremonia». Escribió la novela al comienzo del año siguiente, en cuatro semanas, y el éxito fue inmediato. Nunca logró superar en su larga vida esta obra de juventud, pero su celebridad fue tal, que llegó a opacar la de su progenitor, el autor de *Los tres mosqueteros* y tantas otras obras maestras en su género. Quizá porque Dumas padre era hombre desordenado, libertino, proclive a comprometerse en empresas ruinosas, mal administrador de su talento. Su hijo, el gordo pomposo y *arrivé*, arribado, había tomado la antipática costumbre de sermonearlo. Sin conseguir resultado alguno, desde luego. Aquí nos encontramos entre personas incorregibles en el más completo sentido de la palabra. Con la sola excepción del mediocre Armando Duval. Y tú, desde luego, Joaquín, figuras en la lista de los incorregibles de mayor cuantía, detalle que te condenaba y a la vez, en forma paradójica, te salvaba.

A todo esto, ¿saben ustedes por qué aquello de las camelias? Margarita Gautier, en la novela, como Marie Duplessis en la vida real, iba todas las tardes al teatro, a la ópera, a los bailes. Todo París la veía llegar, la observaba en su palco, en algunos casos se le acercaba. Los maridos sin la familia, los solteros, los jóvenes, solían golpear y entrar a saludarla, coquetones, saltarines. Y a ella nunca le faltaban, cuenta Dumas hijo, tres cosas: la *lorgnette*, esto es, un pequeño anteojo de esos que se manejan con una mano, una bolsa de caramelos, porque a la niña le gustaban las golosinas, y un ramo de camelias. Lo más curioso, lo más original eran las camelias, flor de origen asiático, de una gama muy variada de colores y que se usa en China para fabricar té. A esto había que añadir un detalle importante: las camelias eran blancas durante 25 días del mes y rojas durante el resto. La gente daba para este detalle explicaciones risueñas y algo procaces, al menos en la edición de 1872, posterior en 24 años a la original de 1848. En esa edición enteramente revisada, correspondiente a la época de la República llamada de los Grandes Hombres, Dumas hijo, gran hombre hipócrita, escritor de otra especie que sus contemporáneos Baudelaire, Flaubert, Arthur Rimbaud, los grandes de verdad, añadió la siguiente frase cabrona: «sólo se contaba con risa la razón de esta intermitencia, que me limito a señalar sin tratar de explicarla». Armando Duval, en los comienzos de sus amores con Margarita, recibió una indicación más precisa. Cuando quedó convenido a medias palabras que ella lo recibiría a solas y que harían el amor, Margarita le advirtió que no podría visitarla ese mismo día.

—¿Por qué?

—Porque no siempre se pueden ejecutar los tratados el mismo día en que se los firma —respondió Margarita, al tiempo que sacaba una camelia roja de un florero y se la ponía en el ojal.

—¿Y cuándo la volveré a ver?

—Cuando esta camelia se ponga blanca.

—¿Y esto sucederá cuándo?

—Mañana entre las once y la medianoche.

La cosa era fácil de entender. La frase añadida en la edición de 1872 era obvia y suprimía parte del misterio. Era mala literatura. El hijo del autor de *Los tres mosqueteros* había empezado a naufragar en la mediocridad suya y de su mundo. Margarita Gautier, difunta, inventada, inexistente, lo superaba sin discusión posible.

XIV

Una racha es, por definición, una ráfaga, una agitación pasajera. No es, en consecuencia, algo que pueda durar mucho tiempo. Quizá, como llevabas el vicio del juego en la sangre, lo sabías, pero no eras capaz de sacar todas las conclusiones. La racha de suerte del Casino de Vichy, la de los trescientos mil francos que ganaste en una temporada, según diversos testimonios, y que celebrabas con un automóvil de lujo, un Delauney Belleville arrendado a precio de oro, a la puerta del hotel Rhul, repartiendo propinas asombrosas, en compañía de Chiffon, la muñeca de 16 años de edad, el retazo de tela, el trapito, pasó, como tenía que pasar, y fue seguida por una mala, una pésima, una nefasta racha sin tregua y hasta sin lástima, sin compasión alguna. En otras ocasiones habías sabido retirarte a tiempo, pero aquí no supiste. La mesa, los jugadores habituales, el Aga Khan con sus manos peludas y sus ojos sombreados frente a montañas de luises de oro, te llevaron a perder los estribos. Podías controlarte durante largas temporadas, pero los estribos, al final, los perdías, esto era una fatalidad tuya, y los perdías en forma, sin remisión posible. Llegaste a imaginar lo que dirían en el Club de la Unión de Santiago, en el Bar Inglés de Valparaíso, y me imagino que esa vanidad provinciana, de la que nunca lograste liberarte del todo, contribuyó a perderte en forma definitiva. La baronesa de Clifford, fantasma reseco que bajaba por temporadas desde las islas británicas a las salas de juego del continente y que luego desaparecía, con sus manos huesudas, sus brazos descarnados cubiertos de brazaletes sonoros, su pecho flaco, lleno de manchas negras y de joyas que resplandecían bajo las lámparas lujuriosas, podrida en plata, según se murmuraba, dueña de la mitad de Inglaterra y de algunos restos del Imperio, tomó la banca un buen día, o un día negro, y te hizo turumba, te aplastó como a un escarabajo. Fue la cornada mortal, para emplear la metáfora que se te había ocurrido en España en el primero de tus viajes. Debajo de la garra de la baronesa, el escarabajo malherido pataleó, boqueando, tratando de defenderse, pero no hubo caso. No había salvación posible.

—No le lleve la contra por ningún motivo —te habían aconsejado—, Mister, mire que es una fiera, el demonio en persona.

Pero Dios, o Alá, o el Destino, como quieras llamarlos, confunden a los que quieren perder. Le llevaste la contra a la araña inglesa, porque así la habían bautizado, hasta el amargo final, obcecado, en un estado parecido a la ebriedad, a una repentina locura.

—Y no me llame Mister —exigiste, furioso, con las orejas coloradas, los pelos erizados—, por favor, porque no soy inglés. Soy chileno.

—¿Chileno?

—*C'est pas posible* —comentó alguien a tu espalda—. Chile es una provincia del Brasil donde la gente se viste con plumas.

La baronesa de Clifford levantó los ojos pintados, las pestañas artificiales, con una mueca. Acababa de rematar la banca en veinte mil francos. Había abierto su cartera, con manos que no vacilaban, y había entregado un grueso fajo de billetes. ¡Veinte mil en billetes grandes como sábanas!

—¡Banco! —gritó él, gritaste, ciego, de un rojo tirado a lila, disimulando un temblor de los labios, de las manos, que ahora no podías dominar. Te habías controlado durante semanas, en la racha ganadora, cuando todo el mundo tomaba champagne a costa tuya, cuando repartías propinas de cincuenta francos, y de repente habías perdido los papeles. En la jerga del bacará clásico, el que se jugaba en aquellos años, si decías «Banco» era que apostabas la totalidad del dinero colocado por la persona que había tomado la banca. Es decir, en este caso, por la baronesa cadavérica.

Ella no se dignó dirigirte una sola mirada, aunque sólo fuera una mirada esquiva, huidiza, y dio las cartas. Los huesos de su metacarpo, de sus falanges, eran sólidos, no mostraban la debilidad más mínima. Sólo le pudiste notar, o creíste notarle, una respiración un poco acelerada. Pero ni siquiera estabas seguro. La baronesa, debajo de las luces pletóricas de la sala de juego, era un mito, era impasible, era una diosa oscura.

—Le dije —dijo el otro, que formaba parte de todo un coro de mirones—. Usté no se queje más tarde.

Tenías un cheque en el bolsillo, pegado a la pechera almidonada, y estabas dispuesto a girarlo por los veinte mil, aunque tu cuenta de París estuviera limpia, y aunque el Banco Popular, el de Chile, donde habías depositado buena parte de tu herencia al ocho por ciento, hubiera, de acuerdo con rumores que corrían entre los chilenos de la colonia, entrado en una caída en tirabuzón.

Mi divisa, suspiraste, pasándote los dedos por el cuello almidonado, es todo o nada, y comprobaste que tu piel ya no era la misma de antes: ya no tenía la tersura de tus veinte años. Te habría gustado hacerle el comentario a Chiffon, la tirita de trapo: el de tu divisa caballeresca, heroica, y el de tu piel, pero ella no te podía escuchar. No la dejaban entrar a la sala de juego por ser menor de edad, y había agarrado la costumbre de esperarte en el invernadero del hotel, entre plantas exóticas y mariposas gigantes, que movían las extensas alas con onírica lentitud y parecían pájaros de pesadilla: te esperaba muerta de fastidio, sacando bombones de todos colores de una bolsa de seda, como su adorada y también adorada tuya Margarita Gautier, quien no era tan interesante, desde luego, como Ema Bovary o Eugenia Grandet, o, si es por eso, Ana Karenina, pero que a ti, a pesar de todo, te encantaba.

Te dieron una reina y un cinco y pediste cartas.

—Cartas —dijiste, con la voz un poco ronca, y la vista se te había nublado. Sólo veías trapos sucios, rejas, portones remachados con clavos de cabezas grandes. Las falanges y el metacarpo de la baronesa de Clifford se tendieron entonces con un cuatro. Tú sacaste un ocho, es decir, sumaste un tres, y la paleta de ébano, ese objeto que algunos llamaban la uña, se colocó frente a tu puesto a fin de que giraras y entregaras el cheque. Para oprobio tuyo, te temblaba la mano de un modo que no podías disimular, y a la pluma fuente, de buena marca, enchapada en oro, no le salía la tinta.

—Hágame el cheque, por favor —le pediste al crupier, en medio de un silencio tenso, de una expectación que se había extendido por todo el amplio recinto, y lo firmaste. El hombre del coro de los mirones, con aire consternado, movía la cabeza.

El problema es que ahora habías perdido los estribos en forma francamente lamentable, de la manera peor, más primaria. Al levantarte del asiento estabas loco de ira, y no tenías la menor noción de cómo diablos ibas a cubrir ese cheque. Pasaste junto a la baronesa y le gritaste *merde!*, a voz en cuello, dos veces, para que no cupiera ninguna duda, ¡te había salido el indio por los cuatro costados! Se te acercó, entonces, una pareja de guardianes corpulentos, en ropa de calle: dos orangutanes. Los orangutanes te llevaron hasta un *fiacre*, dieron la dirección del hotel y se sentó uno a cada lado tuyo. En la recepción del Ruhl, donde ya estaban sobre aviso, tuviste que extender otro cheque, y la pareja de guardianes, los dos gigantones de miradas imprecisas, dignos de la pintura de Francis Bacon, también, los dos, te condujeron en el mismo *fiacre*, en compañía de Chiffon, callada, lívida, llorosa, más frágil que nunca, y te dejaron caer junto con las maletas en el duro asiento de un vagón de tercera, entre campesinos que olían mal, gañanes, soldados rasos, gente rústica.

—¿A quién le pago los billetes de tren?

—A nadie. Todo esto corre por cuenta del casino.

En los anales del casino y de la ciudad no era nada nuevo. Pero que no te atrevieras a salir del vagón antes de llegar a París.

—Los funcionarios de seguridad están sobre aviso, Mister, así es que ya sabe.

Los orangutanes bajaron y se perdieron en la penumbra y el gentío del andén. No se dignaron mirar hacia atrás. Chiffon dijo que tenía un hambre devoradora, como le ocurría siempre, y tú: no te quedaba un solo centavo partido por la mitad. Sacaste el forro vacío de los bolsillos de tus pantalones, como se hacía en los tiempos del Liceo de Valparaíso. Chiffon tendría que aguantarse. Y como era un piscoiro (expresión de tus primos), como tenía cabeza de chorlito, se dedicó a gruñir, a protestar en voz baja, a dar pataditas en el suelo: ¡de hambre! Hasta que el tren partió, y por fin, a pesar de la incomodidad de los bancos, cuando el paisaje nocturno, los campos desolados, las sombras negras de los galpones, empezaban a retroceder frente a las ventanillas, se quedó dormida.

Tuviste que pedirle ayuda a tu fiel amigo Cuevitas, quien estaba lejos todavía de encumbrarse a su condición de marqués de Cuevas, pero que tenía recursos para todo, y le entregaste a un prestamista donde él te llevó, en un sucucho de la rue Mouffetard, por ahí detrás del Panteón, un montón de colleras de lujo, unas, incluso, que habían pertenecido a tu padre, y otras a don Joaquín, el abuelo (mi bisabuelo), de Maple, Londres, aunque fabricadas con plata de Chañarcillo, y un par de joyas que le sacaste a tu madre sin pedirle permiso. Después mandaste telegramas al Banco Popular de Santiago para retirar algunos fondos, cosa que no era, como dicen los franceses de ahora, evidente en absoluto, y vaciaste una cuenta que todavía tenía algo de saldo en un banco de París.

—O duplico todo esto de un papirotazo, o me vuelvo a Chile.

—Calma —contestó el inefable Cuevitas, colocando los ojos redondos, azulinos, en el techo —no hagas locuras.

Porque ya te había explicado hasta el cansancio su teoría, y había que ser consecuente con ella hasta el último extremo: volver a Chile no sólo era uno de los disparates peores. ¡Era la muerte misma! ¡El que volvía se jodía para siempre! (como decían, sobre todo, los argentinos, los de la banda, la *petite bande joyeuse*).

—Entonces me pego un tiro.

—Espera —dijo Cuevitas—. Calma.

Conocía desde hacía tiempo a un par de Infantas de España, auténticas, hermanas e hijas de reyes, y una de ellas le pasaba joyas para que las empeñara o las vendiera. Tenía encargado un prendedor que había estado en El Escorial, que había pertenecido a la mujer de Felipe II, y unos botones de oro y diamantes que usó el Hechizado. ¡Figúrate! Y él ya se proponía rescatar, apenas tuviera los fondos necesarios, un título de marqués que había pertenecido a la familia de su abuela paterna, el de Piedra Blanca de Guana. ¡Chúpate esa! Tú, olvidado de tus proyectos suicidas, porque eras cambiante, repentino y hasta repentista, te reías a carcajadas. Estabas convencido de que Cuevitas tenía poderes superiores, de que llegaría a cualquier parte. ¡Qué tanta jurisprudencia, mamá, qué tanta matemática! Había que haber tomado clases de baile, y haber aprendido a decirles palabras bonitas en el oído, piropos hermosos, a las viejujas.

Lo que ninguno de los dos sabía es que la guerra se acercaba a pasos agigantados. La guerra, y con la guerra, el fin del mundo que habían conocido. Habían llegado a Europa con la lengua afuera y se habían aferrado a París como lapas, pero de repente tuvieron terror de haber llegado tarde. Muchos, al recibir las noticias del frente, al ver los taxis requisados, los andenes de las estaciones llenos, los soldados con sus bultos, sus bototos, sus caras de ir al encuentro de la muerte, la angustia de la gente en las calles, pensaron que era el fin definitivo, el Apocalipsis, y quizá, en vista de todo lo que vino después, no se equivocaron tanto.

—Nosotros nos quedamos —decretó Cuevitas, con los ojos saltados, pálido como un papel, estrujándose los dedos, pensando cuánta plata le quedaba y qué pasaría con los precios de las antigüedades, y a los dos o tres días, mientras él y Joaquín (o Pedro Plaza, ya que los límites entre la realidad y la ficción se volvían inciertos, hasta en eso influía el estallido de la guerra), se tomaban un dry martini en el Café de la

Paix, supieron que Bollini, un amigo argentino que tenía, según Cuevitas, una «facha espléndida», se había inscrito en el ejército como voluntario. Le habían dado a elegir entre expulsarlo de Francia, mandarlo al frente por ser descendiente de italianos, una de las naciones aliadas, o meterlo a la cárcel, y él, por quedarse, por no tener que volver a la maldición de su tierra, había preferido arriesgar la vida.

—Tú estás loco —exclamó Joaquín, o exclamó, a lo mejor, Pedro Plaza, el personaje de *Criollos en París*, ahora no estoy enteramente seguro, cuando se encontró al día siguiente en la tarde con el propio Bollini, ya de uniforme de zuavo, pantalones bolsudos, correas de reglamento, quepis alto con pompón tricolor en la punta—. ¿Por qué vas a arriesgar el pellejo para defender los intereses de estos gabachos?

—No voy a defender los intereses de nadie —replicó Bollini, quien, llegado el momento, adquiría una solemnidad extraña, inflando el pecho, muy a lo porteño—. Voy a defender la cultura cristiana y occidental.

—¡Bien hecho! —aplaudió Cuevitas, aun cuando no tenía la menor intención, él, de enrolarse en nada.

Bollini desapareció de los bares, de los clubes de juego, de los salones elegantes donde lo introducía Cuevitas y donde lo aceptaban por la buena pinta, por la ropa bien planchada, por el peinado a la brillantina, y la vida de los que se quedaron, Joaquín, que en la novela de París se llamaba Pedro Plaza, y Perico Vergara, personaje de la realidad que parecía de ficción, y Astudillo y su patota, además del Loco Páez, de Andresito, de algunos otros, empezó a cambiar con una velocidad de vértigo. La verdad es que en los primeros tiempos la guerra no se notó tanto. Los restaurantes del Bosque de Bolonia, en el otoño de 1914, todavía estaban llenos de gente, caballeros de frac, señoras con perlas en los escotes, con diademas de diamantes y esmeraldas en los maravillosos peinados, y los carros con un botellón de champagne y un recipiente de cristal de roca rebosante de caviar fresco y rodeado de ventisqueros de hielo picado avanzaban por las terrazas, raudos, empujados por camareros de uniformes oscuros. En la primavera del año siguiente los mismos restaurantes seguían llenos, pero ya era frecuente salir a la calle y encontrarse con soldados lisiados, tuertos, mancos, en muletas, con las caras horriblemente deformadas y quemadas, con pedazos de carne al rojo vivo. Las remesas del Banco Popular, a todo esto, se volvían cada día más lentas, más inciertas. Las joyas históricas no se vendían, aunque hubieran pertenecido a Juana la Loca o a Mío Cid Campeador, y los terrenos de Perico Vergara en Reñaca tampoco encontraban compradores. Hubo un mes, a finales de otoño, cuando ya se anunciaba el invierno de 1916, en que Pedro Plaza, el alter ego de Joaquín en la ficción, y su madre, cuyo nombre, Asunción Moreno de Plaza, sólo aparece en la página 84 de *Criollos en París*, y que después se olvida, no tuvieron plata ni para comprar carbón en el mercado negro. Ella vivía de una modesta pensión de viuda de militar, héroe secundario de la Guerra del Pacífico, y a Pedro, que se había mantenido un buen tiempo con sus ganancias en el *Club des Meriodionneaux* (como Joaquín), la suerte, también como a Joaquín, le había dado la espalda. El hecho es que los dos, Pedro y la señora Asunción, se pasaban casi todo el día en cama, con doble suéter, tapados debajo de frazadas, comiendo mal, tiritando de frío, dando diente con diente. No cabía duda de que la relación de Pedro con su madre era edípica, malsana: ella, desde luego, detestaba Europa, pero se quedaba por Pedro, porque estaba segura de que triunfaría, aunque no sabía muy bien en qué ni cómo. Dueñitas, en la realidad Cuevitas, otro que aspiraba a triunfar, y que al final triunfó, para sorpresa de muchos, pero no tuya ni de Pedro Plaza, pasaba de visita de vez en cuando y los llevaba a almorzar en algún lugar bueno, en el restaurante de la Estación de Orsay, por ejemplo, ya que sabía que a ti y a Pedro les encantaban los restaurantes de estación, el movimiento incesante de la gente que llegaba y salía, la agitación de los andenes, el humo de las locomotoras, o a tomar té con pastelillos, con galletillas, en los salones del Gran Hotel, donde todavía conservaba una habitación calefaccionada como un baño turco y llena de potiches, de fotografías de gente famosa, de espejos colgantes. Mientras su amistad con las Infantas, con una que otra millonaria norteamericana, con alguna duquesa de los imperios centrales, destinados a desaparecer después de la espantosa lucha, seguía viento en popa, conoció a un celebérrimo príncipe ruso, un príncipe homicida, episodio que contribuyó a cambiar su vida, pero no nos adelantemos. Por ahora se ufanaba y exhibía, delante de las narices ingenuas de misiá Asunción Moreno de Plaza y de su hijo Pedro, una invitación en caracteres dorados para las veladas de Madame Verdurin, sesiones que se realizaban en su suite particular de uno de los hoteles más grandes de París, algunos piensan que en el Majestic, detalle que no está del todo confirmado, y hablaba con singular elocuencia de la gente que había conocido en aquellas reuniones, de la duquesa de Duras, de la princesa tal o cual, de los músicos célebres y los pintores de la más disparatada vanguardia, y describía con precisión de modisto las tenidas de las mujeres, de una elegancia perfectamente adaptada al ambiente bélico.

—Turbantes —explicaba—, en forma de cilindros, plisados, y túnicas derechas, de líneas egipcias.

—¿Egipcias?

—Sí —confirmaba—, egipcias, derechas, y hasta los zapatos. Muy «guerra», ¿me entienden ustedes?

XV

Las novelas de Joaquín son casi siempre autobiografías ficticias, memorias más o menos inventadas. Hasta Teresa, Teresa Iturrigorriaga, la protagonista de *La chica del Crillón,* es Joaquín. Pedro Plaza, el de *Criollos en París,* así como el Pedro Wallace de *El chileno en Madrid,* son Joaquines casi calcados, autorretratos parciales. Las novelas son ingenuas, atropelladas, nerviosas, a menudo mal equilibradas. Hay temas, personajes, frases, que obsesionan al autor (gran obsesivo) y que se repiten con majadería. A pesar de eso, si uno entra en los textos sin prejuicios, con una curiosidad que podríamos llamar inocente, se leen con notable facilidad, con frecuente sorpresa, con pasajes de arrebatada pasión. Y se leen a cada paso, podríamos añadir, con una sonrisa. Hay un humor subterráneo, constante, que el autor dirige a menudo contra sí mismo. No tiene la misma precisión, la agudeza acerada, del humor de un Eça de Queiros o de un Stendhal, es un humor más desarmado, en cierto modo más espontáneo, quizá más juvenil, pero pertenece a una estirpe parecida. Las crónicas de Joaquín son un fenómeno diferente, en ellas llegó a menudo a la maestría, a la gracia superior, pero esto ya nos lleva a otra parte. En cualquier caso, en crónicas, novelas, ensayos, fue un escritor incorrecto, alguien que no cumplía con todos los requisitos del oficio, que se escapaba de las exigencias y los rigores de la literatura por los lados más inesperados. Hace poco llegó a mi departamento de Santiago, el de la calle Santa Lucía frente al cerro del mismo nombre (y aquí estamos enteramente fuera de la ficción), un joven novelista cuyo nombre voy a callar, miembro destacado de la generación chilena novísima, y me confesó que por eso, por su falta de corrección, por sus continuas salidas de cauce o de madre, por sus rupturas súbitas e imprevistas de tono, precisamente por eso, en otras palabras, prefería a Joaquín, a Edwards Bello, por sobre todos los demás escritores del cotarro nacional. La opinión del joven, novelista curioso, memorialista prematuro y de talento, entregada con un tartamudeo apasionado, con ojos que brillaban en una cara pálida, me pareció discutible, no fácil de defender, arbitraria, pero interesante. Me preguntó de repente, el joven de marras, con su melena desgreñada, tartamudeando más de un poco, si había tratado mucho a Joaquín, y le respondí que no, que casi nada. Mi trato con él se redujo a una caminata por el centro de Santiago en compañía de nuestro amigo común Arturo Soria y Espinosa. Esto debe de haber ocurrido a mediados de la década de los cincuenta. Él, Joaquín, mi tío ausente de la familia, monologaba, mientras Arturo y yo, a ambos costados suyos, acólitos admirativos, escuchábamos y nos reíamos con ganas. Arturo, exiliado de la guerra de España, dueño de la pequeña editorial Cruz del Sur, director de una extraña revista radial, *Cruz del Sur, revista hablada,* español discrepante y antimultitudinario, como le gustaba definirse a sí mismo, se asomaba con sus anteojos redondos, de miope, por delante del novelista, más allá de su pecho abombado, y me miraba a través de sus gruesos espejuelos para celebrar conmigo alguna de sus salidas, para llamar mi atención, cosa perfectamente innecesaria: durante el par de horas que duró aquel paseo matinal por las calles del centro, mi atención estuvo más despierta que nunca. Los comentarios de Joaquín se referían a personas que pasaban al lado nuestro, a incidentes menores de la calle, a enseñas de tiendas, al paisaje urbano. Me acuerdo de un caballo flaco que arrastraba una carretela cargada de cachivaches, de canastos, de catres desfondados, de cajas roñosas. Había por ahí un espejo trizado y no faltaban las bacinicas abolladas. Él, a propósito de aquella carretela, dijo que Santiago se parecía a El Cairo y a otras ciudades del Cercano Oriente. Yo no sabía si él había recorrido aquellos lugares, pero me consta, por un librito suyo curioso, *Don Juan Lusitano,* libro ya mencionado antes, que era un perfecto conocedor de Fradique Mendes, personaje del decimonónico Eça de Queiros, y no es improbable que haya visitado las ciudades norafricanas por donde anduvo Fradique. La relación de Fradique con Eça, su creador, es notablemente parecida, por lo demás, a la de Pedro Plaza o Pedro Wallace con Joaquín. Son alter egos, hasta cierto punto heterónimos (expresión acuñada por un paisano moderno de Eça, por el poeta Fernando Pessoa). Llegamos en nuestro paseo hasta el frente del Club de la Unión, en la Alameda al llegar a Bandera. Supongo que Joaquín no era socio del club: hasta cabría preguntarse si en aquellos tiempos retrógrados, y cuando su pluma, insolente, a menudo envenenada, había herido tantas susceptibilidades, lo habrían admitido. El caso es que nos detuvimos al pie de las escalinatas de aquel santuario de la oligarquía chilena, que tiene un equivalente en las principales capitales sudamericanas, y nos dedicamos a mirar a los socios que subían y bajaban. De pronto se desprendió de la puerta giratoria y se acercó a las primeras gradas, con pasos vacilantes, como si el giro de la puerta, por un efecto de inercia, lo hubiera impulsado a girar sobre sí mismo, sobre su propio eje, como un trompo más bien torpe, un hombre gordo, de regular estatura, de cutis rojo encendido, de pelo blanco, que parecía resoplar en su vaivén mal controlado y echar llamaradas por la boca. Joaquín dijo que era un pariente suyo y mío que venía de hincharse de comida, de libaciones, de licores costosos.

—Apenas puede bajar —comentó, y se dio vuelta con su manera nerviosa a mirar para otra parte. Quizá porque no quería que lo reconocieran. Arturo Soria se reía a carcajadas. Habíamos comenzado nuestro paseo, si no me equivoco, si la memoria no me traiciona, en el restaurante El Naturista o en sus cercanías. A mí siempre me sorprendían los feroces sandwiches de ajo con quesillo molido que devoraba Arturo en esos mesones, entre los codazos de los parroquianos que pedían su alimento a gritos. Como se verá más adelante, parte de la historia de Joaquín tenía que ver con ese refugio de los vegetarianos nacionales, con esos bisteques a lo pobre en que los bisteques, precisamente, eran representados, reemplazados, por un par de plátanos fritos. El fundador y dueño era un amigo suyo de apellido Fuenzalida: el mismo que acompañó a Joaquín y a su compinche Perico Vergara a «suicidarse» en los cerros de Peñalolén, mientras él los esperaba bebiendo cerveza o bebiendo, a lo mejor, en su calidad de vegetariano y abstemio, Bilz, el refresco popular de entonces, en una taberna de la bajada.

Volviendo ahora a los episodios de la primera guerra mundial, la novela de Pedro Plaza y de París, *Criollos en París*, escrita en Santiago de Chile años más tarde, entre diciembre de 1932 y abril de 1933, concede bastante espacio a una familia chilena que llegó a instalarse en la Ciudad Luz un poco antes del estallido de la guerra. Nos imaginamos que esta familia ficticia tenía modelos estrictamente reales, aun cuando los métodos literarios de Joaquín suelen engañar y deparar sorpresas. El jefe de la casa era don Antonio Salcedo, agricultor rico y miembro destacado del Partido Radical, y viajaba en compañía de su hija Lucía, de veinte años de edad, de su hijo Tonio, estudiante de universidad (estudiante, pero no estudioso), y de la sirvienta Rosalinda Cornejo, de cincuenta años, soltera. Lucía es una belleza criolla, provinciana, de caderas anchas, de ojos sombreados, de carácter fuerte. Conoció en un salón del distrito 16, el de la burguesía francesa elegante y el de muchos metecos sudamericanos, por intervención, en la novela, de Jorge Dueñas, Dueñitas, léase, fuera de la ficción, Jorge Cuevas, Cuevitas, a la infanta Eulalia de Borbón.

—¡Qué guapa! —exclamó la Infanta al saludar a Lucía—: ¡Parece una belleza cañí!

La Rosalinda, la «mama», es un personaje popular notable, una morena entre gruñona y querendona, que se desvive por su niña, por Lucía, y que no sabe qué gracia le hallan sus patrones a París, ya que para ella Santiago es mejor por donde se lo mire. Hacia el final de la novela, cuando Francia ya lleva algo más de dos años en guerra, don Antonio invita a Lucía, su hija, y a la madre de Pedro Plaza, quien, según se anotó en un capítulo anterior, sólo es nombrada en la página 84 de la novela como Asunción Moreno de Plaza, viuda de oficial de la Guerra del Pacífico, a un viaje por España. Da la impresión de que a Pedro, celoso de la amistad creciente entre su madre y don Antonio, también viudo, dicho sea de paso y en atención a las buenas costumbres, la idea no le gusta nada, lo cual me hace pensar en los celos frecuentes y en algunas ocasiones edípicos del propio Joaquín, pero tampoco encuentra argumentos para oponerse: a él se le había acabado la buena racha, como se le acabó tantas veces a su autor, a su inventor, digamos, y era un alivio que don Antonio, el agricultor radical, se hiciera cargo de ella, es decir, de su señora madre, por algunos meses. A Pedro Plaza, por lo demás, le dijeron que podía unirse al grupo, y bajó con ellos durante algunos días hasta San Sebastián, a un paso de la frontera francesa. Pensó en hacerle la corte a Lucía Salcedo, pese a que la muchacha le oponía una resistencia firme, constante, reprochándole su vida disipada, además de su fascinación, su absoluto deslumbramiento frente a todo lo francés. En una de ésas, sin embargo, Lucía conoció a un apuesto oficial español, jinete en un espléndido caballo, y Pedro, devorado por los celos a causa de Lucía y a causa también de su madre, optó por regresar a la Ciudad Luz, a la cara Lutecia.

La atmósfera de París, a todo esto, había empezado a cambiar en forma acelerada, y no sólo en los aspectos exteriores de que se habló antes. Ya no era la ciudad que él, la que tú, Joaquín, habías conocido tanto. Me pregunto si el sórdido y arriesgado final de Pedro Plaza en Francia es parecido al tuyo, no menos sórdido y riesgoso; si de ahí, de aquella dura experiencia, sacaste el invento. El cambio se notaba en la policía, la de civil y la de uniforme, pero también había contagiado a la gente. Y consistía en una forma de sospecha universal: los franceses se habían puesto a desconfiar de todo, la ciudad se había llenado de carteles de advertencia, y desconfiaban, sobre todo, sin excepciones, de los extranjeros. Si se hablaba en castellano, o si se hablaba en francés con un poco de acento, las miradas hostiles brotaban por todos lados. No era raro escuchar el *«sale étranger!»*, el «extranjero inmundo», dicho por la espalda y arrojado a veces a la cara como una bofetada, como un escupitajo. Un conocido chiste atribuido entonces a Joaquín y repetido hasta el día de hoy fue, en verdad, un diálogo colocado por él en boca de Pedro Plaza, su personaje, y de una gabacha que atendía la recepción del Hotel du Cantal, quien a la vez servía en el bar y barría el suelo en sus ratos libres, ya que su marido había sido movilizado por el ejército. Pedro estaba en las últimas, en la cochina calle, y acababa de vender su ropa usada, pero tenía una capacidad infinita de derroche, de gasto inútil (como tú, su inventor, que por algo lo inventaste de esa manera). Entró, pues, al hotelucho ese, palpando en el bolsillo los billetes nuevos que acababa de cobrar de un ropavejero, y pidió un Calvados, un «calvá» de buena marca.

—Y usted —preguntó la gabacha—, ¿no parte?

—No, *madame*. Soy chileno.

—Pues no se le nota. ¿Es grave eso? (Podemos escuchar a la francesa descaderada, de escoba en las manos deformadas, de expresión agria: *Et c'est grave ça?*).

—No es una enfermedad, *madame*. Es una nacionalidad.

¡Era una nacionalidad, *hélàs!* Pero, ¿qué hacía Pedro Plaza en París, anclado en París y sin un peso, pasando hambre y frío, si su nacionalidad era otra, remota y desconocida? Había tenido una amiguita francesa, Lisette, hija de obreros, como se explicaba en la novela, y enamorada de él hasta las patas durante las doscientas primeras páginas, pero la francesita, cansada de sus desplantes, de sus infidelidades, incluso de sus cartas de ruptura, terminó por abandonarlo, ella, sin vuelta, *pour de bon*, como dicen por allá: se fue con un correcto oficial inglés que combatía en el frente de Francia, se convirtió en la señora Ferguson o un nombre por el estilo, se transformó en una burguesita nacionalista, como correspondía en aquellos días, implacable, abnegada, recién ingresada en el cuerpo de enfermeras. Pedro Plaza buscó un encuentro con ella en el mismo Gran Hotel de Dueñitas, o, si es por eso, de Cuevitas, en uno de los amplios salones, bajo una lámpara discreta, de pantalla verdosa, y ella, que ya era otra, que se había despedido de la Lisette que corría detrás de él por los grandes bulevares, le espetó de repente, con rabia, con odio, que ustedes, los sudamericanos (todavía no se conocía la palabra «sudaca»), eran incomprensibles. Trataban de vivir como aristócratas, como parásitos, sin tener siquiera los medios económicos, y huían como de la peste de regresar a sus países y de hacer allá algo útil. Pedro salió del hotel con la cola entre las piernas, deprimido, y chocó en la puerta con Dueñitas, que entraba pálido, desencajado. El inefable, mágico, perfecto Dueñitas, el tigre mundano, el seductor de norteamericanas millonarias y de princesas de sangre real, pero derrumbado, en su peor forma. Dueñitas le contó con palabras atropelladas, entrecortadas, lloroso, que la policía lo había llamado y lo había interrogado durante horas, de malos modos, con frases y maneras insultantes, sobre un amigo suyo de nacionalidad rumana, un tal Voinescu o Voialinesco, hombre de vida ligera, pájaro nocturno, que había resultado ser espía de los alemanes.

—Y usted, señor Dueñas —le había preguntado la policía al final de la sesión—, ¿qué hace aquí en Francia en plena guerra? ¿Por qué no regresa a su país?

Dueñitas se confundió, se puso a tartamudear, farfulló estupideces mayúsculas, pero dijo, también, que amaba a Francia por sobre todas las cosas, frase recibida por sus interrogadores con una mueca de franca burla. Le recomendaron, *monsieur* Dueñas, que tuviera mucho cuidado. Le aseguraron que lo vigilaban de cerca, que no perdían ni el menor de sus pasos. ¿Y conocía él la suerte que corrían los espías? Por supuesto que Dueñitas la conocía, y se pasó los dedos por el cuello, sintió el frío, el brillo helado de la guillotina.

—Ya sabe, *monsieur* Dueñas.

Le estaba contando todo esto a Pedro, en voz baja, histérico, desesperado, en su habitación del primer piso del

Gran Hotel, donde hacía un calor de baño turco, porque Dueñitas padecía del frío del invierno, de la tristeza de la guerra, del racionamiento, de las luces que se apagaban en toda la ciudad a las nueve de la noche, que ya estaban a minutos de apagarse, cuando golpearon con fuerza a su puerta.

—¡La policía! —exclamó, lívido, seguro de que habían llegado sus últimos instantes. Abrió, y en lugar de la policía irrumpió en la habitación, desmelenado, Voinescu en persona, el rumano espía. Dueñitas se quedó petrificado. Pedro Plaza sintió miedo, pero para sus adentros se rió. Voinescu era joven, buenmozo, de cara pálida, bonitos ojos verdes, cabellos negros rizados. Dueñitas se puso de rodillas frente a él, juntó las manos en actitud de súplica.

—¡Por favor —rogó—, amigo mío, por todo lo que más quiera, váyase! ¡Usted nos compromete!

El rumano, entonces, con cara de loco, ojos que bailaban como los de Nosferatu en las películas mudas, tiró un paquete sobre la cama.

—Guarden esto —pidió—, y si el día de mañana pueden, me lo devuelven. Si no, querrá decir que...

Miró hacia todas partes, se persignó, le rodó una lágrima por las mejillas pálidas, una lágrima por él mismo, por su vida, que ya no valía ni medio centavo, y se perdió en la noche negra, puesto que el corte de luz de las nueve había comenzado hacía un buen rato.

—Si lo agarran —dijeron ellos—, lo fusilan en el acto.

—Y puede que a mí también —murmuró Dueñitas, y le rogó a Pedro que se llevara el paquete, que pesaba mucho, que podía contener hasta bombas, quién sabe qué, y lo hiciera desaparecer. Una hora más tarde, al llegar a su pieza, Pedro abrió el paquete y descubrió con asombro que contenía joyas de gran valor y gruesos fajos de billetes en francos, en libras esterlinas, en dólares. Llegó a saltar de gusto, golpeándose el pecho. ¡Era la suerte dorada que volvía, la mano que de nuevo se ponía buena! Hizo desaparecer las joyas al fondo de un tarro de basura, en un callejón apartado, y guardó los billetes, diciéndose que la plata no tenía identidad, que era como si hubiera acertado catorce plenos seguidos, o ganado veinte bancas. En seguida saltó a un taxi, se fue derecho al *Club des Meridionneaux* y jugó al *écarté*, el único juego de azar que todavía estaba permitido. El recinto se encontraba en penumbra, iluminado por unas pocas velas y por los resplandores rojizos de un calorífero. Parecía una versión atenuada del infierno, pero a él, a tu personaje, el protagonista de tus *Criollos en París,* eso no le importó demasiado. Bascuñán, su tenaz enemigo, chileno como él, lo observaba desde la sombra, escondido detrás de otros jugadores, con los ojos clavados en los gruesos billetes que él sacaba del bolsillo con el mayor desparpajo. Perdió quinientos o seiscientos francos en pocos minutos y, siguiendo una línea de conducta que acababa de adoptar, decidió retirarse. Hacía días que pensaba viajar a España para volver a juntarse con la familia Salcedo y con su madre, y había solicitado la visa de salida, obligatoria a causa de la guerra, pero los funcionarios franceses lo tramitaron sin asco, le pusieron todas las trabas imaginables, y en su segunda o tercera visita a las oficinas de emigración le anunciaron que tenía prohibición de salir: debía presentarse cada dos días a firmar el registro de extranjeros sospechosos, bajo pena terminante de arresto. Pedro Plaza, el inefable Pedro Plaza, invento tuyo tan parecido a ti, protestó con grandes aspavientos. Anunció una reclamación diplomática de graves consecuencias por parte de Chile, y se rieron en sus barbas. ¿De graves consecuencias para quién? ¿Dónde quedaba su minúsculo país, en qué continente? Como insistía, ofuscado, le dijeron que tuviera la bondad, *monsieur,* de retirarse de inmediato, y apareció un guardia corpulento, un gigantón maloliente, haciendo sonar en las manos peludas un par de esposas. Calculó que faltaba muy poco para que lo llevaran a un descampado, en las afueras, y lo fusilaran contra algún muro medio desmoronado. No podías haber leído a Franz Kafka en los años de la escritura de *Criollos en París,* pero el episodio me hizo pensar en un Kafka en caricatura, en las páginas finales de *El proceso.* Pedro recurrió al consulado a la mañana siguiente, cosa que detestaba, pero que no podía evitar, dadas las terribles circunstancias, y el cónsul Berasátegui o Amusátegui, un perfecto farsante, un fantasmón barbudo y ventrudo (y confieso que conocí en mi infancia al modelo, al original, casado con una cercana pariente mía), le advirtió que tuviera mucho cuidado, que tratara de regresar a Chile cuanto antes.

—Aquí, mi estimado amigo Plaza —le dijo, acariciándose la barba entrecana—, ven espías por todas partes, y si usted es chileno y no tiene actividad conocida... ¡No crea que los policías gabachos se andan con bromitas! —e hizo con la mano derecha un gesto de rebanar el pescuezo. ¡Segundo gesto en pocas páginas!

El improbable Pedro Plaza, proyección tuya, pasó tres días vagando por calles inhóspitas, aterido de frío, viendo policías de civil que lo vigilaban desde las mamparas, desde detrás de los faroles, desde el fondo de las calles sin salida. Dueñitas le había susurrado al oído que podría conseguirle una invitación a las veladas de Madame Verdurin, ahí siempre llegaba gente influyente y que podría ayudarlo, pero siempre que modernizara el corte de sus trajes, que después del segundo año de guerra se veían lo más anticuado del mundo, porque todo, hasta la moda, había cambiado en 180 grados, que dejara de usar esas polainas espantosas y que pusiera una cara, mijito, un poco más alegre.

—Si estamos en guerra, y tú, por añadidura, entras a los salones elegantes con cara de funeral...

En lugar de acompañar a Dueñitas, se dirigió una vez más (como lo habrías hecho tú, qué duda cabe), al número diez del Boulevard Poissonière, al inevitable *Meridionneaux*, el círculo suyo y el tuyo, el infierno donde te habías consumido tantas veces y que te gustaba comparar con una plaza de toros, un lugar donde la sangre se derramaba sobre la arena y donde corrían unos barrenderos a barrerla, a ocultarla. No podías saber que el ruso Mikhail Bakhtine, uno de los grandes críticos literarios del siglo XX, diría poco más tarde que la plaza de toros y la sala de juegos eran lugares carnavalescos por definición, espacios de juego y de riesgo, de verdadero peligro. Pues bien, lo primero que divisó Pedro Plaza desde la entrada, entre el humo y las sombras de los jugadores, fue la cara del siniestro Bascuñán, ese resumen de la mezquindad y la mala uva santiaguina, que se mordía las coyunturas de los dedos y lo miraba de soslayo.

—Ahora anda con los bolsillos repletos de billetes —le había comentado Bascuñán a un amigo suyo—, y se lo ve en todas partes, como si tal cosa. ¿Por qué será?

Pedro Plaza, en el momento de acercarse a su mesa preferida, se pegó una palmada en la frente. ¡Por qué sería tan tonto! Si el que le llevaba los cuentos a la policía, y cobraba un estipendio por llevarlos, no podía ser otro que Bascuñán, ¡el maldito, el miserable! Esa noche perdió hasta el último franco que llevaba en los bolsillos. Sin inmutarse, porque había que mantener el pabellón en alto hasta el fin, hasta que el barco parara las patas. Al día siguiente fue citado de nuevo por la policía y sometido, esta vez, a un interrogatorio todavía más duro, más amenazante que ninguno de los anteriores.

—Hemos comprobado —dijo el funcionario jefe, en camisa, estirando con dedos rechonchos los suspensores, con un pucho asqueroso colgando de los labios—, que usted ha cambiado billetes en dólares que tenían su origen en el espionaje alemán —y le enumeró los bancos, las cantidades, y hasta las fechas y los números de los documentos respectivos. Pedro calculó que estaba perdido, que el destacamento de fusileros se preparaba en algún patio de atrás de la comisaría, que andaban con telas amarradas a los zapatos para que no se escucharan los pasos. ¿Quién iba a creer que no había visto nunca en su vida al rumano amigo de Dueñitas, espía comprobado? ¿Que había ganado un fajo de billetes en la ruleta o lo había encontrado por casualidad en el banco de algún parque? El rumano ya debía de estar bajo tierra, y a Dueñitas le tocaría el turno muy pronto.

—Siempre he manejado dinero, señor —murmuró
él, sacando fuerzas de flaqueza, apelando a reservas antiguas
de pije chileno—. Pertenezco a una familia adinerada, y vivo
en París de mis rentas, porque me da la gana.

—Eso no es efectivo, *monsieur*. Sabemos que hace pocos meses no tuvo ni para comprar carbón, que usted y su madre pasaron hambre y frío, que ella aceptó la invitación de un
caballero rico para acompañarlo en un viaje a España...

Pedro se sintió sofocado por la rabia, por la vergüenza, por el insulto a su madre, la señora Asunción Moreno de
Plaza, viuda de un héroe de Chorrillos y Miraflores, como se
la define en la página 84. Le dieron ganas de pararse de su silla y de ponerse a vociferar, pero, ¿qué habría sacado?

—Sabemos, además, que está atrasado en el pago de sus
alquileres, y que su suerte en el juego ya no lo acompaña. Usted
no puede engañarnos, señor Plaza, es inútil que lo intente.

Él se dijo que le encantaría pegarle un tiro al maldito
Bascuñán antes de que lo fusilaran a él. ¿Existiría un modelo
real de Bascuñán, o sería una simple proyección de tu rabia,
de tu odio, de tu resentimiento? En ese mismo instante, en
forma inesperada, el funcionario de suspensores estirados a reventar, de camisa sucia, de panza que desbordaba, de pucho
en los labios, le dijo que podía retirarse. Pedro comprendió
que estaban dedicados, con la ayuda clandestina de Bascuñán,
a jugar al gato y al ratón: él no era más que una ratita asustada. Hasta el recurso del orgullo, de la pechuga de pije, de la
familia pudiente, había fracasado. En su casa abrió el cajón
donde guardaba la pistola Colt (pistola de ficción, pero equivalente a la que te había regalado tu padre algunos años antes), y pensó seriamente en terminar de una puta vez con
todo. Volarse la tapa de los sesos (idea que, según podemos
concluir ahora, rondaba por tu cabeza desde aquellos años remotos). Y se miró en el espejo del ropero con la pistola en la
mano, con cara trágica, ojeras hundidas, violáceas, pelos erizados. Pero en ese mismo minuto sonó la sirena, el aullido
prolongado, lastimero, de las alarmas antiaéreas. Hubo pasos

precipitados en las escaleras del edificio y alguien golpeó la puerta de su departamento y le gritó que había que correr, *monsieur Plazá*, al sótano. Se metió la pistola al bolsillo, aun cuando no sería fácil defenderse de los aviones alemanes a balazos, agarró un chal viejo, comido por las polillas, y pronto se encontró encerrado en la penumbra, entre muros que goteaban, en compañía de tres o cuatro vecinos asustados y de mucha edad, de manos tiritonas, de voces casi extinguidas. La *concierge*, cuyo marido estaba en las trincheras, y dos empleadas de servicio, se habían instalado al fondo del sótano, separadas de los señores. Si se trataba de morir, *monsieur,* había que morir en los lugares de la sociedad que correspondían. El único joven y el único extranjero era él, y lo miraban con notoria desconfianza, con reproches profundos que no se articulaban, pero que saldrían a la superficie apenas él se diera vuelta. *Quelle honte!*, parecían decir, ¡qué caradura!, ¡cómo se aprovecha de nuestros refugios, de nuestros panes racionados, de nuestros víveres escasos! Empezaron a estallar bombas a no demasiada distancia, como rocas pesadas que caen y que son removidas en la oscuridad por alguna máquina excavadora, y después se desgranaba el tableteo de la artillería antiaérea. Se decía que los ulanos estaban a punto de romper las defensas, que se encontraban a una hora de automóvil de París, contenidos por la artillería desesperada de los *poilus*, y que pronto entrarían y lo pasarían todo a sangre y fuego.

Era, *monsieur*, el fin de los tiempos. En el horizonte, por encima de las torres circulares, detrás de los zeppelines, entre el resplandor de los incendios, se dibujaba la figura de un esqueleto cubierto por una capa prusiana y que blandía una espada de fuego. Detrás se alzaba la bestia apocalíptica con sus escamas de la Edad del Hierro. Pedro decidió que de vuelta en su dormitorio se iba a pegar el tiro, y no se le ocurrió que una alternativa razonable habría consistido en seguir los consejos del cónsul Berasátegui o Amusátegui y regresar a Chile. En buenas cuentas, conocer París, tomarle el gusto a la vida de París, lo había hecho incapaz de vivir en ninguna parte.

Ni siquiera en París, como había empezado a quedar demostrado. Al final, mientras sacaba la Colt de su bolsillo, cambió de idea: no podía irse a parte alguna, ni siquiera al Averno, sin esperar noticias de su madre. A lo mejor las recibía a la mañana siguiente, o subsiguiente, y algo, en alguna parte, aunque no sabía exactamente dónde, cambiaba.

XVI

En la novela de Pedro Plaza, no en la de tu vida, Joaquín, para ser preciso, para no desorientar al lector de buena voluntad, interviene Lucía Salcedo, la hija de don Antonio, el agricultor del sur, el cacique del partido radical (partido que dentro de la nomenclatura chilena no corresponde en absoluto a su nombre, ya que es cualquier cosa menos una formación de extremos, de extremismos, de raíces últimas), y consigue, después de unas cuantas peripecias, salvar al protagonista de *Criollos en París,* tu autorretrato deliberado y deliberadamente disfrazado. Parece que ella, Lucía Salcedo, había tenido un desliz con el señorito español que mencionamos en el capítulo anterior: el señorito en cuestión, hijo de un marqués o de algo por el estilo, se había presentado bien vestido, bien acicalado, caballero de fina estampa, como dice la canción, y montado, por añadidura, en un bonito y brioso caballo, y la había seducido con notoria facilidad. Vemos a Lucía y al señorito como figuras de tarjeta postal, con fondo de color de rosa. Pero da la impresión de que Lucía, a pesar de todo, a pesar de lo que entonces se habría llamado su caída, amaba a Pedro Plaza. Se diría que fue deshonrada, para emplear la expresión tradicional, por el gomoso, el petimetre de a caballo, y es posible presumir, aunque la novela no lo dice con suficiente claridad, que se quedó embarazada. De hecho, la seducción ocurre en los márgenes de la novela, fuera de la mirada de los lectores. Uno llega a pensar que Lucía Salcedo, su hermano Tonio y don Antonio, su padre, eran personajes reconocibles de la colonia chilena; uno sospecha que el episodio amoroso de Lucía con el joven español existió en la realidad, y de ahí podría provenir la discreción, el tono de medias palabras con que se trata el caso en el texto ficticio. Porque tú, Joaquín, eras insolente, escandaloso, deslenguado, pero no siempre tan fiero como te pintaban: de pronto, por simpatía, por amistad, por capricho, por lo que fuera, acatabas la norma social, te ponías a proteger la honra de las niñas de familia. ¿De Quijote que eras, al fin y al cabo? Tu personaje, en resumidas cuentas, por intervención de la descarriada y pronto recuperada Lucía Salcedo, regresó al redil criollo, obtuvo un pasaporte diplomático que había pertenecido a don Antonio y que fue hábilmente retocado y puesto a su nombre, consiguió cruzar la frontera del sur de Francia en compañía de Lucía, escuchó a un cargador español que exclamaba: «¡Me cachis en Romanones!», porque se le había deslizado una maleta que llevaba en el hombro, y bailó de alegría. Podemos suponer que había aprendido en alguna parte, en algún momento de su historia, fuera de la novela, también, a bailar sevillanas. Las páginas del paso de la frontera son la tarjeta postal en todo su apogeo: hay un fuerte olor a frituras en aceite de oliva, muchachas morenas, de pelo recogido en moños de azabache, vestidos rojos con pintas blancas, se escucha un lejano repicar de campanas y de castañuelas, y un sol resplandeciente, dorado, vertical, ilumina los valles y montes de la piel de toro. Los guardias civiles, con sus sombreros de tarro de dos o de tres picos, se pasean con lentitud, de bigotazos en punta, de brazos cruzados, con aires de grandes señores. A Pedro, afrancesado, emparisado, le sale a relucir ahora su vena hispanófila, y está en la gloria. Lucía, por su lado, insatisfecha, ¿embarazada?, ya se nos olvidó que había quedado en estado interesante, habla de su nostalgia de Chile, de su amor a la cueca, a los caldillos de congrio, de que en París y en España se ríen de ellos, de que ahí no son nada. Sus palabras podrían representar ideas radicales, caricaturas de una posible ideología. Pero Pedro todavía no ha conseguido desengancharse: redacta un telegrama de venganza contra el miserable Bascuñán, el chileno que no había discurrido nada mejor que venderse al espionaje francés. Es una misiva que se limita a consignar:

«Encantado en España», y que Pedro se propone dirigir al *Meridionneaux*, 10, Boulevard Poisonnière, París. Pero Lucía Salcedo, con suavidad, con prudencia femenina (¿existe la prudencia femenina?), lo obliga a desistir. Es mejor, dice, que se deje de rencores y le escriba a su madre, porque la salvación se la debe a ella y nada más que a ella. Eso a Lucía le consta: la señora Asunción, con gran paciencia, con tino, del modo más insinuante y afectuoso, la había persuadido de que viajara a París para rescatar a Pedro. ¡Deshonrada o no por el hijo del marqués! Con lo cual la buena e interesante señora Asunción mataba una cantidad de pájaros de un solo tiro: su hijo se salvaba de las garras de la policía francesa y adquiría una pareja estupenda, heredera, además, de un latifundista poderoso, y ella, la mamá, aprovechaba para quedarse algunos días sola en Madrid con el excelente don Antonio. ¡Y viva España!, gritaban todos a coro. Porque era, como se puede observar, un final feliz, con la tarjeta postal española en el primer plano, y en la lejanía, en el horizonte, Chile, Chilito, como dicen los nacionalistas sentimentales de ahora, con música de guitarras, con carretas de bueyes atiborradas de cintas tricolores, con barcos en el puerto de Valparaíso y nieve en la cordillera de los Andes. ¡Otra tarjeta postal!

Esto ocurría en la novela, en ese espacio ficticio donde la mamá de Pedro, la señora Asunción Moreno de Plaza, viuda de carácter fuerte, manejaba todos los hilos. En la realidad, en ese otro espacio que aceptamos llamar realidad, en la vida tuya, Joaquín, y no la de un invento tuyo, las cosas ocurrieron en forma muy diferente. Escapar, como se verá, te resultó mucho menos fácil que a tu alter ego, a tu autorretrato parcial. No tuviste hadas madrinas del temple y de los poderes de Lucía y de doña Aurora. A fines de 1916 se dictó en Francia una ley de reclutamiento que llamaba a reconocer filas a los descendientes de los nacionales de las potencias aliadas en la guerra contra los poderes centrales. Georges Clemenceau, el personaje de bigotes caídos y de sombreros arrugados de tweed, el Tigre Clemenceau, no era todavía Ministro de

Guerra y Primer Ministro, cargos que sólo asumiría en noviembre de 1917, pero la ley había sido inspirada por él en su condición de senador y miembro de la Comisión de Defensa del Senado de Francia. En aplicación de esta norma legal, tú, debido a tu apellido inglés (hemos entrado de lleno en la incómoda no ficción), fuiste detenido, de acuerdo con una carta tuya, en tu domicilio, de madrugada, y según otros testimonios, en los salones del Hotel Friedland, durante una recepción a la que te había llevado probablemente Jorge Cuevas Bartholin, Cuevitas, en la ficción Dueñitas, y conducido en un camión militar, entre otros detenidos no tan elegantes ni tan perfumados como tú, al barrio de Saint Denis, en el norte de París, a los cuarteles del quinto regimiento de zuavos, destacamento que tenía un trato no muy diferente del que se daba a la Legión Extranjera. Tu traje acinturado, tus colleras y botones de brillantes, no deben de haberte servido de mucho en la puerta de ingreso a esos recintos. Alcanzaste a decirle a Cuevitas que le avisara de inmediato a tu hermano Luis Emilio, quien acababa de hacerse cargo del consulado de Chile en el puerto inglés de Liverpool. Pensé, a propósito de esto, que las familias de la ficción son siempre escasas, nítidas, funcionales: Lucía Salcedo tiene un hermano que sirve de enlace con Pedro Plaza. Pedro, por su lado, vive en París con su madre viuda. Atrás quedó una hija que la viuda se encargó de casar antes de partir a Europa. Se sabe poco del difunto marido, héroe de Chorrillos y Miraflores, las batallas finales de la guerra contra el Perú y Bolivia, las que precedieron a la ocupación de Lima, y nada de la hija, ni siquiera su nombre. En cambio, fuera de la ficción, los hermanos, los primos, los amigos, los enemigos, hasta los animales, proliferan. Los nombres de personas, de cosas, de lugares, se multiplican. La no ficción es caótica y superabundante, excesiva. Todo crece en ella como la mala hierba. La imaginación creadora, por el contrario, limpia, diseña, desmaleza. Su papel no consiste en competir con el registro civil, como se dice a menudo a propósito de Honorato de Balzac, ni con diccionarios, archivos e inventarios, sino en limpiarlos, en reducirlos a línea y estructura: en lugar de inventarios, inventos.

Bastaría con que Luis Emilio demostrara que eras chileno, pensaste, para salir en libertad, pero la ley era desesperada, buscaba carne de cañón donde fuera, y los trámites de tu hermano para conseguir tu exención fueron largos, complicados, angustiosos. ¿No era sospechoso eso de hacerse el chileno para substraerse al esfuerzo bélico, al de la espantosa lucha, como escribió Guillermo Apollinaire en un bello poema? ¿Y después de haberse dado la gran vida en París, en Vichy, en San Sebastián, en todas partes? ¿Y qué tenía que hacer un joven chileno ocioso, que no estudiaba ni trabajaba en nada, que carecía de ocupación conocida, en un país que se desangraba en las trincheras?

—*Te violà converti en brigand* —cuentan que le dijo el sargento encargado del vestuario, un perfecto animal, una foca pesada y pasada a vino tinto—: *Maintenant tu peux aller becqueter du sang de boche...* Ahora ya estás convertido en bandolero. Puedes ir a picotear sangre de alemanes.

Suponemos que Cuevitas, que en algunos episodios de la ficción y en otros de la realidad parecía enamorado de ti, se movería como loco entre sus amistades bien colocadas, y que Luis Emilio, tu hermano real y ficticio, utilizaría a fondo sus poderes oficiales, sus credenciales, sus patentes, golpeando a todas las puertas. Tú, entretanto, aprendías a marchar con la pesada impedimenta y con el fusil al hombro, a disparar, a lanzar granadas, a combatir cuerpo a cuerpo a la bayoneta, a obedecer órdenes como ladridos, a barrer bosta de caballos. Te veías frente a un destacamento germano, a los descendientes de Wotan, a quienes habías conocido en la mitología wagneriana, y te considerabas hombre muerto. Y dabas la lata a propósito de tu nacionalidad chilena, de las gestiones diplomáticas de tu hermanito, de tu ilustre familia, divagaciones, entelequias en las que nadie, ningún *poilu* de patas hediondas, te seguía ni podía seguirte. En los anocheceres, en los barriales, en las letrinas inmundas, te acordabas, te acordarías, del regazo perfumado de doña Luisa Gertrudis, de las sábanas de hilo, de las camisas de seda, y sentirías vergüenza, verdadero asco, de ser tan regalón, tan privilegiado, tan barbilindo.

Muchos años más tarde, en otra vuelta del camino, sentiste que te habías equivocado, que deberías haber pasado por la experiencia de la guerra, de las trincheras, del lodo, de la mugre y la sangre. Así se formaba un escritor, dijiste, declaraste, golpeando con el puño en una mesa cubierta de fichas de dominó. Y no entre edredones. Y ni siquiera entre libros. Pero la lotería de las trincheras, de las balas, de las cargas en calidad de carne de cañón, en primera línea de fuego, era más peligrosa que ninguna otra, y aunque cambiaste de idea más tarde, o viste, más bien, las cosas de otro modo, en aquellos días de Saint Denis estabas abrumado, desesperado, sintiendo que todo había comenzado como una broma, como un juego, y que al final del juego se alzaba la muerte macabra, el esqueleto con su capote, la calavera debajo de un casco aportillado, los metacarpos que sostenían una guadaña (más temibles que los de la baronesa).

Al cabo de dos o tres meses, cuando ya estaban a punto de enviarte al matadero, cuando te creías perdido, cuando ya lloriqueabas en las noches y mascabas sábanas de arpillera, calculando la sensación de una bayoneta que te perforaba la barriga, recibiste una citación de la Corte de Justicia de París. Te pusiste ropa de civil, subiste escalinatas que estaban cerca del maravilloso portal de Notre-Dame, a un costado de la aguja gótica de la Santa Capilla, en una mañana brumosa, entraste a un despacho abigarrado, lleno de gente que esperaba su turno, y te dejaron en libertad.

—A usted, por ser natural de Chile —te dijeron—, *du Chili*, no se le aplica la nueva ley de reclutamiento —pero te aconsejaron vivamente, *monsieur*, que te fueras de Francia, que regresaras al hoyo de donde habías salido. Tengo la impresión, aun cuando encuentro testimonios más o menos contradictorios, de que hiciste un breve viaje a Inglaterra y de que después bajaste en un barco mercante de bandera española, no expuesto, por consiguiente, al ataque de los submarinos alemanes, a España. En Inglaterra tenías amigos, primos, parientes, quienes también habían escapado de Francia y se dedicaban a salir de pic nic, a recorrer la campiña de los alrededores de Londres, a visitar castillos y museos, a tomar el té en las habitaciones de sus hoteles en vajillas de buena porcelana. Después de algunas semanas en las islas británicas, los chilenos de la clase, por decirlo de alguna manera, adquirían una tendencia vertiginosa a vestirse de tweed, a regodearse con el té, con los *scones*, con las salsas de menta, a pronunciar el idioma con un acento más cerrado que el de Eton o Cambridge (o que ellos creían más cerrado, más perfecto). Tú, de acuerdo con tu costumbre, te asomabas a sus recintos, decías un par de disparates, mirabas a la más bonita de tus primas a los ojos, con expresión romántica, y desaparecías. Todos hablaban de tus repentinas desapariciones y hacían las conjeturas más estrafalarias. Nadie sabía dónde te metías, pero, para cualquiera que te conociera un poco, no era difícil imaginar en qué salas de juego, en qué tabernas, en qué casas de suburbios. ¿Cómo serían los lupanares ingleses de aquellos años? Ya sabemos que te habías encerrado en una casa de la calle Borja a fines de 1910, en las semanas en que arreciaba el escándalo de tu primera novela. Y los matones, los pianistas, las pensionistas de planta, las empleadas viejas, descaderadas, que hacían las camas en aquellos lupanares ingleses, ¿cómo serían? ¿Las putas gordas, chillonas, horripilantes, parecidas a las que pintaba Toulouse-Lautrec, o a las que salían descritas en las novelas porno de entonces, qué pinta verdadera tendrían? Aparecías, pues, en medio del tintineo de la porcelana de Limoges, de las cucharillas de plata, de los gorjeos femeninos, y en el momento menos pensado, al salir a comprar un poco de tabaco para tu cachimba, te hacías humo. Probablemente escuchabas gritos en callejones siniestros, imprecaciones de borrachos, alaridos de mujeres, carreras súbitas, maullidos de gatos pisoteados. A veces desgarrarían la oscuridad de las noches marginales los silbatos de la policía. Me imagino que recitabas, exaltado: *Je suis le ténébreux, le voeuf, l'inconsolé*, y que mirabas el reflejo de tus ojeras en cristales sucios. Y después, de pronto, te peinabas, te ajustabas con esmero el lazo de la corbata y te presentabas de nuevo en las habitaciones de lujo. ¿Qué había pasado?

—Nada —respondías, impávido.

—¿De dónde vienes?

—De ninguna parte.

Nada te gustaba más que contestar eso. Y con buenas razones. Porque no venías de ninguna parte. Y no ibas a ninguna. Los callejones del Londres de los suburbios, al fin y al cabo, con sus mujerzuelas gordas y con sus cafiches, sus macarras de gorras a cuadraditos y de mandíbulas protuberantes, no eran también más que tarjetas postales. Tarjetas diseñadas por Henri de Toulouse-Lautrec o por algún otro.

XVII

Pedro Wallace, el personaje de *El chileno en Madrid*, se parece todavía más a ti que Pedro Plaza. La novela fue publicada en 1928 por Nascimento, la editorial y librería santiaguina de don Carlos George Nascimento, emigrado portugués nacido en las islas Azores. Como ya lo dije, te divisé alguna vez, allá por el año cuarenta y nueve o cincuenta, en la tertulia que se formaba en el fondo de la librería de don Carlos George, situada, si ahora no me equivoco, en la parte alta de la calle San Antonio, cerca de la calle Monjitas, de la Plaza de Armas, de la taberna Capri, del bar y restaurante La Bahía, es decir, del caserón en que habías pasado tu infancia y parte de tu juventud. Fueron lugares de larga mitología, centros neurálgicos, claves de un Santiago desaparecido. Te veo, pues, en la tertulia de Nascimento, en un sector apartado de los compradores comunes y corrientes de libros, especie a la cual yo entonces pertenecía, sumido en una relativa penumbra, con tu vestimenta de tweed, tu perfil aguileño, tu nariz ganchuda, tus movimientos algo bruscos, porque siempre dabas una impresión de impaciencia, de no estar enteramente a gusto en tu piel y en tu paisaje, junto a Luis Durand, narrador criollista, cegatón y gordo, enfermo del Premio Nacional de Literatura que no le daban y no le dieron nunca, a don Pancho Encina, encorvado por la avanzada edad y a quien sí se lo dieron, a pesar de que era historiador y no literato, a Mariano Latorre, con su elegancia donjuanesca del barrio Bellavista, de la antigua Chimba, elegancia de sombreros arrugados, de corbatas de pajarita, a Juanito Uribe Echavarría, quien andaba siempre con bolsillos inflados de papeles, de recortes de diario, de lápices de mina, de gomas, de pequeños objetos indefinidos. Wallace, como digo, se te parecía más, y, desde luego, por el apellido anglosajón. Y en la novela, para más señas, se indicaba desde las primeras páginas que pertenecía a una familia chilena de tres generaciones, oriunda de Valparaíso, y que demostraba esa educación semiinglesa que los chilenos del puerto tratan de imitar, «como el ayuda de cámara imita al amo». Las generaciones de la familia tuya, y de mi padre, por lo demás, hasta remontarse a don Jorge, el antepasado que llegó en un barco inglés y desembarcó de contrabando en Coquimbo, eran tres, y no partieron en Valparaíso sino en La Serena, pero pronto bajaron a radicarse en el puerto. Otro detalle interesante: Pedro Wallace y su amigo Julio Assensi, que en tu novela miraban el río Tajo a la entrada de Lisboa desde la cubierta del buque *Almanzora*, habían especulado con éxito en la Bolsa porteña en acciones de Llallagua y llegaban a Lisboa y a Madrid con las faltriqueras bien provistas. Otro jugador afortunado, en resumidas cuentas, y una confirmación adicional de que no sólo jugabas en casinos, hipódromos, garitos y timbas de todo pelaje, sino también en bolsas de comercio. Era el todo o nada tan tuyo, la fascinación del riesgo, el doblar la plata o irse «pal otro lao», como dice en la novela el Curriquiqui, un joven ladrón de carteras, uno de tus mejores personajes. Por algún misterio que habría que desentrañar, tus personajes más logrados son siempre muy jóvenes y provienen del pueblo llano. Nunca están lejos del bajo fondo, de la prostitución, de la delincuencia, condiciones que se presentan para ellos como un destino y que demuestran ser, en definitiva, ya en la última vuelta del camino, un destino trágico. Esmeraldo, por ejemplo, el protagonista de *La cuna de Esmeraldo*, primera versión de la novela que vendría un poco más tarde y que es quizá tu obra más importante, *El roto*, había nacido en la calle Borja, que bordea la Estación Central por el oriente, en una casa contigua al prostíbulo que llamaban La Gloria, un lugar que tú, por lo que se sabe, a juzgar por los testimonios que tú mismo has entregado, llegaste a conocer bastante bien, donde al parecer te escondiste durante algunos días, a fines de 1910 ó comienzos de 1911, esperando que pasara lo peor del escándalo provocado por *El inútil.*

Pero ahí está el Curriquiqui, parroquiano de la pensión de la Paca, en la vieja calle madrileña de la Aduana, y ahí está Pedro Wallace, el Chinelo, como suelen decirle los demás pensionistas, el señorito oriundo del lejano y exótico puerto de Valparaíso. Aunque Wallace, gracias a una especulación bursátil afortunada, viajaba en buenas condiciones, el objetivo principal y declarado de su viaje era buscar a un hijo que había tenido con una madrileña, Dolores, hacía alrededor de quince años, durante una estancia en España muy anterior. No sabemos si este detalle también es autobiográfico. Existen al respecto indicaciones contradictorias. Tú debes de haber viajado por primera vez a Madrid allá por 1908 ó 1909. Regresaste a Europa en 1912 ó 1913 y seguramente volviste a ir a Madrid por algún tiempo. Siempre escribes de la Puerta del Sol, de la calle de la Montera, de Hortaleza, de Alcalá y la Gran Vía, de un hotel Roma que me parece que todavía existe, del café Colonial, de Fornos, de Lhardy. Incluso hablas con algún conocimiento detallado de la vajilla de plata de Lhardy. Hace poco he ido a comer un cocido madrileño ahí en compañía de amigos, pero, por mi parte, con segunda intención, con la intención alevosa, carroñera, como ha dicho alguien, del novelista, del historiador privado, del cronista. He pensado, por lo demás, que esto de especular en la Bolsa y de gastarse las ganancias en un viaje es lo más chileno que existe. Por lo menos entre las clases que pueden participar en esos juegos peligrosos. Mi abuelo materno contaba historias de éstas y parece que él mismo era un especulador consumado. Se decía que él, metido hasta la nariz en una operación, contemplaba la rueda bursátil desde lejos, desde unos balconcillos de madera de los costados. Le preguntaban si estaba interesado en la operación aquella, noticia del día y de la semana, y contestaba que no, que se limitaba a mirar los sucesos desde el balcón. *Estar en el balcón* pasó a ser una expresión habitual, de sentido ambivalente: estar y hacer como si no se estuviera. Don Federico

Santa María, quien se hizo millonario en Europa a la vuelta de los siglos XIX al XX, se dedicó a especular en la Bolsa de París en acciones azucareras. Mi abuelo, el del balcón, contaba que salían de paseo los fines de semana y que don Federico, llevado por un súbito impulso, en estado de gran nerviosismo, hacía detener el automóvil cuando pasaban frente a plantaciones de betarraga. Bajaba, sacaba los tubérculos de la tierra y les daba furiosos mordiscos para saber si la cosecha de azúcar venía abundante o escasa. Así eran los verdaderos héroes de aquellos años, las grandes leyendas. Después llegó el turno de las revoluciones sociales y los héroes cambiaron. Pero a ti, Joaquín, te tocó algo de aquella atmósfera anterior, o más de algo, y le diste otro rumbo: lo llevaste a la literatura y, de algún modo, a través de eso, del arte de la palabra, ¡ojo, escritores bisoños!, a la autodestrucción. Pero no podemos negar que el proceso tuvo momentos de gloria, además de los inevitables días de miseria. París, dijo Rubén Darío, citando al poeta Paul Verlaine, *ville de la gloire et de la merde!* En castellano, la gloria y, más que la miseria, ¡la mismísima mierda!

Pero tu personaje, Pedro Wallace, probable conocedor de París, pertenece de lleno, a diferencia de Pedro Plaza, al mundo de Madrid. Al llegar hace algo extraño: toma una habitación en el Hotel Roma, dirección que da en la Legación de Chile y donde recibe correspondencia, invitaciones, mensajes, pero se instala a vivir en la pensión de doña Paca en la calle de la Aduana, a no mucha distancia de su residencia oficial. Doña Paca era pariente de su amigo Julio Assensi, quien, a diferencia de Wallace, siente vergüenza del lugar y de su familia española y opta por fijar su residencia en el elegante Hotel Palace, el mismo Palace de ahora. He recorrido hace poco la calle de la Aduana en busca de huellas tuyas y de tu novela, pero la verdad es que no queda casi nada. Quizá algunas casas estrechas, altas, de piedra gris, con balcones de hierro forjado. La casa regentada por la Pelos, situada al frente de la pensión de doña Paca, aunque un poco más abajo, y ocupada por gente de vida nocturna, entre ella por la que llamaban

Guarri —Guarri, podría ser uno de los edificios estrechos, de interiores negros, que todavía existen. Pero los niños que juegan en la calle, los puestos de gomas, de vino, de verduras, las mujeres jamonas que miran el espectáculo desde los umbrales, sentadas a veces en una silla de paja, y las chicas y mujeronas de escotes generosos y de caras pintarrajeadas que empiezan a circular en los atardeceres, desaparecieron hace rato. Lo que ocurre es que toda el ala norte de la calle está ocupada ahora por los muros anodinos, impersonales, de una institución pública. El movimiento de mujeres de la calle, de tiendas de gomas, de cuchitriles de todo orden, de establecimientos especializados en tatuajes, de puticlubes, como se dice con notable propiedad en el Madrid de hoy, se ha desplazado hacia calles cercanas. Y con un elemento seguramente moderno: las mujeres, gordas, flacas, jóvenes, viejas, a veces requete viejas, feas, feísimas, o bonitas, y hasta muy bonitas, salen a practicar su profesión, a ofrecerse, no sólo en horas de la tarde, sino desde las diez de la mañana, sobre todo en días de trabajo, e incluso desde antes, de manera que un oficinista puede salir, escoger una, meterse a uno de los hoteles de las calles más escondidas, echarse un polvo, digamos, de unos diez minutos, pagando una suma enteramente razonable, y regresar tan fresco y tan campante a su despacho. A ti, que tenías otra noción del tiempo, aparte del romanticismo de la noche, de la farra, esto te habría provocado una de tus iras proverbiales. Solías identificarte con los personajes de Eça de Queiros, con el Primo Basilio, con Fradique Mendes, pero tenías algo, más de algo, de don Quijote de la Mancha. Eras, en algunos aspectos, un Quijote degradado, venido a menos. ¿No te habías dado cuenta?

Pedro Wallace, tu alter ego, tuvo relaciones intensas, apasionadas, de afecto o de distancia, de cuasi amor o de franca antipatía, con todos los personajes de la pensión de doña Paca: con la dueña, a quien las mantecas se le cerraban y le quitaban la respiración, con su amante infiel, Mandujano, con Carmencita, la hija, con el Curriquiqui, con el cura burócrata, prevaricador, de repugnantes escupitajos, y hasta con

Angustias, la criada, locamente enamorada del carterista. En una de ésas, el Curriquiqui le roba la cartera a un capitán de ejército y la policía de investigaciones, comandada por un tal Barbas, lo sabe muy pronto. El Curriquiqui, sin dudarlo en ningún momento, decide jugarse el dinero. Si lo dobla, le devuelve la parte robada al Barbas, quien hará la vista gorda. Si lo pierde...

—Yo no iré a La Moncloa, Angustias —dice—. Yo no iré, rica. No. Yo doblo el dinero esta noche o al Viaducto. ¿Oyes? Al Viaducto.

La Moncloa de que habla el Curriquiqui no es el actual palacio de los presidentes del gobierno: es una conocida cárcel de la época. En otras páginas, por razones que desconozco, la novela se refiere a «la Inclusa». Pues bien, el Curriquiqui fue a jugarse el dinero robado a El Asturiano, uno de los sesenta y tantos garitos que rodeaban la Puerta del Sol, es decir, en el mismo barrio y las mismas calles donde se encontraba la pensión de doña Paca, y ganó la suma, considerable en aquella época, de doce mil pesetas. Con esa ganancia consiguió una postergación: hizo que el muro negro, el de la noche, el de la nada, retrocediera algunos metros. No consiguió hacerlo desaparecer. El muro continuaría en el horizonte, si no a corto plazo, a mediano o a largo. Se produjo en ese momento, cuando el Curriquiqui contaba, eufórico, sus billetes, un revoloteo anormal en la calle. Se escucharon gritos, carreras, llamados. Todos, desde todas las casas y todos los rincones, corrieron, entonces, a la cercana Puerta del Sol.

Corrieron, corrimos, todo el mundo corre. La pensión de la Paca se queda vacía, porque hasta la Angustias, la criada, la chica enamorada como loca del carterista, corre a todo lo que le dan las robustas piernas por el medio de la calle de la Aduana y encuentra en Sol un enorme gentío. Entre Arenal y Alcalá, el espacio está acordonado, despejado, y la gente se empina, hace toda clase de comentarios, se ríe a carcajadas, grita, aplaude. Pasa un guardia civil de gala, de guantes blancos, en un hermoso caballo que caracolea. Después pasan unas hileras de ciclistas. Aparece por fin un automóvil «de la realeza» lleno de «lindos lacayos contentos». La novela sostiene que nadie en Europa supera a España en cuanto a lacayos barnizados y nodrizas repolludas. Nadie, y esta idea de los lacayos barnizados no me parece mala. El auto tiene las ruedas blanqueadas «como zapatos de verano» y dentro va una vieja gorda, muy atenta al público.

—¡La Chata! —gritan todos, y sobre todo las mujeres—: ¡La Chata!

¿Quién sería la Chata? Supongo que cualquier historiador lo sabe. La Chata, en los tiempos de Valle Inclán, de Raquel Meller, del pintor Zuloaga, de Joselito. Después aparece un automóvil todavía más grande, a más alta velocidad, y desde adentro saluda para todos lados un hombre delgado, elegante, enfundado en una levita inglesa.

—¡El Rey! —gritan todos—, ¡el Rey!

Y luego hace su aparición una fila de carrozas doradas guiadas por cocheros de pelucas blancas. Los que van adentro, de chaqué y colero, sentados en asientos mullidos, deben de ser los ministros. Una vieja «con cara de hambres», las hambres atrasadas, supongo, de las que todavía se solía hablar en el Chile de mi infancia, dice gravemente:

—¡Hala, ricos, a chupar del bote!

¡Qué expresión más buena, digo yo, qué graciosa, qué bien colocado ese «ricos»! La cámara retrocede, lenta, y cae la sombra sobre la Puerta del Sol, sobre la vecina calle de la Aduana. Las mujeres de la noche comienzan a salir a los umbrales y a caminar, con sus escotes opulentos, sus muslos en exhibición, sus labios pintarrajeados, entre niños sonámbulos que juegan a la pelota. Se ha dicho en algún lado, en alguna página, que Pedro Wallace tenía el *esprit de l'escalier*, el espíritu de la escalera, lo cual consiste en tener ocurrencias con retardo, en descubrir el mejor argumento cuando la discusión ha terminado y ya se bajan las gradas de la escalera que conduce a la puerta de calle. Yo también lo tengo, y tú probablemente también lo tenías: por eso lo colocabas en tus personajes, en tus autorretratos a medias. Pedro Plaza, por ejemplo, descubre de repente, tarde, y se da una palmada en la frente, porque el descubrimiento le aclara toda una situación, que Bascuñán, el siniestro, su enemigo jurado del *Club des Meridionneaux*, era informante de la policía. ¡Cómo no se me había ocurrido antes!, parece decir con esa palmada, y yo descubro, ahora, y entiendo muchas cosas a partir de aquí, que el Curriquiqui, el joven ladrón de carteras, es otro alter ego tuyo, otro de tus autorretratos parciales. Porque esa idea de doblar la plata o de tirarse desde el Viaducto, desde algún Viaducto, digamos, siempre fue tuya: esa necesidad de hacer retroceder el muro negro, y de hacerlo a base de golpes de audacia. El Curriquiqui eras tú en tus espacios de riesgo más extremos: el juego, el toreo, ya que una carta mala, cuando tenías todo tu dinero colocado encima del tapete verde, era equivalente a una cornada, ¿el hampa? ¿Cuál era tu relación con el hampa, aparte de contemplarlo con extraña fascinación, como lo demuestra tu construcción del personaje del Curriquiqui? ¿Acaso practicamos aquí aquello que los teóricos llaman deconstrucción? Es probable que en el capítulo que sigue consigamos vislumbrar algo más de este delicado asunto. Al fin y al cabo, Pedrín, el Azafrán, el hijo que buscaba Pedro Wallace por todo el Madrid popular, también es una invención, una proyección tuya. Vamos, entonces, con calma, sin arrebatarnos, caminando por el Madrid de Zuloaga, del Curriquiqui, de la Chata, de Raquel Meller, de Valle Inclán y de Gómez de la Serna, los dos Ramones. Tú, Joaquín, tío, no menos personaje histórico que ellos, por el medio, con tus movimientos bruscos y tus sombreritos de paño inglés, excitado hasta la locura, hasta la muerte, por las madrileñas de caderas anchas, de culos excesivos, pero bien formados: las jóvenes tenderas, las verduleras chillonas, las vendedoras de boletos de lotería. Las inefables vendedoras de grandes traseros, de muslos monumentales, y que adquirían de pronto las dimensiones mágicas de la Sibila de Cumas. Porque también, guapo, jugarías a las loterías callejeras de finales de año y harías cábalas, creerías en números predestinados, te gastarías la plata del premio gordo con la imaginación, ¡qué duda cabe!

XVIII

Joaquín, mi tío Joaquín, el personaje de carne y hueso, se conectaba por un lado, como vemos, con el gran mundo; por otro, con mundos oscuros y hasta siniestros: garitos clandestinos, prostíbulos, lugares de mala muerte. Nunca mejor dicho que esto de los lugares de mala muerte. La Paca de su novela de Madrid, la pobre Paca, enamorada como loca de su Mandujano, algo así como un empresario de algo, un intermediario, figura más bien borrosa, y herida por el desamor, por la infidelidad, murió de su obesidad, de arritmia cardiaca, de una progresiva parálisis. Según la expresión del vecindario de la calle de la Aduana, se le cerraron las mantecas. No podía sobrevivir de tanta manteca, de tanta grasa, de tanto amor contrariado. Agonizó entre ventosidades repugnantes, pero que sus vecinas, la Guarri-Guarri, la Pelos, las otras, recibieron en forma compasiva, con verdadera y poco frecuente simpatía humana. Llegó el viático, precedido por un monaguillo que tocaba las campanillas, por otro que portaba una cruz alta, de manos del cura de la pensión, el de los escupitajos en forma de palpitantes ostras que aplastaba con la suela de los zapatones, y toda la calle guardó silencio, se persignó, se hincó en las veredas y en los umbrales. Joaquín no podía escribir sobre España sin dejar constancia en cada página, y esto en las diferentes épocas de su vida, de algo que él veía como prueba irrefutable de nobleza, de humanidad fuerte, conmovedora y conmovida. Estaba siempre impresionado por la generosidad popular, por la gracia, la imprevisión, el arrebato. La solicitud, la sincera, no fingida solidaridad de las vecinas frente a la Paca moribunda, el revoloteo que se produce alrededor de la muerte, en las páginas centrales de *El chileno en Madrid,* es de lo mejor de toda su obra. Como me dijo el joven escritor pálido, melenudo, tartamudo, el que llegó a visitarme un día cualquiera a mi casa de Santiago, el miembro de la generación novísima, la incorrección de Joaquín, su ingenuidad, su descuido, incluso su desdén, tenían un lado grande. Murió, pues, la Paca, en mal olor y en ternura colectiva, y Pedro Wallace, el alter ego de Joaquín, se fue a vivir con Carmencita, hija única de la Paca, en el cercano Hotel Roma. Me imagino el Hotel Roma como el actual Hotel de París que se encuentra en la esquina de Alcalá y Sol. Ahora bien, en la novela hay una cadena más o menos complicada de amores no correspondidos. La Paca estaba enamorada de Mandujano; el Curriquiqui, de Carmencita; Carmencita, en silencio, de Pedro Wallace, y Angustias, la criada, la más enamorada de toda la pensión, del Curriquiqui. Pedro Wallace, entonces, se lleva a Carmencita al Hotel Roma, pero, cosa un tanto extraña, aunque al novelista no parece llamarle la atención, no la toca nunca y duermen en habitaciones separadas. La discreta Carmencita, entretanto, simpática, guapa, buena chica, quizá demasiado parecida a su madre, lo cual anuncia un porvenir más bien negro, un porvenir de abundantes mantecas, suspira de amor no correspondido, de frustración. Pedro Wallace, en cambio, personaje que de cuando en cuando nos irrita, nos provoca deseos locos de tirar el libro por la ventana, está obsesionado por la búsqueda de la mujer con la que tuvo un hijo en una etapa madrileña pasada. Las páginas finales dedicadas a Pedro Wallace están lejos de convencerme. Prefiero, aunque sea paradójico, a los personajes que no salen de la confesión directa sino de la observación del Madrid popular. Pero son, estas páginas últimas de Wallace, reveladoras de la mirada que dirigía Joaquín sobre los estratos oscuros de la sociedad, sobre sus fracasos, sus vicios, sus lacras. La vocación literaria, cuando Joaquín, de treinta y tantos años, en la cercanía de los cuarenta, ya había quemado muchas de sus naves, empezaba a mostrar su faceta peligrosa. Quedaba a la vista que era, más que una profesión, incluso más que una vocación, un destino, y un destino, en último término, oscuro. El coro le advertía, ¿dónde estaba el coro, quiénes lo formaban?, que iba por mal camino, que si seguía por donde iba llegaría al más completo desastre. Pero él, tan lúcido en tantas cosas, en alguna medida vidente, profeta, estaba al mismo tiempo ciego y sordo. Era un profeta desarmado, desatento, lleno de ingenuidades absurdas. Y creía, en el fondo, en forma absurdamente supersticiosa, en su buena estrella, una buena estrella que también terminó por abandonarlo. Pues bien, la Angustias de la novela, que había escondido al Curriquiqui en algún rincón de Madrid, ya que de nuevo lo perseguía la policía, le dijo a Carmencita que el muchacho, el ladrón callejero, sabía dónde estaba Pedrín, apodado el Azafrán, el hijo de Pedro. Carmencita se lo dijo a Pedro, por lealtad, por honradez, a sabiendas de que podía perderlo, y Pedro corrió por calles, por plazoletas de extramuros, por barrios miserables, hasta llegar a una calleja empinada y que tenía una linterna roja en la esquina. La calle, según la novela, se llamaba Miguel Servet. Pedro tocó en el número anotado por Carmencita en una hoja de papel y le abrió una portera gallega.

—¿Qué quiere, mi emperador?

La pregunta de la gallega, que Pedro recibió de mala manera, diciendo que no estaba para bromas, ya nos coloca en ambiente. La gallega lo hace subir a una habitación del fondo de un corredor, estrecha, mísera, y ahí, arrinconado, acosado, se encuentra el sujeto que busca. Después de algunos preámbulos, el Curriquiqui pide cien duros por decirle a Pedro el paradero de su hijo. Pedro saca los billetes, rabioso, y los tira encima de una mesa. El Curriquiqui, entonces, ya sin rodeos mayores, con desenvoltura, con expresión cínica, le dice lo que sigue al *chinelo*:

—Su hijo, para que usted lo vaya sabiendo, tiene el mismo oficio que yo, y saldrá mañana en la rueda de presos del Depósito de la calle de la Encomienda.

Pedro da un grito, ¡eres un canalla!, y se le va encima. Lo sujeta por los brazos antes de que el otro pueda sacar su navaja.

—¿Por qué me odias? —le pregunta.

Y el otro le contesta: porque le ha *quitao* lo que más quería, la mujer que amaba por encima de todas las cosas. ¡Carmencita! Quien tampoco se irá con él, le dice, contigo, porque lo sabe todo, y está harta de señoritos, de granujas.

—¿Yo granuja? Repite, ¡cochino, miserable, pelanas!

La pelea continúa, cada vez más encarnizada, más rabiosa, y en un momento determinado el Curriquiqui, a quien la gallega de la planta baja conocía como el Curro, consigue zafarse de los brazos de Pedro y saca su navaja filuda, cuyo acero brilla en la estancia mal iluminada. Aquí aparece una curiosa costumbre de los antiguos pijes chilenos, muy notoria, sobre todo, en los de Valparaíso. Pedro había estudiado boxeo en su juventud porteña. Alvaro Guevara, pije del mismo ambiente social, pero artista, amigo de Joaquín y de Pablo Neruda, extraña mezcla de gigantón de América del Sur, pintor de vanguardia y homosexual, conocido más tarde en la ciudad de Londres, donde fue a recalar, como Chile Guevara, llegó a ser campeón de algunos barrios del puerto y siguió sus prácticas de boxeo en Inglaterra. Pedro, el personaje novelesco, con la misma escuela, con elementos que Joaquín sacaba de su memoria juvenil, le lanza dos golpes recios al Curriquiqui: un *cross* y un *uppercut*. En el boxeo del barrio del Almendral, el de los señoritos, muchos de ellos de ascendencia inglesa, escocesa, escandinava, los golpes clásicos se designaban con los términos originales utilizados en las famosas reglas del marqués de Queensbury. No podía ser de otro modo. Se sabe que Alvaro Guevara, por ejemplo, Chile Guevara, llegó a practicar boxeo en Londres con su amigo el poeta Ezra Pound, pero esto ya nos lleva a otra parte. Pedro Wallace tiró al suelo al Curriquiqui con su *cross* y su *uppercut* bien ajustados, recogió los billetes que había dejado encima de la mesa y salió a la carrera, en medio de chillidos y gritos de alarma. Tomó un coche y le ordenó que siguiera a la calle de la Encomienda. Pasaron por la Plaza del Progreso y la calle del Mesón de Paredes. En el fondo de la calle de la Encomienda, en la sombra, se divisaba el fanal de la policía. Wallace se identificó por medio de su pasaporte chileno y contó la historia. El comisario, después de escucharlo con atención, le dijo que el chico *prometía,* y otro, un guardia, sin que nadie le hubiera pedido la opinión suya, agregó que era *de pronóstico.* Pedro salió con su hijo, que tendría, suponemos, entre 15 y 16 años, y se dirigió al lugar donde vivía Dolores, la mamá. Mientras caminaban le pasaba un brazo por el hombro, le acariciaba la cabeza, pensaba en qué ropa le compraría al día siguiente. Joaquín tenía una evidente preocupación por la ropa, por las apariencias, por los buenos paños y los buenos cortes. Por eso Pedro Wallace, de todas sus invenciones, es el que tiene detalles más parecidos a él. No hay duda de que los señoritos de Valparaíso, los asiduos a los mesones del Bar Inglés, los que especulaban en la Bolsa porteña, estaban siempre atentos a la raya de los pantalones, a los sombreros, a las lujuriosas corbatas. Pero en la caminata de Pedro Wallace con su hijo recién reencontrado y rescatado de la cárcel hay otro elemento. Joaquín habló más de una vez de su envidia por los niños del pueblo, los que caminaban con sus padres por las orillas del río Mapocho, entre los desechos, las piedras, el barro, y que durante la caminata recibían caricias en las cabezas mal rapadas. El padre suyo, el severo don Joaquín, el que hacía taconear sus botas a las siete y media de la madrugada, nunca había tenido un gesto ni siquiera parecido. Probablemente pensaba que la ternura con los niños, las excesivas manifestaciones de afecto, eran malos sistemas educativos, actitudes que deformaban en vez de formar, que debilitaban el carácter. Ya he contado en otra parte que en los veladores y las mesas de la casa de mi abuelo paterno, hermano menor de don Joaquín y tío carnal del novelista, había dos libros: uno se llamaba *El carácter* y el otro *El ahorro,* ambos escritos por un tal Samuel Smiles y editados en ediciones de tapa dura, es decir, para que duraran y enseñaran a las generaciones futuras. Las caricias en la nuca, por consiguiente, eran miradas en aquellas casas como malos hábitos populares, costumbres de rotos y de indios, para emplear sin pudor el lenguaje que usaban ellos, los señorones chilenos de antaño. Mi abuelo, por lo menos, tenía el don de la discreción. Era bastante moreno, de aspecto mediterráneo, fenómeno que solía darse entre los Edwards Garriga, como hace notar Joaquín en alguna de sus crónicas, y en medio de la familia de mujeres gritonas, de origen vasco, en la que le había tocado vivir por matrimonio, había optado por cerrar la boca, por dejar que los vendavales y los chaparrones de gritos y de ruido pasaran. También escuché en mi infancia el taconeo de sus botas en horas altas, en amaneceres de niebla en la región de la Rinconada de Cato, en la confluencia de los ríos Cato y Ñuble, hacia el interior de Chillán, y me sorprendió y quizá me contagió su reserva, su falta de expansiones. Se subía en su caballo, de manta y sombrero campesino, de cara adusta, de mirada inexpresiva, y partía hacia el sur, hacia los potreros de más abajo, hacia los trigales donde se preparaban las trillas a yegua.

Volviendo a Pedro Wallace y Pedrín, a las páginas finales de *El chileno en Madrid*, vemos que llegan al cuarto miserable donde vive Dolores, el antiguo amor de Pedro, la madre de su hijo. Hay un viejo tuerto que lee el diario *Informaciones* en voz baja. El final de la novela hace notar que Dolores ya no es la obrera joven, simpática, frescachona, que Pedro encontró en sus andanzas de hace alrededor de quince años (allá por 1912 ó 1913, un poco antes de París, de Chiffon, de Vichy, del encuentro de Pedro Plaza con Lisette, de esas cosas). Su cara avejentada le hace ver a Pedro Wallace que Dolores ya entró en contacto con «la sucia tramoya de la vida». Así dice el texto, y uno llega a sospechar que el viejo tuerto que leía *Informaciones* era su amante y protector. Se supone que en las novelas nada sucede fuera de la novela, pero da la impresión de que esto, esta relación del viejo con la madre soltera, sí sucede. Dolores está sentada en una silla baja, dedicada a la costura. Se da vuelta, reconoce a Pedro, da un grito, pasa de un color rojo intenso a un blanco parecido al papel, y es necesario darle agua para que vuelva en sí. Pedro, quien a menudo me da la impresión de un aturdido y hasta de un tontorrón, se la lleva con su hijo al imprescindible Hotel Roma. Esperemos que haya conseguido evitar el encuentro con Carmencita. Después arrienda una casa en alguna parte y toda la familia se instala: Pedro Wallace, Pedrín, su hijo, alias el Azafrán, y Dolores, personaje mucho más borroso, menos dibujado, que la Paca, Angustias o Carmencita. Carmencita, entretanto, pobre, despechada, con menos recursos que su madre, la Paca, desaparece. No podríamos dar un centavo, o un duro, por la suerte de la tierna y vulnerable Carmencita.

A partir de aquí, Pedro Wallace empieza también a desdibujarse. Cuesta mucho imaginarlo en su nueva casa, en su modesto hogar recuperado, haciendo vida de padre de familia. Los personajes de Joaquín pueden ser cuchilleros, tahures, delincuentes. Pueden subir a los palacios, como Dueñitas o Cuevitas, metamorfoseados en marqueses de cualquier cosa, o pasarse semanas en burdeles miserables, pero lo que se llama medianos, modestos, no lo son nunca. Cuando son modestos, o cuando el autor pretende, más bien, que lo sean, se destiñen en pocas líneas, se convierten en humo. La cámara retrocede y muestra tertulias literarias del Madrid de los años veinte, reuniones de Pedro Wallace con los intelectuales sudacas de aquel entonces, sudacas antes del nombre, que nunca faltaban, y que aspiraban a colocarse en el puesto que había dejado Rubén Darío, o en la vacante de Vargas Vila. Si la novela continuara, Pedro tendría que escapar de nuevo. Mandaría a Pedrín con alguna criada a comprar al almacén y se tomaría un taxi a la Estación de Atocha, para después embarcarse en Cádiz o en algún otro puerto del Mediterráneo. Vería con melancolía la cabeza de su hijo mientras doblaba la esquina y lo abandonaría por segunda vez, junto con su madre, deteriorada por la edad, por aquello que él ha llamado sucia tramoya. Ahora el abandono sería definitivo, sin vuelta. Pero entrar en esta historia habría implicado admitir que el personaje era un frívolo, peor que un frívolo, una mala persona, no exactamente un monstruo, pero hasta cierto punto un monstruete. Mejor, entonces, que la cámara retrocediera y se fuera por la tangente, que hablara de la historia de una iglesia del siglo XVII. Porque de repente nos encontramos con este pegote, con este añadido innecesario. Tenía, la susodicha iglesia, una capilla tan antigua, anterior al resto del edificio, que ya durante el reinado de don Pedro de Castilla, el Justiciero (llamado por otros el Cruel), era muy visitada por los fieles. Debajo de la capilla había una célebre bóveda donde años atrás los fieles se disciplinaban, sobre todo en las noches de cuaresma.

Y nada más. Pedro, entretanto, en su casa de un barrio apartado, acariciaba la cabeza de Pedrín y se comía las uñas, mientras Dolores, que había dejado de ser frescachona y alegre, tejía calceta. No sabemos si Pedrín, el Azafrán, dejó de jugar a la lotería callejera, es decir, de robar carteras a los transeúntes. Y se supone que Pedro Wallace dejó de frecuentar los sesenta y tantos garitos que rodeaban la Puerta del Sol. Pero no cabe duda de que tú, el responsable del invento, te lavaste las manos. Pusiste el punto final y escapaste más que ligero. ¡A Chile los boletos! Pronto desembarcabas una vez más en el puerto de Valparaíso, que te provocaba palpitaciones dolorosas, que te hacía pensar en una fila de caballeros graves, de tongo, que miraban tus zapatos llenos de tierra, tus malas costumbres, tus amistades dudosas, con caras de profundo reproche. Volviste a tener una cinta roja de antibalmacedista amarrada al brazo. Tratabas de sacártela de encima, pero no podías. Era como una marca a fuego. Te marcaron a fuego en tu infancia más remota, en la desembocadura de la calle del Teatro, cerca de las raíces salidas de un enorme jacarandá, al lado de un par de leones victorianos. Y luchaste como un loco para liberarte, y en alguna medida lo conseguiste, pero siempre a medias, y a costa de tu vida misma.

XIX

Hacia el final de la primera guerra, en 1918, publicaste un libro en la *Librairie P. Rosier*, en la rue de Richelieu número 26, París. Acababas de librarte jabonado del regimiento de zuavos, el de Saint Dénis, desde donde te habrían mandado como carne de cañón al frente, pero eras, por lo visto, difícil de corregir. Tu enfermedad de París, de la «cara Lutecia» de Rubén Darío, tu «parisitis», como tú mismo la habías bautizado, era superior a tus fuerzas. Era un abismo mental, una pasión abisal, un vértigo. Quizá porque no podías con lo chileno, con aquello que llaman *chilenidad*, con todo ese conjunto en el fondo peligroso, temible. Temible entonces y temible ahora. Tu libro, *La cuna de Esmeraldo*, era una mezcla curiosa de ensayo y de novela. Se presentaba como preludio de una novela chilena. No es mala idea esto de escribir preludios y no entrar en materia nunca. En el largo estudio preliminar o preludio, fustigabas a tus paisanos por medio de una escritura vibrante, acerba, de tonos satíricos y hasta morales. Si trato de analizar ahora tu crítica, su sentido esencial, y de analizarlos dentro de su contexto, en su circunstancia histórica, encuentro una interesante contradicción. Decías que los chilenos de tu tiempo eran todos abogados, tinterillos, aspirantes a literatos, politiqueros o políticos sin escrúpulos. Eran oradores vacíos, parlamentarios demagogos, figurones variopintos, y hablabas por ahí de la América declamadora. No estabas lejos de la idea de Pío Baroja del *Continente tonto*. En ese Chile tuyo, nadie sabía producir nada, construir nada, perseverar en nada. No eras el único en decirlo, desde luego, muchos otros también dijeron, en resumidas cuentas, lo mismo, pero eras, quizá, el más apasionado, el más virulento. Demostrabas una notoria sensibilidad frente a la llamada «cuestión social», y muchos sintieron que tu crítica venía de la izquierda del espectro político y hasta de la extrema izquierda. Con una mirada menos provinciana, más contemporánea, se podría sostener que hacías la crítica liberal de una sociedad atrasada, preindustrial, corrompida. No lo contabas en el ensayo, pero en tus primeras crónicas, que ya habías empezado a publicar en la prensa santiaguina, te gustaba recordar que tu abuelo, ingeniero de profesión, había inventado sistemas para fundir el cobre en hornos de carbón. Los hornos de leña que se usaban antes del invento habían arrasado con las reservas forestales de los valles del norte, los habían dejado pelados, yermos, desertizados, ya en la segunda mitad del siglo XIX. Por eso tu abuelo, mi bisabuelo, con su invento a cuestas, por decirlo de algún modo, se había instalado con toda la familia en una mansión en Lirquén, cerca de las grandes minas de carbón que penetraban por debajo del mar, en la región de los piques legendarios de Lota, los de *Subterra*, los de Baldomero Lillo. En buenas cuentas, fustigabas a los politicastros inútiles, que no sabían otra cosa que hablar, pero en lo mejor de tu discurso te salía una secreta y ferviente admiración por los capitanes de industria y hasta por los financistas que movían los hilos de los grandes negocios. ¿Por qué te dedicabas, entonces, a jugar en casinos, en garitos, en hipódromos, y a escribir textos más o menos estrambóticos? ¿Por frivolidad, por desencanto, porque no sabías o no podías hacer otra cosa? Te inscribías con furor y con una especie de ostentación entre los inútiles, pero una parte de tu corazón reivindicaba a los útiles, a los industriosos, a los protagonistas de una aventura muy diferente de la tuya. Eras, Joaquín, y no podemos negarlo, una contradicción viviente.

Por aquellos días conociste en París a un rumano divertido, ingenioso, más o menos delirante, hombre de cultura literaria y de claro talento, que usaba chalecos negros y sombreros hongos y que se llamaba Tristán Tzara. Después de unas cuantas conversaciones e intercambios de poemas, Tzara te proclamó presidente Dadá en la proclamación universal de presidentes del Salón de los Independientes, ceremonia, por llamarla de algún modo, acaecida en París en 1919. Escribiste una prosa, un par de páginas gaseosas, en las que comenzabas: «El primer paso firme que dio el dadaísmo en el mundo fue en 1919, cuando nuestro jefe Tristán Tzara dijo: *Señores: Dadá no significa nada*. Desde ese día, agregaste, el dadaísmo ha seguido progresando».

Es decir, confesabas en crónicas más o menos escondidas tu admiración por los chilenos industriosos de origen británico, despreciabas a los criollos farsantes, palabreros, coimeros, pero te dedicabas, de hecho, en tus horas útiles, a producir burbujas. Como decía uno de tus amigos franceses, transformado más tarde en clásico del idioma, *borborigmos*. Era un movimiento agitado, juvenil, febril, que te divertía mucho, que lo ponía todo en solfa, que no respetaba nada, pero te habías tragado en algún momento, escuchando las lecciones de tu padre, o en las aulas del Liceo de Valparaíso, un espíritu censor, una reserva, una moralina, lo cual te conducía a observar todos estos devaneos con una curiosa mezcla de compromiso y de distancia, en un desdoblamiento que siempre fue muy tuyo, algo bastante parecido a una esquizofrenia. El joven poeta Vicente Huidobro, por ejemplo, con su chisporroteo permanente, con su agitación, con sus frases tremebundas, con la leva de genios incomprendidos que citaba a cada rato, nunca te infundió verdadero respeto. Ni siquiera simpatía. Era parecido a ti en algún sentido, pero a la vez muy diferente, en cierto modo tu reverso, tu antípoda. «Vicente G. H., escribiste en una carta privada de marzo de 1917, espiritista, socialista, admirador de Nerón, D'Annunzio, futurista, simultaneísta, anarquista, gastrónomo, regalón, bohemio, millonario, etcétera, etcétera...». Y en la misma carta, dos o tres líneas más abajo: «Creerse todas estas cosas no es nada: lo malo es decirlas a gritos con un vozarrón de novillo que han quitado a la mamá...». Era tu pluma más auténtica, tu estupenda mala leche en funciones. De todos modos, Vicente, el novillo, el recién destetado, te invitó en esos meses a una cena en su departamento de la calle Victor Massé, en Montmartre. Él dice por ahí, en una carta escrita con encono, que nunca te invitó, que te presentaste de improviso, sin anuncio previo, hacia las doce de la noche. Vaya uno a saber. Me atengo, al menos por ahora, a la versión tuya. Huidobro debe de haber estado esa noche en compañía de Manuela Portales, su primera mujer. En la cena, contaste, había un hombre grueso, de mediana estatura, forrado en la cabeza con un vendaje blanco que parecía un escudo, un emblema, un casco de semidiós antiguo, acompañado de una señora también gruesa, frondosa, bien formada, de piel blanca, de perlas en el generoso escote. Era un poeta francés de origen polaco, húngaro, ruso, no captaste muy bien, cuyo nombre de pluma era Guillermo Apollinaire y que había escrito un hermoso poema a una bella pelirroja, a una bonita colorina, como diríamos nosotros, además de una canción al puente Mirabeau y de otros versos admirables, donde hablaba, por ejemplo, de los *bellos obuses parecidos a las mimosas en flor*. Pensaste que estaba muy bien, estupendo, que era un encuentro memorable, pero sentiste, quizá por qué, por huasería, por nostalgia, por tu constante inadaptación, por ese nerviosismo que nunca te abandonaba, unos deseos furiosos de escapar. Poco después, en una cena de la Place Blanche, entre cascadas de champagne, celebrando una fenomenal acertada tuya en la mesa de bacará de los *Meridionneaux*, el club que funcionaba de nuevo a todo trapo, conseguiste que Tristán Tzara, el prestidigitador rumano, te nombrara Encargado de Negocios Dadá en Valparaíso. Leíste algunos poemas en medio de aplausos, anunciaste tu próxima obra, *Five O'Clock Te Deum*, y te despediste de tus regocijados amigos, de las aceleradas vanguardias, de los futuristas magnéticos, de todo ese mundo. Una semana después te asomabas en Madrid a la calle de la Aduana, a Hortaleza, a la Puerta del Sol, y comías un cocido en Lhardy. En tu novela de Madrid cuentas que a Pedro Wallace, la ficción que más se te acerca, lo llamaban el *chinelo* en la pensión donde residía, y en las páginas finales de *La cuna de Esmeraldo* dices que a ti en Madrid te llamaban *chinelo*. Ya ves, leerte es un ejercicio de investigación, es como internarse en sistemas de correspondencias, en una búsqueda de indicios. Y a fines de ese año o a comienzos del siguiente tomabas un barco en Cádiz rumbo a Chile. Parece que habías conocido a Ángeles, la granadina, la que después sería tu esposa legítima y la madre de tus hijos, en esa pasada por España, y la habías convencido de que te siguiera. No sabemos con qué argumentos. Yo diría que eras excesivo, indiscreto, que tendías a la confesión general en novelas, ensayos, artículos, además de cartas, abundantes cartas, sin excluir papeles, recados, anotaciones de todo orden, dedicatorias que se comían páginas enteras, pero que en tu vida personal guardabas una reserva sorprendente. En esto, a lo mejor, eras gringo, parecido a tu padre y a mi discreto, silencioso, abuelo paterno, el concho de la familia. Pero no puedo decir mucho. No me quiero internar en terrenos que no domino a fondo. Parece que mi abuelo, en su agonía, se olvidó de toda su británica y hasta exagerada reserva: se lanzó a hablar con gran desenfado, con exclamaciones lujuriosas, de mujeres de vida licenciosa a quienes había conocido en París. Según algunas malas lenguas, lenguas insidiosas y cercanas, ¡pedía que le llevaran a su lecho de muerte a una puta de París en pelotas! Pero esto no me consta, y a estas alturas prefiero evitar que la familia me excomulgue. Pepe Donoso fue amenazado de excomunión, en sus años finales, en circunstancias parecidas, y no le quedó más alternativa que agachar la cabeza, como Galileo Galilei.

—¿Por qué? —le pregunté.

—Porque no puedo —dijo, y le hallé bastante razón. Y ya no recuerdo si agregó, también como Galileo, *e puor si muove.*

A todo esto, llegaste a Valparaíso, y no sé, no sabría decir si esta llegada coincide con la del capítulo anterior, ya que viste el anfiteatro de los cerros desde la cubierta de un barco tantas veces, y seguiste por ferrocarril a Santiago armado de dos o tres baúles, con buenos sombreros, magníficas corbatas, colleras, calcetines no vistos en nuestra desolada geografía, y con bastantes ejemplares del libro de 1918. No había sucedido nada con ese libro, menos que nada, y decidiste volver a escribirlo, golpear de nuevo, partir de cero otra vez, en una actitud muy tuya. Como cuando perdías en la mano del público, apostando contra un banquero coriáceo, y doblabas tu apuesta. O ganabas, y con mayor razón te doblabas. Apareciste, pues, en el escenario nacional, el de siempre, con baúles, con ideas, con poco dinero, y te fuiste a vivir a casa de la familia. No sé, no he podido saber si tu madre viuda residía todavía en Monjitas, en el caserón donde se instalaría más tarde el bar y restaurante La Bahía, o si ya se había trasladado a los terrenos, lejanos en aquellos años, campestres, ocupados por una que otra lechería, por potreros de crianza de caballos, por maitenes, boldos y araucarias, por tupidos contrafuertes de zarzamora, por colonias de conejos, de Montolín.

Llegaste y te pusiste a escribir con furia singular, tirando las hojas borroneadas a las tablas del piso, de acuerdo con tu costumbre. No te fuiste al Hotel Oddó ni a ningún otro porque tu madre, medio literata ella también, lectora de Alfred de Musset, de Anatole France, del delicuescente Claude Farrère, te asignó una habitación en el fondo de la casa y prohibió que se hiciera ruido en las cercanías. En los atardeceres llegaban plumíferos variados, recitadoras, periodistas, politicastros, a visitarla, y un día, en el patio del club, escuchaste murmuraciones, rumores mal intencionados. Estuviste a punto de enredarte en un duelo a sable, quizá porque habías leído demasiadas historias de Rocambole, pero tu primo predilecto, Andresito, te persuadió de que no valía la pena, y además, peligro mayor, de que correrías el riesgo de hacer el más soberano ridículo. A un costado de ese mismo patio, de vaga inspiración andaluza, había un pizarrón con una lista de nombres, y te contaron que eran jóvenes anarquistas, rebeldes, agitadores, obreros alzados. El objeto del pizarrón delator era dar una señal de alarma, vigilarlos, castigarlos en lo posible por su labor disociadora, antipatriótica, impedir que se infiltraran en los tejidos sanos de la vida nacional. En el mesón chocaban las copas, se escuchaban palmotazos en las espaldas, gritos des-

templados, garabatos soeces, aunque dichos con pronuncia-
ciones de buena familia, y muchos anunciaban que ya se habían
enrolado para ir al norte, porque Bolivia y el Perú, incapaces de
aceptar su derrota en la Guerra del Pacífico, habían comenzado
a movilizar tropas en las fronteras. En la noche, al llegar a tu casa, supiste que los jóvenes más exaltados, hijos de familias muy
conocidas, habían salido a la calle, habían escuchado un discurso incendiario a un costado del Congreso, «Id, jóvenes, casti-
gadlos», etcétera, pronunciado por uno de los figurones más
solemnes del momento, y habían tomado por asalto la Federación de Estudiantes de Chile, que estaba a unas dos o tres cuadras de distancia, por ahí por Ahumada. Se sabía que había
contusos, heridos, quebrados. Se escucharon algunos tiros de
armas de fuego, y los asaltantes se bebieron todos los licores del
bar, se colgaron de las lámparas, las emprendieron contra el piano de cola con las patas de las sillas, y procedieron a arrojar
muebles, estatuillas y hasta teclas de marfil, además de libros,
por las ventanas: obras de Karl Marx, de Bakunin, y también de
Platón, de Aristóteles, de un profesor Pittaluga, de un tal Sig-
mund Freud, un médico loco. Contaron que los cuatro o cinco estudiantes que se encontraban en la Federación a la hora del
asalto se habían defendido en la estrecha caja de la escalera, con
riesgo de sus vidas, a patadas, puñetazos, botellazos; que habían
logrado escapar por el techo y habían conseguido refugiarse en
una casa vecina, propiedad de un pariente tuyo. Tu pariente,
que ofrecía en ese momento una recepción, había logrado en-
cerrar a los cuatro o cinco defensores de la Federación con llave adentro del escritorio, en medio del espanto de mujeres
jóvenes que habían acudido de vestidos largos y estolas de visón
alrededor de los hombros pálidos, de los cuellos perfectos, mar-
titas cibelinas rematadas en narices de un negro lustroso y colmillos afilados: una Errázuriz, una Varela Vicuña, unas
hermanas Vildósola que tenían más millones que pelos en la cabeza, otra que era muy linda, pero que se metió de monja poco después, ¿como reacción frente a estos sucesos?, y cuyo
expediente de beatificación fue abierto por el Vaticano, nada

menos, cerca de ochenta años más tarde. Tu pariente, por suerte, supo mantener la sangre fría, a pesar de que se trataba, decían, de jóvenes anarquistas altamente peligrosos, y hubo versiones divididas. Según algunos, había conseguido, con no poco heroísmo, que le entregaran las armas, pero otros, testigos presenciales, contaron que los jóvenes aquellos no eran más que cuatro gatos desarmados y cagados de susto.

—Tú no estarías metido en nada —dijo tu madre, con cara de horror.

—En nada, mamá —contestaste, pero comprobaste con una sola mirada que ella no estaba del todo segura, que de repente, en medio de la crisis que se extendía, te había tomado miedo.

Diste la novela por terminada en aquellos mismos días, después de largas jornadas en que no probabas bocado, de noches en blanco, de amaneceres lívidos, y apenas pusiste el punto final recogiste las hojas dispersas, las compaginaste y corriste a una imprenta del centro de Santiago, una que se encontraba en un galpón de alguna de las calles del poniente de la Plaza de Armas. La campaña presidencial de Arturo Alessandri Palma, el León de Tarapacá, y la de Luis Barros Borgoño, representante de los caballeros de bastón y de polainas, estaba en su apogeo, en su culminación más encendida e incierta. Medio Chile cantaba el *Cielito lindo*, la canción mexicana que se había convertido en emblema del alessandrismo, y medio Chile se persignaba y veía en sus pesadillas la guillotina que se levantaría en el centro de la Plaza de Armas. Llegaste al salón de tu madre, donde se habían reunido los pajarracos de siempre, además de un señor alto, de monóculo, de levita gris y de pantalón a rayas, que pontificaba a diestra y siniestra, como si fuera poseedor de la ciencia infusa, y todos decían que Alessandri podía ganar las elecciones, Barros Borgoño había resultado un desastre de orador, un pasmado, pero que a Alessandri no lo dejarían gobernar por ningún motivo, eso ni se discutía. Tú vendiste unos paquetes de acciones a vil precio, restos de tu herencia, y te dedicaste a jugar en el

Club Popular, entre el humo, mirando con fascinación las cabezas de los matones y de los crupieres delincuentes, que daban una impresión de ratas de alcantarilla. Observabas de reojo, como habrías podido observar al comisario de policía de *Los miserables*, al Incandescente Galdames, al Cadáver Valdivia, más transparente y cadavérico que nunca, a los alemanes ricos, dueños de industrias de cerveza y de cecinas, de barracas de fierro, que tallaban en silencio, con caras cuadradas, odiosas. Estudiabas con la mayor atención a la gente que tomaba la banca, y si notabas alguna duda, alguna debilidad, la menor vacilación, te tirabas con todo en contra suya. En una de ésas lanzaste un rotundo siete a la mesa y la banca pidió con cinco. Sacó un seis, y alguna gente que te había seguido te aplaudió, profiriendo gritos de entusiasmo. Si te encontrabas con amigos y sobre todo si habías ganado, te gustaba llevarlos cuando ya despuntaba el alba en la cordillera a unas lecherías que se encontraban por el costado poniente del cerro San Cristóbal. Las grandes vacas echaban humo por las narices, rumiaban, no entendían, y se formaban patacones de espuma verdosa al costado de sus belfos calientes.

—La leche al pie de la vaca purifica, nos limpia las miasmas nocturnas.

Eso declarabas. Y a veces cantabas cantos del Mes de María a voz en cuello, y tus amigos se daban codazos y te miraban, risueños. Dicho sea de paso, tu culto de la Virgen María y de la Virgen del Carmen se acentuó a través de los años. En tu larga etapa final, antes de salir de tu casa, por muy apurado que estuvieras, rezabas un par de oraciones a María, tu invariable protectora. De otro modo, bajar a la calle te daba miedo, una insuperable angustia. Supe esto de fuente inmejorable, y no sé si me dio risa o pena.

En una de aquellas tardes, cuando arreciaba el calor, cuando el sol sacaba humo de las piedras del centro, y no hablemos de la calle Borja, entraste al salón. Tu madre, tendida en una *chaise longue*, de túnica celeste y gran ramo de flores artificiales en el pecho, conversaba en voz baja con el caballero del monóculo. El libro tuyo había salido recién de la imprenta y tu madre insistió para que le dieras un ejemplar al caballero.

—Lo encuentro demasiado fuerte —explicó ella—, por momentos, repugnante, pero me pareció —dijo, con algo de coquetería, encogiendo sus hombros de color de rosa, pestañeando en forma rápida—, que tiene páginas que no están mal. Y este hombre —agregó—, es un verdadero genio de la crítica, un comentarista sólo comparable al mismísimo Sainte-Beuve.

Sabías quién era Saint-Beuve, el gran crítico francés del siglo XIX, el de las charlas de los lunes, el que le puso los cuernos a Victor Hugo, y llegaste a la conclusión de que tu madre estaba loca, quizá enamorada. A pesar de eso, subiste a buscar un ejemplar recién salido del horno y se lo entregaste al Sainte-Beuve chileno. Lo hiciste con rabia, con ganas de arrebatarle el maldito monóculo y hacerlo añicos. Él abrió el libro y dio la impresión de que husmeaba las páginas, de que les encontraba un olor algo hediondo, un aire sospechoso. Se imaginaba, el del monóculo, que el azufre no andaría lejos, que la cola del diablo había desaparecido detrás de las cortinas, debajo de jarrones de porcelana china adornados con profusión de calas, con suntuosos alhelíes.

Si escribiste los mismos disparates de tu primer libro, estamos arreglados.

—¡Qué horror! —exclamó ella—. Tendría que escapar de Chile más que ligero y no volver nunca.

—Con Alessandri en el gobierno —dijo el del monóculo—, no tendrá ninguna necesidad. Será el reino suyo, y los que tendremos que escapar para siempre, para nunca jamás, seremos nosotros. ¡La gente decente!

Corriste a dejarlo a la puerta de calle, volviste y pateaste el suelo.

¡Así es que yo no soy gente decente! Los decentes son ellos, ¡los muy cabrones!

Esta última exclamación la habías sacado de Madrid, de Barcelona, de San Sebastián, de alguno de esos lugares. Habrías estrangulado al desgraciado ese, cortejador, para colmo, de tu madre, viejo libertino, libidinoso. Ella movió la cabeza, abrumada, con la punta de una lágrima en las pestañas. Pocos días más tarde se produjo la transmisión del mando presidencial, ya que nadie, ninguna fuerza de este mundo, en definitiva, había podido atajar al León. Tú seguiste la ceremonia del Congreso desde la calle, confundido con la multitud, entre mujeres morenas, boconas, de grandes traseros, que te llenaban el gusto: bellezas populares que siempre te habían conmovido. Viste entrar a Juan Luis Sanfuentes, el presidente que salía, alto, imponente, mucho más canoso que en sus comienzos y con algunas dificultades para caminar, pero de gran facha, un sepulcro blanqueado, un fariseo de primera categoría, y después, más bajo de estatura, pero sólido como un roble, ancho, seguro, Alessandri, el León, vitoreado desde todos los balcones, rodeado de un mar de pañuelos blancos, serio, con sus orejas grandes y sus manos gruesas, disimulando su satisfacción enorme, su triunfo descomunal. Tú desconfiabas, pero tenías que admitir: transmitía una impresión de fuerza, de audacia, de imaginación. Habías tratado algo a don Eliodoro, su rival político, el hombre de los discursos y de los artículos eliodoríticos, que no eran ni de dulce ni de grasa, que estaban calculados para no molestar a nadie, para quedar bien con todos, y sabías que donde quiera que estuviera, en cualquier circunstancia, en la tribuna que fuera, el León de Tarapacá, don Arturo, le daría cancha, tiro y lado. Porque era una fuerza de la naturaleza, y a ti, aunque no quisieras reconocerlo, aunque te defendieras de la seducción con dientes y uñas, te fascinaba. Eran aires nuevos, vientos, ventarrones diferentes: los viejos edificios institucionales, las administraciones, con sus galerías carcomidas, vacilaban, y tú te incorporabas al movimiento del siglo, a la marea invasora, todopoderosa, con desaforada pasión, con palpitaciones aceleradas, con puños cerrados, agitando un sombrero, lanzando un beso al aire.

XX

Fue tu primo Andrés, Andresito, como te gustaba decirle, preocupado por ti, asustado, angustiado por tus desbordes, tus desapariciones, tus arrebatos peligrosos, tus finanzas arriesgadas, absurdas, el que te puso en contacto con don Eliodoro, con el inefable don Eliodoro y su familia, su grupo, su tribu.

—Te conviene estar bien con él, con todos ellos —te advirtió Andrés—. Y, delante de él, tienes que controlarte. Tienes que sacar a relucir lo mejor tuyo. Mira que puede llegar a ser presidente de la República, y tú, si le caes bien, podrías ser Ministro de Relaciones. ¡Por lo muy menos!

—¡Ese vejete siútico, aterrorizado!

—Te lo digo en serio —replicó Andrés, desesperado, en tono de súplica—. ¡No vayas a salir con un domingo siete!

Te reíste a carcajadas, con el mejor humor de la tierra, y se rieron todos. A carcajada limpia. ¡Cuántas cosas ocurrían alrededor de una mesa, de unos cachos, de unas vainas, de un Santa Rosa del Peral navegado, entonces y ahora! En cualquier caso, todos los presentes, amigos o conocidos tuyos, encontraron que Andrés, Andresito, con su perfil de prócer en miniatura, te cuidaba como una mama, una nodriza abnegada, y que tú, Joaquín, necesitabas que te cuidaran. El hecho, además, es que te habías propuesto, después de estrellarte contra la banca en el Club Popular durante dos semanas seguidas, sin que la mala racha te diera tregua, vivir de la tinta y el papel, de emborronar páginas, y en tu encuentro con el personaje, que hoy en día es nombre de calle y que desde aquellos años remotos estaba destinado a serlo, fuiste cuidadoso.

—Cuando se lo propone, puede ser el mejor diplomático del mundo occidental —exclamaba tu primo, atusándose el bigote rubio. Usaba chaquetas a cuadros, de cazador de patos silvestres, con grandes pliegues en la espalda, y bigotes en punta, raras veces vistos, chaquetas y bigotes, en estas latitudes. A la tercera o cuarta conversación, le sugeriste a don Eliodoro, a quien, en privado, a sus espaldas, te gustaba llamar don Heliotropo, hablándole con voz meliflua, dejando caer las palabras en su oído, que no había que atacar demasiado a Alessandri. Había, más bien, don, que infiltrarse, influir desde bambalinas, manejar los acontecimientos sin que se notara, y agarrar después la sucesión suya. De un zarpazo certero. ¿Quién otro se podía interponer?

Te gustaba desplegar para otros, a favor de terceros, habilidades que nunca usabas a favor tuyo, cuyo uso te parecía subalterno y hasta despreciable. A todo esto, don Eliodoro sonreía, en la gloria, y leía en voz alta alguno de sus artículos.

—¿En qué consiste un artículo eliodorítico? —te preguntó alguien.

—Mira —respondiste, agarrando al interlocutor del cuello y hablando con singular pasión, con voz un poco ronca, con cara de demonio—, consiste en escribir como equilibrista, sin caerse para un lado ni para el otro, sosteniéndose con un bastón en el aire, caminando en la cuerda floja, colocando un poco de pimienta por aquí, de vaselina por acá, de mentolato un poco más allá, dejando asombrado y contento a todo el mundo.

Los demás reaccionaban con caras de sorpresa, mientras tú te ponías de pie, agarrabas tus guantes de cabritilla, tu sombrero enhuinchado, tu ejemplar de *La Nación* recién salido del horno y donde figurabas en la primera página, y salías muy orondo, transformado en difuso y deslenguado heredero, en enigma ambulante. Don Eliodoro, tal como lo había previsto el fiel Andresito, empezó a tomar afecto por ti, a encargarte asuntos de confianza, a consultarte como quien no quería la cosa, pretendiendo que no te dieras ni cuenta, y sobre todo en sutilezas de sociedad, de política, de relaciones humanas, a pesar de que consideraba en su fuero interno que muchas de las páginas de *El roto* eran repugnantes, nauseabundas. Él admiraba la prosa de don Juan Valera, el corresponsal diplomático, el autor de *Doña Pepita* y de *Las tribulaciones del Doctor Faustino*, y la de algunos cronistas de la prensa de Madrid, gente como Gómez Carrillo, como Julio Camba, como Alejandro Sawa, porque para qué, decía, y tenía la franqueza de decirlo en tu propia cara, de anteojos montados en el caballete, con aire inocentón, tanto vómito, tanto meado, tanta porquería, tanto desecho humano, y hacía un gesto de asco, y se apretaba las narices con una mano pálida. ¿Por qué tenías que bajar siempre a los burdeles, a las prisiones, a callejones miserables, sobre todo cuando habías nacido en cuna de oro?

¿No será, don Eliodoro, precisamente por eso?

Y don Eliodoro revolvía los ojos, hacía un gesto extraño, se tapaba la boca, carraspeaba. En tu novela *El roto*, se mostraba el contubernio secreto entre un político radical, o liberal, un politicastro de centro, en cualquier caso, con el hampa, con el mundo de los garitos clandestinos, con los matones electorales. Don Eliodoro podía agarrarse las narices, pero no tocaba ni tocaría por ningún motivo ese aspecto de la cuestión. Era refinado, distante, eliodorítico, por encima de todas las cosas. A ti te tenía un poco de miedo, más de un poco, pero la verdad es que te apreciaba. En el fondo, en el fondo de los fondos, casi a pesar suyo, te admiraba. Y miraba con disimulo, de soslayo, pero con expresión sin duda voluptuosa, la impecable raya de tus pantalones, el brillo de tus zapatos importados, tu perfil aguileño, desdeñoso, ensimismado.

—¡Ay! —suspiraba don Eliodoro Heliotropo, haciendo revolotear su bastón, dejando que sus anteojos colgaran—, ¡qué gente, qué juventud, qué muchachada!

Yo pienso, a todo esto, que Esmeraldo, el personaje central de *El roto,* era muy parecido al Curriquiqui, el cartero o carterista de la Puerta del Sol. En consecuencia, era, Esmeraldo, otro de tus alter ego, un autorretrato a medias, una proyección engañosa. Existían los laberintos de los alrededores de la Estación Central, los hoteles por horas, con sus tablas que crujían, los ratones que merodeaban por la calle, junto a las acequias inmundas, el tamboreo y el rasgueo de las guitarras en los prostíbulos del vecindario, las voces aguardentosas, los cadáveres del amanecer, caídos de bruces sobre charcos en que la sangre se había confundido y endurecido con el barro, pero eran, más que retratos del natural, paisajes de tu conciencia. Si hubieras sido poeta, habrías escrito sobre un terrible comedor con alcuzas rotas, sobre puertas cuidadas por el enfermo de malaria. Pero no eras poeta. Y la estación, sin embargo, con sus calles adyacentes, que de repente parecían infinitas, con sus pitazos, con sus columnas ruidosas, poderosas, de vapor blanco, y el gran reloj en el vértice, enmarcado por animales mitológicos, entre dragones y lagartos o iguanas de sueño, de pesadilla, era un espacio que adquiría dimensión en tus palabras, que se recortaba en un horizonte tuyo, de tu mente. Cosa que don Eliodoro, con su mezcla de terror y astucia, prudente y oportuno, cauteloso e incisivo, captaba y a la vez no entendía.

Lo nombraron embajador en misión especial, a don Eliodoro, cómo no, para asistir a un encuentro de la Sociedad de las Naciones, y te pidió con la mayor solemnidad, como si te nombrara de un golpe de espada en el hombro caballero de alguna orden exclusiva suya, que lo acompañaras. Tu madre estuvo muy contenta, y el señor de pantalón a rayas y de monóculo, visitante ya de cinco tardes a la semana, se mostró irritado porque no le habían encomendado esa misión a él. Con Alessandri, dijo, había llegado la hora de los siúticos, de los pisiúticos. Lo dijo con despecho, con rabia, con mala leche no disimulada, y te encogiste de hombros. ¿Qué otra cosa podías hacer? Después, en Ginebra, asististe a un espectáculo curioso y que no dejaba de ser instructivo: decenas de personas, jóvenes y viejos, siúticos y figurones de la más variada especie, hablantines, farsantes, aparte de algún profesor, de algún jurista despistado, se unían a la delegación de Chile. En la ceremonia de apertura, no cesaban nunca de entrar a la sala, ante la mirada atónita de ingleses y franceses, del barbudo embajador de Australia, de los italianos de perillas. Don Eliodoro hizo uno de sus discursos habituales, salpicado de buenos propósitos, para el cual te había pedido «unos apuntes», y el embajador australiano, a quien le tocó discursear en seguida, aseguró que le había correspondido escuchar de su colega de Chile un agradable flujo de palabras: *a nice flow of words*. Insistió en que el discurso de su antecesor había sido bonito, lleno de musicalidad, pero aseguró que no había captado ni una sola sílaba de lo que había querido decir.

—Ni falta que le hace —murmuró entre dientes uno de los interminables delegados.

Tú te quemaste las pestañas en largas noches de estudio, con ingenuidad todavía juvenil y hasta adolescente, porque había en ti un núcleo ingenuo que no te abandonó nunca, y presentaste un trabajo acerca de la propaganda de prensa para la paz universal. Fuiste objeto de una corrida de felicitaciones oratorias, en las que el barbudo de Australia hizo gala de elocuencia, y la moción fue sometida a la votación de la sala y aprobada por unanimidad.

—¡Ya está —exclamaste—, las guerras se acabaron por decreto!

Pero habías resuelto de una vez por todas que la diplomacia no era lo tuyo. No querías vivir entre discursos, pecheras engomadas, condecoraciones, banquetes, llevándole el amén a plenipotenciarios pomposos. Bajaste entonces a Madrid, en un tren expreso que se demoró dos días, y partiste derecho a la Puerta del Sol, a la calle de la Aduana, a esos lados. Habías tenido dos hijos de la granadina, pero a tu madre no le gustaban ni ella ni los niños. Besaba a los nietos y recibía a su nuera con forzada amabilidad, con la boca chueca. Se notaba a la legua que la detestaba. Cuando regresaste, hacia comienzos de 1926, durante la presidencia interina de don Emiliano Figueroa Larraín, tu mujer, Ángeles, la granadina, había dejado para siempre de visitar a tu madre. Además, la encontraste de mal aspecto, amarilla de color, medio enferma. Tú volviste a escribir dos o tres artículos al día y a luchar como forzado, como condenado a galeras, para que los diarios te pagaran. Te pagaban poco y mal, y pudiste comprobar que tu madre, después de trasladarse a la casa del barrio todavía campestre de Providencia, se había empobrecido. Quedaban restos por ahí, puchos de acciones, tres o cuatro casas viejas, colocaciones al cinco por ciento, aparte de pinturas y de jarrones de porcelana china. ¿De dónde saldrían tantos jarrones? En el viejo Valparaíso, el de tu infancia, había tiendas oscuras, como cuevas, atendidas por algún chino de túnica y de luenga barba terminada en hilachas de pelo blanco, tiendas o covachas que se abastecían con barcos de carga que llegaban desde el Extremo Oriente. Los jarrones, los biombos, las sedas, los palitos de incienso, salían de las profundas sentinas y empezaban a aparecer en mansiones, en salones, e incluso en cuchitriles, en casas dudosas.

La novela, a todo esto, se vendía. Mucha gente te reconocía en la calle y a veces te pasaba un ejemplar para que estamparas un autógrafo. Si supieran cuánta plata da todo esto, suspirabas, cuántos bisteques, cuántos pares de zapatos. Tengo a la vista una carta tuya de aquellos años. Pedías disculpas, te humillabas, prometías pagar la pensión de doña Eufrosina o de doña Sebastiana, la del señor Alonso, una vez que te pagaran a ti unas platas que te debían. Se veía que no pagar a tiempo, no ser capaz de tirar un billete largo encima de una mesa, se convertía para ti en sufrimiento, en martirio. Te acordabas de tu padre, de sus advertencias, de los libros de Samuel Smiles en los veladores. Y a los que te preguntaban por tus parientes ricos, ¿qué es usted de Fulanito, de Zutanita?, les respondías con cuatro frescas, con ganas visibles de acogotarlos. Los preguntones, desconcertados, se alejaban a la carrera, y después murmuraban a espaldas tuyas, decían que eras un violento, un desalmado, que estabas loco de remate.

El Curriquiqui, a todo esto, y aquí volvemos a la ficción de *El chileno en Madrid*, se había escondido en un cuarto miserable que le había encontrado Angustias, la criada enamorada de él con locura, y había desaparecido, se había esfumado. Esmeraldo, el personaje de *El roto*, bautizado así porque nació un 21 de mayo, aniversario del hundimiento de la gloriosa *Esmeralda* en la batalla naval de Iquique, en los comienzos de la Guerra del Pacífico, tuvo un destino parecido. El Curriquiqui y Esmeraldo eran tus lados oscuros, tus vínculos con el bajo fondo, con aquello que los franceses llaman y tú mismo a menudo llamabas *la pègre*. Y lo curioso, y, además de curioso, revelador, es que eran simpáticos, superiores en más de algún sentido a los demás caracteres de tus novelas, a la gentuza que casi siempre los rodeaba. Eran, el Curriquiqui y Esmeraldo, más convincentes que los otros, estaban escritos con más naturalidad, con mayor soltura. Yo me pregunto dónde cabía Pedrín, el hijo en la ficción de Pedro Wallace, dentro de todo el cuadro. Se sabía dónde habías dejado a los otros dos, pero Pedrín, alias el Azafrán, rescatado por su padre de la cárcel en las páginas finales de *El chileno...*, andaba suelto por ahí, ¿en Madrid, en Santiago? Ni siquiera eso se sabía. Al final de *El roto*, Esmeraldo escapa de la protección de Lux, periodista cursi, blandengue, filántropo declamatorio, de intenciones dudosas, de gestos afeminados, y se interna, en medio de una lluvia incesante, en pleno invierno santiaguino, en las calles oscuras, sórdidas, de su infancia. Se encuentra con que todo ha desaparecido. Las casas han sido demolidas, y han llegado nubes de especuladores, tasadores, contratistas, a repartirse los terrenos, todavía cubiertos de escombros. Quedan las fachadas huecas de algunos burdeles, azotadas por el agua y el viento. Son decorados teatrales, metáforas de un derrumbe. De pronto, de los escombros mojados, de la neblina, se desprende una mujer envuelta en chales, en telas indefinidas, en trapos, apoyada en un bastón, medio cegatona, con los ojos velados por nubes. A mí me hace pensar en la Celestina que pintó Pablo Picasso en algún período de su juventud, pero es más vieja, más miserable aún que la Celestina de Picasso. Esmeraldo le habla, y la mujer, que antes ha trabajado en una de las casas del sector, cree que es un muchacho que desea desahogarse con ella. La verdad es que Esmeraldo sólo quiere saber algunas cosas, preguntar por Clorinda, su madre, por su hermana, que en la novela fue atrozmente violada, por las pensionistas de la Gloria, por los chicos y los rufianes del barrio. Cruzan la Alameda, Esmeraldo y la mujer andrajosa, apoyada en su bastón, bajo una lluvia cada vez más torrencial, y golpean a la puerta de un chino de la calle Esperanza. Hemos visto a chinos de Valparaíso, de la calle del Teatro, de la Plaza Sotomayor, y ahora nos encontramos con chinos de la Alameda abajo, de los laberintos de la Estación Central. El chino de la calle Esperanza los lleva a un cuarto miserable, después de atravesar un triste patio inundado, y saca a tirones a una mujer flaca, de aspecto tuberculoso, que dormita en un camastro. Después estira la mano y Esmeraldo le pasa un par de monedas. La mujer de las telas y los trapos de color incierto, la de los ojos velados, comprende que el muchacho sólo quiere conversar, como le ha ocurrido más de una vez en su larga experiencia profesional, recibir un poco de apoyo, de cariño, y sonríe, contenta. En su ceguera, en su despiste, en la confusión de su memoria, empieza a reconocer a Esmeraldo, el hijo de Clorinda, la tocadora y lavandera de la casa contigua a la Gloria. El chico, recuerda, hacía mandados, mientras la hacendosa Clorinda canturreaba y en las noches de orgía tocaba el arpa, y a la Violeta, la hermana, flacucha, paliducha, pero de pechugas grandes, se la pescaron debajo de un puente y la dejaron malherida, por intrusa, dijeron, por preguntona. En eso golpean a la puerta con fuerza y se escuchan advertencias, gritos, ¡la Comisión!, que llegan desde el fondo del patio. Esmeraldo, con reacción rápida, instintiva, se esconde debajo de la cama, como en los buenos tiempos de la calle Borja, y la mujer lo cubre con sus trapos, sus faldas anchas y sucias, su bastón lleno de cototos. Pero no es la Comisión, es el jefe de la policía en persona, seguido de dos o tres guardias y de un par de agentes de civil que vienen en busca del muchacho. Esmeraldo consigue huir como un celaje, con la agilidad de siempre, y llega a las líneas del ferrocarril, a la salida misma de la estación, en el momento en que se acerca un tren de carga. Es una escena rápida, vertiginosa, tan rápida y vertiginosa como la carrera del chico y la aparición de la locomotora en la noche de tormenta. Uno de sus perseguidores alcanza a agarrarlo de la chaqueta: él se da vuelta de un salto de felino, saca un puñal afilado de entre la ropa y se lo clava en la garganta de un golpe feroz. El perseguidor se desploma sin un grito, de boca, mientras la sangre de la aorta le brota a chorros. Esmeraldo cruza entonces la vía, saltando casi por encima de la trompa de acero, así dice el texto, de la locomotora. Los sabuesos que lo persiguen, atónitos, impotentes, ven pasar los carros uno detrás del otro, con un estruendo de ferralla que hace temblar las piedras. Ferralla, del francés *ferraille*, los deshechos del hierro, es un galicismo contundente, perfectamente bien aplicado, por lo menos para mi gusto. El jefe de policía llega corriendo hasta el muerto y descubre, espantado, que es Lux, el periodista, el falso caritativo. ¿Por qué Esmeraldo habrá asestado esa puñalada con tanta ferocidad, con precisión tan implacable? ¿Qué habrá sucedido en los días en que dormía, recién salido de la cárcel, bajo la protección de este extraño, ambiguo Lux? El periodista, que había recurrido al jefe de la policía para que lo ayudara a recuperar a su protegido, se desangra en el barro, y cuando los carros terminan de pasar, Esmeraldo ya no se divisa por ningún lado.

Ha desaparecido para siempre jamás, porque la novela acaba en esta página precisa. Y como Lux es un borrón, un pretexto, uno de tus personajes débiles, y como toda tu simpatía está con Esmeraldo, me pregunto de quién es la sangre que derrama Esmeraldo con verdadero odio, a borbotones, en las últimas líneas, de cuál de tus fobias, correspondiente a cuál de tus venganzas. Porque te atacaban por todos lados, te acosaban, no te daban cuartel, y tú te defendías como gato de espaldas, con dientes y uñas, con adargas y puñales. Eras un Quijote de estos andurriales, o, a lo mejor, un Martín Fierro acriminado, perseguido por la ley, que había buscado refugio en estos lados de la cordillera.

XXI

La edición definitiva de *El roto*, cuya escena final acabo de contar en el capítulo anterior, es de 1920. En los subtítulos se lee: novela chilena, época, 1906-1915. Editorial Chilena. Todo es chileno hasta la médula, desde el título y el tema hasta la casa editora. Joaquín había regresado de Europa el año anterior y se encontraba en una fase de apasionado nacionalismo. Se podría sostener que había hecho en Europa, en esos primeros años de la posguerra, el descubrimiento de América. Probablemente se creía llamado a cumplir alguna misión nacional, política, redentora. Sus ensayos y muchos de los artículos que comenzaba a publicar en *La Nación* de don Eliodoro Yáñez llevaban esa marca: la de un nacionalismo ardiente, que por momentos implicaba un rechazo de su anterior idolatría europea. En ese período también se ejercitaba en la crónica semanal, en el uso de la memoria privada, en el texto narrativo, pero la preocupación social, pública, cívica, era dominante. Aunque nunca llegara a confesarlo, parece obvio que abrigaba ambiciones políticas. Pero Arturo Alessandri Palma, el tribuno, el populista, el gran demagogo, llegó a la escena nacional como una tromba, con ambiciones mayores, sin duda, con talento superior, con menos escrúpulos, y acabó de golpe con las aspiraciones de don Eliodoro, con las del correcto, equilibrado y aburrido Luis Barros Borgoño, y con las posibles y secretas ilusiones de Joaquín. Apareció, pues, Alessandri Palma, el León de Tarapacá, en el firmamento criollo, y arrasó con todo como un vendaval, como una fuerza de la naturaleza. En cuanto a él, Joaquín, nunca sabremos si decepcionado, divertido, con ánimo lúdico, publicó *El roto* en 1920, se casó con la granadina en 1921, tuvo dos hijos con ella, y viajó en calidad de secretario de don Eliodoro, en 1925, en el año en que don Arturo terminaba con su accidentado primer mandato presidencial, a la Sociedad de las Naciones, para regresar el año siguiente.

Me imagino que también se hizo ilusiones con la diplomacia, y que el paso por la Sociedad de las Naciones en Ginebra, seguido de un breve período en París como representante de Chile ante la oficina de Cooperación Intelectual Internacional, lo dejaron curado de espanto. Ya vimos que lo había escandalizado el desfile interminable de la delegación chilena que entraba a la sala de plenarios del Palacio de las Naciones, pero cuando conoció más de cerca a los delegados en persona, el tono de cada uno, sus pretensiones, su macuquería, sus intrigas, le provocaron un rechazo visceral, algo muy similar a una náusea: una sensación de piel, de instinto, a la que no podía sobreponerse. Es demasiado, le escribió a su primo, es absolutamente insoportable para mí: prefiero pegarme un tiro. En cierto modo, sometía la vida a un proceso de extorsión permanente. Si la vida no le daba lo que él le exigía, se la quitaba de un balazo, ¡y buenas noches!

Se sabe que fue alessandrista exaltado en 1920, durante la campaña presidencial de Alessandri, llamada del *Cielito Lindo*, porque la canción de origen mexicano, adaptada al ambiente chileno (*Una marca de fuego, / Cielito Lindo/ tiene Borgoño; / la de creerse libre, / Cielito Lindo / y ser pechoño... Ay, ay, ay, ay, / Barros Borgoño / aguárdate a que Alessandri, / Cielito Lindo, / te baje el moño*), era cantada las 24 horas del día por las calles de Santiago. No se puede negar que los versos eran detestables, pero cantados en la Alameda, debajo de la casa del tribuno, sonaban bien. Hasta el punto de que la gente, la querida chusma, sacaba pedazos del estuco de esa casa para colocarlos en sus altares modestos, en sus «animitas». Suponemos que más tarde, en los días de su regreso a Chile en 1926, mi tío había perdido el entusiasmo. No era difícil captar el lado maniobrero, politiquero, carente de principios, del avispado don Arturo. El hombre era capaz de hacer desde el balcón de su casa un discurso de encendido tono bolchevique, invocando a su querida chusma, crucificando a la oligarquía, la canalla dorada, frases suyas que fueron citadas y repetidas durante décadas, y una hora después, en un discreto salón del Club de la Unión, bajo luces tamizadas, entre cortinajes de brocato, en tonos conciliadores, decirle a los capitostes de aquella misma oligarquía, a los representantes supremos de la canalla de oro, que había utilizado ese lenguaje para halagar a las masas, pero que sus distinguidos amigos no se asustaran, que no tuvieran cuidado, porque su gobierno sería muy, pero muy diferente de lo que ellos temían. Es probable que Joaquín se riera con estas cosas, que celebrara las ocurrencias de Alessandri, sus desplantes, sus alardes de cinismo, como los celebraba medio Chile, pero es más que seguro, por otra parte, que hubiera llegado a la conclusión, y bastante pronto, de que al ínclito don Arturo, el León de Tarapacá, no se le podía creer ni lo que rezaba.

Por lo demás, como parte de su pasión nacionalista, Joaquín llegó a sentir gran distancia, desconfianza, hasta desprecio, por los políticos civiles en su conjunto. Le parecía que eran una tropa de farsantes, palabreros, oradores huecos. Ya había pronunciado su condena de la Iberoamérica declamatoria, y llegaba a la conclusión de que Chile, el Chile nuevo, como lo definió alguien, a su modo, no se quedaba atrás. La corrupción general, el abuso de los privilegios, la falta completa de escrúpulos en los negocios, en la Bolsa de Comercio, en el foro, le producían verdaderas arcadas. Había perdido hasta la camisa con gran soltura de cuerpo, había provocado escándalo en Europa con sus fabulosas propinas, y de repente, de regreso, no tenía ni para hacer cantar a un ciego, y había una consecuencia psicológica de todo eso, un precio mental y moral. Su burla se transformaba en odio; su desazón, su incomodidad, en resentimiento. De repente, y antes de haberse dado cuenta de su rápida metamorfosis, se había convertido en un resentido, un envidioso: un ser inestable y hasta cierto punto intratable. Si divisaba en algún lado a sus parientes ricos, la rabia lo trastornaba, le provocaba temblores extraños, le hacía salir espuma por la boca. En algún momento hizo la prueba de aceptar un puesto, un trabajo fijo, en algún recoveco, supongo, de la administración pública, o en una entidad semifiscal, en alguna caja mutual o de compensación, dedicándose a escribir en las noches y en los fines de semana. Tenía que mantener, al fin y al cabo, a una mujer de mala salud y a dos hijos pequeños, y la fortuna familiar se había esfumado, la ruina era la ruina, sin adjetivos, con su cara desdentada. Pablo Neruda, que siempre se rió mucho con las historias de Joaquín, que le tenía indudable simpatía, me contó que llegaba en las tardes a casa de su madre, se tiraba encima de una cama o de un sofá, extenuado, y exclamaba con acentos lastimeros:

—¡Mamá, me estrujan como un limón!

A todos nos han estrujado alguna vez como un limón, pero la capacidad suya de resistencia era escasa, en tanto que su rabia, su asco, su desesperación, no conocían límites. Era un buen Encargado de Negocios Dadá, no cabía duda, pero, ¿de qué le servía? Se olvidó bastante pronto de Dadá, del poeta rumano, de todos aquellos juegos. Llegó a sentir que era un criollo amargo, y que todo lo otro, París, Dadá, Tristán Tzara y el ternero Vicente Huidobro, Jorge Cuevas Bartholin y el pintor Zuloaga, las Infantas inverosímiles con sus gruesos camafeos, la calle madrileña de la Aduana y el café Fornos, eran sueños, disparates, nubes. En su mente, en su sensibilidad verdadera, nunca había salido del horroroso Chile, como escribió después, muchas décadas más tarde, Enrique Lihn, un poeta que pertenecía, quizá, a su misma tribu literaria, y que tampoco estaba tranquilo en ninguna parte, que nunca estuvo a gusto en su propia piel.

No podía durar demasiado en el empleo fijo, semifiscal o lo que fuera. Volvió a vivir de artículos pagados tarde y mal, de libros escritos con rapidez, de aciertos ocasionales en juegos que ahora eran menores: carreras del domingo en la mañana en las pistas de arena del Hipódromo Chile, juegos de póker o de dados en un tugurio de un segundo piso de la calle Ahumada, a pocos metros de la Plaza de Armas. Cuando caminaba por el centro miraba fijo al frente, para no encontrar las caras de parientes o de personas de su clase que había tratado en épocas anteriores. A veces hacía un ejercicio extravagante, no se podría decir si un acto de independencia o de masoquismo: compraba un plátano en un puesto callejero y lo iba pelando y comiendo por la calle Huérfanos o por Ahumada, frente a la puerta principal del Banco de Chile, donde nunca faltaban conocidos suyos que conversaban de plata, de acciones, de mujeres, de las diferentes poncheras y los detalles del servicio en los principales prostíbulos de la ciudad, parados en las escalinatas de acceso.

—¿Te convertiste en mono, Joaquín? —le gritó uno, en una de aquellas pasadas, y él tiró la cáscara del plátano a un tarro de basura e hizo con los dedos de la mano izquierda el gesto de ahuyentar a los que traen la jeta, la mala sombra. Gesto de supersticioso, de cabalista, de milagrero. A veces subía hasta la casa de su madre en el barrio de Montolín, cuyos alrededores empezaban a poblarse de mansiones de falso estilo francés, paredes y columnas de estuco que imitaban la piedra. Entraba con su andar nervioso, se sentaba en el salón, entre los jarrones chinos y las cretonas, junto a un perro de raza que lo langüeteaba, un pesado, corpulento San Bernardo de ojos estúpidos, y respiraba con la curiosa sensación de haber regresado al universo de su juventud, de no haberse desclasado, a pesar de las insistentes apariencias. Pero la sensación duraba poco. Llegaba después en un tranvía a su casucha de la calle San Diego abajo, a escasa distancia de la avenida Matta, y en la mesa de la entrada lo esperaban las cuentas impagas, el aviso de una letra que le iban a protestar, aparte de invitaciones y tarjetones inútiles. Le bajaba un mal genio atroz y regañaba a sus pobres hijos sin ninguna causa. ¡Por tontorrones, por insignificantes! Poco después, cuando la enfermiza granadina, nunca adaptada a la vida chilena, murió en su dormitorio, desatendida, mal acompañada, sintió que había muerto de su mal genio, de su falta de compasión auténtica, de sus gritos destemplados. Sintió, en otras palabras, que él la había matado.

Publicó en 1925, en Madrid, probablemente con el dinero que le pagaron por su trabajo ante la Sociedad de las Naciones y ante la Oficina de Cooperación Intelectual, los ensayos de *El nacionalismo continental*. Eran, de algún modo, el alegato contra Europa, o, más bien, contra la imagen nuestra de Europa, contra las actitudes europeizantes de los macacos sudamericanos, contra la inautenticidad y los complejos de inferioridad que nos devoraban, alegato de un chileno enamorado, pese a todo, e incluso a pesar suyo, de la cultura europea. El libro se presentaba como una despedida del Viejo Mundo, y quizá lo fue, pero fue, sobre todo, un enorme desahogo, un grito solitario. Al año siguiente publicó en Madrid, en Ediciones Auriga, su novela breve *Cap Polonio*. Es una historia más de viaje por barco y de llegada a Lisboa, de subida por tren a Madrid, de aparición en Barcelona. Cuenta en forma de ficción algo que también contó en una de sus crónicas. Puso un aviso en dos diarios barceloneses para saber de la familia Soller, equivalente en la ficción de la familia catalana de su abuela paterna, Garriga. Alguien, un anciano de apellido Soller, en respuesta al aviso, le dio cita en un sucucho miserable del barrio gótico o del barrio chino. Ahí, en la penumbra dudosa, frente a un vaso de vino rancio, el viejo que lo había citado le contó una historia de la Inquisición en 1722. El viejo, según él, tenía un antepasado rico, dueño de todo el barrio madrileño de Lavapiés, y judío de religión y de raza. El hombre fue acusado, quemado en la hoguera, y los curas que lo habían sometido a proceso se quedaron con todos sus bienes. No olvidemos que Joaquín, mariano y todo, fue siempre un comecuras notable. Los detalles anticlericales nunca faltan en sus textos, en los de todas las épocas. Todos los Soller de Madrid fueron también quemados, según le cuenta el anciano en la penumbra del cuchitril, en voz baja, cascada, entre carrasperas, pero uno consiguió escapar con su mujer, una tal Isabel Cisneros, oriunda de Alcalá, a Barcelona. Antonio

Nicolás, el que escapó de las garras de frailes e inquisidores, se trajo a Barcelona unos cuantos miles de ducados cosidos en la ropa. Se dedicó a la platería en un galpón de la calle de San Pablo y ya sus hijos pudieron levantar industrias textiles. En medio del relato del anciano Soller, entran unos guardias civiles al tugurio y detienen a un muchacho.

—Si esto —dice alguien, un hombre sentado en una de las mesas— es un nido de choriceros.

Después le tratan de robar a él, es decir, al protagonista de la novela, y al final resulta que el pseudo pariente por el lado Soller, el anciano del fondo del tugurio, el de la voz cascada, era un punga, un encubridor de ladrones y reducidor de especies robadas.

En 1927 publica en Santiago de Chile un texto narrativo de 28 páginas, *El bolchevique*, con el subtítulo de *Lectura selecta*, y en 1928, en la Editorial Nascimento, *El chileno en Madrid*, la historia de Pedro Wallace, del Curriquiqui y del hijo carterista de Pedro, Pedrín, alias el Azafrán. Es un caso literario curioso: es una historia ficticia que no disimula o modifica una historia verdadera, tomada de un episodio real, sino que parece anticiparse a ella. Es lo que se podría llamar una ficción anunciadora, pero no quiero adelantarme. Rafael Cansinos Assens, crítico muy conocido en esos años, admirado por Jorge Luis Borges, publicó un prólogo lleno de elogios a la edición de Nascimento. Parece que después Joaquín y Cansinos Assens se distanciaron. En una dedicatoria de los años treinta que tengo a la vista, una de esas dedicatorias que consumían páginas enteras, Joaquín habla del *affaire Cansinos*. Dice que si colocan al seudo paleólogo y políglota en un bulevar de París, «no sabría hacerse entender ni del primer cochero». Al final dice: «Habla siempre detrás de una reja, sacando por debajo de la capa manos de yeso».

En las memorias de Cansinos Assens, Joaquín es un señorito frívolo, adinerado, bohemio, que entra y sale de los cafés de Madrid con los bolsillos llenos de billetes, bebiendo champagne caro, en compañía de Teresa Wilms Montt, chilena bella y decadente. Joaquín se encargó de negar en algún lado que hubiera sido amante de la legendaria Teresa Wilms. Dice que a Teresa, recién divorciada de Gustavo Balmaceda, sobrino del presidente suicida, y recién llegada a Madrid, le encantaba jugar con las barbas de don Ramón del Valle Inclán, quien estaba loco por ella y le permitía todo. En ese tiempo corría el rumor de que Teresa había sido amante de un pariente cercano de su marido, Vicho Balmaceda, el personaje que lleva a Joaquín a su fundo para que se consuele de sus pérdidas en el Club Popular. También cuenta Joaquín que en la habitación madrileña de Teresa, que aspiraba a terminar sus días en Ávila y como Teresa de Jesús, en un espacio todo tapizado de negro, «había cráneos y vidas de Santos, y puñales malayos, y muñequitos de Nuremberg. Era una mezcla extraña de cosas infantiles y truculentas: lo macabro en una caja de dulces.» Teresa murió en el Hospital Laennec de París, tuberculosa, en la víspera de la navidad de 1921. Según numerosas versiones, se suicidó con una sobredosis de somníferos y píldoras calmantes. El poeta Vicente Huidobro, otro de sus apasionados admiradores, había ido a visitarla hacía poco rato y no se dio cuenta de que agonizaba. O ella no había tomado todavía sus píldoras, y la visita no sirvió para hacerla cambiar de idea. Todo París estaba de fiesta, se escuchaban canciones y músicas en las calles, mientras ella, hermosa y disparatada, ángel y demonio, decidía quitarse la vida. Joaquín, en alguna medida, participaba del mismo disparate, de una parecida locura, de un notorio instinto de autodestrucción. A eso se unía un gusto marcado por lo infantil, lo truculento, lo macabro. Y tampoco le faltaba la vena de religión supersticiosa, medio mística. En otra de sus novelas breves de viaje por barco, *La muerte de Vanderbilt*, publicada en Santiago en 1922, el protagonista se salva del naufragio final gracias a la intervención milagrosa de la Virgen del Carmen. En buenas cuentas, el *Deus ex machina*, el Dios de la máquina, para Joaquín, no era masculino, era femenino. Era el Eterno Femenino, la Virgen María y la Virgen del Carmen, la Madre, todo de una sola vez.

Son principios matriarcales que lo salvaron a menudo, asumiendo las formas más diversas, y que al final del recorrido, como era quizá previsible, lo abandonaron, o, mejor dicho, ya no pudieron socorrerlo. Yo caminaba un día, hace ya unos doce o quince años, por el cementerio del Père Lachaise, en un sector de tumbas chilenas de los años veinte, un barrio de difuntos nacionales acomodados, después de haberle rendido homenaje a don Alberto Blest Gana, el autor de *Los trasplantados* y de *Martín Rivas*, el llamado padre de la novela chilena, y me encontré de repente, sin habérmelo propuesto, con la siguiente lápida: Teresa Wilms Montt, 1893 —1921. ¡Qué juventud, me dije, qué belleza, qué talento perdido! Dos o tres retratos suyos en fotografía son de una hermosura impresionante: de alguna manera, por su distancia más allá de la tumba, que le transmitía un aura particular a las miradas de esas fotografías borrosas, me sentí conmovido, enamorado de Teresa, como todos los que la conocieron, abrumado.

Pero todo esto vino a propósito de los libros de los años 26, 27, 28. El cambiante Joaquín, en lo que parecía su regreso definitivo a Chile, en su resentimiento ya acentuado, en su acidez, en su terrible miedo de la pobreza, porque se advertía ese miedo en muchas de sus cosas, llegó a cultivar teorías de un nacionalismo extremo, para mi gusto sospechoso, algo peligroso. Miguel Serrano, escritor de talento, extravagante profesional, y jefe a sus ochenta y tantos años de edad de los nazis chilenos, sostuvo una vez en presencia mía que Joaquín tenía un retrato de Adolfo Hitler en su escritorio. Miguel Serrano, vecino mío en la calle Santa Lucía del centro de Santiago, es una mezcla endiablada de artista, persona de cultura, de refinada sensibilidad, y fanático del nazismo, capaz de sostener que el Holocausto fue inventado de cabo a rabo por la propaganda yanqui. Habría que estudiar la naturaleza de este nazismo provinciano, o, quizá, pasar, doblar la página. Lo mejor, lo más seguro, es doblar la página. No llegué a creer en el detalle de la foto en el escritorio de Joaquín. Se sabe que Joaquín, allá por 1926 o comienzos de 1927, asistió a una de las reuniones conspirativas del coronel Carlos Ibáñez del Campo. Hay una foto del poeta Vicente Huidobro en una de esas mismas reuniones. Ibáñez, más astuto de lo que se creía en ese tiempo, buscaba el apoyo de intelectuales de vanguardia en su autodesignada cruzada de renovación nacional. Poco después se tomó el gobierno e instaló, en nombre del nacionalismo criollo, en contra de la corrupción y la politiquería, dos viejas y conocidas banderas, una dictadura militar que duró cuatro años. La insatisfacción de Joaquín frente a los políticos cambulloneros, demagogos, mentirosos, pudo haberlo llevado a esa reunión con el coronel que conspiraba, y que llevaba una plataforma supuestamente de izquierda. El coronel, apodado el Caballo, terminaría por revelar una condición de viejo zorro político. Pensaba que la Revolución de Octubre era el suceso más importante del siglo XX y que había que proponer una alternativa coherente a los pueblos de América del Sur. Juan Domingo Perón, gran amigo suyo, pensaba más o menos lo mismo. Joaquín se acercó por un momento a esos grupos, pero no volvió a asistir a esas veladas del coronel todavía sin mando de tropa, o, si se quiere, del Caballo Político Nacional. Siguió escribiendo artículos como malo de la cabeza y publicando libros. Una de las primeras movidas de la dictadura de Ibáñez consistió en despojar a don Eliodoro Yáñez, el desteñido liberal, el de las prosas eliodoríticas, y convertir *La Nación* en el diario oficial de su gobierno. Joaquín, a pesar del despojo, continuó publicando ahí sus crónicas. Siempre rechazó de manera tajante la posibilidad de pasarse a *El Mercurio*, el diario de la rama rica de su familia. El régimen de Ibáñez, que había obligado a partir al exilio al dueño de *El Mercurio*, pariente cercano de Joaquín, le permitió a él, al parecer, escribir sin la menor censura. Es probable, por lo demás, que el Caballo tuviera simpatías por los textos de *El nacionalismo continental*. Eran años confusos, para decir lo menos, y algunos intelectuales de la época fueron colaboradores apasionados del ibañismo: Eduardo Barrios, entre ellos, el novelista de *El hermano asno* y de *Un perdido*, y nuestro pariente Alberto Edwards, notable ensayista histórico, novelista policial, inventor de un Sherlock Holmes chileno de nombre Román Calvo, y Ministro de Hacienda de la dictadura, cargo que más tarde causaría su definitiva defunción política. Pero Joaquín, de acuerdo con su manera de ser, se mantuvo a una distancia bastante prudente, sin meterse en los enredos, en las miserias, en los espejismos de la política activa de ninguna facción. Podía predicar y hasta despotricar, pero evitaba la contaminación, lo que podríamos calificar de compromiso militante, por cualquier medio. Razón no le faltaba. En 1952, cuando Carlos Ibáñez del Campo, el ex dictador de 1927, expulsado de su cargo en 1931 por una huelga general de brazos caídos, fue elegido presidente en elecciones constitucionales normales con la enorme mayoría de los votos de sus conciudadanos, le ofreció a Joaquín Edwards Bello el cargo de consejero de la Corporación de Fomento de la Producción. Era un puesto cómodo, bien remunerado, de confianza exclusiva del presidente de la República, y Joaquín, consagrado ya como escritor, se hallaba un poco mejor de situación económica, pero distaba mucho de ser un hombre rico. Pues bien, y el rasgo también fue muy suyo, muy propio de su lado quijotesco, rechazó la oferta sin vacilar, ya que él, aseguró, «no tenía nada que ver con esas cosas». También le ofrecieron un sitio gratuito en una urbanización nueva del balneario de Algarrobo, en una calle que llevaría su nombre, y tampoco aceptó el regalo. Eran otros tiempos, como ven ustedes, y otros personajes. Joaquín podía cometer toda suerte de errores políticos, aparte de rezarle a la Virgen en la mampara de su casa, pero no era persona sobornable, comprable. En cuanto al tema de la fotografía de Adolfo Hitler, verdadera o inventada en apoyo de su ideología por Miguel Serrano, en aquellos años confusos, en esos contextos, me parece menos importante.

XXII

Esos años de la dictadura del general Ibáñez, entre 1927 y mediados de 1931, son años amargos, abismales, de encuentro con un Chile oscuro, sórdido, a menudo siniestro. Eras viudo hacía rato y es probable que tuvieras algún devaneo con mujeres del mundo social de tu familia, de tu vieja clase. Es posible, por ejemplo, que tu conocida historia de juventud con María Letelier tuviera alguna manifestación, que se produjera algún reencuentro, ya que era de esas historias que se prolongan a lo largo de la vida, que nunca terminan por completo. Letelier del Campo, María era sobrina de doña Sara del Campo, la mentada mujer del presidente Pedro Montt. Pedro Montt, hijo de un presidente conservador de mediados del siglo XIX, Manuel Montt, era, cosa nada de frecuente en Chile y quizá en ninguna parte, un caso de político intelectual, poseedor de la mejor biblioteca del Santiago de comienzos del siglo XX. Se podría sostener que era un lujo en la política chilena de entonces, y, como tal, y como era de esperar, fue un lujo perfectamente incomprendido y fracasado. Su mujer, misiá Sara, tuvo fama de mujer fuerte, intrigante, cambullonera. Según diversos testimonios, pertenecía a la especie inefable, aunque bien definida en Chile, de los siúticos. Era una cursi refinada, una siútica poderosa y sublime. Se habló mucho de unos amoríos suyos con un conocido senador del Partido Radical, un joven político en ascenso. Don Pedro, el presidente, probable cornudo, hombre de aspecto frágil, bajo de estatura, de piel más bien oscura, viajó a curarse de una enfermedad en Alemania y murió en Bremen, poco antes de terminar su mandato, en vísperas de las fiestas de 1910 del centenario de la Independencia.

¿Cómo sería la sobrina de la poderosa, opinante, intrigante misiá Sara? ¿Y cómo fueron tus conocidos y bastante historiados amores con ella? Tengo la impresión o la intuición de que no llegabas demasiado lejos con las mujeres de las clases altas, siúticas o no; con las que antes y ahora, en el horroroso Chile de Enrique Lihn, se llaman *niñas bien*. Era un problema superior a tus fuerzas, algún tipo de complejo, algo anclado en tu inconsciente. Te sentías obligado a *respetarlas*, en su virginidad, quiero decir, en su castidad, aunque en el fondo no sintieras por ellas el menor respeto. Con las gordas de la Vega Central, en cambio, con las jóvenes verduleras, con las empleadas de fuente de soda del barrio de la Estación, te sentías a tus anchas. Y con las meretrices, con las putas. Porque durante toda tu juventud y hasta una etapa avanzada de tu edad madura, hablando con claridad, sin falsos pudores, fuiste un putero consumado, un cliente de prostíbulos de lujo y de no tanto lujo. Desde aquel remoto episodio de las Carne Asá, que atribuiste a un personaje de ficción, pero que era una ficción estrechamente autobiográfica, una historia vivida y contada en sus detalles. Y esa señora de sociedad, activa en obras de beneficencia, opulenta y cachonda, que se acostaba con sus cocheros y les hacía generosos regalos, ¿quién sería? ¿Habías reconocido, al encontrar en la casa de las Carne Asá esa fotografía de página entera de alguna revista de entonces, *Corre Vuela*, *Pacífico Magazine*, a una ilustre matrona de tu propia familia? A ti, en esos años de la dictadura de Ibáñez y en los que siguieron, en la presidencia de Luis Esteban Montero, en los cien días de la República Socialista de Carlos Dávila y de Marmaduque Grove, el famoso y pintoresco don Marma, o ya en la segunda presidencia de Arturo Alessandri Palma, después del año 1931, te imagino saliendo de cacería, seduciendo a una amable vendedora de calcetines de los almacenes de Gath y Chaves, precursores de los Malls de ahora, internándote en las galerías estrechas, de tablas crujientes, de algún hotelucho por horas de la calle Bandera o de Amunátegui. Llegarías tarde a tu casa del barrio de San Diego y avenida

Matta y tus dos hijos estarían durmiendo, al cuidado de alguna anciana de raza mapuche, contadora de consejas y de historias de aparecidos y degollados. Sentirías una conciencia
culpable, pesada, pero no tomarías ninguna medida seria para cambiar el rumbo. Porque así eras, y pensabas que tu casa
era una embarcación destartalada, mal calafateada, y que navegaba derecho al abismo. Las fantasías sobre lo abismal, sobre torbellinos, remolinos, cráteres terrestres, naufragios,
abundaban en tus sueños, en tus pesadillas y desde luego, en
tus páginas. Te dabas tiempo, al día siguiente, para conversar
con esos niños, para preguntarles por sus estudios, para sacarlos un rato de paseo, pero después desaparecías por un día,
por dos, a veces por más. Te mereciste la historia de tus hijos,
los desafíos contrapuestos que te plantearon. De hecho, sin
embargo, no pudiste actuar de otra manera. ¿Qué otra cosa
habrías podido hacer? ¿Casarte con una María Letelier, Letelier del Campo, y poner a los niños bajo su tutela? Pero tenías
conciencia de vivir en una época endiablada, en una prolongada crisis. No era fácil encontrar mujeres querendonas, do-
mésticas, discretas, no enloquecidas por la vanidad, por la
coquetería, por la ambición, no corrompidas. Todo estaba
podrido, como decías a cada rato, y los redentores, además de
escasos, eran de una torpeza manifiesta: se andaban estrellan-
do la cabeza contra murallones de piedra. O eran falsos redentores. ¡Farsantes consumados, sepulcros blanqueados! Y
golpeabas contra la barra interminable de La Bahía, sólida y
noble, a pesar de todo, tu vaso de martini seco, y pedías a gritos que te dieran un cacho, un cubo de cuero con cinco dados
adentro, para jugarte los tragos al crap, a la veintiuna real, a lo
que fuera.

Uno de tus amigos de aquellos días, un tal Enrique
Balmazával, heredero conspicuo de la vieja aristocracia terra-
teniente, nieto de uno de los últimos mayorazgos coloniales,
dueño de extensas tierras en Graneros, en Codegua, en Machalí, en medio Valle Central, te confesó una noche, cuando
ambos entraban al martini seco número cinco, que su pasión

mayor, su vicio irresistible, era contratarse de mozo en un prostíbulo.

—¿Para qué? —le preguntaste, y la verdad es que estabas sorprendido, atónito, porque te habrías imaginado cualquier cosa menos ésa.

—Para que me humillen —murmuró el otro, con la voz seca, con la lengua enredada entre los dientes, mirando las tablas de la mesa, echando una espuma amarillenta por las comisuras de los labios—, para que me maltraten. Si es posible, para que me peguen y hasta se meen encima de mí.

—¿Y éste es el precio de ser el dueño de Las Tablas, de La Rinconada?

—Sí —contestó Balmazával, y tenía los ojos húmedos, y se arreglaba la elegante corbata de papillón con dedos finos, huesudos, delicados, que temblaban. Y agregó, tapándose la frente—. ¡Seguro que sí!

Se supo de la jornada negra de la Bolsa de Nueva York, la de octubre de 1929, y la crisis empezó a sentirse pronto entre nosotros. Bajaban a Santiago los obreros cesantes del norte, de las salitreras, acompañados de sus mujeres, de sus niños, de los ancianos de la casa, pálidos de hambre, con los ojos extraviados, en harapos, y el gobierno los colocaba en unos barracones que llamaban albergues. Algunas señoras de la Acción Católica, acompañadas de sus sirvientas, de sus cocineras, de sus choferes, trasladaban grandes ollas, cucharones, platos hondos, tenedores y cucharas de latón, y les preparaban sopas. Les enseñaban a persignarse y a rezar antes de precipitarse sobre las raciones humeantes, y después comentaban entre ellas, con bocas fruncidas, con gestos de disimulado disgusto, que parecían animales.

—¡Pobre gente! —exclamaban después, y hasta se persignaban.

El Caballo Ibáñez, como lo habían bautizado hacía rato, tuvo que huir de La Moneda un par de años más tarde, en julio de 1931, y la gente, al conocer la noticia, salió a la calle a cantar, a gritar, a celebrar. Si veían a un militar o a un policía de uniforme, lo agarraban a pedradas. Más de alguno quedó malherido, y se dijo que las turbas, formadas por una mezcla de obreros hambrientos, de niños bien, y hasta de mujeres histéricas que salían de los barrios ricos, habían matado a palos y a golpes a más de algún milico, pero no fue un rumor confirmado. Tú, en cualquier caso, te quedaste sentado en tu poltrona, de malas pulgas, leyendo una novela de Dostoievsky, de Turgueniev, de algún eslavo. Habías dejado hacía rato de concederle el menor crédito a Ibáñez, pero tampoco dabas nada por los otros, por los politicastros civiles que lo iban a reemplazar, que estaban dispuestos, como afirmaban con la mayor impudicia, a sacrificarse. Hacías un movimiento grosero con las manos y con los brazos, un corte. Hablabas solo. Leías en la prensa que tu pariente rico, después de su largo y publicitado exilio, regresaba al país, y estallabas en denuestos. Si hubieras podido comprometerte, militar en un partido, defender alguna causa noble sin hacerte demasiadas preguntas, habría sido mucho mejor para ti, para tu equilibrio, para tu salud mental, pero la verdad es que no podías.

El personaje de Teresa Iturrigorriaga, el de *La chica del Crillón*, novela que publicaste en 1935, pero que transcurre entre 1932 y 1934, ya germinaba en tu cabeza en los días agitados de la caída del Caballo. Eran mis primeros tiempos. Mi madre, politiquera, liberal, apasionada alessandrista, fue de nueve meses de embarazo al entierro de Riesco, el estudiante que murió de un balazo de la policía en una protesta contra la dictadura. El Caballo huyó poco después, y yo nací, en un viejo caserón de la Alameda de las Delicias, casi al llegar a la esquina de la calle Carmen, en una época en que todavía existía en la esquina opuesta el convento del Carmen, en un momento en que todavía no había un gobierno bien constituido. En los mismos días en que tú, venido a menos, en el punto más bajo de la curva de tu vida, hablabas solo, a gritos, como un enajenado, te golpeabas la frente, y le decías a quien te quisiera oír que no creías que la situación mejorara para nada.

—Lo más terrible de este pobre país —alegabas— es que cada cambio es para peor. Siempre creemos que hemos tocado fondo, pero es una ilusión más. No hemos tocado fondo ni nada que se parezca, y a lo mejor no tocaremos fondo nunca. ¡Hasta que lleguemos al mismísimo infierno!

Fuenzalida se reía. Valdés Vergara, un socio suyo que acababa de aparecer, joven, delgado, huesudo, de barba en punta, callaba. Con ayuda de su nuevo socio, Fuenzalida había instalado por fin en San Diego, no lejos de tu casa, pero bastante más cerca de la Alameda, en una sección mejor, su restaurante, El Naturista, y ahí, en sus mesones, comiendo extraños bisteques sin carne, hechos de plátano frito, conversabas y revisabas con él, con Valdés Vergara, con algunos otros, con Perico Vergara, si se encontraba de paso por Chile, con el Petit García, con Andrés, quizá con Enrique Balmazával, a quien su vicio, su locura, ponían baboso, e incluso con gente que llegaba de otros lados, con don Marmaduque, por ejemplo, o con el oratorio y empecinado Pedro León Ugalde y su chambergo, su flotante capa española, con todos ellos, la situación general de Chile y el mundo. Fuenzalida tenía actitudes de cínico y Valdés Vergara era un fanático de la dieta vegetariana, pensaba que ahí se encontraba la salvación de la especie humana. Era, a lo mejor, un ecologista *avant la lettre*. No faltaba entre los contertulios alguno que sostuviera que la solución vendría del este, de la Rusia bolchevique; otro celebraba la caída de la monarquía y el advenimiento de la República en España, mientras tu amigo José Santos González Vera, escritor fino, de humor punzante, que en cada nueva edición de sus libros los «corregía y disminuía», después de regalar una corrida de pastillas de menta, bombones de los que siempre andaba bien provisto, declaraba que él, ácrata, anarquista de pura cepa, no creía en soluciones que vinieran de los Estados, de los gobiernos, de arriba. Ni siquiera, saben ustedes, queridos amigos, creía que hubiera soluciones.

—No hay soluciones globales, por lo menos —declaraba, para poner punto final a largas lucubraciones—: buscarlas es una pérdida de tiempo —y tú pensabas que no le faltaba razón. Te sentías mejor interpretado por él, por José Santos, el ácrata, que por los demás miembros de la tertulia, con todos sus argumentos, sus raciocinios, sus universidades.

Teresa Iturrigorriaga, vástago de una familia de la oligarquía venida a menos, acomplejada y aterrorizada por la pobreza, sufriendo humillaciones atroces, como la del mal olor corporal, consecuencia de las malas condiciones de su vivienda, de su falta de cosméticos de lujo, de su escasez de ropa de recambio, es otro de tus autorretratos parciales, un alter ego que esta vez viste faldas. Viene de arriba en la jerarquía social, a diferencia de Esmeraldo o del Curriquiqui, pero su descenso, su pobreza disimulada a duras penas, son en cierto modo peores que la miseria de los otros dos. Teresa asiste a un par de bailes de sociedad, y la llamada gente bien la rechaza sin la más mínima consideración, con el más absoluto desprecio. Las clases altas santiaguinas habían llegado al punto de su evolución en el que sólo respetaban el dinero, nada más que el dinero, la pasta, la plata. Tú habías recibido menos de lo que esperabas, habías tratado de doblarlo y habías perdido hasta el último peso. ¿Qué te quedaba, entonces? ¿Qué pretendías? ¿Creías que la historia te podía salvar? ¿Y de qué historia me hablas? ¿De los comerciantes chinos, de los mineros brujos, de los jarrones de porcelana? Quizá había algo de María Letelier del Campo en el personaje de Teresa Iturrigorriaga, pero Teresa, por encima de todo, eras tú (*Madame Bovary c'est moi*). En la novela se cuenta que el papá de Teresa, enfermo y arruinado, era, pese a todo, amado y protegido por la regenta, la cabrona, como se dice vulgarmente, de un prostíbulo importante. Vuelves por ahí a tu tema, a una de tus obsesiones. Y se demuestra una vez más tu extraña capacidad de anticipación, de adivinación. Porque el hijo mayor que tuviste con la granadina vivió en una época de su vida en un prostíbulo, emparejado con la dueña, según testimonios concordantes. Y eso tuvo que ocurrir muchos años más tarde. Salvo que Pedrín existiera, el Azafrán, tu hijo en la ficción, y te lo hubieras traído de Madrid a Santiago. Pero, ¿cómo?

A mí me gustan los episodios del tifus exantemático en *La chica del Crillón*. Eres un realista que de pronto deriva al tono de un Valle Inclán, al esperpento, a las comedias de lo grotesco. Te atrae mucho el personaje de don Ramón, el manco de las barbas de chivo. Te seduce y te fascina. Lo nombras en tus crónicas de Madrid a cada rato. Y en la novela de Teresa Iturrigorriaga insistes, entre otras cosas, en que el piojo, el portador del tifus, es un animalillo apocalíptico. ¿Por qué? «Porque lo mismo ataca a un Errázuriz que a un Verdejo». Esta frase, comentada en la tertulia de El Naturista, le produce gran regocijo a José Santos González Vera. Saca las pastillas de menta del bolsillo de su chaleco, en un rapto de entusiasmo, y reparte una corrida. Tú sigues en la novela con tu descripción del año de la peste. Hay un gran baile de sociedad en el antiguo Hotel Crillón, que fue el punto de encuentro de los santiaguinos elegantes hasta por allá por los comienzos de la década de 1960. A la salida del baile, los cesantes, los desarrapados, los hambrientos, una verdadera corte de los milagros, rodean a los gomosos, a las princesas, como nubes de pesadilla, y piden plata, estiran las manos negras, los brazos descarnados, llenos de pústulas. Si no les dan, gritan ¡Cui! ¡Cui!, y hacen gestos de cortar el cogote. Son miserables que han escuchado hablar alguna vez de la guillotina, que saben de qué se trata. Y si tienen piojos, se los sacan del cuerpo inmundo, de los sobacos, de las greñas, y los arrojan contra los escotes de pieles albas, cuajadas de perlas gordas.

—¡Cui! ¡Cui!

En el fastuoso baile, bajo pesadas lámparas de cristal, se hablaba, explicas, de Europa, del amor, del arte, de la aristocracia, y de los piojos portadores del tifus exantemático. Y a la salida, a la luz de los faroles callejeros, se agolpaban en racimos las cabezas piojentas, la peste, la ruina.

A propósito, al final de su conocido poema, o antipoema, *Los vicios del mundo moderno*, y como conclusión de todo lo dicho, Nicanor Parra escribe unos versos que me permito copiar a continuación:

De sus axilas extrae el hombre la cera necesaria para forjar el rostro de sus ídolos.

y del sexo de la mujer la paja y el barro de sus templos.
Por todo lo cual
Cultivo un piojo en mi corbata
Y sonrío a los imbéciles que bajan de los árboles.

Nicanor Parra, el antipoeta, el autor de *La víbora* y de *La cueca larga,* dixit.

XXIII

En la tertulia del Naturista se hablaba de los bombardeos de Madrid, de una tal duquesa de la Victoria que había conseguido salir a Marsella, bajo protección de la embajada de Argentina, y había hecho declaraciones furibundas, enteramente imprudentes, como una Pasionaria del otro bando, dijo él, y González Vera, el entonces joven José Santos, que se fabricaba un pitillo con papel de fumar, encontró que la observación era divertida. También hablaron de los frentes populares en Chile y en Europa, de Alessandri, de su Ministro de Hacienda, Gustavo Ross, un mago de las finanzas que no tenía nada de mago, su única receta consistía en apretarse el cinturón, en que los ricos fueran cada vez más ricos y los pobres se murieran de hambre. Es que si uno les aumenta los ingresos a los rotos, había declarado con la mayor seriedad a la prensa, como son todos unos flojos y unos borrachos, sólo serviría para que fueran mucho más a la cantina, para que tomaran más trago y se emborracharan como animales. ¿Cuál era la solución, entonces? Blanquear la raza, había respondido el Ministro, impertérrito, con su cara de chino burlón: traer gente europea, en lo posible del norte, de Australia y Nueva Zelanda, de Canadá...

Después de hablar de Ross, el grupo habló de Marmaduque Grove, don Marma, el coronel de Aviación de ideas socialistas.

—Los tiempos de don Marma ya pasaron —sentenció Fuenzalida, y alguien comentó que don Marma predicaba la moral partidaria, pero andaba por ahí con una turca buena p'al catre. En una manifestación política en el teatro circo Caupolicán, uno de la galería le había preguntado a gritos por la turca, ¿y la turca?, había interrumpido, en los momentos en que él predicaba su moralina, y él, don Marma, rojo de furia, le había exigido a sus partidarios que sacaran al preguntón a patada limpia.

Conversaban sobre estas cosas y otras parecidas cuando cruzó la puerta de entrada un sujeto alto, de frondosa barba entrecana, una de esas barbas anchas e incultas, que se derraman por los costados, calzado con sandalias, como un franciscano, y que se cubría los hombros con una manta delgada, una especie de túnica de color indefinido. El hombre hizo un vago saludo a la concurrencia, con expresión entre arrogante y distraída, y subió por la escalera. Valdés Vergara, en voz baja, agarrándose la barbilla, explicó que era un predicador callejero muy escuchado, seguido por multitudes, y que desplegaba su acción entre estos barrios y los de la Quinta Normal.

—¿Cómo se llama?

—No tengo idea. Pero se hace llamar y lo conoce todo el mundo como el Cristo de Elqui.

Él le había entregado en préstamo una pieza en el último piso, porque el Cristo no tenía dónde dormir: se gastaba todo lo que recibía en imprimir folletos de diversos colores, llamados a la conciencia colectiva, protestas frente al descalabro universal, oraciones por él mismo inventadas. Y predicaba a algunas cuadras de distancia, en la esquina de San Diego con la avenida Matta, en el bandejón central, denunciando a voz en cuello la corrupción imperante, el latrocinio de los políticos, la lascivia insufrible, así decía, de las señoras de sociedad y de los curas, anunciando, como consecuencia de tanta prevaricación, el fin de los tiempos, lluvias de azufre y otros signos portentosos, y provocando con su prédica gritos frenéticos de adhesión, miradas extraviadas, fatigas en plena vía pública.

La tertulia se disolvió y él se fue a despedir de la encargada de su mesa, Mayita, se llamaba. Mayita había llegado del campo hacía pocas semanas para trabajar en el servicio de los comedores y era un verdadero encanto, como un arbusto, explicó Joaquín, en la primavera: igual de bella y de natural, de silvestre, de perfumada, comparación que Perico Vergara, Fuenzalida, el Petit García y el Incandescente Morales, encontraron de una delicadeza digna de un caballero de tiempos idos.

—Si pudiera casarme con una mujer así —murmuró Joaquín, bajando la voz—, sería el hombre más feliz de la tierra.

—¿Y en qué topas? —replicaron ellos—. ¿Por qué no le propones matrimonio?

Hubo algunas risas, y hasta un brindis con jugo de manzana, puesto que en El Naturista, desde la entrada del nuevo socio, Valdés Vergara, hombre de apariencia quijotesca, barbilla de chino, ojos celestes, las bebidas alcohólicas estaban excluidas. Joaquín llegó a su casa y se encerró en su escritorio a leer, bajo la luz de una lámpara de mesa, una colección de ensayos de don Miguel de Unamuno. Pensaba en España, en la guerra sin cuartel, en la caballería mora que le ganaba batallas a los soldados republicanos, en la fiebre, en el odio asesino, y la lectura de Unamuno era una manera de recordar, un homenaje silencioso. El pobre hombre había muerto en una tierra de nadie y había tenido unos funerales vergonzosos, un cortejo seguido por unos cuantos requetés, por tres o cuatro falangistas, por un puñado de profesores aterrorizados. Comió un pedazo de queso reseco, bebió, en homenaje al escritor fallecido, un buen vaso de vino tinto, porque en su casa sí que estaban autorizadas las bebidas alcohólicas, y se fue a dormir. Había un silencio profundo, que asustaba, interrumpido por crujidos de las tablas, por los colmillos de un roedor en el entretecho. Sintió, de pronto, el ruido de una quebrazón de vidrios, seguido de pasos en el zaguán de entrada. Acababa de apagar la luz del velador, con la idea de tratar de conciliar el sueño, y ahora, después de un segundo de duda, prefirió no encenderla. Se irguió en la cama, con los ojos muy abiertos, con el corazón acelerado, presintiendo algo, en cierto modo sabiendo, aunque sin querer saber, rechazando con todo su ser, con toda su voluntad, aquello que ya sabía. La Colt estaba en el primer cajón de la cómoda, al fondo, detrás de los calcetines. Atravesó el dormitorio en la punta de los pies, descalzo, pisando sobre las tablas frías, y regresó con la pistola. Abrió la funda de cuero con manos que temblaban, que no podían dejar de temblar, y se aseguró de que la Colt estuviera cargada. Hacía años que no la sacaba de su sitio. No buscaba la funda de cuero y la abría desde la tarde en que él y Perico, acompañados por Fuenzalida, habían resuelto subir a los faldeos de Peñalolén para suicidarse. De manera que había perdido la costumbre. Se notó en el silencio de la noche que el asaltante, el ladrón, había chocado contra una mesa o contra la arista de algún mueble: lanzó una exclamación mal sofocada de rabia y de dolor, casi un aullido.

—¿Quién es? —preguntó él, con la boca reseca, aunque sabía quién era, creía, para su desgracia, que sabía quién era. La pistola sin la funda, con su cañón al desnudo, aguardaba entre las sábanas, junto a su mano derecha. Notó que el cañón despedía un brillo opaco en la oscuridad. El intruso, entonces, el visitante no invitado, abrió la puerta: su figura alta, delgada, inconfundible, la nariz aguileña, la melena frondosa, se perfiló en el umbral oscuro.

—¡Ah! Eras tú. ¿A qué viniste, a esta hora, y entrando como un ladrón?

—Como lo que soy —dijo—. ¿No me rescataste en una rueda de presos, en el Depósito de la calle del Desaguadero, antes de que me trasladaran a la cárcel de la Moncloa?

—No creo que ése, el que fue a rescatarte, fuera yo.

—Fuiste tú —respondió el otro, la figura que bloqueaba la puerta—. ¡No te hagas el imbécil!

—¿Y a qué viniste? ¡Contesta!

—A robarte algunas cosas. Necesito dinero para cubrir un cheque sin fondos. De otro otro modo, me van a secar en la cárcel.

—No vas a robar nada —respondió él, temblando de ira, diciéndose que ya estaba bueno ya, que ya bastaba, y se puso de pie, descalzo, haciendo un movimiento para disimular la pistola debajo de la ropa de cama, gesto que el otro, el Aza-frán, ¿su hijo?, ¿o era sólo un hijo de su fantasía?, captó de in-mediato. A lo mejor el Azafrán, más rápido que yo, me mata, pensó, y quizá me lo tendría bien merecido.

El Azafrán, a todo esto, había dejado en el suelo un sa-co de objetos que ya había seleccionado, bandejas de plata, pisa-papeles de cristal, cubiertos de plaqué, y él, enloquecido, de un color azuloso, sintiendo que podía darle un ataque al corazón y caer fulminado ahí mismo, empezó a sacarlos del saco a tirones y a colocarlos en una mesa. El intruso, entonces, le dio un em-pujón feroz, despiadado, y estuvo a punto de tirarlo al suelo.

—Voy a llamar a la policía —gritó él, con voz irreco-nocible, gutural.

El Azafrán, Pedrín, ¿su hijo?, le lanzó entonces con la mano abierta, pero a todo lo que daba, una bofetada terrible, que lo hizo ver estrellas y lo tiró al suelo, lejos. Se golpeó con fuerza en una cadera, con riesgo de romperse los huesos, y arrastró en su caída una mesita llena de objetos frágiles, de po-tiches y figurillas, restos de las casas de sus abuelos, que en su mayor parte se hicieron añicos.

—¡Desgraciado! —aulló—. ¡Delincuente de mierda!

—Si sigues hablando —dijo el otro—, te vuelvo a pegar.

Lo dijo con tal cara de odio, con una palidez tan en-fermiza, con un gesto tan crispado, con un fulgor tan infernal en los ojos, que sintió, sentiste, tú, verdadero miedo. Habías pensado en el suicidio más de una vez. Se podría sostener que habías acariciado la idea, que le habías dado a menudo vuel-tas y más vueltas, con extraña voluptuosidad. Pero no querías morir en esa forma, a golpes, y de la mano de un hijo tuyo. De manera que te arrastraste por el suelo, adolorido, emitien-do ruidos extraños, hipos, sollozos, en procura de tu lecho. Te metiste adentro con dificultad y cogiste la pistola con la ma-no, aunque sin la intención de usarla, ni contra el Azafrán, tu hijo delincuente, o el hijo delincuente de tu fantasía, ni con-tra ti mismo. Sentir la cacha de madera bien lisa, los rebordes y láminas de acero, te dio una curiosa sensación de seguridad, de haber regresado a lo que se podría llamar normalidad, después de un paseo por los callejones de una pesadilla. Desde tu cabecera, con la cabeza adolorida hundida en la almohada, con sangre en la mejilla y en la comisura de los labios, divisabas al Azafrán en el fondo de la sala de estar y mientras reconstruía, con fría serenidad, el saco lleno de especies que iba a robarse. Tampoco voy a llamar a la policía, pensabas. Eso no fue más que una bravata. Voy a dejar que me robe, que me desvalije, como si hubiera apostado todas aquellas especies al negro y hubiera salido el rojo. Porque tú, Pedrín, Azafrán, fuiste el rojo, el color de mi mala suerte. Había querido tener hijos para compensar la rigidez, la falta de manifestaciones de afecto, la severidad de acero, de muerte, con que lo habían educado en su casa, pero no había conseguido educarlos en otra forma. No había logrado reemplazar aquella severidad por nada. Llegaba a la casa, trastornado por las historias del día, por las últimas frases que había escuchado, por las caras con que se había topado en el centro: los llamaba a su estudio y les acariciaba la cabeza un rato, les contaba algún cuento, les daba algún consejo inútil, plenamente consciente de su inutilidad, y después, nervioso, incapaz de quedarse tranquilo, salía como un celaje a cualquier parte, sin rumbo demasiado fijo. En resumen, fracasaste en tus designios paternales en forma rotunda. Tus buenas intenciones, aparte de que fueron de corta duración, sólo se redujeron a eso: a buenas intenciones.

Seguiste así hasta que despuntó el alba detrás de los postigos, hasta que empezó en San Diego el ruido de las carretelas, de las verdulerías, de los vendedores de diarios. No cerraste ya los ojos, no hiciste el menor intento de dormir, y de vez en cuando bajaba una lágrima gruesa y salobre por tus mejillas machucadas. Sufriste de algunos escalofríos y estados febriles. Te levantabas con gran esfuerzo para llegar hasta la cocina a mordisquear un pedazo de pan duro, una zanahoria, una manzana. Por suerte había un par de botellas de vino en uno de los estantes del repostero. Podías llenar un vaso con mano tembleque y llevarlo a tu velador de tanto en tanto. Esto ha sido mi salvación, dijiste, de lo más serio, mirando el vino a contraluz. Pasaron dos días, quizá tres, porque no te diste ni cuenta. Eran espacios de tiempo en que la alternancia entre los ruidos de la calle y el silencio nocturno te fascinaba. Te producía un estado parecido al éxtasis, a la contemplación, al trance de los místicos. Miguel de Unamuno sabía un poco de estas cosas, pero quizá no mucho. Nunca logró decidir entre Ignacio de Loyola, con sus concepciones castrenses, sus proyectos misioneros, y Santa Teresa. Para no hablar de San Juan de la Cruz. Dijiste, con una gran sonrisa, e hiciste sonar los dedos. ¿No te estarías volviendo medio loco?

Sentiste que tocaban el timbre y te pareció extraño, anormal, inquietante, pero, a lo mejor, al mismo tiempo, providencial. Buscaste las zapatillas con los pies, te pusiste la bata deshilachada y caminaste hasta la puerta de calle con dificultad, con un poco de susto. Lo que más te daba miedo eran las invenciones, los fantasmas, los personajes salidos de los libros. ¿Qué habrías hecho si al otro lado de la puerta hubiera estado de nuevo el Azafrán, o si estuviera el Curriquiqui, o ambos, tomados del brazo, riéndose, diciéndote cuchufletas? Abriste con el corazón palpitante, y ¡qué sorpresa!, ¡qué maravilla!, y habrías podido agregar: ¡qué regalo! Pero en vez de reaccionar así, te quedaste mudo. Hasta te sonrojaste.

—¡Mayita! —murmuraste, conmovido, eso sí, hasta el tuétano.

Ella dijo, de lo más sencilla, madura, a pesar de su juventud, que estaba preocupada por ti, después de tantos días de ausencia, y que había pasado a preguntar por tu salud. La hiciste entrar, y cuando había caminado un par de metros, cuando ya se había encontrado con ese campo de batalla, con ese desastre, con ese olor a huevos podridos, a ratones muertos, a trizaduras, llegaste a la conclusión de que estabas locamente enamorado de ella. Por ridículo que eso fuera, por desproporcionado y absurdo. Y no se lo ibas a decir. Por lo menos durante un buen tiempo. La ibas a amar en forma silenciosa y desesperada. Porque así tenía que ser, pensaste, y no de otra manera.

XXIV

La Mayita le ordenó la pieza y le hizo la cama. Dulce, sin hacerle preguntas, en silencio, cosa que a él le pareció una maravilla, la demostración más acabada de que era un espíritu superior. Le preparó un baño caliente en la tina vieja, llena de rasmilladuras y saltaduras negras, con patas de león maltrecho, y encontró en uno de los cajones de la cómoda un pijama limpio.

—El que lleva puesto, don Joaquín —dijo, sin dramatizar el asunto, tratando de infundirle calma—, está lleno de manchas de sangre.

Le pareció raro, a la Mayita, que hubiera una pistola adentro de la cama, pero él, sin decir nada, y tampoco le habían preguntado nada, la tomó, la guardó en su funda de cuero y la devolvió a su sitio en el primer cajón, detrás de los calcetines.

—Tómese, ahora, su baño —le dijo la Mayita con suavidad—, y después se mete a la cama y descansa. Y no piense tanto —agregó, porque los pliegues de su cara, los ojos idos, la palidez de sus facciones, le indicaban a ella que él, el caballero aficionado a escribir, pensaba demasiado, y estaba convencida de que pensar en exceso, rumiar todo el tiempo ideas complicadas, adelantarse a todo, era malo, nocivo para la salud. Él, por primera vez en todos esos días, sonrió. Le aseguró, Mayita, que pensar no era su fuerte, su manía, como la de tantos otros intelectuales (así nos llaman, explicó): él prefería jugar a los juegos más diversos, y escuchar o leer historias, y viajar, y escribir en cuadernos escolares y hacer dibujos en tinta china de los lugares por donde viajaba.

—¿En qué crees, Mayita —le preguntó, por hacer un chiste—, que está pensando el pensador de Rodin?

Pero ella, en sus tierras de Machalí, nunca había escuchado hablar de Rodin, ni de su pensador, ni de ninguna de esas cosas. Le insistió en que descansara, mientras salía de compras y le preparaba después una sopita, un platito. Para que comiera como la gente.

Me cambio, murmuró él para sí: me olvido de la calle del Teatro, de la calle de la Ruda, de los Campos Elíseos, de Augusto Rodin y Perico de los Palotes.

—¡Adiós —canturreó—, a los Campos Elíseos! *Adieu!* —y este *adieu* lo hizo acordarse de Shakespeare, del príncipe Hamlet y de su fantasma. ¡Adiós, fantasmas! ¡Adiós, apariciones nocturnas!

Se bañó, entonces, en el agua tibia, jabonosa, se pasó una esponja por la cabeza y por la espalda, sin atreverse a pedirle a la Mayita que lo hiciera, pensando en los placeres superiores que le podía deparar el futuro, y después se puso el pijama limpio y se metió, tarareando una melodía de Maurice Chevalier, adentro de las sábanas frescas. Qué raro, pensó, estar feliz y contento, respirando felicidad por todos los poros, y después de haber pasado por el calvario por el que había pasado. Todo dependía de tan poca cosa. Bastaba un detalle, y la rueda de la fortuna, la antigua diosa, se ponía a girar de otra manera. Ella, en ese momento, pidió permiso, golpeando con el nudillo en los cristales de la puerta del dormitorio, modosa, ¡con permiso, don Joaquín!, y entró con un plato de cazuela de vaca humeante sobre una bandeja de palo. El plato de greda, hondo, tenía papas, zapallo, una rodaja de choclo, porotitos verdes, un poco de arroz, además del estupendo hueso rodeado de carne. ¡Qué delicia! Y la Mayita, sin preguntarle nada, le sirvió un vaso entero de vino tinto.

—Tuve bastante fiebre —dijo él—, pero ya estoy mejor. ¡Mucho mejor! ¡Infinitamente mejor!

Cuando terminó de comerse la cazuela, la Mayita le preguntó si no pensaba colocar una denuncia en la comisaría del barrio. Él no le pudo contestar. Era un fenómeno demasiado raro, demasiado difícil de explicar. Todo lo que le había

sucedido era consecuencia de la literatura, de la manía literaria, pero ella no lo habría entendido. O lo habría entendido,
quizá, a su modo, y a lo mejor ya lo entendía.

—¡Machalí! —exclamó entonces, levantando los brazos, lleno de exaltación, de euforia, como si la cazuela de vaca con choclo, con perejil, con su rodaja de zapallo, hubiera
sido una droga irresistible—. ¡Machalí! ¡Machalí!

—Cálmese —dijo ella, sin sorprenderse demasiado,
como si ya empezara a conocer sus reacciones más íntimas—.
Mire que le puede volver la fiebre.

—¡Mayita! —gritó él—. ¡Mayita! ¡Machalí!

Más tarde hablaron un rato, ella sentada en una silla
de paja, al borde de la cama, él hundido, con las sábanas hasta la barbilla y las manos afuera. La Mayita le contó que le
gustaría abandonar su trabajo de empleada de comedor para
poner una peluquería. Sí, dijo. Tenía habilidad para esas cosas. En Machalí hacía de peluquera de todas las mujeres de la
familia. Y también podía cortarle el pelo a los hombres.

—Otro día traigo una máquina y unas tijeras y le corto el pelo, mire que bastante falta le hace.

El cruzó las manos encima de las sábanas, en estado
de beatitud. Estaba en el séptimo cielo, y no tenía la menor
intención de negarlo. En cuanto al Azafrán, al Curriquiqui, al
que fuera, no creía que volviera a presentarse. La Mayita había descendido de Machalí para exorcizar a todos sus demo-
nios. Y junto con la Mayita, la Virgen del Carmen, porque él,
en medio de lo peor, cuando rodaba por el suelo, malherido,
contuso, había alcanzado a invocarla.

—Podría ayudarte a poner una peluquería —dijo, y
ella hizo un gesto rápido con la mano: para que no pensara en
disparates, en cuestiones inútiles.

Dos o tres días más tarde, en El Naturista, Valdés
Vergara, muy excitado, con ojos que lanzaban chispas, contó
lo que sigue. Él, como todos sabían, le había dado alojamien-
to al Cristo de Elqui. Lo había hecho, como les consta a todos ustedes, dijo, para ayudarlo, porque estaba seguro de que

era un santo popular, un hombre de Dios, y no un cura prevaricador, fornicador, dedicado a cazar herencias de viejas ricas.

—Y miren ustedes lo que ha pasado —prosiguió Valdés Vergara, acomodándose en su asiento, acariciándose las barbas de chivo. Un buen día había sentido un sospechoso olor a carne a la parrilla, y mientras contaba esto, hacía el gesto de indagar, el de husmear con su nariz incisiva. La condena, entretanto, se notaba en sus ojos, en sus dedos huesudos, en sus cejas enarcadas. Pues bien, continuó, subió a la carrera, pero sin hacer ruido, como un espía, como un inquisidor al que le han salido alas.

—¿Y saben ustedes con qué me encontré?

Se encontró con que en el centro de la habitación había un anafe encendido, y encima del anafe una parrilla con un grueso y jugoso pedazote de carne, puro filete, pura contravención a las normas de la casa que lo había protegido, que le había dado el techo y el sustento.

—¡Se dan cuenta ustedes!

Los auditores, los amigos reunidos en semicírculo, se daban perfecta cuenta, y se miraron entre ellos, haciendo morisquetas por detrás de Valdés Vergara. Pero Valdés Vergara conocía esos gestos y la verdad es que no le importaban. No le importaban un solo pepino. Lo que le importaba era la locura, la corrupción abisal, los vicios del mundo moderno. El Cristo de Elqui, impertérrito, lo había escuchado sin pestañear, había mostrado el techo con el índice y había dicho:

—El de arriba me ordenó que comiera carne. Porque necesito fuerzas para dar a conocer su Palabra.

—¡Mentira! —vociferó Valdés Vergara—. ¡Cochina mentira! Y si fuera creyente añadiría: ¡Blasfemia! —y señalaba la calle con un largo brazo extendido, con una mano huesuda, con tanta furia, con tanta convicción, que su brazo tieso parecía una espada de fuego. El Cristo se limitó a mirar hacia la ciudad gris, neblinosa, por una ventana baja, antes de tomar unas cuantas pilchas y folletos y ponerlo todo en una bolsa de ropa sucia. También tomó un pedazo de jabón Sapolio, ya que con eso se lavaba de cuando en cuando, pero no usaba escobilla de dientes, máquina de afeitar y otras frivolidades. Bajó las escaleras estrechas con notable dignidad, con la frente en alto, con las barbas desgreñadas disparadas hacia el frente, mientras Valdés Vergara examinaba en los rincones y hasta debajo del camastro, en cuatro patas, en busca de materias sospechosas, de objetos pecaminosos. Después, todavía en cuatro patas, se asomó por la ventana baja y comprobó que el Cristo de Elqui cruzaba la calle en una línea oblicua, enhiesto, tranquilo, observado con sorpresa por los transeúntes, rodeado por el vuelo de algunos pájaros, evitado por un par de ciclistas.

—¡Era un impostor! —gritó más tarde, y se lo repitió a quien quisiera oírlo, porque vivíamos, decía, en un mundo de impostores, y había que denunciarlos. Arturo Alessandri Palma era el primero, el más fresco de todos, y el Pelado Ross, ¡hasta dónde había llegado el Pelao con sus imposturas y sus trampas!, y don Marma, aunque todos ustedes creyeran que era un reformador, un socialista, no era socialista, ni reformador, ni nada, ¡era un perfecto pillo!, y predicaba la moral de los revolucionarios, pero andaba por ahí refocilándose con su turca. ¡Y Adolfo Hitler! ¡Y Benito Mussolini! ¡Impostores todos, rufianes, asesinos!

González Vera, a quien muchos llamaban ya, a pesar de su juventud, don José Santos, se reía en voz baja, con un movimiento cadencioso del pecho, como si ahogara su risa, pero no tuviera fuerzas para ahogarla del todo. Dos o tres días después contaron que el Cristo de Elqui predicaba ahora en los faldeos del cerro San Cristóbal, cerca del Jardín Zoológico, y que dormía en la casucha de uno de los cuidadores de las fieras, o en una casa de tolerancia del barrio de Bellavista, las versiones eran contradictorias. Joaquín, a todo esto, seguía con enorme atención las noticias de la guerra de España y se preguntaba quién sería este general de raza blanca, pero aficionado, sin embargo, a comandar regimientos de infantería y de caballería mora, y apostaba a que Hitler y Mussolini entrarían en la península y nunca más los sacarían. Se sentaba todos los días a la hora de almuerzo en la misma mesa y en la misma silla y contemplaba con calma el movimiento de la calle San Diego, esperando que llegara la Mayita a atenderlo con la lista del día. El ingenio vegetariano de Valdés Vergara era notable, ya que había pasado del bistec a lo pobre sin bistec, con plátanos fritos en lugar de carne, a sutilezas bastante mayores: delicias de choclo y pimentones rojos, espumas de tuna, sopas a la menta. Joaquín conversaba largo rato con la Mayita, cada día más madura, más radiante, más bella en el más completo sentido de la expresión, pero nunca fue igual, se decía él, a esa tarde en que le ordenó la casa y le preparó un plato de cazuela a la rancagüina. Nunca sería igual. Él, a todo esto, se aprestaba para viajar a España como corresponsal de guerra de un diario mexicano y de un par de publicaciones chilenas.

—Te voy a echar tanto de menos, Mayita —murmuró, enamorado, con el pecho adolorido, con verdadera angustia, y tuvo la nítida impresión de que ella no le creía una sola palabra, de que sólo creía en realidades tangibles, cercanas, en personas que no se movían tanto y, sobre todo, que no desaparecían como sueños o como nubes. Porque irse a otro país, e irse a escribir sobre una guerra que ocurría a miles de kilómetros de distancia, no era una cosa que hiciera la gente que ella entendía y que a ella le gustaba. De manera que anotaba su pedido en un block, le servía su primer plato, una porción de rabanitos bien escogidos, un huevo duro, y le sonreía de buen grado, con sus ojos bonitos, con sus caderas espléndidas, pero lo miraba desde arriba, desde el costado de su mesa, con cierta reserva, con no poca extrañeza.

—Ya no me quieres nada —protestaba él, y ella, la Mayita, contestaba que sí, que lo quería mucho, pero la mirada de reserva, de recelo, incluso de sospecha, no cesaba. Si la quisiera tanto, al fin y al cabo, no se iría tan lejos. Y él pensaba: qué tonto soy, ¿por qué diablos tengo que irme? ¿Cómo se llamará este demonio que llevo adentro, y que al final siempre me domina? Aparecían dos o tres amigos suyos, se instalaban en la misma mesa, y ella, discreta, prudente, guardaba silencio y cumplía con su trabajo en forma esmerada. Después agradecía las propinas con una sonrisa encantadora. Sus amigos le habían escuchado que estaba enamorado de la Mayita, pero como había dejado de hablar del tema, suponían que el amor se le había pasado, o se había olvidado del asunto, que sólo era, barruntaban, una más de sus extravagancias, aunque no, quizá, la menor. Él, en la tarde, arregló su equipaje con el corazón pesado, con un sabor amargo, metálico, en la boca, con el alma en el suelo. Quiso ir a buscarla y no separarse de ella nunca, y supo, también, que si partía de viaje, si no cambiaba todos sus planes en forma drástica, la perdía para siempre. Se acordó de un poema que les había leído Neruda en voz alta, en una de sus apariciones en Santiago, en un departamentucho del Parque Forestal: *Tango del viudo*. Y pensó en un paisaje desolado, en una tierra montañosa, en un enorme y terrible crepúsculo. Soy un perfecto imbécil, se dijo, y siempre lo he sido. Pero su destino, parecía, era ése, y él no podía contradecirlo. En la tarde le llevaron a sus dos hijos, para que se despidiera de ellos, cosa que hizo con poca convicción, y en la noche subió a visitar a su madre. A la mañana siguiente, al cerrar la maleta y al tomar un taxi para ir hasta la Estación Mapocho, estaba demudado. Algunas horas después, sin embargo, almorzando en el restaurante Neptún de la calle Esmeralda, en Valparaíso, con un martini seco de aperitivo, seguido de una corvina a la mantequilla con alcaparras, se sentía francamente mejor. El diablo viajero y aventurero, ya un poco envejecido, había vuelto a las andanzas. Y el aire del puerto, el de sus años infantiles, lo conmovía, lo inspiraba, le llenaba los ojos de lágrimas, porque después del asalto en su casa del barrio de San Diego se había puesto llorón. Veía esa misma calle Esmeralda sembrada de ataúdes de palo en las veredas, en espera del carretón que se los iba a llevar al cementerio. Cuando agitaban un pañuelo blanco detrás de las ventanas, quería decir que había otra víctima de la peste y que era necesario traer otro ataúd de palo, encajonar al muerto y llevárselo. En la cubierta del barco, esa noche, mientras las luces de los cerros se alejaban, escribió una carta de apasionado amor, aunque sabía que era perfectamente inútil. Escribió la dirección en el sobre, compró los sellos y se encargó de echarla al día siguiente, después de haber recalado en el puerto de Antofagasta, en la oficina de Correos. Después caminó hasta la orilla del mar, contempló con filosofía una asamblea numerosa de pelícanos más o menos famélicos, y se dijo que perder el tiempo, y viajar sin mayor propósito, y amar sin esperanzas, eran, después de todo, cosas de los hombres. ¡Sí, señor!, exclamó, y se encontró en la calle principal de Antofagasta con un amigo de su juventud que había caído preso por estafa, que había pasado una temporada en la cárcel, y que después, por lo visto, había venido a instalarse en ese puerto nortino improbable, medio fantasmagórico. A pesar de sus desgracias, el hombre no perdía su buen humor, y el encuentro, regado con algunos pisco sauers en el club local, le sirvió de consuelo. La carta de amor, además, ya había comenzado su recorrido y encontraría pronto su destino, cualquiera que éste fuese.

XXV

Te dejamos en el Club Social de Antofagasta en compañía de un amigo de juventud, un simpático estafador. Fuiste compañero de andanzas, de mesas de juego, de aventuras nocturnas, de más de alguno. El de ahora, el exiliado en Antofagasta, exiliado económico, para decirlo de una manera más precisa, es bajo de estatura, de ojos grandes y algo salidos de las órbitas, de gruesas cejas rubias; usa un blazer azul oscuro con botones dorados, demasiado dorados, para tu gusto, un pañuelo de seda rojo, verde y azul, y unos curiosos botines con abundancia de hebillas y que parecen salidos de un cuento del siglo XIX. Piensas de repente que te habría gustado hacer una estafa, estafar a una gran empresa más estafadora que tú, y en seguida encerrarte en algún barrio de las afueras de Antofagasta, en una casita con jardín, en compañía de un perro lanudo y orejudo, a leer y recordar y beber un pisco sauer de cuando en cuando. Piensas y te da risa. Tienes la tentación de cambiar de vida a cada rato, en respuesta al menor de los estímulos. Y en los últimos tiempos, a pesar de la tentación, ya no cambias, ya dejaste de creer en aquellos cambios, en aquellas medicinas súbitas. Por lo cual se podría sospechar que no te subiste nunca a ese barco, que no bajaste nunca a dar un paseo por las calles del centro de Antofagasta, que no pusiste esa carta en el correo y ni siquiera la escribiste. Escapaste de Mayita sin dejar de estar enamorado de ella, sufriendo de la separación, penando, ¿y por qué?, porque no eres y nunca fuiste una persona enteramente normal, porque tus actos obedecían a menudo a razones oscuras, ancladas en recintos de tu conciencia que tú mismo desconocías.

—¡Sí, Mayita! ¡Aunque no me lo creas!

Se podría suponer, en consecuencia, que lo del barco, lo de la carta de amor escrita mientras las luces de los cerros de Valparaíso se alejaban, se hacían más pequeñas, se desdibujaban, tragadas por la niebla del Pacífico, es una pura fantasía, y que seguiste un camino que no es demasiado habitual en un corresponsal de guerra, pero que en ti no nos extraña. Te encerraste en tu covacha, o más bien en otra casa, quizá en Valparaíso, en la subida del cerro Los Placeres, o en la región de Limache, no lejos de la quinta de tu infancia, del árbol donde un gringo loco, marido de una de las hermanas Benavides, se pasaba tardes enteras leyendo ejemplares atrasados de la revista *The Graphic* y bebiendo sorbos de *Chilean water,* esto es, pisco puro, no pisco sauer, y llegaste a ser, de hecho, un notable corresponsal de la guerra de España y de la situación general europea, del crecimiento del fascismo, de la vacilación de las democracias occidentales y de las vísperas de la guerra mundial, sin necesidad de salir de las cuatro paredes de tu habitación. Todos los problemas de los hombres, decías, citando a Blaise Pascal, provienen de eso, de salir de su cuarto sin necesidad, de moverse a cada rato sin saber por qué se mueven, por qué corren y se afanan, por qué se asorochan tanto. Según el diccionario, asorocharse, en América del Sur, es padecer soroche, molestias de altura, pero en Chile también significa ruborizarse, abochornarse. Tú, según testimonios concordantes que venían de los lados más opuestos, de la familia y de fuera de la familia, de amigos de juventud, de crupieres de clubes clandestinos, matones y otros rufianes, te ponías rojo como un tomate y estallabas, echabas sapos y culebras, con sorprendente frecuencia, con intensa facilidad, y pronto se te pasaba, y actuabas entonces con una cortesía antigua, pedías disculpas, hacías espléndidos regalos o repartías propinas desproporcionadas.

Me inclino, pues, a creer, en contra de lo que pensaba al abrir este capítulo, que te encerraste y que escribiste tus crónicas de guerra a punta de leer todos los papeles y los periódicos que te llegaban a las manos, de escuchar radios de onda corta, porque ya existían las radios de onda corta, llenas de chirridos y de misteriosas voces extranjeras, y de seguir las acciones en mapas desplegados encima de tu mesa y donde clavabas banderitas republicanas o nacionales. Habías estado años atrás en muchos de los lugares de los acontecimientos y batallas, y te imaginabas perfectamente los otros, aquellos donde no habías estado, y las fotografías de milicianos de la República con sus pesados fusiles, con sus cascos, sus camisas arremangadas, sus alpargatas, te conmovían hasta la médula de los huesos. Habrías corrido a coger un fusil o una pistola y a disparar junto a ellos, y la verdad es que la vida, es decir, tu vida, había empezado a importarte poco, pero el problema es que se te había pasado la época de hacer cosas como ésas. Dentro de pocas semanas cumplirías cincuenta años, o ya los habías cumplido, y había llegado un momento en que correr, y no hablemos de correr con un fusil, y subir escaleras, tomar tranvías, cargar pesos, te fatigaba, te dejaba con la boca abierta, con la vista en el vacío, tratando de recuperar el aliento. Es probable, por otro lado, que hubieras renunciado, y no sólo a Mayita: a todo. Porque en una etapa pensaste que podías vivir a todo trapo, a tus anchas, sin limitaciones mezquinas, acompañado por la suerte, y triunfar, y no, ni mucho menos, en tu provincia, sino en cualquier parte: en París, en Madrid, en la Costa Azul o en San Sebastián, y de repente, en cosa de pocos días, comprendiste que el viento había cambiado de dirección. El mundo te había abandonado con una mueca, con una burla, y había seguido su curso, rodando por la vastedad del tiempo y del espacio. Mandabas, pues, tus crónicas de guerra desde un escondite, y lo del barco tomado en Valparaíso no había pasado de ser una imaginación tuya, o mía. ¿Salvo que te hubieras bajado del barco y te hubieras escondido allá, conversando en las tardes con tu amigo el estafador, frente a una asamblea de pelícanos desplegados en un roquerío, o a una montaña de trigo a granel cagada por los pájaros y destinada a ser transportada por ferrocarril hasta Bolivia? Porque todo era posible, y los lectores, en cualquier caso, esperaban tus despachos con impaciencia y se los devoraban. Tus pacientes, fieles, crédulos lectores. ¿Te habías convertido, al fin, a través de tu solipsismo, tu quietismo, tu inmensa mala uva, en un delincuente de la pluma, un Azafrán del periodismo, un impostor? Me parece que no conviene exagerar. Por mucho que se ponga al servicio de las noticias, un escritor puede permitirse algunas libertades, algunos lujos. Poco después, para el terremoto de Chillán del mes de enero de 1939, Josep Pla, uno de los más grandes articulistas catalanes de todo el siglo, viajó hasta Chile para mandar a Barcelona sus despachos de prensa acerca de la catástrofe. Según informaciones mías de primera mano, originadas en la casa de una conocida familia de exiliados catalanes de la República, Pla nunca se movió de Santiago. Ni siquiera salió muchas veces de la casa donde se alojaba y de su jardín. Se dedicó a probar los vinos chilenos, que había descubierto con gran placer en las bodegas santiaguinas, y a enviar crónicas del terremoto basadas en las noticias de las radios, en la prensa local, en los relatos de la gente que llegaba del sur. ¿Tenían que ser peores esas crónicas reposadas, pergeñadas junto a un vaso de vino tinto, que las de un testigo que caminara sobre escombros, mirando los cadáveres, escuchando los lamentos de los heridos? No nos consta, desde luego.

Un día, cuando estabas con la oreja pegada a las noticias de onda corta, escuchaste que un conocido aristócrata español, el señor Jorge de Cuevas, había dejado su mansión de la Costa Azul en compañía de su esposa Margaret, nacida Strong Rockefeller, y de sus hijos, para ir a refugiarse en una de sus propiedades de Nueva York. ¡Jorge de Cuevas!, exclamaste, ¡aristócrata español!, y te golpeaste la frente con una mano, medio enloquecido. El triunfador absoluto, en resumidas cuentas, y ya lo sabías, pero no terminabas de asimilarlo, era Cuevas, el Sotito, el Dueñitas de tus ficciones de juventud. El se podía refugiar en sus dominios de Nueva York, coleccionando pintura contemporánea, asistiendo vestido de etiqueta a los estrenos del Metropolitan, en espera de que el chaparrón

de la historia pasara, mientras tú devorabas papeles como malo de la cabeza, te mareabas escuchando radios de onda corta,
te quemabas las pestañas encima de mapas y de libracos, y así,
con todo eso, apenas conseguías parar la olla. En lugar de tanta biología, de tanta álgebra, habría sido mejor, mamita, so-
llozaste, que me enseñaran a bailar, a distribuir los asientos en
una mesa, a destilar piropos en los oídos de las señoras mayores. Más frivolidad, por favor, y menos filosofía. Cuevas te había anunciado un día, en el París del final de la primera
guerra, y ahora lo recordabas como si lo estuvieras escuchando, reconocías el timbre inconfundible de la voz y el gesto no
menos inconfundible, que no descansaría hasta hacerse rico,
muy rico.

—¿Y cómo?

—¡Como sea! Por especulación, por matrimonio, por
cualquier medio.

—¿Lícito?

—En lo posible.

Y lo había conseguido plenamente, de la manera más
directa, más asombrosa y a la vez más sencilla. Cuando supo
que un Príncipe de la corte imperial rusa, Yusupof, el que había asesinado a Grigori Rasputín, el monje loco y corrompi-
do, en una sala subterránea de su palacio de San Petersburgo,
había desembarcado en París, se hizo presentar a él sin pérdida de tiempo. No sabemos si la presentación se hizo por in-
termedio del Conde Boni de Castellane o de algún aristócrata
ruso recién escapado, puesto que la revolución bolchevique ya
tocaba a redoble todos sus tambores. El Príncipe Yusupof, como casi todos, cayó envuelto sin remisión en las redes pura-
mente verbales, incorpóreas, de Cuevitas, nacido en la calle
Santo Domingo abajo de Santiago, Chile, como Jorge Cuevas
Bartholin. Pocos años después de este encuentro, durante tu
viaje de 1925 a la Sociedad de las Naciones y tu breve estada
en París ante la Comisión de Cooperación Intelectual, Cuevitas te lo contó en detalle, a su manera, con ojos risueños, entre pícaro y grave. Había ocurrido que el Príncipe era un

delirante aficionado a la ropa, a los trapos, a las joyas, un narciso de tomo y lomo, un pederasta poco disimulado, un femenino de alma, aunque capaz de asesinar por asuntos de dinastía, o feliz de asesinar, vaya uno a saber, y a él, a Cuevas, qué le habían dicho. Si hubiera seguido un curso de moda, mamita, en lugar de sesiones agotadoras de Derecho Internacional Privado y Público... Cuevitas le hizo de guía al Príncipe afeminado y homicida por las mejores tiendas de París, consiguió entradas para desfiles deslumbrantes, le presentó a la duquesa de Guermantes, a la infanta Eulalia, a una que otra de las bellezas modernas de la época, a las que se peinaban a lo garzón y posaban para fotografías de Man Ray, a la chilena Eugenia Huici de Errázuriz, *Madame Errazuríz,* a las que ya sabían algunos pasos de tango y seguían las coreografías de Josephine Baker, a la pequeña Lucía Joyce, que era un diamante en bruto. Yusupof, sacando pecho, declaró que deseaba montar la tienda de ropa más refinada, más lujosa de París y de Occidente, y Cuevitas, oportuno, de talento superior, se ofreció para ayudarlo en la empresa. La tienda se llamó *Irfé,* tuvo una de las inauguraciones más brillantes de la temporada, y pronto se hizo célebre a ambos lados del Océano Atlántico. Eran tiempos de gloria, de audacia, de vida a cien kilómetros por hora. ¿No habían escuchado hablar ustedes de Pablo Picasso, de Pierre Matisse, de James Joyce, el papá de la encantadora Lucía, de Marinetti, inventor del futurismo, de Greta Garbo? ¡Qué atrasados de noticias estaban! Llegaban las norteamericanas a *Irfé,* y Cuevitas, con su labia, con sus zapatos de tacos disimulados para verse más alto, con sus manos finas, mostraba una falda de seda de diseños cubistas, una estola de pieles rusas, una increíble cartera de pedrería color de azabache. En una de ésas llegó Margaret Strong Rockefeller, rica heredera norteamericana, y Cuevitas, al cabo de algunos accidentes, diversas invitaciones, paseos campestres al castillo de los Noailles, tres o cuatro bailes de sociedad, un *vernissage* de pintura surrealista, Max Ernst, a lo mejor, o un belga que se llamaba Magritte, seguido de un reestreno del ballet *Para-*

de y de una fiesta en el hotel particular de don Matías Errázuriz y de Pepa Alvear, terminó casado con ella. ¡Sí, señor, gritaste, golpeándote la frente, espantando un pequeño
enjambre de moscas, casado por todas las leyes, heredero de
una parte de la fortuna de los magnates Rockefeller, y sin la
menor necesidad, mamita, de haber estudiado trigonometría!

Lo que había sucedido es que Margaret, acompañada
de otra gringa, había ido a *Irfé* a conocer a Yusupof, al fasci-
nante asesino, y Cuevitas la había interceptado y había conseguido envolverla en sus bien comprobadas redes. Tú lo creías
todo, y a la vez no lo podías creer. El día más importante de
mi vida, llegaste a decir, es el día del matrimonio de Cuevitas
con la Rockefeller.

—Pero no fuiste tú el que se casó, fue él.

—¡Y qué carajo importa!

Él, entretanto, ya había iniciado el sorprendente camino que lo llevaría de Cuevitas a marqués de Cuevas. Tuvo
que radicarse un tiempo en Nueva York, ya que no estaba en
condiciones de financiar su vida de casado en París, pero Nueva York resultó providencial, porque le dio la oportunidad de
congraciarse con el abuelo multimillonario. Comprendió en
una fracción de segundo, con las maravillosas antenas que había adquirido, nadie sabía cómo, en el barrio bajo de Santiago, allá por la confluencia de Bulnes y Catedral, cerca del
sector donde tú, que harías el recorrido inverso, terminaste
tus días, que el secreto, la fórmula mágica, residía en el juego
del golf. ¿En el golf? ¡Sí, señores, como ustedes lo oyen: en el
golf! Se compró los mejores palos y se puso a aprender como
malo de la cabeza, en jornadas secretas, en un club barato y
que nadie, sin duda, dentro de la familia de su mujer, conocía. El profesor le decía que no tenía demasiadas condiciones,
que su *swing* era excesivamente rígido, que levantaba la vista
de la pelota a cada rato, que si le gustaba tanto el ballet, que
practicara el *swing* como quien practica un paso de baile, que
se soltara un poco, y así, con perseverancia, madrugando, apare-
ciendo en la cancha con los ojos pesados de sueño, llegó a pe-

garle a la pelota en cada ocasión y a veces con cierto donaire, con una adquirida elasticidad, imprimiéndole modesta velocidad y aceptable altura. Cuando estimó que la primera etapa de su aprendizaje ya estaba cumplida, llegó de visita a la mansión del abuelo multimillonario, que sólo apreciaba dos cosas en este mundo, el golf y las altas finanzas, y le propuso acompañarlo en su partida de la mañana siguiente.

—¿Usted juega, George?

—Un poco —dijo, con expresión púdica, con falsa modestia, mirándose las puntas de los zapatos, como si hubiera jugado toda la vida, desde los tiempos del barrio Brasil y del postre de lúcuma, pero no tuviera mayores pretensiones deportivas o técnicas. En su quinta o sexta salida, el hielo había empezado a derretirse. En la salida número quince, el abuelo empezaba a aceptar a regañadientes, con toda clase de temblores, de corcoveos internos, la posibilidad de colocar una fortuna importante a nombre de la nieta. Al fin y al cabo, se trataba de una pareja de éxito, de inclinaciones artísticas, de exigencias estéticas y sociales mayores. Al terminar el hoyo 18, en una jornada calurosa, de primavera avanzada, en medio del zumbido de los abejorros, del revoloteo de las mariposas, del olor intenso del pasto recién cortado, se había empezado ya a producir la metamorfosis definitiva de Cuevitas. Era un milagro de la historia personal, de la sociedad, de la genealogía, y ese milagro había entrado en el proceso de su cristalización. ¡Sí, mamita mía, siempre te lo anuncié! A partir de aquella mañana, Jorge Cuevas Bartholin se dedicó a estudiar el tema de sus pergaminos, de sus títulos posibles. Años más tarde, en una oficina especializada, en el Madrid de la posguerra, ya que el proceso había sido largo, detectó con ojo de lince el título de marqués de Piedra Blanca de Huana.

—¿A qué se refiere esta expresión de Piedra Blanca de Huana?

—A las islas guaneras que se encuentran frente a las costas del Perú.

—¿A las piedras blanqueadas por la caca de los pájaros?

—Así es, señor Cuevas.

—Está muy bien. Voy a rescatar ese título para mí.

—Le hago su liquidación de inmediato. ¿Cómo piensa pagar?

—Al contado, y si le interesa, en dólares de los Estados Unidos.

—¡Perfecto! —exclamó el especialista, que estaba rodeado de pergaminos enmarcados, de vitrinas con medallas variadas, de otras donde se exhibían capas y curiosos sombreros llenos de flecos blancos, amarillos, rojos. Él, Jorge Cuevas, salió con sus rollos debajo del brazo, ufano, y partió a encargar sus papeles con toda clase de timbres, sus tarjetas y tarjetones. A ti te escribió una carta en sus nuevos papeles, que eran de un entramado grueso, un tanto amarillo. En la orilla izquierda, arriba, en letra cursiva, se leía: *El Marqués de Piedra Blanca de Huana*. La carta llegó a Montolín, a casa de tu madre, pero te la hicieron seguir por el correo y la abriste en San Diego, en la penumbra, con el rumor de fondo de los ratones que roían las tablas del techo. El corazón te dio un salto enorme, casi se te salió por la boca, en una mezcla de alegría y de angustia. Pero no tenías por qué angustiarte tanto. Tú le habías cedido el terreno. Él, precisamente, en los años del final de la primera guerra, en el Gran Hotel, el de la agonía de Naná, de la pobre Naná, te había dicho que tú, Joaquín, con tus ojos, con tu facha, con tu estilo, con tu manera elegante de pronunciar el inglés y el francés, podías llegar muy lejos. Más lejos que yo, había dicho, desde luego, y más lejos que nadie. Pero te habías replegado. Sentías el vértigo, la voluptuosidad del repliegue, del hundimiento. Habías naufragado en las tinieblas de la calle San Diego. ¿Cómo Balmazábal, tu amigo masoca? Habías regresado de un largo viaje y te habían dicho:

—¿Cómo le va?

Cómo le 'a, más bien, como si nadie se interesara para nada en escuchar tus historias, como si llegaras de la otra esquina. Porque así era Valparaíso, así era Santiago, así era

Chile. *¿Cómo le 'a?*, y habían pasado a otro tema, a la próxima candidatura presidencial, a don Arturo o a don Federico, a la última cotización de las Disputada de las Condes, al último caballero que se tiraba a la última señora del último cornudo. Y tú habías despotricado, habías lanzado un alarido en la noche andina, y después te habías quedado callado, y hasta te había venido un estremecimiento de risa, una risa sorda. A todo esto, pensabas, en el Club Social de Antofagasta o en alguna covacha de Valparaíso, después de haber escuchado en la BBC las últimas noticias de los bombardeos de Londres, ¿qué habrá sido de la Mayita, la bella, la incomparable, la silvestre? ¿Dónde estará? Las nieves de antaño, ¿dónde se encontrarán, en qué montes y quebradas, en qué apriscos y collados?

XXVI

Él reapareció en la casa destartalada de la calle San Diego, ahora en forma pública, porque no es imposible que antes la hubiera usado como escondite, y siguió escribiendo crónicas de guerra, no ya de la guerra española, que había terminado hacía rato con la derrota de la República, sino de la segunda conflagración mundial: crónicas largas, trepidantes, agudas, que a mucha gente irritaban, a tirios y troyanos, pero que mucha gente devoraba. Había señores sesudos que compraban el diario, corrían a su casa, se metían a la cama, envueltos en un chaleco de color indefinido, mordisqueado por las polillas, y se disponían a leer sus columnas armados de un lápiz. La escritura adquiría muchas veces un ritmo que se podría llamar febril, una contagiosa velocidad, y el lector saltaba sobre su colchón, agitaba el lápiz en el aire como quien agita una banderola, gritaba sus comentarios por la puerta abierta de su dormitorio hacia el corredor oscuro, y un niño indiferente, con la nariz llena de mocos, pasaba y lo miraba, o una empleada vieja de las piezas, con las piernas envueltas en papeles de diarios atrasados, no menos indiferente, una Clotilde, una Fresia. Anunció que la guerra sería larga y más sanguinaria que la primera, la de Pedro Plaza y Dueñitas en el París de los apagones y de los obuses, el de su *Criollos en París,* que la resistencia rusa en Stalingrado cambiaría el curso de los sucesos, que la entrada de los norteamericanos también lo cambiaría. Vale decir, no se equivocó en casi nada, te equivocaste muy poco, pero hubo frases que algunos quisieron interpretar como pro nazis y que otros interpretaron como pro comunistas: las mismas frases. Lo que sucede es que era, eras, un francotirador, un anarquista de alguna especie, un desesperado. ¿Efectos de su historia personal, de los tiempos que corrían, de la posición remota y excéntrica de Chile en el conflicto del mundo? Un desesperado, pero con una pluma en la mano, con una columna larga en la prensa.

A todo esto, cuando hizo su reaparición, ninguno sabía de dónde venía, si venía de contemplar desde una colina el desenlace sombrío de la batalla del Ebro, o de mirar el desfile de las tropas de ocupación alemanas por los Campos Elíseos, o de tomarse unos martinis secos en el Club Social de Antofagasta, o de un sucucho, un escondite cualquiera. Se pasó su vida desapareciendo y reapareciendo, jugando a las escondidas, duplicándose, un Doctor Jekyll y un Mister Hyde, viviendo en un barrio de este mundo y en el barrio opuesto, en un hotel de lujo y en la pensión de doña Paca. ¿Y no se podría sostener que sus personajes de ficción, sus autorretratos parciales, su Pedro Plaza, su Pedro Wallace, su Curriquiqui, su Esmeraldo, sin olvidar a su Eduardo Briset Lacerda, y sin excluir, aunque llevara faldas, aunque fuera un Joaquín ficticio y con faldas, ¡un travesti!, su Teresa Iturrigorriaga, no eran más que escondites, máscaras, burlas? Jugaba a las escondidas, y además de eso jugaba, como nos consta, en casinos, hipódromos, garitos clandestinos, aun cuando ahora lo hacía en menor escala, porque su ruina, o, si se quiere, su presente mediocre, sus finanzas escasas, ya no tenían, por lo visto, escapatoria, y de cuando en cuando merodeaba por la Vega, por el Mercado Central, por el sector de la estación, por su amada calle Borja, por la ínclita calle Esperanza, y se pinchaba alguna gorda de gran trasero, alguna verdulera de las buenas, alguna señorita con ojos de paloma, de falda plisada, digna de figurar en un retrato de familia de Fernando Botero, pero él, pintor aficionado, Utrillo de los ascensores y las perspectivas marítimas de Valparaíso, no habría escuchado hablar nunca de Fernando Botero, puesto que era un pintor y una pintura de los tiempos futuros. Se encerraba, pues, con la gorda, la jamona monumental, en un hotel por horas, o la llevaba a su casa de San Diego y le daba chocolate espeso con churros, sandwiches de jamón y queso caliente, castañas confitadas, porque lo volvían loco las caderudas, las pechugonas, las de muslos enormes, y le gustaba que se pusieran de rodillas en su cama y le mostraran las nalgas desmesuradas, el conmovedor ojo del culo. Y una vez llegaron los dos niños, que ya eran unos grandulones, y él tuvo que maniobrar para sacar a la gorda de turno de la casa sin que la vieran. El grande se parecía cada día más al Azafrán, ¿o no había existido nunca el Azafrán fuera de las páginas finales de *El chileno en Madrid*, el *chinelo*, como le decían?, y el chico era débil, paliducho, medio llorón, y un día llegaron de visita personas que conocía poco, un profesor, una empleada de notaría, porque nadie en Chile respetaba la intimidad de los escritores, ni de nadie, si es por eso, y le contaron, sin que él se los hubiera pedido, por infidencia pura, que el chico, el hijo paliducho, se enamoraba a cada rato de compañeros de curso, de hombres, que trataba de darles besos, y que más de una vez le habían largado una buena bofetada, ¡por mariconazo!

Mayita había desaparecido, al parecer para siempre. Le contaron por ahí que se había casado en una ciudad del sur con un contador cuarentón, un contable, como dicen en España, y que había tenido un hijo, y después, pero de fuente incierta, que se había divorciado, que el contador o contable se había ido con sus contabilidades a otro lado, y no por su gusto, sino porque Mayita, la Mayita, que tenía su carácter, lo había expulsado de la casa con cajas destempladas. Y un día se la encontró en el centro, a la altura del café Astoria de aquellos años. Ella había madurado, como que se había embarnecido, expresión chilena, compruebo ahora, pero que ha entrado en desuso, y ya había gente que la llamaba señora Maya y que habría podido llamarla Misiá o Doña Maya, de manera que nuestra dulce Mayita, el arbusto juvenil, el boldo benéfico, empezaba a quedar en una esquina del pasado. Y una buena mañana de primavera, alrededor de un año después, y no sabemos con exactitud lo que sucedió a lo largo de dicho año, año, eso sí, sospechamos, venturoso, de sombra benigna, la señora Maya, Mayita, partió al centro de la mano de su hijo, Manolo, Manolín, Oyanedel de apellido, y enfiló rumbo a la Plaza de Armas por la calle Bandera, subiendo al oriente por Huérfanos y tomando Ahumada hacia el norte. Iba por la vereda del poniente, a unos treinta o cuarenta metros de la calle Compañía, y cruzó hacia el oriente, hacia el lado de la cordillera de los Andes, para que nos expliquemos, con el niño fuertemente asido de su firme mano derecha y en un momento en que no pasaban vehículos. Esto debe de haber ocurrido hacia el final de la guerra, después, en cualquier caso, del ataque a Pearl Harbor y de la defensa de Stalingrado. En aquellos años, como sabrá el lector cultivado y aficionado a la lectura de viñetas históricas, la ilustre calle de Ahumada no era peatonal, como lo es ahora, pero el tráfico, a causa del racionamiento de la bencina, era escaso. Se veían de cuando en cuando automóviles que cargaban en su parte trasera incómodos y antiestéticos gasógenos. Pero esto explica que la señora Maya y su hijo Manolín hayan podido cruzar lejos de la esquina y sin adoptar precauciones mayores. Ella caminó despacio y reconoció un número al costado de una mampara. Estaba todo rayado, desteñido, cubierto de óxido, pero era el número que buscaba. La puerta, descentrada, de maderos saltados y mampara de vidrio protegida por rejas, abierta, daba acceso a una escalera estrecha, empinada. Mientras ella y el niño subían, llegaba de arriba un rumor sordo, un griterío confuso, subrayado por carcajadas, golpes de vasos y de cubiletes de cuero en las mesas. No había, por suerte, música de fondo, como habría habido en un boliche equivalente de los tiempos actuales. Eran los años de mi infancia, época de músicas más naturales, de orquestas en vivo, de voces nuevas, de terciopelo, que acariciaban al cantar, que se preparaban para conquistar corazones de América y del mundo entero. Cuando alcanzaron las gradas de más arriba, ella, Mayita o la señora Maya, se detuvo y se inclinó para hablar al oído de Manolín.

¿Ves a ese señor que está sentado de espaldas a la pared, de frente al mesón, en la penúltima mesa del lado derecho, el que lleva una corbata de mariposa de color oscuro, con puntitos amarillos, y ahora tira una carta al centro de la mesa, el de nariz un poco ganchuda?

Manolo, que era un niño listo, lo veía perfectamente. Además, hacía algunos días lo habían encontrado cerca de la casa y su mamá se había detenido para conversar con él. Y ahora, para más señas, se rascaba una oreja con la mano izquierda. ¿No era ése, mamá?

—Muy bien, Manolito. Entonces vas a ir, vas a caminar por detrás de la mesa, te vas a acercar a él por su lado derecho, aunque no levante la vista ni un segundo de su naipe, y le vas a decir: *Papá, la mamá lo espera*, y vas a mostrar con la mano el sitio donde yo estoy ahora, sólo que voy a estar menos escondida, más separada de la pared. A ver, repite. ¿Cómo vas a caminar y qué le vas a decir? *Papá...*

Lo miró con suma atención mientras caminaba, medio oculta por la pared, y comprobó una vez más que su hijo era listo, que sabía cumplir una instrucción al pie de la letra. El niño, en efecto, avanzó con decisión, con pasos no rápidos, pero tampoco lentos, muy seguros, con la mirada fija en su cometido, con ceño un tanto adusto y un mechón de pelo castaño, más bien tieso, caído sobre la frente. A ella, a Mayita, le encantaba ese mechón de pelo y se lo cultivaba. Además de eso, sentía que Manolo era un aliado admirable, una fuerza, casi un destino. Ahora hacía la vuelta de la mesa, tal como ella le había indicado, y se acercaba a Joaquín por su flanco derecho. Joaquín, el desclasado, en ese antro de humo, de bebedores de vinos de lija, de jugadores de todos los juegos de cartas y de dados imaginables, de apostadores, de estafadores, de gestores del más diverso pelaje, sin que faltara en una mesa o en otra alguna mujer cadavérica, de cabellera pintada de verde o de rojo, estaba, como ella lo había previsto, absorto en su baraja, sumido en profunda meditación. Manolín, sin vacilación de ninguna especie, lo tiró de la manga.

—Papá —dijo—, la mamá lo espera —y señaló con su mano de niño, que no temblaba en absoluto, la entrada del amplio y bullicioso recinto. Ella se había separado de la pared y ocupaba todo el umbral, como el Azafrán, Pedrín, ¿o como su hijo mayor, que tenía justamente pelo del color del azafrán?, en aquella noche terrible y decisiva, pero no era una amenaza, un mal presagio, como había sido la figura del umbral de su dormitorio aquella noche: era, por el contrario, una invitación, una sombra protectora, la aparición, desde la escalera de gradas desniveladas, meadas por los gatos, del Eterno Femenino en la más amable de sus metamorfosis. Uno de los miembros de aquella mesa de póker solía recordar en épocas ahora muy pasadas, allá por los años cincuenta, que llevaba un imponente sombrero con un velo, y un traje de sastre gris con un borde de seda negra, y zapatos de tacos anchos, sólidos, con medias más bien oscuras.

—¡Estupenda! —exclamó a una hora avanzada de la noche o más bien de la madrugada, en el ahora desaparecido café Bosco de la Alameda, allá por los primeros tiempos de la segunda presidencia del Caballo Ibáñez. Era un periodista de trinchera y un poeta más o menos rasca, pero con algo estimable, o a quien, a partir de las tres de la madrugada, todos empezábamos a encontrar estimable—. Si la hubieras visto, le hubieras hallado toda la razón a tu tío.

—Le hallo toda la razón —repliqué—, y sin necesidad de haberla visto.

Los comensales se rieron, y hubo un chocar de copas, un intercambio de exclamaciones y saludos. Puede que Teófilo Cid, poeta surrealista, fundador del grupo de La Mandrágora, diplomático decaído, expulsado de la Dirección del Protocolo por borrachín e insalubre, estuviera en aquella mesa del Bosco mitológico, amén del conocido y enfático poeta Molina, poeta sin poemas, con pocos dientes, con extrañas protuberancias en el cráneo.

Joaquín, en cualquier caso, se puso de pie de un salto, conmovido, arrebatado, feliz, porque no se habría podido decir menos, feliz ante esa aparición irreal, ante la magia del momento, y corrió a saludarla y a decirle que se sentara un rato con ellos. Y también había que ponerle una silla al niño, y pedirle una Bilz, la bebida nacional de entonces, que aún no había sido desplazada por la imperialista Coca-Cola. Hubo mucha risa y alegría, muchas bromas, y hasta Manolín, tranquilo, seguro, intervino en la conversación, o dicen que intervino, y con salidas atinadas, de niño botado a adulto. Nunca llegué a conocer ese antro de un segundo piso de Ahumada, al llegar a la Plaza de Armas, pero estoy seguro de que ese encuentro fue importante. Hubo una decisión de doña Maya, un desafío, una voluntad de irrumpir en la vida cotidiana de Joaquín, en medio de su mundo y de sus amigos o amigotes de juego, de bar, de boliche, y de hacerlo con su hijo y con ese trato extraordinario de «papá», con ese extraordinario riesgo. Maya, la Mayita, bebió la mitad de una cerveza, picó una lonja de jamón crudo con uñas bien esmaltadas de un rojo granate, y los tres, tú, Maya, Manolín, se retiraron, muy tomados del brazo, ella sujeta de su lado izquierdo, tú llevando a Manolín con la mano derecha, y desaparecieron en la escalera y después entre la gente que caminaba por Ahumada. Más de algún pariente o conocido tuyo, algún compañero de carreras de caballos, de mesas de punta y banca, de farra, debe de haber pasado a tu lado y haberse sorprendido con el extraño trío, con el inesperado espectáculo, pero a ti te importaba un pepino, tu felicidad, como escribía el poeta, no lejos en el tiempo de aquel episodio, era más ancha que el mar y que sus islas.

En la mesa del boliche del segundo piso, los tres compañeros suyos de juego, faltos del cuarto jugador, se quedaron, sin la menor duda, embobados, hablando. Dijeron que Joaquín se veía feliz, dichoso, y es la pura verdad. Estabas feliz. Era como si hubieras roto las ataduras, los ínfimos ligamentos que habían tejido en una larga noche, mientras dormías, los hombres de Liliput, en ese instante preciso: en esa decisión de ella de subir a buscarte con Manolín, dándole terminantes instrucciones para que te tratara de «papá», y no de otro modo, y en esa decisión tuya, hermosa, de ponerte de pie, como impulsado por un resorte, e instalarla en tu mesa, en medio de tus amigos, de tus barajas, de tus restos de pi-chuncho o de martini seco: en tu mesa y en tu vida.

—Me dan ganas de aplaudir —dicen que dijo uno de los jugadores, el Cadáver Valdivia, si no recuerdo mal.

—Y yo me muero de envidia —parece que dijo otro—. ¡Para qué andamos con cuentos!

XXVII

Nosotros, y hablo aquí de la familia mía, no de Joaquín, el primo hermano de mi padre, el tío segundo mío, tuvimos, y así se decía, se usaba el verbo tener, una gringa, esto es, una nana de origen inglés que vivía con nosotros, en nuestra casa, y cuya importante misión consistía en enseñarnos su idioma y, además de eso, en inculcarnos buenos modales. Mi padre, bisnieto de un inglés no se sabe si pirata, contrabandista o médico, o quizá todas esas cosas juntas, desembarcado en el puerto de Coquimbo, no hablaba una palabra de esa lengua, pero quería que sus hijos la aprendieran y fueran capaces de usarla. De usarla en sociedad, desde luego, pero, sobre todo, de acuerdo con las intenciones suyas, de usarla en la vida del comercio, de los negocios. Cuando yo tenía cinco años, y me acuerdo de la fecha con relativa exactitud, miraba la Alameda en un día de lluvia torrencial, con la frente pegada a los cristales fríos de uno de los balcones delanteros, con una pesada cortina a mi espalda, y vi a una mujer de gran estatura, desgarbada, de aspecto extranjero, de caderas anchas y largas piernas, que cruzaba la avenida a la carrera. Supongo que llevaba una maleta o un maletín, pero este detalle ya no lo recuerdo. Me consta, eso sí, que cruzaba en forma arriesgada, sin paraguas, entre tranvías, carretelas, buses destartalados que en aquellos años se llamaban góndolas: la lluvia golpeaba contra su cabeza, le pegaba la ropa contra los desmesurados muslos, mientras ella, la gringa, que poco después recibiría el nombre oficial de la Miss, apretaba los músculos de la cara y ponía, detrás de los cristales redondos de sus anteojos, una expresión extraña, medio inquietante. A propósito de góndolas, en una de nuestras primeras salidas, la Miss, que me hablaba en inglés, y yo, que todavía no entendía mucho, pasamos frente al convento del Carmen, que se hallaba en la esquina del oriente de la calle del mismo nombre, esquina encontrada con la de nuestra casa, y fuimos testigos directos del volcamiento de uno de estos vehículos. Era, recuerdo, una góndola amarilla, cascarrienta, y los pasajeros colgaban como racimos de las dos puertas y hasta de las ventanas. De repente se empezó a inclinar hacia un costado y se estrelló contra el pavimento con gran estrépito, en medio de terribles gritos y alaridos. Lo que me parece recordar, ahora, es que la Miss, con sus caderas descomunales, y yo, que era un punto de cinco años, miramos de reojo, haciéndonos los desentendidos, quizá porque la gringa pensaba que estas cosas no debían y no podían suceder, no eran propias de países civilizados, a los numerosos heridos, a los que habían quedado con la cabeza rota, en medio de fragmentos de vidrio, de tuercas, de piezas de chatarra repartidas por el suelo.

En la década de los cuarenta, hacia el final de la segunda guerra mundial, la Miss ya se había incorporado a la familia, ya formaba parte del inventario del caserón de la Alameda, el de Delicias 520. En su dormitorio del piso de arriba había siempre un olor especial, que en parte emanaba de ella misma, de su cuerpo grande, de sus descomunales piezas de ropa interior, que había podido verle más de una vez, y que en parte salía de un ropero repleto hasta arriba de manojos de hierbas diferentes. La Miss, cuyo nombre legal era Olive Simnet de Schmidt, creía en las hierbas, en las virtudes de una lectura atenta y constante de la Biblia y en la transmigración de las almas. También creía con fe absoluta, casi visionaria, en las vitaminas. Solía enfrascarse en largos discursos acerca de sus diferentes propiedades y beneficios. Eran cosas que había aprendido en sus años de Berlín, o en el centro de África, vaya uno a saber. Sostenía que en Chile la gente cocinaba y se comía las verduras en forma bárbara, que las despojaba de sus valores nutritivos. Había que respetar mucho, predicaba, las cáscaras, las cortezas, los lados no tan fáciles de masticar, y nosotros, los nativos, esto es, los bárbaros, éramos gente blanda, formada en la molicie, comodona. La verdad es que la gringa, la Miss, despreciaba con inusitada pasión casi todo lo que oliera a chileno, con la excepción de las hierbas de nuestros campos, de algunas flores de la orilla del mar, de algunas especies silvestres, de seres humanos escasos, que se podían contar con los dedos de la mano izquierda. Además, desde su rincón, vivía la guerra con sentimientos encontrados, ya que todo lo germánico, a diferencia de lo chileno, la fascinaba, la llenaba de entusiasmo, hacía que le brillaran los ojos, que su memoria se pusiera en marcha. Había sido casada con un alemán y se había pasado toda la guerra del catorce en Berlín, formando largas colas para conseguir un pedazo de pan seco, un jamón podrido, una papa llena de agujeros, un poco de carne de rata para echar a la olla. Su marido había sido administrador de una extensa propiedad agrícola en el centro de África, y lo que más le gustaba en este mundo a la Miss eran la vida, las costumbres, los paisajes africanos, Uganda, Kenya, el lago Victoria, las carreras de las jirafas, las manadas de elefantes grandes y chicos que se acercaban a una poza de agua. ¡África!, exclamaba, levantando los enormes brazos blancos, de carnes colgantes, en un estado emocional semejante al éxtasis religioso, y después me hablaba de la Biblia, de Jeremías, del Rey Salomón, o me comentaba su gusto por el champagne muy frío. *French champeinn!*, pronunciaba, y su cara de éxtasis místico se suavizaba, adquiría un aura mundana. A través de relatos suyos más bien entrecortados, confusos, supimos que su marido alemán no regresó a Berlín a buscarla, y no precisamente porque hubiera caído en la batalla, sino porque se enamoró de una joven francesa y partió a vivir con ella en algún lado. La Miss, traicionada por su alemán, pero, a juzgar por su agudo germanismo, todavía enamorada, desembarcó, nadie sabía cómo, en tierras del sur de Argentina, en lugares dignos de una página de Bruce Chatwin sobre la Patagonia, y después en grandes mansiones del Valle Central de Chile. Siempre me hablaba de una Elvirita, una Martita, una Olguita, ya no estoy seguro, a quien había cuidado antes de venir a enseñarnos inglés y modales a nosotros, esto es, a mí y a mis hermanas menores. Además, tenía el hábito de las caminatas largas, un culto parecido al de las vitaminas. Y un buen día, me parece que en la primavera, me llevó a pie a la casa de esa Elvirita o esa Martita o esa Olguita, un gran bungalow de aspecto campestre, con mucha madera, amplias galerías exteriores, frondosas enredaderas anaranjadas o de color lila, rodeado de un parque magnífico. El conjunto formado por el bungalow y el extenso parque se llamaba Montolín, o le decían Montolín, y ahora tengo la impresión de que llegaba por el lado norte hasta la orilla misma del río Mapocho.

He vivido lo suficiente como para ser testigo de la transformación de la ciudad. Antes, la gente joven, los jóvenes de la clase, para ser más exacto, lo cual siempre incluía a personas limítrofes, a muchachos y muchachas que se consideraban siúticos e hijos de siúticos y de siúticas, los de Bezanilla para arriba, como se decía, entre los cuales se infiltraba más de alguno que era de Bezanilla para abajo, porque el apellido Bezanilla, de acuerdo con las leyendas en uso, era el que dividía las aguas, las aguas de la clase y del clasismo delirante, enfermizo, que predominaba entonces, se paseaban todas las tardes, apenas el tiempo lo permitía, por la orilla del cerro Santa Lucía y por el frente del Museo de Bellas Artes, muy cerca del lugar donde escribo ahora estas páginas. Pues bien, Providencia, con el sector de Montolín, que era un espacio más que una calle, parecía desperezarse y salir de a poco de un sueño vegetal, silvestre, campestre. Las líneas de tranvías llegaban ya hasta Pedro de Valdivia y hasta más arriba, quizá hasta Los Leones, pero en las avenidas y en las calles laterales, no siempre pavimentadas, los automóviles y las famosas góndolas, antecesoras de las micros, de los trolleybuses, de las liebres, tenían que codearse con carretelas tiradas por burros y hasta con gente de a caballo. Yo mismo transité más de una vez de a caballo por la Plaza Ñuñoa, por Diagonal Oriente, entre una quinta de la avenida Irarrázabal y el barrio del Golf. Antes me habría avergonzado de estas cosas y hasta me habría paralizado antes de llevarlas a la página en blanco, pero ya no me avergüenzo, ya estoy demasiado viejo como para avergonzarme, y la página en blanco, por lo demás, ya no se usa. Se usan detestables máquinas en las que puede entrar un virus mortífero y en las que entra a menudo, casi a cada rato, un gusanito menor, más o menos inofensivo, pero capaz de gastar bromas de sumo mal gusto.

Había gente que tenía el recuerdo de lecherías en la calle Manuel Montt, donde ahora hay tiendas de mariscos congelados y de piezas sueltas para computadores, y él, Joaquín, tú, cuenta que jugaban hasta el amanecer en un club clandestino del centro, el Popular, y después corrían a Providencia o a los faldeos del cerro San Cristóbal a tomar leche al pie de la vaca para purificarse, para eliminar las borras alcohólicas. Cuenta que levantaban los tazones y brindaban con leche purificadora, mientras la luz del alba despuntaba en las cumbres cordilleranas. Pues bien, la Miss y yo subimos por el costado del convento que ya había sido demolido, atravesamos la Plaza Italia, donde una anciana tía abuela mía, mujer no sé si religiosa, pero sí obsesionada por la religión, vivía en uno de los edificios Turri, seguimos por el entonces llamado Parque Japonés y llegamos a Montolín. Durante la caminata, que debe de haber durado tres cuartos de hora por lo menos, la Miss me hablaba en inglés y yo, que le entendía casi todo, le contestaba en castellano. Lo hacía por agresividad infantil, de niño grandulote, pero que todavía andaba de pantalón corto, por obstinada desobediencia, pero también, según he llegado a la conclusión ahora (ahora que la he perdido, precisamente), por vergüenza. La vergüenza, en ese mundo de cosas que se podían hacer y cosas que no se podían hacer, de gente con quien se podía andar y gente con quien no se podía andar, de palabras que podían pronunciarse o no podían pronunciarse (la palabra *ternura,* por ejemplo, tenía el estigma de siútica, y el verbo *amar* no era conjugable), la vergüenza, repito, era el sentimiento más cotidiano, algo así como el estado natural del alma. Entramos al parque, donde había más de algún perro, alguna cacatúa chillona, además de pavos reales que desplegaban sus colas y de repente lanzaban alaridos absurdos, casi obscenos, saludamos de lejos a un caballero de luengas barbas que se balanceaba en una silla de balancín, en la esquina de la galería, y entramos. No tengo ningún recuerdo de haber tocado un timbre. Tengo la impresión, en cambio, de haber ingresado a una sala más bien baja, desordenada, algo oscura, donde había por todas partes y hasta por el suelo gruesos cojines de cretona, donde una niña un poco mayor que yo, de cara larga, de voz medio regalona y medio cansina, la Elenita, la Elvirita o la Olguita de la Miss, hablaba sin descanso y en una mezcla chapucera de inglés y de castellano. Familias de Valparaíso de costumbres semi inglesas, habías escrito en alguna parte. Aquí se habían trasladado a Santiago, pero era un Santiago parecido a la región de las quintas de la Zorra, detrás de los cerros del puerto. Si hubiera hecho su aparición en aquella sala un mandarín chino, o un inquilino de fundo vestido como mariscal de opereta y que obedeciera al nombre de Marcó del Pont, no habría sido demasiado sorprendente. La Miss, enhiesta, tiesa como una estaca, parecía estar feliz de la vida, en el séptimo cielo, mientras a cada rato, por todos lados, por puertas y ventanas, entraban perros chicos, movedizos, de colmillos acerados, que lo mordisqueaban y lo baboseaban todo, y que en mi recuerdo también parecen de cretona, pero una cretona salpicada de baba, erizada de púas y dientes, entre perro y puercoespín.

No llegó Marcó del Pont, el bufón de doña Lavinia, abuela de Stepton, uno de los personajes de *Valparaíso, fantasmas*, novela que cambió de título tantas veces: el bufón que hablaba con voz de pito y que llevaba la espada que había pertenecido a un militar peruano derrotado en Tacna, el general Montero, detalle que revela que el novelista (tú), pensaba en los Vergara de Viña del Mar y de Reñaca, puesto que la espada debió de ser arrebatada en la guerra por don Salvador Vergara, general victorioso, papá de su íntimo y alocado amigo

Perico, y abandonada después en algún rincón de las tierras de la familia. Llegaron, en cambio, otros niños, algo mayores, y que desde un comienzo, en virtud de un sexto sentido, de un olfato que se me había desarrollado en el colegio, en la calle, en todo terreno desconocido o no enteramente controlado, me parecieron hostiles, peligrosos.

—¡Al puente! —gritaron, y uno de ellos, un gordito mofletudo, de pelo rizado, se me acercó y me dijo que tenía que seguirlos. El tono del gordito era el de una orden, no el de una invitación, y yo, acomplejado, pollo en corral ajeno, obedecí. Salí a la parte de atrás del parque, con cara de ajusticiado, mientras la Elenita o la Olguita de voz monocorde, sin dejar de hablar, se colocaba a la cabeza del grupo, y llegamos a un puente colgante que tenía una sola cuerda para sujetarse a uno de sus lados. Ellos entraron a la carrera, en tropel, sin mayores precauciones, como si lo hicieran todos los días, y el puente, entre piedras y zarzamoras, sobre un torrente de aguas barrosas, empezó a cimbrarse a toda fuerza.

—¡Entra! —gritó uno de los niños más grandes, con ojos turbios, con una expresión autoritaria que no auguraba nada bueno—. ¡No seai maricón!

Pensé que los ojos de ese niño eran como las aguas de abajo, barrosas y revueltas, coronadas por una espuma sucia. Agarré la cuerda con angustia y avancé por el puente estrecho, donde algunos de los maderos estaban rotos y algunos otros faltaban, sin mirar el río. Cuando las aguas estaban crecidas, en los inviernos lluviosos, había visto pasar troncos, pedazos de techos de totora, burros muertos. Se cuenta que en las grandes avenidas de los tiempos de la Colonia, porque así las llamaban, desfilaban por las aguas torrentosas casas enteras, con gallinas y gansos que cacareaban y graznaban aferrados a la punta de los tejados, y en años más recientes, como se sabe, se vio flotar cadáveres boca abajo, pero a mí no me tocó verlos. Llegué al otro lado con la cara verde, con náuseas, medio hecho en los pantalones, y uno de los niños, un grandote que estaba cerca, me dio un tremendo pellizco, me hizo aullar de dolor. Los otros, formando círculo, empezaron a darme empujones, hasta tirarme al suelo, y ahí se dedicaron a pegarme patadas, mientras la Martita o la Olguita, el ángel de la Miss, con su pelo de estopa rubia, su cara un poco alargada, sus brazos cubiertos de pecas colorinas, miraba como si se tratara de un espectáculo cualquiera, de una función de teatro o de circo. Escuché, en medio del ruido, de las piedras que el río arrastraba, de los chillidos, la palabra *camello*, y como a los hermanos mayores de mi padre, y por extensión a mi padre, los llamaban camellos en algunas casas, en algunos círculos, el Camello Fulano de Tal, el Camello Zutano, llegué a la conclusión de que me estaban castigando por pertenecer a la rama oscura, menos rica, pobretona, de acuerdo con ciertas estimaciones, de los Camellos.

—¡Ya! ¡Basta! —decretó la Martita o la Olguita, con su voz lenta, medio nasal, con su pronunciación extraña: chilena, achilenada, y a la vez inglesa de Valparaíso, ainglesada. Los golpes cesaron en forma inmediata. Se notó que la chica, con su cara no de camello, pero sí un poco de caballo, era la cabecilla indiscutida. Yo me levanté del suelo, adolorido, lleno de rasmilladuras en las piernas y en los codos, y me sacudí la ropa. Ellos habían querido hacerme llorar, pero ahora, en la memoria, me parece que resistí de lo más bien. Hasta me reía, como para pretender que todo no había sido más que un chiste. En otras palabras, me reía como un imbécil, mientras la Martita o la Olguita, la cabecilla del grupo, me daba la espalda, y todos la abrazaban y trataban de juntar las cabezas con la de ella. Después he comprendido que ella, el ángel de la Miss, el monstruo mío de la otra orilla del Mapocho, que en aquellos años todavía era un peladero con zarzamoras, con matas de espino, con perros vagos y una que otra vaca, debía de ser hija de una de tus hermanas, sobrina tuya carnal, y que ese Montolín era el mismo de tus crónicas, el de la mansión de tu familia después de salir de la calle Monjitas. De manera que el salón de las cretonas era, a lo mejor, el de tu madre, un espacio que tuviste que conocer muy bien, a pesar de tu extravío, y me pregunto quién era el anciano de la galería de la entrada, el que leía el diario en la silla de balancín, quién sería.

Muchos años más tarde, en una casa del centro de París, en un callejón que se abre detrás de uno de los bulevares de la ribera izquierda del Sena, encontré a la hija de otra de tus hermanas. Es una historia diferente, pero ahí, en el tercer piso de aquella casa, había un objeto digno de atención: era un piano de madera clara, rubia, de forma vertical, dotado de dos hermosos candelabros para colocar velas y leer la partitura. Supe que ese piano, fabricado en Inglaterra a fines del siglo XVIII o primeros años del XIX, había estado en La Serena, en la casa de nuestro antepasado, y después había viajado a París con tu madre viuda, o quizá antes, con tu padre enfermo. Pero abandono esta digresión y sigo con la progresión a partir del pasado, de mi infancia. Cuando hice mi visita a Montolín, hacia el final de la segunda guerra, tú ya estabas lejos de todo eso, de esos mundos, quiero decir, y con razón, con motivos más que justificados: tu paradero en ese momento era un secreto, un absoluto misterio. No se hablaba de ti casi nunca, y si por algún motivo aparecías en la conversación, el tema distaba mucho de ser bien recibido. No le hacía mayor gracia a nadie, con la excepción de la extravagante tía Elisa. Pero la tía Elisa era fea, narigona, chicoca, y además, según algunos, vivía en un sucucho y se moría de hambre. De manera que sus comentarios, sus opiniones, sus curiosas noticias e intromisiones, que a mí siempre conseguían interesarme, no interesaban a ningún otro.

Antes de cerrar este capítulo, quiero contar que paso a menudo por el antiguo sector de Montolín, entre la calle de La Concepción, donde existe un Centro de Diabetes Infantil con un surtido de excelentes productos dietéticos, y otra que tiene el nombre de un Nuncio Apostólico de años recientes. En el lugar donde estuvo el parque y la casa de tu familia se levanta ahora el Liceo de Niñas Número Siete. Es un edificio del racionalismo poco agraciado, ordinario, de finales de los años cincuenta o comienzos de los sesenta. Se ve, sin embargo, que algunas especies vegetales, jazmines, pimientos, nogales, un par de araucarias, viejas buganvillas, pertenecen a la época anterior. Las garras de la cacatúa de mi primera visita seguramente se aferraron de ramas que todavía subsisten, que todavía se mecen bajo la brisa del mes de septiembre. Los gritos de los niños grandulones, imbéciles, malignos, resonaron un día en las bóvedas verdes, ahuyentando a los zorzales, a los picaflores. Hace poco me encontré a la salida del Metro, en la esquina, con una amiga de mi tiempo y me dijo que había vivido en esa calle cuando todavía se llamaba Montolín. Se acordaba muy bien del viejo parque y de una capilla donde iba a misa en compañía de su madre y de su hermana mayor, ya que su padre, radical y masón, no asistía a ritos católicos, pero del puente colgante no guardaba el menor recuerdo. Llegué a pensar que yo lo había soñado, o que lo había inventado, y que aquello de la pateadura en la otra orilla, en una tierra pedregosa, cerca de unas matas de espino, pertenece a los dominios de la ficción pura. La verdad es que no lo creo, pero si fuera así, sería preferible.

XXVIII

Ahora, en este siglo XXI al que no estaba seguro de alcanzar a llegar, hago mi examen retrospectivo y concluyo que lo de la pateadura al otro lado del río no fue ficción. Fue, más bien, una de esas realidades oscuras, lejanas, que se guardan en algún recinto de la memoria, en algún callejón sin salida. El que más me pateaba era un gordito chico, de pelo crespo, de mejillas rojas y mofletudas, de ojos malvados. Lo hacía para demostrar que no era menos que los otros. Tenía zapatos puntiagudos, afilados, y mientras más pateaba, más coloradas se le ponían las mejillas. Parecía que en lugar de un color interno tuvieran, sus mejillas, un elemento exterior, algo así como una mancha de pintura. En los años que siguieron, encontraba con frecuencia a este desagradable gordito en las calles del centro de Santiago. Él hacía como si no me conociera, y yo hacía exactamente lo mismo. Después me topaba con él a menudo en los patios de la Escuela de Derecho de la calle Pío Nono, donde estaba un año más arriba que yo. Era circunspecto, de rasgos más bien femeninos, y de repente, ya no podría decir en qué fecha exacta, me empezó a saludar con una especie de cortesía forzada. No sé si se acordaba bien de su agresión, de sus actitudes de perverso polimorfo, para utilizar la expresión de alguien, pero apostaría a que sí se acordaba. Fue miembro del antiguo Partido Nacional, se casó con una joven poco agraciada, pero de familia conocida, su fotografía de matrimonio, creo que a la salida de la iglesia de San Ramón, iglesia bien vista en aquellos años, se publicó en los diarios, y tuvo tres o cuatro hijos. Supongo que Patria y Libertad, y la dictadura militar, y todas esas cosas, habrán permitido que los hijos canalicen sus instintos asesinos de un modo más organizado que el padre. Llegué al extremo de encontrarlo por casualidad en una tienda de relojes, en la casa Barros, en Estado esquina de Huérfanos, para ser exacto, y de cambiar con él dos palabras. En lugar de escupirlo o de mentarle la madre. Lo que ocurre, pensé, es que nunca hice un cambio tan radical como el que tú hiciste, lo cual puede haberme quitado agresividad, aristas, púas, cosas que son mejores para la convivencia civilizada y peores para el estilo literario. Viajé por el mundo, pero regresé al mismo barrio, y fueron los demás los que se mudaron. De manera que también, como tú, decaí en la escala social, aunque de un modo más gradual, sin tanto drama. Supongo que por pereza, pero también por algo parecido a la fidelidad. Las piedras, los contrafuertes de ladrillo, la vegetación frondosa del cerro Santa Lucía, las ánforas de bronce colocadas en el siglo XIX por don Benjamín Vicuña Mackenna, el Julio Michelet chileno, para describirlo de algún modo, pero un Michelet con arrestos de hombre de acción a lo Victor Hugo, forman parte de mis adhesiones más tenaces. Nos conocimos con Pilar, mi mujer hace largas décadas, cuando jugábamos junto a cerámicas andaluzas, cerca de la pileta de los cisnes, y hemos perseverado sin gloria, con toda clase de altibajos, se podría sostener que sin méritos, pero, hasta el minuto mismo en que escribo estas líneas, sin perder nunca de vista la subida del Castillo Hidalgo, más fea, más *kitsch* hoy día que antes. Nací y viví durante 27 años en la Alameda de las Delicias casi esquina de Carmen, es decir, en el costado sur del cerro. Después, cuando Pilar y yo nos casamos, vivimos en la calle Rosal, en el costado oriente, y ahora escribo estas páginas en mi departamento del lado poniente. Es un caso de continuidad: continuidad de los cerros, por lo menos.

Tú, Joaquín, a diferencia mía, hiciste, de acuerdo con tu estilo, un cambio radical, dramático. Eras menos paciente, menos perseverante, de temperamento más explosivo. Si hubieras encontrado en la calle al gordito de mi pateadura, probablemente lo habrías atacado a bastonazos. Si te hubieras encontrado en el caso mío, quiero decir. Yo fui más flemático y contemporizador, más maricón, en términos criollos, quizá porque los tiempos habían cambiado, porque no necesité hacer una ruptura tan drástica. Al fin y al cabo, a ti te tocó el antiguo régimen restaurado después de la revolución de 1891, y yo me formé en los años que siguieron al Frente Popular de 1938 y bajo gobiernos de centro izquierda o centro derecha, siempre, en todo caso, bajo coaliciones contemporizadoras, especialistas en la componenda y en el compadrazgo. El cambio tuyo comenzó muy atrás, en años muy remotos, pero siento, de algún modo, que ese proceso adquirió un ritmo acelerado a partir de la entrada del Azafrán, o de quien fuera, en tu dormitorio de la calle San Diego. Otra pateadura, en resumidas cuentas. Y entró, el cambio tuyo, en su primera etapa de cristalización el día en que la Mayita te ordenó la casa y te cocinó su maravillosa, única, divina cazuela de vaca. Después culminó en forma rotunda, en un adagio sostenido, lleno de poderosas corrientes subterráneas, pero que ya anunciaba el final con brío, el *scherzo vivace*, el día en que el niño se te acercó por el flanco derecho y te trató de «papá», y en que ella, después, convertida ya en señora Maya, se instaló con toda calma, con singular dominio, con su traje de sastre gris y bordes de terciopelo negro, en la mesa de tus compañeros de juego. Los niños del parque de Montolín, en sus años maduros, no habrían entendido, se habrían sentido incómodos, o se habrían parado de la mesa, francamente irritados, pero tus compañeros de juego, el Petit, que estudiaba sus naipes haciendo ruidos con la boca trompuda, y el Luna, llamado así por su cara redonda, su calvicie, sus ojos bizcos, y el otro, a quien ya no recuerdo, quizá el Cadáver Valdivia o Valdivieso, se adaptaron a la situación con la más refinada cortesía. En otras palabras, comprendieron. Porque en el uso de la palabra «papá», en el hecho de tomar asiento en la mesa de tus amigos, en todo el episodio, había un compromiso, una decisión clara, una nobleza.

Al final de esa mañana, cuando ya salían del centro,

cuando se internaban en el barrio de Cienfuegos, de Cumming, de la Plaza Brasil, ella, la Mayita, te dijo lo siguiente:

—Desde hace tres días, soy viuda.

—¡Cómo!

Te paraste en el centro de la vereda, con el sombrero ladeado, con la corbata salida, inflando el pecho, respirando con más fuerza que la habitual.

—Mi ex —continuó ella— se murió en el campo hace tres días. A mí sólo me informaron antes de ayer por la tarde. ¡Los muy desgraciados!

—Y yo, como bien sabes, también soy viudo.

Ella te miró sin ninguna expresión, sin soltar al niño de la mano. El niño, Manolo, parecía entenderlo todo mejor que nadie. Te miraba a los ojos con serenidad, con algo que se podía interpretar como interés afectuoso, profundo.

—Podemos casarnos, entonces —dijiste, sin vacilar, aunque con la boca un poco seca.

Maya abrió las manos, como diciendo: ya que tú lo dices. Y tú diste un paso al frente, y otro, y otro más, y la abrazaste con pasión, con fuerza, sin el menor recato, con los ojos húmedos.

—¡Mayita mía!

El matrimonio tuvo lugar dos o tres meses más tarde, en una parcela de Machalí de propiedad de un tío abuelo de Maya, su tío abuelo rico, según ella, aunque ella sabía que las riquezas de tus parientes eran de otra escala, incluso de otro mundo, pero no se amilanaba por eso, ni siquiera se complicaba. Supiste que el tío abuelo había sido ibañista, amigo personal del Caballo, y que le habían ofrecido una pega de gobernador de Rancagua o de algo por el estilo, pero que la había rechazado. El viejo no estaba para pegas, para complicaciones burocráticas: era partidario de los gobiernos fuertes, de barrer en la Administración con la escoba, de los juicios sumarios a coimeros y a delincuentes, de meterle bala a los ladrones. Tú le escribiste a tu hermano Emilio, le explicaste todo en forma breve, convincente, emotiva, y entre los dos se las arreglaron para que la fiesta coincidiera con un viaje suyo a Santiago. Fue un día de primavera: la fiesta se celebró debajo de dos parrones, entre duraznos florecidos, esparragueras, hileras de rábanos, lechugas, porotos, guías de cebollas, gallinas blancas y jaspeadas, un gallo que se les acercaba a pasitos cortos y les propinaba picotazos, tres o cuatro perros grandotes, acalorados, que acezaban con la lengua afuera. Muchas de las gallinas ya habían ido a parar a las ollas, pero también hubo un cordero al palo y algunos costillares de chancho, y no faltaron las ostras, las fuentes de almejas, las corridas de machas en salsa verde y a la parmesana, los platos hondos donde nadaban las lenguas de erizos. Dijiste que todo parecía una página de Rabelais, pero en traducción al castellano de Pablo de Rokha, y algunos escritores del grupo de Los Inútiles, que habían concurrido desde la ciudad vecina de Rancagua, sede del movimiento y patria chica de su fundador, el poeta Óscar Castro, muerto en forma prematura, celebraron la ocurrencia con aplausos. Te habían llevado de regalo un narguilé lleno de cadenas, boquillas, incrustaciones, el más inútil de los objetos, con una tarjeta donde se podía leer en buena letra: de Los Inútiles de Rancagua, al más inútil de sus hermanos.

El dueño de la parcela, el tío abuelo, se llamaba Juan Manuel, y Manolín, el hijo de la Mayita, había sido bautizado en su honor. Tú comprendiste que el personaje era hombre generoso, de corazón ancho y noble, a pesar de sus ideas políticas más bien disparatadas, y pensaste en fiestas de matrimonio antiguas, en tradiciones campesinas, en rasgueos de guitarrones y voces de cantoras, en armonías de arpas. Te acordaste, para resumir el asunto, de las Bodas de Camacho. No faltaron los borrachines, los que se pasaban de cariñosos y se tambaleaban a un costado de las acequias, y uno que otro incidente menor, una botella estrellada en el suelo, un conmilitón caído de bruces en el barro, pero todo fue bien resuelto: con un par de agarrones, con uno que otro empujón, pero sin bofetadas. Hacia la una de la madrugada, tuviste la sensación de que la parcela del tío Juan Manuel levantaba el vuelo y derivada hacia las nieves cordilleranas, hacia los volcanes que se habían venido encima. Siempre tenías fantasías de este tipo, aéreas e ingenuas, voladas, como les gusta decir a los jóvenes de años más recientes. Tu luna de miel con la incomparable Mayita se inició en el mejor hotel de Rancagua, hasta donde fuiste conducido en caravana por Emilio, que estaba de punta en blanco, gabardina de color azul esmeralda y corbatín de mariposa, por el tío Juan Manuel y unos parientes suyos lejanos, dueños de una ferretería en Buin, aparte de la cofradía de Los Inútiles en masa. Te despidieron entre gritos y cánticos exaltados, lanzándote puñados de arroz, de acuerdo con la costumbre, y en la habitación, bautizada con el nombre pomposo de Suite Presidencial José Miguel Carrera, había abundantes flores ordenadas por el tío Juan Manuel y una botella de champagne francés que te habías preocupado de ir a dejar tú en persona, siempre afrancesado, pese a todo tu cambio, cinco o seis horas antes: un botellón gigante, una *Veuve Clicquot Magnum*, ¡sí, señor! Mayita dijo algo, protestó por el tamaño de la guatona, por el dispendio, y tú objetaste:

—¡Qué menos!

El gordito de la pateadura, el de las mejillas mofletudas, rubicundas, y el pelo rizado, en la rutina de su madurez, en su condición católica y doméstica, no habría entendido, pero tú pertenecías a otra especie humana. ¡Sí, señor mío!

Tu hermano Luis Emilio, al llegar hasta el umbral de la puerta del hotel, besó a Mayita y después te besó a ti en las dos mejillas, en el mejor estilo de la dulce Francia, afrancesado él también, y dijo que lo había pasado formidable, ¡bomba!, que había sido una de las fiestas de matrimonio mejores y más conmovedoras de su vida. Usó esa palabra, *conmovedoras*, porque también había dejado los falsos pudores y los sentidos del ridículo, las vergüenzas de la clase, en una de las vueltas del camino. Ya estaba de diplomático en La Habana, y había descubierto que no podría vivir en ninguna otra parte. Si lo sacaban de ahí, dijo, se moría, así de simple. La Habana, chico, protestaba, era la gracia, la gloria, la música que no cesaba, la fiesta perpetua. ¡Esas mulatas, y esos malecones llenos de turbulenta alegría! En otros tiempos le había gustado París, pero ahora se quedaba con La Bana, como decían por allá, ¡para siempre!

—¿Y no se están matando todos? ¿No es una fiesta de tiros?

—Mentira, chico —respondió Luis Emilio, quien ya había empezado a hablar como isleño—. Hay uno que otro pistolero suelto, pero ni se sabe. Es la ciudad más tranquila, más segura, más alegre de la tierra.

Poco después, o poco antes, un grupo de jóvenes atacó un cuartel en la ciudad de Santiago de Cuba, pero Luis Emilio, su hermano predilecto, no era persona de reparar en detalles, en incidentes de provincia. Por su lado, los novios de Rancagua y de Machalí viajaron de luna de miel a Buenos Aires, y regresaron a instalarse con Manolín en la calle Santo Domingo abajo, cerca de Cumming, de Brasil, de la Plaza Yungay.

—¡Qué gusto! —exclamó él, exclamaste, la primera mañana que salió a la calle a comprar el diario, y después, cuando dio vuelta a la manzana a pie y se internó por la Plaza Brasil, con paso tranquilo, de vecino bien instalado en la vida, del brazo de Mayita, ¡qué contento estaba, qué renovado por dentro, qué rejuvenecido! Su hermano, en buenas cuentas, había descubierto el amor, la alegría de vivir, la serenidad del espíritu, en la isla tropical y exótica de Cuba, y tú en Santo Domingo abajo, en otro barrio de Santiago de Chile. Podían mirarte mal, decir cosas feas a tus espaldas, pero eso a ti te importaba un soberano pepino. Habías decidido cambiar de piel, ser otro, dejar de ser el tú que te habías visto obligado a ser, ese personaje que siempre tenía algo atravesado en la mente, una desazón, como decía tu primo Andrés, un resentimiento inexplicable, y lo habías conseguido. La literatura había sido un destino negro, una forma de perderse, de autodestruirse, pero parecía que al final te había salvado. Aunque París quedara lejos. Aunque te hubieras curado a la fuerza, o por la fuerza de las circunstancias, más bien dicho, de la enfermedad que tú mismo habías bautizado como parisitis. La ciudad existía en tu imaginación y en tu memoria. ¡Y qué más! Los Inútiles te mandaron una carta desde su sede rancagüina donde anunciaban que la Cofradía, en sesión del tanto de tanto, por decisión unánime, había resuelto nombrarte miembro honorario. Tú, como embajador avezado, aunque sin embajada, respondiste en términos conceptuosos, asegurando que te sentías profundamente honrado y agradecido por la distinción que habían «tenido a bien» conferirte. Y pensaste que el matrimonio con Mayita, con todo lo que había implicado, había sido como el huevo de Colón: el secreto sencillo de la felicidad, la Virgen María amarrada en un trapito. No sería raro que por aquellos días, en los primeros meses de tu matrimonio, agarraras, justamente, la costumbre de rezar siempre un Ave María completo, después de bajar la grada que separaba el vestíbulo de la casa de Santo Domingo de la puerta de calle, antes de salir a la intemperie. Antes de ir a batallar con el mundo, con su fragor, con su descaro. Fue un hábito que nunca más abandonaste, que te retrata en tu contradicción, en tu condición de ateo supersticioso, milagrero, en tu aceptación de la infancia, de lo infantil, de lo lúdico en todas sus formas, como secreto esencial para poder seguir viviendo.

XXIX

Parece que la ficción establece un diseño más claro que el de la realidad, menos caótico. La ficción reduce la proliferación confusa de los hechos. En algún sentido, simplifica, introduce en el caos de los acontecimientos algo que se podría llamar coherencia. Impone una línea narrativa, aunque sea farragosa y llena de digresiones, ahí donde antes no había ninguna línea discernible: sólo un magma, un ente más o menos gaseoso. Alguien te dijo en son de reproche, una voz destemplada que citaste por ahí, en alguna página suelta, que en tu novela de Valparaíso y de la infancia, que en las primeras ediciones se llamaba *En el viejo Almendral*, te habías puesto solo, sin tus hermanas y hermanos, al lado de un padre solitario, soñador, enamorado con disimulo. Ese alguien, el que te dijo eso, no sólo no conocía los procedimientos de la ficción: tampoco quería conocerlos, y no reconocía su posibilidad en ti, como suele suceder. A mí, después de publicar una de mis novelas, me amenazaron con recibirme a golpes en un pueblo de la costa de la zona central chilena, pueblo que en dicha novela no existe, o que está llevado a la condición de espacio imaginario. Pero sucedió que alguien, otro alguien, a pesar de eso, me detuvo en el centro de Santiago, me agarró de la vuelta de la chaqueta y me hizo el siguiente, amargo reproche:

—¿Por qué no me pusiste en tu novela?

Me parece que agregó la expresión criolla «huevón». Él veraneaba en ese mismo pueblo desde niño, su familia era del lugar desde hacía generaciones, y tenía derecho, por lo tanto, por lo muy menos, a ser nombrado. Ya ven ustedes: palo porque bogas, palo porque no bogas. En este producto, texto, libro, como los señores críticos y como los desocupados lectores quieran llamarlo, figuras tú, figura con cierta frecuencia tu primo hermano Andrés, y asoma de cuando en cuando, y en especial en el capítulo anterior, en el episodio del matrimonio en Machalí, tu hermano Emilio, a quien en algunas partes, y para indicar precisamente que es un personaje de ficción, al menos en el interior de esta novela, se nombra como Luis Emilio. Lo cual podría corresponder a un proceso de ficcionalización modesta, que permanece a mitad de camino. Asoma Emilio o Luis Emilio, entre otras razones, porque te salvó de la conscripción en un regimiento francés acantonado en el barrio de Saint Denis, durante la primera guerra mundial, un regimiento de zuavos, de disciplina dura, equivalente a la Legión Extranjera, y porque viajó desde La Habana para hacerse presente en la celebración matrimonial rancagüina, junto al tío Juan Manuel, a Los Inútiles, a todos ellos. Había, pues, fuera de la ficción, otros hermanos y hermanas, y conservo un recuerdo amable de una señora baja, más bien gordita, de cara redonda, que vivía en París en el barrio de Saint-Germain-des-Près y que un día me regaló una botella de vino francés suntuosa, envejecida, cubierta de telarañas. Había sido casada en segundas nupcias con un pintor y decorador de éxito y vivía a dos cuadras del bulevar, entre biombos atravesados por ninfas de telas vaporosas, cisnes, cigüeñas en vuelo, almenas perdidas entre nubes distantes. He hablado antes de esta casa, a propósito de un piano dieciochesco y de algún otro detalle no menos innecesario, pero creo que he mencionado poco a su vieja dueña y hermana tuya, la señora gordita, de cara de porcelana. Después del golpe de Estado de septiembre de 1973, me escribió una carta muy cariñosa, de caligrafía menuda y aplicada, en papel azulino, en la que manifestaba su dolor por todo el odio, el drama, la sangre que se había desencadenado en su antiguo y lejano país. La gente de su clase, que había celebrado el derrocamiento y la muerte de Salvador Allende con champagne, estaba muy lejos, a años luz, digamos mejor, de abrigar sentimientos de esta naturaleza noble. Me quedé sorprendido, y no me cupo ninguna du-

da de que la carta era completamente sincera. Tu hermana
quizá se había transformado, al cabo de tantos años, de hecho
y de corazón, en extranjera. Es decir, reaccionaba así porque
ya no formaba parte de aquello que en Chile llaman la gente
bien, o de algo todavía más grave: los GCU, la «gente como
uno». Pero paso a Emilio, a Luis Emilio, mi tema de este capítulo, capítulo que ya nos acerca al final de tu historia.

Ya dije que Emilio, a quien creo no haber visto jamás
en la vida, había llegado a La Habana en calidad de embajador y se había enamorado de la ciudad. Cuando le tocó el momento de jubilar y de pasar a retiro, consiguió que las
autoridades chilenas lo mantuvieran en el cargo como embajador *ad honorem*. Me imagino que esto ocurrió durante la
presidencia de Jorge Alessandri Rodríguez, es decir, después
de 1958 y antes de 1964, en años de gobierno de los radicales en coalición con los partidos de la derecha tradicional, situación que debe de haberle permitido tener buenos
interlocutores en las altas esferas. A raíz de una resolución tomada en Montevideo por la Organización de Estados Ameri-
canos, bajo evidente presión de Washington, Chile rompió
relaciones diplomáticas con la Cuba de Fidel Castro en 1964.
Emilio, entonces, en compañía de su mujer cubana, cesó en
sus funciones, que desempeñaba desde mucho antes del triunfo de la Revolución y que había seguido desempeñando después, y se retiró al lugar donde se retiran o se exilian todos los
cubanos, a Miami. El primer diplomático que llegó de regreso a Cuba en representación de Chile, en los primeros días del
gobierno constitucional de Salvador Allende, fui yo, el hijo de
un primo hermano de Emilio. Curiosa coincidencia, ¿no les
parece a ustedes? Ni yo, ni nadie en Chile, en esos conmocio-
nados y eufóricos primeros tiempos de la Unidad Popular, habíamos puesto mayor atención en el asunto. Habíamos
actuado, los que me nombraron y yo mismo, con la imprevisión y con la ingenuidad de siempre. Con precipitación mal
inspirada, para decirlo de otra manera. Pero el embajador de
Cuba en México, el primer personaje oficial cubano con que

me encontré al llegar al Distrito Federal, no dejó pasar así nomás esto que se podría llamar alcance de nombres. Su reacción de sorpresa fue una primera advertencia, y habría que haberla tomado en serio. Le dijo a su colega, el embajador de Chile:

—Parece que esta familia es inmortal. El último representante del antiguo régimen pertenecía a ella. Y el primer representante de la revolución, también. ¡Es, no cabe duda, una familia inmortal!

Llegué en la madrugada de uno de los primeros días de diciembre de 1970 al aeropuerto de México a tomar el avión Ilushin, de fabricación soviética, que me llevaría a La Habana, y la embajada cubana en pleno, desde el embajador hasta el último secretario, esperaba en fila para despedirme. El embajador era un hombre alto y sus colaboradores disminuían hasta llegar a un pequeño tercer secretario, de manera que parecían haberse alineado por orden de estatura. Cuestión, a lo mejor, de jerarquías. Las alusiones a la familia poderosa, burguesa, de derecha, no faltaron en la prensa cubana desde el día de mi llegada. No sacaba nada con decir que era pariente pobre. Era como hablar de la pobreza de los ricos. Para colmo, se supo de una conspiración para disminuir el precio internacional del cobre y causarle daño a la economía allendista, y el principal implicado en el complot era un norteamericano de apellido Edwards. ¡Qué apellido!, exclamaba el poeta Heberto Padilla, con su exageración habitual y que sería una de las causas directas de su perdición, haciendo girar un cigarro habano en la boca húmeda, revolviendo los ojos: ¡qué familia! Pocos días después de mi llegada, cuando le presenté credenciales al entonces Ministro de Relaciones Exteriores, Raúl Roa padre, me dijo que en esa misma sala se había presentado Emilio a despedirse, después de la ruptura de relaciones diplomáticas, hacía alrededor de siete años, y que lloraba de pena a moco tendido, como un niño.

—El socialismo, chico —me dijo Roa—, le importaba un solemne pepino, pero adoraba la vida, la calle, la noche habanera.

No sé si le importaría un pepino el socialismo. Me permito tener algunas dudas a este respecto. Emilio era como tú, menos la literatura. Y ese signo menos lo cambiaba todo. El personaje de tu primera novela, Eduardo Briset Lacerda, se declaraba, por ejemplo, socialista y ateo. Emilio no se habría declarado socialista ni en broma, ni en su momento de mayor delirio. Era por eso que si se hablaba de literatura, si se leían en exceso novelas y poemas, si se escribía en secreto, la familia sacrosanta olfateaba el peligro, sentía el olor del azufre.

Después de algunas semanas en La Habana, fui a visitar a Juan David y a su mujer, a quienes había conocido en París cuando Juan era el agregado cultural cubano. Juan era un hombre muy gordo y un caricaturista incisivo, de acentuada mala uva. En su casa de París, en los años sesenta, en tiempos en que yo trabajaba de secretario de la embajada chilena, se bebía fuerte y se bailaba con gran entusiasmo, con humor, con algo de locura, al son de músicas tropicales. De regreso en su tierra, el dibujante se notaba menos entusiasta, más apagado, como si disimulara un malestar, una molestia frente al sistema. En la isla me acostumbré a captar con singular rapidez, a través de gestos, de disimulos, de lenguajes dobles, malestares y molestias de esta naturaleza.

—Estás en vías de convertirte en un especialista del socialismo —me había advertido Heberto Padilla, con una de sus expresiones cómicas, semiserias, de alarma. Juan David me contó en algún momento que todas las mañanas, a la hora del desayuno, tenía que revisar de nuevo su adhesión a la causa y sacar fuerzas de flaqueza. Me lo contó con un gesto curioso, con una contracción muscular, apretando los rasgos faciales. Pues bien, salí de su casa, donde había otra gente y donde la conversación había transitado por terrenos neutros, más bien inocuos, y Juan me llevó a saludar a los porteros del edificio. Era una pareja de ancianos que me tomaba las manos en estado de conmoción intensa, que me miraba a los ojos como si hubiera bajado de otro planeta. ¿Es verdad, me preguntaron, como si eso fuera francamente inverosímil, que usted es pariente de don Emilio? Les dije que era verdad, y parecía que la emoción de ellos llegaba a un límite imposible. Se trataba de porteros apatronados, dominados por sentimientos burgueses, eso estaba claro, pero el episodio, a pesar de todo, tenía un aspecto impresionante, nostálgico, teñido de una angustia curiosa. ¿Qué veían en mí, qué pasado evocaba yo para ellos, por más que no quisiera evocarlo? Los ancianos porteros permanecieron en su estrecha portería, en la penumbra, abrazados, y tengo hasta ahora la sensación de que se quedaron llorando. En la noche oscura de la Revolución y del alma, bajo las estrellas caribeñas. Después de este episodio, Juan David me llamó un día a mi habitación del hotel y me dijo que tenía que conversar conmigo. Supongo que se habrán encendido alarmas rojas en más de alguna parte. El dibujante gordo, que respiraba con dificultad, llegó de visita y se anunció desde el lugar que en Cuba se llama carpeta, esto es, desde la recepción del Hotel Habana Riviera. Bajé y caminamos un rato por el amplio vestíbulo, que hacía las veces de paseo público, de plaza de pueblo. Creo que después salimos a la calle y anduvimos por la orilla del mar. Juan caminaba en la forma típica de los obesos, echando las piernas para un lado y respirando fuerte.

—Tú sabes que Raúl Roa te tiene mucho aprecio —me dijo, después de algunos preámbulos. Yo sabía que Juan y Raúl, el Ministro, eran amigos de confianza. Me imaginaba que Raúl era el responsable del nombramiento de Juan en el puesto de agregado cultural en París.

—Lo sé —le dije—, y el aprecio es recíproco.

—Pues bien, Raúl te manda decir que tengas cuidado.

La advertencia no habría sido grave en cualquier otra parte. Siempre hay que andar con cuidado, digamos: despacito por las piedras. Pero en La Habana, en ese momento, y sobre todo si se tenía en consideración a la persona que lo mandaba decir, el mensaje era altamente delicado, hasta arriesgado. La respiración acelerada del gordo David tenía el efecto de subrayar el riesgo. Hice diversas preguntas, pero las respuestas que obtuve, como era previsible, fueron más bien evasivas. El problema, por lo visto, no estaba en los amigos más o menos imprudentes, ni en las conversaciones jocosas, ni en los excesos alcohólicos. ¿En qué consistía, entonces?

—En la política —dijo Juan David, para resumir las cosas—. Tienes que cuidarte mucho de todo lo que sea o lo que pueda parecer político.

Pero ocurría que todo, en la isla, incluso el hecho de comprar una inocente lechuga, producto escaso, y que dejaba de ser tan inocente por el hecho de ser escaso, en lo que llamaban Diplomercado, y llevarla a la casa de un amigo, adquiría una insólita connotación contrarrevolucionaria. En consecuencia, había que cuidarse de todo, de los gestos, las acciones, las palabras más mínimas, y por mucho que uno se cuidara, estaba condenado de antemano, de todas maneras. Esa emoción, ese cariño súbito, irracional, intenso, que despertaba en la pareja de porteros por el solo hecho de ser pariente de Emilio, en la ficción Luis Emilio, don Emilio, como decían ellos con verdadera unción, tenía su reverso. Era un cariño reaccionario, como aquella íntima tristeza de que habló el poeta mexicano Ramón López Velarde, y provocaba una no menos intensa hostilidad de parte de la Revolución y de sus dueños exclusivos. Uno quedaba al medio, en una tierra de nadie, o en la distancia, en los márgenes, pero no podía evitar un sentimiento interior, que casi se podría definir como pegajoso, de culpabilidad. Como ya lo he dicho, en La Habana, donde había sido enviado por el gobierno de Salvador Allende con la misión de abrir la embajada chilena, pensé en Franz Kafka en más de una oportunidad. Me acordé de páginas, de imágenes precisas, de atmósferas de *El proceso*. En lo que no pensé, eso sí, es en que Luis Emilio, gordo, como Juan David, y como él aficionado al baile, a la música, a la fiesta caribeña, pudiera tener alguna relación indirecta con el universo de Kafka. Era el menos kafkiano de los personajes de esta tierra, y, sin embargo, el aire enrarecido de los pasadizos de *El proceso* se respiraba de pronto en torno a su memoria. A pesar suyo, desde luego. El Encargado de Negocios de Suiza, país que en esos días, a fines de 1970 y comienzos de 1971, todavía se ocupaba de los asuntos de Estados Unidos y de la mayoría de los países latinoamericanos, agarró en una ocasión un manojo de llaves y me llevó al edificio de la antigua embajada norteamericana. Me condujo hasta una puerta y mientras buscaba la llave correspondiente, me informó que ahí se encontraban los muebles y objetos de la misión chilena de antes de la ruptura. Entramos a una sala no muy grande, oscura, donde todo olía a rancio, a vetusto, a la más perfecta inutilidad. Había mesas, paragüeros, mapas amarillentos, sillas y sillones de interiores destripados, con los resortes a la vista. Busqué algún recuerdo de mi pariente, el que había utilizado todos esos vejestorios, pero no lo encontré. Sólo me quedé con un timbre de goma que decía Embajada de Chile en Cuba y que me prestó buenos servicios. Lo demás parecía material de demolición. Parecía y lo era. Una vieja secretaria de Luis Emilio, de don Emilio, a todo esto, se presentó con insistencia en el hotel, donde tenía mi residencia y mis oficinas, y terminó por pedirme trabajo. No se lo di, no tenía ningún trabajo que darle, pero al día siguiente o subsiguiente, el Director de Protocolo, Meléndez, me advirtió que no la contratara por ningún motivo.

—Es agente de la CIA, chico.

Curiosa advertencia. Por haber sido secretaria de la antigua embajada y de mi pariente, Meléndez calculaba, quizá, que no podría dejar de contratarla. O no calculaba, pero estaba obligado a hacer como si calculara. Kafka al cubo, en medio de la displicencia, o de la frivolidad, o de la indiferencia total de Luis Emilio, gordo que habríamos podido llamar, si hubiera estado vivo, inefable. ¡Joaquín, su hermano, menos la literatura!

Paso a despedirme de Luis Emilio, pero antes me acuerdo de un pequeño detalle. En las recepciones diplomáticas de La Habana de aquellos días había siempre un mozo alto, de buena figura, de pelo blanco, que daba la impresión de un perfecto profesional de los regímenes anteriores. No es improbable que militara en el partido, que formara parte del CDR, el Comité de Defensa de la Revolución, de su barrio, que fuera informante de la Seguridad del Estado. Las apariencias, en aquella situación, no sólo engañaban muy a menudo: llegué a sospechar que engañaban siempre. Y el hecho de ser un profesional impecable en el sector de los servicios al cuerpo diplomático, en las alturas enrarecidas de la superestructura, no se contradecía con todo lo anterior: por el contrario, daba puntos a favor. Este correcto mozo de embajadas, sin embargo, se había dado por enterado en una oportunidad de mi parentesco con el ex embajador, el del *Ancien Régime*. Y cuando me acercaba la fuente con los canapés, siempre los mismos, siempre, supongo, encargados a la misma y misteriosa Dirección de Servicios al Cuerpo Diplomático, hacía girar la bandeja con curiosa destreza para ponerme más cerca los que él sabía que eran mejores. Lo hacía con un guiño cómplice y con una nostalgia parecida a la de los porteros del edificio de Juan David, con cara encendida por el calor y guantes blancos. Pero había también otro ingrediente probable: un orgullo profesional, una idea de servir a la causa desde la base, desde el puesto de combate que le habían asignado. ¿O me equivoco, o confunde Franz Kafka a los lectores que quiere perder?

XXX

Cuevas, a todo esto, Cuevitas, el niño de la calle Cumming o de la calle Esperanza, el de la selva de sombreros en el taller de la hermana sombrerera, el que había tenido que privarse de su ración de postre de lúcumas porque no alcanzaba para todos, se encontraba en la culminación de su gloria. Tú te reías sin envidia, sin aparente envidia, aunque quizá, en el fondo de tu corazón, y a estas alturas de tu experiencia, de tu desengaño, lo envidiabas. ¿Por qué él, con tanta habilidad, con tan suave ritmo, y tú, con tu desazón, con tus exabruptos, precisamente no? Había sido, Cuevitas, un genio de los salones, de los bailes, de la seducción de mujeres, mujeres jóvenes, pero, sobre todo, viejas, y tú, en el balance definitivo, ¿no habías sido genio de nada? Los diarios contaron que él, en su situación ya consolidada, por todos aceptada, de marqués de Cuevas, marqués español, para más *inri*, había dado una fiesta suntuosa en el Nilo, en un barco magnífico, y que a los lados flotaban barcazas menores con orquestas de cámara, con música de mandolinas, con aires cantados por sopranos famosas, en un fondo multiplicado por las antorchas y los cortinajes.

—Se ha convertido en un siútico repelente —sentenciaste al final de una mañana, en el sector del mesón de La Bahía que te gustaba llamar el *paddock*, el sitio más adecuado para observar el paseo de los caballos, de los caballeros y los no tan caballeros, pero te arrepentiste de inmediato. ¿No había hablado en ti, a través de tus palabras ácidas, el odio chileno al éxito, el chaqueteo nacional, la vieja envidia criolla e hispánica? ¿No había influido en ti el hecho de que los medios de comunicación, obligados a saberlo todo, creyeran ahora a pie juntillas, por venalidad, por frivolidad, por lo que fuera, en la leyenda del marqués español multimillonario, olvidados de sus orígenes y, de paso, de los tuyos? ¿No respirabas por una terrible herida que te negabas a reconocer?

Algún tiempo después se produjo el llamado Baile del Siglo, en Biarritz, en el Gran Hotel del final de la playa, el que Napoleón III había mandado construir para la emperatriz Eugenia, y las críticas arreciaron por todos lados, pero también, al lado de las críticas, las apologías, las bocas abiertas, las manos juntas, el éxtasis verdadero o fingido de los aduladores. El *Osservatore Romano* dedicó un editorial a fustigar el gasto escandaloso, la frivolidad, la indiferencia insultante, pecaminosa, frente a los pobres de este mundo, que había demostrado Cuevitas, esto es, el marqués de Piedra Blanca de Huana, con su famoso baile. No se contaban las botellas de champagne, los mozos uniformados, las toneladas de *foie gras* y de fresas del bosque consumidas por los dos mil invitados. Pero, mientras el Vaticano se rasgaba las vestiduras, las páginas de vida social hacían su agosto. Elsa Maxwell, la rechoncha y célebre periodista mundana del *New York Times*, había llegado disfrazada de Sancho Panza y montada en una burra: al lado de actores célebres, bailarines estrellas, multimillonarios, figuras políticas de toda Europa, el infaltable Aga Khan y el no menos infaltable Jean Cocteau. Tú, en uno de tus arrebatos, en tu gozoso espíritu de contradicción, habías salido en defensa del marqués. Dijiste por ahí que nunca lo habías frecuentado mucho, que era más amigo de tu madre y de tus hermanas que tuyo, a pesar de su novela primeriza dedicada a ti, al culto y alabanza de tu joven persona. Pero el baile, dijiste, había sido un acto generoso y espléndido, que había hecho circular el dinero, que había dado trabajo y alegría a mucha gente. Usaste los argumentos que usan los políticos de ahora, los de todos lados: en eso también eras un precursor, alguien que había nacido a destiempo. El oro había corrido por las calles, como el champagne, y la página resentida, maledicente, mezquina, del diario del Vaticano, tenía su única explicación en que el Papa estaba de viaje, o ausente, o enfermo, ya no recuerdo tu argumento con exactitud. El hecho es que se te había metido entre ceja y ceja, después de tu primera reacción amarga en la barra de La Bahía, defender a Cuevas, y vibrabas al conocer los ecos del famoso baile, un acontecimiento que, después de todo, no merecía que le pusieras tanta atención. Al hacerlo, mostrabas la hilacha, además de gastar pólvora en gallinazos. Pero eras, como siempre lo dijiste, niño, lúdico, ingenuo. La ingenuidad te perdía y la misma ingenuidad te salvaba. Otros, inclinados como tú al juego, al disparate, al exceso, infantiles, en último término, como tú, se habían inscrito en la gran militancia política del siglo y se habían protegido del error de esa manera, bajo ese poderoso abrigo. Tú, en cambio, te habías quedado como bola huacha, en las tinieblas exteriores. Dando bote, como decimos en Chile.

En una de tus crónicas sobre Cuevas, y escribiste muchas, la obsesión no te daba tregua, contaste un episodio divertido. Le preguntaste al divino marqués por la razón de su éxito y él te mostró una fotografía de dos personajes en un marco de plata lleno de volutas, caprichos, quimeras, marco que había diseñado su amigo Salvador Dalí, otro de los asistentes, supongo, al bullado y combatido baile. Escribiste que la señora de la fotografía era doña o misiá Blanca V., inicial que denunciaba tu pudor en materias sociales, a pesar de todo, y que correspondía, sin duda, a Vergara, Blanca Vergara, dueña de medio Reñaca y Viña del Mar, hermana del general de la contienda de 1891, don Salvador, el papá de tu amigo Perico. El caballero flaco que figuraba al lado de ella en la fotografía, paliducho, de corbata de humita, de expresión ladina, era don Luis Izquierdo Fredes, conocido político liberal e intrigante palaciego. Cuevitas, ya marqués de los islotes cagados por los pájaros, te contó que se había enamorado locamente en su juventud de Amalia, una hija de doña Blanca.

—¿Y ella te dio calabazas?

Por el contrario, había sido plenamente correspondido, de modo que se presentó en el palacete de doña Blanca, pobre él, pero digno, de finos modales, descendiente de un

Cortés Madariaga de los años de la conquista española, por muy privado que estuviera de postres de lúcuma, y pidió la mano de su hija. Doña Blanca respondió que no se oponía en principio, pero que antes necesitaba contar con la aprobación de su caballero y escudero de confianza y de buen consejo, el infaltable don Luis Izquierdo.

—Don Luis, hombre cauto y prudente, como sabes muy bien, le pidió que no me entregara a Amalia hasta que yo me hiciera hombre, en las salitreras, en la Tierra del Fuego, en la Antártica, en cualquier otro lado.

Es la frase textual de Cuevitas en una de tus crónicas. Y eres discreto en el comentario, pero todos sabemos que Jorge Cuevas Bartholin se ponía perfumes excesivos y tenía modales más bien afeminados, o francamente amariconados, para usar términos de la calle, la de entonces y la de ahora.

—Estuve a punto de suicidarme —dices que dijo Cuevitas—. Pensé en arrojarme al Pacífico desde una roca.

—¿Y después?

No sabemos cuándo y dónde tuvo lugar esta conversación y tiendo a pensar que fue un invento, una licencia literaria. Pero el narrador del episodio escribe después del éxito, después del matrimonio con Margaret Strong Rockefeller y de la adquisición del título de Piedra Blanca de Huana. Cuevas había conseguido salir del horroroso Chile de Enrique Lihn, de la no tan fértil provincia, y esa evasión le había abierto las puertas del triunfo.

—Todo se lo debo a ellos —exclamó, refiriéndose a doña Blanca y a don Lucho—. ¡Cómo los quiero! —y al decir esto, levantó el retrato con las dos manos y le dio un beso repetido, sonoro. ¡Muá! ¡Muá!

Años después del baile que había presidido disfrazado de Luis XIV, con calzones de seda blanca, enorme peluca, bastón de empuñadura de oro, el marqués hizo una visita a Chile. La prensa no habló de otra cosa, y todo lo más granado de la sociedad chilena se peleó para festejarlo, para tenerlo en sus casas y en sus haciendas. Esto sucedía después de aquella mañana fatídica en el Hipódromo Chile, la mañana en que apostaste todo al ganador de la última carrera y resultó que te habías equivocado de número. Estabas paralizado de un lado del cuerpo, con la cara deformada, escondido en tu retiro de la calle Santo Domingo. Eras, como me dijo con crueldad Jorge Luis Borges, *l'homme qui rit*, el hombre que ríe, el personaje de Victor Hugo. Recibiste un recado indirecto de Cuevitas, más bien ambiguo, al menos en opinión tuya, y no te diste el trabajo de contestarlo. De manera que Jorge Cuevas Bartholin, el marqués, el triunfador, no bajó de las mansiones del barrio alto a tu modesto refugio de la región de Cumming, de Brasil, de la Plaza Yungay, de la estatua del Roto Chileno. Sospecho que en tu fuero interno, en la reserva orgullosa de tu espíritu, el detalle te mortificó. Lo habías conocido naranjo, como suele decirse. Y él, en forma real y simbólica, había subido a los sectores ricos de la ciudad y del mundo, a las alturas cordilleranas, europeas, neoyorquinas, en tanto que tú habías descendido sin tregua y sin compasión. No te extrañó la ausencia del personaje, no mostraste ni sombra de irritación, pero el gesto no te puede haber caído bien. Tuviste el buen gusto de no insistir en que era, en el fondo, un redomado siútico, de callar, aunque Mayita, que no tenía pelos en la lengua, sí que lo dijo, y lo dijo hasta que le dio puntada. Y te acordabas de cuando te miraba en su juventud con ojos de carnero degollado, y hacía encendidos elogios de tu belleza, medio mediterránea, según él, medio oriental. ¡Qué maricón!, pensaste, y esto último no se lo comentaste ni siquiera a Mayita. Después recibiste una nota cariñosa de saludo, una esquela de buen papel, con su timbre nobiliario consabido, y pese a todo te alegraste. Tuviste la extraña sensación de que esa esquela y ese pomposo título desentonaban detrás de tus paredes empapeladas, de tus puertas gastadas, que crujían al abrirse y quedaban temblando, y te dieron unas repentinas ganas de llorar. Por increíble que esto parezca. De llorar a mares. Y te contuviste: las lágrimas no pasaron del umbral de tus ojos.

Un poco antes había llegado de visita a Chile Bollini, ¿se acuerdan ustedes?, el petimetre argentino de *Criollos en París*, el que se había enrolado en el lado francés durante la guerra del catorce, ya que prefería la muerte a tener que irse de Francia y regresar a Argentina. ¡Todo menos eso! Pues bien, hay diferentes versiones. Una de las versiones dice que Bollini sólo existía en las páginas de aquella novela tuya, que se hundió en las trincheras en la región de Metz y que nunca más se supo de él. Otra cuenta que existía un Bollini en la realidad, persona que se salvó de morir en el frente y que vivió en París, con algo de dinero, en buena y alegre compañía, todos los años de entre las dos guerras. Era, decían, un che simpático, un amigo estupendo, animador de cualquier fiesta, generoso, amado por las mujeres, pero tenía, por lo visto, el clasismo arrogante, insoportable, ciego, de los grandes pijes bonaerenses, deformación que en el exilio voluntario de París solía acentuarse y llegar al paroxismo. En los primeros meses de la segunda guerra, en vísperas de la ocupación alemana, este desgraciado de Bollini ya no tuvo más remedio que cruzar el Atlántico y refugiarse en su Buenos Aires natal. Estaba arruinado, envejecido, pero conservaba su facha de gran señor, además de sus prejuicios y sus desdenes, sus cejas levantadas, sus insolencias, sus zapatos admirablemente bien lustrados. A mediados de los cincuenta hizo un rápido viaje a Chile, consiguió tu dirección de la calle Santo Domingo y llegó a visitarte. A diferencia de Cuevas, Bollini carecía de toda sutileza. Con él no había esquelas que valieran, no había billetitos amables. Tocó el timbre, una empleada anciana y gotosa le abrió la puerta, y entró hasta la mitad del salón destartalado, modesto. Tú estabas en compañía de Maya, de Manolín y de un amigo suyo del colegio, un adolescente de pelo negro erizado y cara más o menos mapuche.

—¡Che! —exclamó Bollini, y sólo en ese momento preciso te acordaste de su voz, de sus maneras, de sus historias, y te reíste por dentro con una risa socarrona, adivinando lo que vendría—. ¡Vos te habés olvidado de quién eres!

Dijo esto, el inefable Che Bollini, les dio la espalda y salió dando un portazo que casi derribó la casa.

—¡Qué animal! —exclamaste, a pesar de que su reacción tenía un lado cómico, un lado de disparate que hasta podía gustarte. Más tarde sirvió de alimento para una de tus crónicas. ¡Los argentinos de París! Puede que los argentinos de entonces se parecieran bastante a los chilenos de ahora. En cualquier caso, como resultado de esta experiencia y quizá de otras parecidas, agarraste una costumbre que después se hizo famosa en Chile. Tocaban el timbre y salías a abrir la puerta con la cara escondida detrás de una máscara de goma.

—¿Está don Joaquín? —preguntaba el visitante, nervioso, medio perplejo.

—No —contestabas—. Está veraneando en Zapallar —y cerrabas la puerta en las narices de la visita. Ya se sabe que Zapallar es un símbolo de clase, aunque ahora bastante venido a menos, como todos esos símbolos.

Un día, en mis tiempos del Ministerio de Relaciones, esto es, a fines de los años cincuenta, después de una larga conversación con mi amigo y colega doble Jaime Laso Jarpa, colega como funcionario y como escritor, agarramos vuelo, nos contagiamos con nuestras propias palabras y partimos en busca de la casa de Santo Domingo. Ya habías entrado en la leyenda: hasta tu casa había pasado a ser legendaria. Tocamos el timbre, igual que cualquier otro intruso, y esperamos. Alguien, me parece que una persona joven, probablemente Manolín, abrió la puerta y asomó la cabeza. Nosotros preguntamos por ti, por don Joaquín.

—¿De parte de quién? —preguntó el joven, no de quiénes, y dijo que iba a ver si estabas. Volvió al cabo de un rato.

—Don Joaquín no está —dijo, y cerró la puerta. En las narices nuestras. Nosotros nos retiramos con la cabeza baja, avergonzados, deprimidos. Trabajábamos en la misma oficina, en la Dirección Económica del Ministerio, sección duelos y quebrantos, y en las horas de almuerzo nos quedábamos encerrados y nos comíamos un magro sándwich de jamón y queso. Jaime trabajaba en una novela de tema marino, *El acantilado*, y yo en los cuentos de *Gente de la ciudad*, que eran mis *Dublineses*, mi homenaje no confesado a James Joyce. No sé si antes de partir en busca de Joaquín nos habíamos tomado unos tragos en el casino del Ministerio o en algún bar de los alrededores. Ese impulso repentino, visto con la perspectiva de hoy, me parece producto de dos o tres corridas de pisco sauers. Aparte de la leyenda, desde luego. En cualquier caso, nos quedamos sin ver a Joaquín, a don Joaquín, a mi tío Joaquín. Sin verte. Ni siquiera con tu famosa máscara de goma. Pero Jaime Laso Jarpa es otra historia, otra gran historia. No es del todo ajena a la historia tuya, Joaquín, aunque a primera vista no lo parezca: los elementos de la inutilidad, de la rebeldía, de la vocación literaria a toda prueba, de la relación contradictoria, apasionada, en cierto modo feroz, furibunda, con Chile, están ahí. Hasta pienso que Jaime se murió de todo eso, reventó. Si tengo tiempo y paciencia, escribiré un capítulo sobre el caso de Jaime. A riesgo de que parezca incrustado, colocado a la fuerza.

XXXI

A mediados de los años cincuenta, cuando ya eras famoso en Chile, cuando citabas, con ironía un tanto amarga, el epitafio que se había inventado para sí mismo tu colega Juan Tejeda, «quiso ser escritor, llegó a ser escritor chileno», te invitaban los grupos, las sociedades, las instituciones más diversas, y a veces, por cambiar de aire, y también, por qué no, por ganar unos cuantos pesos, un pequeño honorario, ya que nunca dejaba de ser pequeño, en ese Chile y en el de ahora, aceptabas. Solías poner ese honorario en un número de ruleta o apostarlo a un caballo, para no perder la costumbre. Y tu condición esencial era que la señora Maya, tu esposa, la Mayita, también fuera invitada, porque se había desarrollado en ti una necesidad profunda, un hábito encarnado, casi biológico, de tenerla cerca. Le decías de repente, a propósito de cualquier cosa, que si ella te abandonara, si te faltara, sacarías la Colt del fondo de la cómoda, de su sitio al amparo de los calcetines, y te volarías la cabeza.

—¿Por qué dices esas cosas? —protestaba ella—. ¿Crees que soy una tontona frívola, una mujer con la cabeza llena de pajaritos?

Lo invitó una mancomunal de Valparaíso, una sociedad formada por zapateros, carpinteros, tipógrafos, con la promesa de pagarle dos pasajes de tren en primera clase y una noche en el Hotel Prat, más no podían, explicaron, y él aceptó feliz de la vida.

—Hace años que no voy a Valparaíso —comentó—, y me encanta la idea de regresar, de recorrer mis antiguas canchas de nuevo. ¿Existirá todavía el Bar Inglés, y el restaurante Neptún, y el Cinzano, a la vuelta de la esquina? ¿Y cómo estarán los muros del norponiente del cementerio, el lugar donde se abrieron las tumbas para el terremoto grande, donde los ataúdes cayeron al plano dando tumbos?

Leyó historias de Valparaíso toda esa noche, incluso algunas de las que había escrito él mismo, y después se reunió con amigos de la infancia, con algún pariente a quien había reencontrado en la calle y que ahora, cosa rara, se sentía orgulloso de él, con gente de la prensa que conocía el puerto en detalle: el del pasado y el de ahora. La invitación de la mancomunal lo había llenado de vida, de euforia, de los recuerdos más sorprendentes, de optimismo. José Santos González Vera, después de regalarle una pastilla de menta en la entrada del Naturista, que ya, en pleno éxito, se había trasladado desde San Diego a la calle Ahumada, calculó que debían de ser obreros anarquistas, a juzgar por sus profesiones.

—¡Mejor! —exclamó él, exclamaste—. ¡Mejor que mejor!

De manera que el aire de Valparaíso, el viento negro, como dijo el poeta, los remolinos de polvo, todavía volaban adentro de tu cabeza, todavía soplaban en tu fantasía, en los callejones más recónditos de tu memoria. A medida que avanzaba el tren, que las ruedas de acero chocaban con las junturas de los rieles, que el ritmo aumentaba con la velocidad, te ibas quedando en silencio, extasiado. Absorbías hasta las menores formas del paisaje, una rama, unos surcos parejos, el vuelo de un par de chercanes, volutas de humo en una ladera, rebaños de cabras y chivos barbudos, por todos los poros. Después, al salir ya de la Estación de Viña, al pasar por Recreo, la brisa fresca del puerto, con su olor de mar mezclado con petróleo, con aceite de máquinas, con detritus de toda clase, unida a un espectáculo de crestas de espumas multiplicadas hasta el horizonte, fue como una droga genial, superior, como si hubieras despertado de un pesado y prolongado letargo.

—¡Estoy en la gloria, Mayita! —exclamaste, respirando hondo, y la acariciaste, le acercaste la cara tomándola del mentón para darle un beso.

—¡Mejor así! —exclamó ella, que también parecía encontrarse en otro mundo, en algo parecido a la gloria.

El tren entró en la estación final lentamente, doblando una curva suave, echando humo por todas sus tuberías y entresijos, inundando el recinto de vapor y de ruido. Tú ayudaste a la Mayita a bajar, a pesar de que la Mayita podría haberte ayudado a ti, pero el aire del puerto te ponía galante, hacía que te sintieras veinte años más joven, y los representantes de la mancomunal, que te esperaban, tal como habían convenido contigo, debajo de un afiche amarillento de Aliviol, una cabeza llena de clavos que el Aliviol desclavaba, se acercaron, sonrientes, y te saludaron con manos callosas, te palmotearon en la espalda, te festejaron.

—Estamos orgullosos —repetían, y la Mayita recibía los homenajes con otra sonrisa, alta y segura, perfectamente dueña de la situación. En la conferencia de la noche hablaste de Honorato de Balzac y de Eça de Queiros, pero también de Emilio Zola y de *Naná*, la novela que le gustaba tanto a tu personaje de París, Pedro Plaza, sobre todo en las páginas finales, en las del comienzo de la guerra de 1870, y a propósito de Zola te referiste a nuestro Baldomero Lillo, a *Subterra*, a las condiciones de trabajo en las minas de Lota a comienzos de siglo, a su apasionada denuncia por Baldomero, e hiciste todo esto con palabras sencillas, con breves explicaciones previas, para que todos entendieran, tratando de que nadie se lateara. También hablaste, al final, de Rubén Darío en Valparaíso y del trato mezquino, humillante, que le habían dado tus parientes de *El Mercurio*, debido, explicaste, a su cara de indio momotombo, cosa que al comienzo arrancó sonrisas de tus oyentes y al final un nutrido y solidario aplauso. A la mañana siguiente hiciste un recorrido del brazo de Mayita de la calle del Teatro de tu infancia (ahí nací yo, Mayita: en la segunda ventana desde la izquierda), ahora llamada calle Salvador Donoso, y de la Plaza Victoria, con sus alegorías y leones de bronce importados de Inglaterra. En los bajos de la casa donde naciste se encuentra ahora, y tú ya lo sabías, un restaurante chino.

—En la noche vamos a venir a comer a este chino, y yo me voy a poner mi corbata roja, porque la combinación del chino y de la corbata me trae buena suerte.

Preguntaste en todas partes, en el hotel, en la calle, a un par de choferes de taxi, gozando de cada segundo, de cada cara, de cada reacción o inflexión, si todavía existía la tienda de ropa china, la de marfiles, abanicos, mantos, pebeteros y otras chucherías, que antes quedaba por ahí cerca, porque pensabas comprarle un regalo a la Mayita, pero nadie sabía nada. Estabas en Valparaíso, sí, Mayita, pero el Valparaíso tuyo se había extinguido, se había hecho humo y nada. Caminabas por la Plaza Victoria, contemplabas los gruesos troncos y las ramas frondosas, los pimientos, las matas de magnolias, el ombú cuyas raíces habían levantado las baldosas, la fachada adusta de la Biblioteca Severín, los balcones barrocos del Club Naval, y nadie se fijaba en ti. O te reconocían vagamente, con una sonrisa incierta, con un saludo que no alcanzaba a formarse, y te dejaban pasar. Ya no se divisaba a don Antonio Cano, ni a don Felipe Aguiar, ni a tu tío Renato Acuña, ni a tus parientes de la rama Garriga, y las nietas de misiá Lavinia se habían hecho humo, de modo que ya nadie, por suerte, aunque no sé si lo echabas, a pesar de todo, de menos, estaba atento al brillo de tus zapatos, al nudo de tu corbata, a la raya de tus pantalones. Y a nadie le importaba un rábano con quién andabas, de dónde venías, a dónde ibas, qué insolencias, que nociones subversivas rumiabas. Los censores, los inquisidores de antaño, las preguntonas y sus sobrinas feas, con las caras llenas de granos, habían bajado a la tumba. Y la tía Juana, la Reina, ya no vigilaba desde las ventanas redondas de su mirador, santiguándose.

—Soy feliz, Mayita —dijiste, y ella se rió a carcajadas y te hizo cosquillas en el brazo. Te encantaba la forma en que la Mayita se acercaba a la gente, al hombre del quiosco, a la vendedora de chirimoyas, para hacer alguna pregunta, una consulta cualquiera.

—Los de la mancomunal —comentó la Mayita— te adoraron. Se notaba en cada detalle.

—Qué curioso, ¿no? La vida está llena de sorpresas.
Yo no tenía ni la menor esperanza, y ahora, de viejo...

—Sorpresas para algunos —dijo ella—. No para todos.
Pasaste frente a una mansión medio en ruinas, en cuyo interior los boliches más heterogéneos habían crecido y se
apretujaban como callampas después de la lluvia, en medio de
una selva de letreros mal pintados, zurcidores japoneses, vendedoras de boletos de lotería, fabricantes de llaves, y contaste
que un pariente tuyo había vivido ahí, y que cuando se había
sentido mal, enfermo de muerte, había hecho que le colocaran la cama en el medio del salón para recibir a sus visitas, para despedirse del mundo a su regalado gusto, en forma digna,
descorchando botellones.

—Ahí donde ahora venden salchichas.

—Encuentro que no era tan tonto —dijo Mayita.

—Yo me convierto en Oyanedel —comentaste—,
mientras tú te vas convirtiendo en sobrina de la tía Juana, de
la reina del Almendral y la Plaza Victoria.

En la noche te pusiste la corbata roja, tarareando una
canción de la Edith Piaf y otra de Charles Aznavour frente al
espejo, y llevaste a Mayita, a la Mayita, a comer al chino (a los
bajos de mi casa, dijiste), tal como se lo habías prometido, y
me acordé de una noche en que fui con Waldo Rojas, con Enrique Lihn, con algún otro poeta, a comer al Club Peruano de
la Alameda casi al llegar a Carmen, y la cena tuvo lugar en la
sala que durante largos años había sido mi dormitorio, frente
al balcón donde me había tocado ver a carabineros a caballo,
presenciar tiroteos cercanos, divisar a una vieja que corría y a
un hombre joven que caía al suelo, como si hubiera tropezado en algo, y no volvía a levantarse: el balcón de mis primeras
divagaciones y mis primeras calenturas. Tú le comentaste a la
Mayita historias de barcos que regresaban de dar la vuelta al
mundo, y de los antepasados chinos y judíos portugueses, negreros, se sospechaba, de una de las familias fundadoras de Viña del Mar. En la penumbra del restaurante, detrás de un
mesón, entre bolsas de té y botellas de condimentos y aguar

dientes exóticos, había una especie de mandarín de luengas barbas blancas, con aspecto de mago, y dos ancianas inmóviles, calladas, que podrían haber sido de mentira.

—Son parientes de los judíos Álvares, de los que te dije, y cada uno podría tener más de cien años.

En las mesas de ruleta del Casino de Viña del Mar, esa noche, tú y Mayita ganaron un poco, lo cual, en el caso tuyo, era otra consecuencia de tu cambio de vida, y una consecuencia no menor, porque ahora podías jugar con relativa moderación, sin los arrebatos de antes, aun cuando a veces te volvían (como quedó demostrado en aquella mañana fatídica del Hipódromo Chile, algunos años después de ese viaje venturoso a Valparaíso), y al día siguiente, cuando caminabas a la Estación del Puerto tomado del brazo izquierdo de ella, que llevaba la maleta en la mano derecha, seguías sin salir de tu asombro. Mirabas la calle Esmeralda con sus trajines, los balcones de la Intendencia, el movimiento de los botes a remo y de las lanchas de la Armada en la poza número uno, y te decías que el Valparaíso tuyo se había acabado para siempre. En el de ahora todo el mundo vendía algo o corría detrás de algo, y nadie se preocupaba de lo que hacían los demás, a diferencia de lo que sucedía en el tiempo tuyo, donde todos se dedicaban a vigilar y a controlar, donde había un tribunal, un grave comisariato de costumbres, en cada banco de la plaza.

—Además —dijiste—, fíjate. Todo son boliches. Hasta los lugares elegantes de mi época: el Bar Inglés, donde Stepton sorbía sus martinis secos, no es ahora más que un boliche rasca, como dice la cabrería, un tugurio meado por los gatos. ¡Qué maravilla!

Y caminabas con orgullo, del bracete de Mayita, reconciliado con la existencia. Ni siquiera tenías ganas de tomar un barco, el de las dos chimeneas altas, rojas y negras, que echaban humo, y partir de regreso a París. Porque hasta París, como ilusión, como deseo, como espejismo, se había terminado, cosa que antes te habría parecido monstruosa. Y fue después de esa visita a Valparaíso, a los tres o cuatro días, que escribiste unos párrafos que se hicieron célebres en la provincia chilena. «Cambié de barrio, escribiste, de clase social, de familia. Cambié de sangre. Cambié de pasado. Soy feliz. Este otro mundo me admira. En la clase alta yo no pude ser algo. En esta otra clase, descubierta por mí, he vuelto a ser un hombre con esperanza.»

No son palabras de un Joaquín inventado, son palabras tuyas, escritas por ti, de manera que la ficción, aquí, pierde terreno frente a la biografía, a la escritura que estamos obligados a llamar historia. Puesto que escribiste estas palabras, no otras, y las publicaste con tu firma. Pero quizá las cosas, a pesar de todo, no son tan claras. Porque las crónicas tuyas suelen entrar de lleno en los niveles, en los ambientes más bien enrarecidos de la narración literaria. Dijiste en alguna parte, y también por escrito, que después del escándalo de tu primera novela, de *El inútil*, te encontraste un buen día con que había nacido Joaquín Edwards Bello. En otras palabras, habías inventado a tu personaje, y más que a tu personaje, a tu persona, ésa que después, en tus años finales, en la puerta de tu casa de la calle Santo Domingo, solías ocultar con una máscara de goma. Y te habías convertido, por consiguiente, o habías convertido al otro, a tu otro yo, en ficción. De ahí, de la ficción aquella, había salido la materia de tus novelas, de tus crónicas, de tus dichos, y también, *last but not least*, de tu leyenda. Construiste algo, provocaste una situación exterior a ti mismo, lo cual no es poco decir. Más de medio siglo después, cuando me propuse firmar mis primeros textos, tuve que tomar una decisión que antes no había calculado: tuve que eliminar de mi nombre el segundo apellido. ¿Para qué? Para diferenciarme de ti, esto es, de la leyenda tuya. ¿Quiere decir esto que la ficción mía derivó de la tuya? Es posible que sí, para bien y para mal. Para mí también se acabó en algún momento el Santiago del barrio bajo, el de la Alameda de las Delicias, la calle Ejército, la calle Alonso Ovalle, con sus miradas severas detrás de balcones, con la tía Elisa y su nariz de tucán, que buscaba el refugio de unas gruesas cortinas y bajaba la voz para mostrarme la tapa de uno de tus libros, *En el viejo Almendral.* Era preciso cancelar esa ciudad para proceder a inventarla. Y cancelar esa familia. Después, por ti, gracias a una crónica tuya, pude agregar otros detalles, detalles propios de la literatura: la tía Elisa era muy simpática, devoradora de libros, viuda desde muy joven de un señor Gana, pariente cercano del novelista de *Los trasplantados*, Alberto Blest Gana, gringo y español, como nosotros, y solía tocar el arpa, la tía de nariz de tucán, en fiestas de beneficencia.

Sospecho que yo, en todo caso, no cambié tanto como tú, como dices tú que cambiaste, quizá porque no tuve la misma necesidad que tú, y debido a eso me salvé, o más bien me perdí, porque pude evitar el destino trágico tuyo, que te perdió, te destruyó, y a la vez, en definitiva, te salvó. Porque ahora, me atrevo a decir, ya estás salvado. Después de muerto, eso sí.

XXXII

Conocí a la señora Maya en una librería del centro de Santiago, cuando ya era viuda de mi tío Joaquín hacía tiempo, en años en que la dictadura militar, no la de Ibáñez, se entiende, sino la de mi época, la de Pinochet, se acercaba a su recta final. Me dio su teléfono, me aseguró que recibiría una visita mía con el mayor agrado, y partí una de esas tardes a la casa de la calle Santo Domingo al llegar a Cumming. Era la misma casa a la que nos habíamos acercado sin éxito alrededor de dos décadas atrás, un sábado sin gloria ninguna de comienzos de los años sesenta, Jaime Laso Jarpa y yo. Prefiero no acordarme de los incidentes de ese sábado en la tarde, de los aros en el camino, de los pisco sauers repetidos. Desde el día en que la conocí, la señora Maya me pareció una mujer de carácter fuerte, de personalidad bien definida. También me pareció, y creo que lo pude leer en su mirada, en su expresión seria, pero que no carecía de sentido del humor, una mujer de corazón, de riqueza emocional, pasional. En resumidas cuentas, una mujer interesante. De la casa recuerdo un espacio más bien amplio, anodino, sin mayores pretensiones, y un gran armario, un ropero en cuyo interior me parece que había paquetes de libros, ediciones baratas de la Editorial Nascimento. La señora conocía bastante bien los problemas de la edición de libros y de su comercio. Además de ser, como dije, una mujer de personalidad, era una mujer práctica. Hablamos de muchas cosas, cosas de Joaquín, de la familia, de los amigos y los enemigos, de ella misma, y me contó la historia de una pariente cercana de Joaquín que había terminado su vida en un asilo de ancianos. Doña Maya la había ido a visitar, había visto la sopa mugrienta que le servían las monjas cuidadoras y la había tirado por el excusado, furibunda, exigiendo que las monjitas de tal por cual le sirvieran una comida decente. Tuve la impresión paradójica de que misiá Maya era la única persona de todo Chile, después de la muerte de Joaquín, que tenía un conocimiento acabado, detallado, en profundidad, de su familia, de su historia privada (para emplear un término de Honorato de Balzac, ni más ni menos). Los demás, familiares o no familiares, eran indiferentes. Amnésicos felices. Y andaban, como es de suponer, en otra cosa, en otros afanes. Después llegué a la conclusión de que las relaciones personales de misiá Maya con los parientes cercanos de Joaquín, en contra de lo que habría podido esperarse si se aplicaba un criterio exclusivamente clasista, había sido buena y hasta más que buena. Así me lo revelaba, por ejemplo, el tono de las cartas de la madre de Joaquín, la señora que leía novelas de amor y que se vestía con túnicas de tonos pastel: «Mi querida Mayita...» La relación con la española de los años veinte, la granadina, la madre legítima de los dos hijos suyos conocidos, había estado lejos, en cambio, de ser tan buena. Era, al parecer, la granadina, una mujer amarga, resentida, llena de complejos, que no se acostumbró nunca a la vida en su patria de adopción. Por otra parte, desde el día de su llegada a Santiago, a comienzos de la década del veinte, estuvo seriamente enferma, y murió después de pocos años de residencia en Chile. No conocemos nada, en seguida, sobre la relación de los dos hijos de Joaquín con su familia cercana, pero podemos imaginar que tampoco fue buena, que fue, quizá, desastrosa. Sobre todo cuando la vida de estos hijos, estos pobres niños, como habría dicho él en más de una ocasión, sirvió para confirmar que él se había desviado, que había seguido la senda equivocada, y que las costumbres malhadadas de sus hijos no habían sido más que la consecuencia de dicho desvío. ¡De manera que tus decisiones te persiguen: el hecho de ponerte a leer un poema en la infancia, en lugar de hacer lo que debes hacer, se convierte en un destino! ¡Sí, mi querido Joaquín! Parece que al señor Samuel Smiles, el autor de *El ahorro*, de *El carácter*, los libros de cabecera de la casa de mi abuelo, razón no le faltaba. La Mayita, en cambio, a diferencia de la enfermiza granadina sacada quizá de dónde, llevó a Joaquín por un camino razonable y hasta cierto punto lo salvó, cosa que las madres siempre, y los familiares cercanos cuando son inteligentes, agradecen. ¿Qué habría sido del loco de Joaquín sin la Mayita, en qué habría terminado? Reflexiones de madre astuta y con los pies en la tierra, de persona aterrizada, como se dice ahora: a pesar de sus tonos pastel, de sus tules. Doña Maya, a todo esto, la Mayita, tenía una sonrisa superior, una intensidad en los ojos, un dominio de la situación general.

Me contó durante esa visita una historia interesante, una historia de celos. Confieso que las historias de celos me han interesado siempre. Están entreveradas, a mi juicio, y forman parte integral de la mejor literatura. Pensemos en el *Otelo* de William Shakespeare, en los viejos celosos de Cervantes, en su *Curioso impertinente* intercalado en el Quijote, en Charles Swann, en los celos del propio narrador de la *Recherche* durante todo el episodio de la desaparición de Albertina. Puede que haya amor sin celos, en contra de la opinión habitual, pero sin celos no hay literatura. De modo que el relato de doña Maya fue literario hasta la médula. Él, Joaquín, tú, le había puesto una peluquería en la Plaza Brasil o en la Plaza Yungay, ya no recuerdo cuál de las dos. De acuerdo con otras versiones, ella, la Mayita, mujer práctica, hábil para los negocios, llegó a ser propietaria de tres o de cuatro peluquerías. Pues bien:

—Yo estaba cortando el pelo, manejando las tijeras, cuando descubrí que Joaquín, escondido detrás de las ramas retorcidas de un árbol de la plaza, me observaba. Al rato salió de su primer escondite y se deslizó hasta un árbol que estaba más cerca. Yo, entonces, con las tijeras en la mano, salí pa'fuera y le grité: «Joaquín, ¿qué estái haciendo allí? Entra un rato...».

Tú, entonces, agachando la cabeza, reconociendo tu culpa, o tu debilidad, saliste de tu escondite, besaste a la Mayita y entraste, medio desconcertado, pero sintiendo que tu nuevo estado, tu nueva vida, también consistía y tenía que consistir en episodios como éste, en pequeñas humillaciones como ésta y que no eran, en verdad, si se las examinaba con un poco de amplitud, humillaciones. Eran escenas de una vida conyugal cumplida, vueltas, encrucijadas, inevitables encrucijadas. Entraste, pues, y fuiste saludado con amabilidad, con una sonrisa acogedora, por un par de señoras mayores y que tenían la cabeza enchufada en sendas máquinas de secar el pelo. Las señoras sabían perfectamente quién eras, y tenían curiosidad por ti, no cabe duda: curiosidad probablemente acompañada de socarronería. Las ayudantas te sirvieron un cafecito cortado, tal como te gustaba, acompañado de un par de galletas de agua, y cruzaste las piernas, y se inició una conversación de lo más animada, variada, llena de ribetes divertidos. Tú, por ejemplo, contaste una cantidad de anécdotas del marqués de Cuevas. La del árabe que se encuentra en el desierto con un derviche, y el derviche hace un pase de magia y brota un árbol que tiene tres manzanas, una roja, una blanca y una amarilla. Si el árabe elige la manzana roja, tendrá el poder; si la blanca, el dinero, y si elige la manzana amarilla, adquirirá el don de seducir a las viejas. Era uno de sus temas recurrentes, ya lo sabemos. El marqués explicaba que él se había quedado con la manzana amarilla, y que en eso, en la amistad con las viejas, con las mujeres mayores, millonarias o no millonarias, tomen nota ustedes, había consistido el secreto de su éxito.

—Además —agregabas tú, levantando un dedo índice admonitorio—, fíjense bien, en Chile la cueva, la palabra cueva, indica la suerte. Una persona suertuda es una persona de buena cueva, cuevuda. Y Cuevitas, sin duda, Jorge Cuevas Bartholin, como su nombre lo indicaba, tenía cueva para alquilar y para regalar. ¡El marqués de Cuevas era el Señor de la Grandísima Cueva!

Nos imaginamos las risas y los comentarios, las bromas, las alusiones variadas, picarescas, de las clientas con las cabezas entrecanas enchufadas en las máquinas de secar. Y tú, te estoy viendo, estarías encantado, en el mejor de los mundos. Tu felicidad nueva consistía, por lo menos en alguna medida, en eso: en la posibilidad de un diálogo suelto, sin prevenciones, sin tener que colocarte a la defensiva. Y los celos, ¿de dónde venían? Es probable que los celos formaran una parte profunda de tu personalidad, un lado oscuro que siempre te había acompañado. ¿Qué pasaba por tu cabeza cuando decías que si ella, la Mayita, te abandonaba, no vacilarías en pegarte un tiro? Ahí se manifestaba con toda claridad un componente de celos y de instinto de muerte, lo cual permitiría sospechar que uno y otro van unidos, o que por lo menos en ti estaban entrelazados, amarrados en forma inextricable. En tu inconsciente, en tu fuero más íntimo, la felicidad sin sombras, sin fisuras, no existía. Te imaginabas un mundo secreto por el que circulaba la Mayita y en el que tú no eras admitido. Unos barrios en los que no te habían dejado entrar, unas casas, unos festejos, unas risas. El atractivo de ella, de la Mayita, implicaba una distancia, un misterio, un elemento que nunca terminarías de controlar. El amor, para ti, por este motivo, era una mezcla endiablada de felicidad y de sufrimiento. Te salvabas y destruías por el amor, así como te salvabas y destruías por la literatura. En otras palabras, aquello que te había desviado del orden productivo, aquello que te había convertido en el inútil de la familia, era el principio mismo de tu salvación y de tu destrucción: era una contradicción que no te abandonaría nunca, una cruz con la que tendrías que cargar.

—Diga, Mayita.

—Le digo que todo está muy bien, Jorge, que estoy muy agradecida de su visita, que debe repetirla, pero la próxima vez que venga le pido que traiga una cosa.

—¿Qué cosa?

—Que me traiga una botellita de whisky.

Le dije que se la traería, encantado, y nos dimos un par de besos en las mejillas. Caminé de regreso al centro de la ciudad de buen humor, recordando cada detalle de la conversación con una sonrisa pegada en la cara, como un tonto, o

como una persona que ha entrado en un estado de momentá-
nea felicidad. Pensaba a la vez, sin embargo, en la manía de
los celos, en esa pasión. Charles Swann camina de noche por
un París lleno de luces rojizas, de reverberos, de resplandores
difusos, junto a sombras que pasan, a ruidos de cosas que se
rompen, a carcajadas apagadas por la distancia. Es una metáfora del infierno, pero a mí me hace pensar que el infierno y
el cielo, en la ficción, en la literatura, siempre están muy cerca, o siempre son como el otro lado, como el reverso de una
misma cosa. Charles Swann, en el primer volumen de la novela de Marcel Proust, camina hasta la casa de Odette de
Crécy, hasta el sector de vereda que coincide con la ventana
de su dormitorio, y hay entre las persianas un hilo de luz. Se
escuchan en el interior, en el fondo de aquel dormitorio, voces sofocadas. ¡Cuánto paraíso hay en este infierno!, exclamó
en alguna oportunidad el marqués de Sade. Y cuánto infierno, se podría agregar, hay en cualquier paraíso. Yo busqué en
una larga noche infame, en el mismo París, unos setenta u
ochenta años más tarde: recurrí a diversos números de teléfono, los marqué a horas intempestivas, tembloroso, perdido el
menor recato, y me acerqué después, a horas altas, avergonzado, irritado conmigo mismo, pero decidido, a una casa, a una
dirección de la parte de arriba del bulevar de Saint-Michel,
frente a la prolongación del sur, del lado del Observatorio, del
parque del Luxemburgo. No había nadie en la calle y me parece que soplaba un viento frío, anunciador del otoño. Encontré el número que buscaba y toqué el timbre, en el
casillero correspondiente al patio B o C, ya no podría decir a
cuál. Había bebido tres o cuatro whiskies cargados, pero en el
momento de apretar ese botón, en el costado de una pesada
puerta de rejas, tenía la sensación de que la dosis empezaba a
faltarme. Pasó no sé cuánto rato. Yo esperaba con terquedad,
con obstinación ciega. Sin aquellos whiskies no habría podido hacerlo, y sin la obsesión, sin el eco de una voz, de unos
ojos insidiosos, de una risa pronta que se desgranaba. De repente se escucharon pasos y la puerta de calle se abrió. Había

sido abierta desde arriba y al cruzar el umbral me encontré
junto a una escalera estrecha, una de esas subidas de viejos in-
muebles de París, con los escalones de madera gastados. Em-
pecé a subir, como si estuviera condenado a seguir ese rumbo,
con la sensación precisa de una condena, y me encontré con
que bajaba en sentido contrario un sujeto más bien bajo, de
hombros macizos, de cara mal agestada, desafiante. Me miró
un segundo de reojo, de mala manera, sin detenerse. Detrás
venía ella, Viviane, mi Odette de Crécy (no podría decir que
mi Mayita, para eso le faltaba inocencia; a Viviane, se entiende). Llevaba una falda corta, de cuero, que le permitía exhibir
con generosidad sus magníficos muslos, un sweater negro, ce-
ñido, adornado por múltiples filas de collares marroquíes, y
los bellos ojos muy pintados.

—Hasta luego —dijo—, llámame mañana.

—Pero —alcancé a protestar, porque habíamos quedado de vernos esa noche. Pero no había peros que valieran,
no había tu tía. Cerró la puerta de calle de un portazo y me
quedé solo en esa escalera, en esa antesala de cualquier cosa,
como un intruso absurdo, un ladrón de alguna especie. Las
luces del recinto se apagaron y tuve que bajar a tientas. Encontré el botón y volví a encenderlas. Así pude dar con la
puerta. Viviane y su acompañante bajo, fornido, de mirada
hosca, habían desaparecido. Ella partía a pasar la noche en la
casa de él, o quizá, después de haber hecho el amor, salían en
busca de una cena reparadora. En la calle sólo había el movimiento de las ramas empujadas por el viento, el temblor de las
sombras en los adoquines. Lejos, tres o cuatro esquinas más
abajo, pasaba un coche a toda velocidad y los neumáticos re-
chinaban en una curva. Volví a casa a veinte kilómetros por
hora, con la boca reseca, sintiendo que la vida se ponía torva.

Encontré a Viviane de nuevo algunas semanas más
tarde, al fondo de un cuarto de baño de campo, con botas altas, negras, y el resto del cuerpo desnudo, probando con la
punta de un dedo la temperatura del agua de una tina oxidada. Cuando notó que la miraba desde la puerta, lanzó un grito

destemplado. A pesar, supongo, de que había dejado la puerta abierta adrede. Quizá debí entrar con la mayor decisión, pero en lugar de eso salí y cerré la puerta de golpe. Cosas raras mías, desfallecimientos súbitos. Los muslos de Viviane, en altas botas de cuero y desnuda, eran menos atractivos que cuando una minifalda los tapaba y a la vez los sugería. Así me pareció en ese momento, salvo que haya sido una disculpa, una justificación de mi retroceso, de mi flaqueza, de mi huida.

¿Por qué tenías tantos celos de Mayita, Joaquín? ¿Qué sentido tenían? ¿Qué razones te había dado ella? ¿O eran fantasía pura, elemental, estímulo necesario? Me falta una respuesta clara, y tiendo a pensar que eras bastante más enfermo, de mente más extraviada, que yo. Pero sin la enfermedad, sin la locura, como escribió el poeta, qué somos. Perdónalo, querida Mayita, y perdóname. Y yo, por mi parte, perdono a Viviane en su escalera, acompañada de su rufián, y junto a la bañera oxidada, humeante, rematada en garras carcomidas de dragones o de otras quimeras. El vapor que se eleva de la tina de baño de Viviane equivale a los resplandores infernales del París de Swann. En la Plaza Yungay, en cambio, sólo hay polvareda, quiltros, árboles raquíticos, papeles sucios, huellas de meados, al lado de la infaltable estatua del Roto Chileno.

XXXIII

Este es el capítulo de los celos de la señora Maya, el exacto reverso del capítulo anterior: celos de otro tipo, de otro estilo, y, como se verá, poderosos, temibles. Porque doña Maya, y ya lo sabemos, era mujer fuerte, de armas tomar, y no era en absoluto propensa a admitir devaneos ni bromas. Bromas con todo, mejor dicho, pero no, nunca, con las cosas esenciales. Aunque tú no tuvieras la menor culpa: aunque sólo se tratara de la reaparición de un fantasma. Porque la Mayita, se podría sostener, no era de las personas que toleran fantasmas: que no le vinieran a ella con fantasmas, y menos si volvían del pasado, de la noche, de donde fuera, con insistencia, con indiscreción, con una boca pintada y un poco torcida, sin pedir permiso. Ahora bien, ¿quién era María Letelier, la mujer fantasma, la que reaparecía, encandilada, fantasmal, de un pasado lejano? Existe un libro de la correspondencia tuya con María Letelier. Lo saqué de los fondos de la Biblioteca Nacional y lo leí con atención, pluma en ristre: me parecieron cartas más bien sosas, que no dicen ni podrían decir demasiado. Tuve la impresión, incluso, de que las mejores habían sido censuradas por alguna tijera oportuna. En cuestiones de familias conocidas, de gente que carga con apellidos tradicionales, como lo es en Chile el apellido Letelier (colocado, por lo visto, en la no explícita jerarquía social chilensis, de Bezanilla para arriba), no hay en el mundo país más censor, más represivo, más pacato. En las memorias de José Donoso, el autor, para los que no lo sepan, de *El obsceno pájaro de la noche*, de *Coronación*, de *El lugar sin límites*, entre muchos otros títulos, faltan nada menos que setenta páginas del manuscrito original. La falta de esas páginas se debe a una de estas escabrosas cuestiones. Intervino la familia en pleno, y Pepe, en las últimas, devorado por su hepatitis cirrótica, no tuvo más remedio que ceder. Recoger cañuela, se dice entre nosotros. Pepe recogió cañuela. De otro modo, la familia en armas, en pie de guerra, erigida en tribunal del crimen, lo habría aplastado. ¿Cuántas páginas habrán desaparecido así de la literatura chilena? Cómo me gustaría leer la antología de nuestras páginas censuradas: ese cementerio, ese limbo, o, si se quiere, ese gozoso y escandaloso infierno. Se sabe que los diarios de Hernán Díaz Arrieta, Alone, el gran crítico literario de más de medio siglo XX, y los de Luis Oyarzún Peña, filósofo, profesor de estética, poeta, botánico aficionado, hombre más o menos errante y bohemio, fueron implacablemente mutilados. Por razones de costumbres, de malas costumbres. Lucho Oyarzún, sin embargo, ni siquiera pretendía disimular sus muy conocidas sus malas costumbres. Cuando ya estaba enfermo de una hemorragia anal, le dijo a Pilar, mi mujer, la siguiente frase inequívoca: por donde pecas, pagas. Ya pueden apreciar ustedes la honesta y estupenda candidez de Lucho Oyarzún, hombre de sensibilidad, de cultura, de buen humor, mejor ensayista y poeta de lo que pensábamos en vida suya. Pero por este camino me desvío de mi tema. Me limito a comprobar que se podría escribir un libro sobre ese libro colectivo mutilado, sobre ese no libro. Los inútiles y los censurados de las familias, de sus respectivas tribus, del cotarro criollo en su conjunto, los escritores humillados y ofendidos, son una y la misma cosa: pertenecen a la misma especie humana. A veces lo reconocen con lucidez, como cuando Sor Juana Inés de la Cruz se autoproclamaba: Yo, la peor de todas. ¡Los peores de todos! Y me viene a la mente la línea final de la crítica de *El Mercurio* a *El inútil*, en 1910: En resumen, lo peor de lo peor...

Ahora bien, trataré de responder a mi pregunta inicial sobre María Letelier. He investigado algo, he leído el libro de la correspondencia, he mirado con atención un par de fotografías suyas, y llego a la inevitable conclusión de que no sé gran cosa. Las fotografías muestran a una mujer más bien pálida, de rasgos delicados, de bonita forma de cabeza, de hermosos ojos pensativos, en sombra. Son fotografías de estudio, un tanto nebulosas. María Letelier del Campo era sobrina, como ya dije antes, de la famosa Sara del Campo, la mujer del presidente Pedro Montt. También dije antes que Pedro Montt tenía fama de ser un presidente intelectual, cosa rara en Chile y en cualquier parte. Al parecer, su biblioteca era la mejor de Santiago. Pero él, don Pedro, bajo de estatura, de tez morena, introvertido, y, según las malas lenguas de su tiempo, cornudo, se ufanaba de leer sólo libros filosóficos, históricos, científicos, instructivos. Leer novelas o poesía constituía, para chilenos de pro como él, una pérdida de tiempo, una frivolidad·imperdonable. Era, como se puede apreciar, un intelectual limitado. ¡Para decir lo menos! Pero estábamos muy orgullosos de ser un país de historiadores y de juristas, una tierra de gente disciplinada, tesonera, de imaginación escasa. Ahora bien, las malas lenguas de ese tiempo, entre las cuales figura en forma prominente un conocido nuestro, el don Luis Izquierdo Fredes del capítulo XXXI, no sólo hablaban de los amoríos de la señora del presidente, la tía de María Letelier. También sostenían que misiá Sara del Campo era una siútica refinada y redomada. Es probable, entonces, que su sobrina, María Letelier, también lo fuera. Esto último, a ti, no debe de haberte molestado mucho. Veías la siutiquería, la cursilería, como una forma de expresarse, de atreverse, de no tenerle miedo al ridículo, en un país lleno de tabúes, de vetos y hasta de verbos y palabras prohibidas: amor, ternura, y un largo etcétera. Vivíamos y sospecho que todavía vivimos dentro de una selva de prohibiciones, esquivando vallas, dedos de intimidación («*ya tocando la boca, ya la frente, / silencio avises...*»), variadas y a menudo imprevisibles, insólitas advertencias. Practicamos a cada rato, en cada minuto de nuestra vida, una autocensura agobiadora. Y esto era parte de lo que más detestabas, de lo que más profunda angustia te producía.

Se sabe que conociste a María en un viaje en barco a Europa, allá por agosto de 1912. Era un transatlántico reple-

to de argentinos ricos, bulliciosos, y a ti te costaba mucho so-
portar su ostentación, sus humos, su manera general de com-
portarse. Sentías, en tu delirio, en tu constante aproximación
a la paranoia, que te miraban los zapatos en forma reprobado-
ra, que calculaban de un vistazo el precio de tu camisa, que se
reían con poco disimulo del ancho inadecuado de tus pantalones. Le dijiste a María que los chilenos todavía no estábamos hechos para cruzar el Atlántico. Así le dijiste. Y nos
imaginamos que se lo dijiste con rabia, con amargura, con in-
gredientes de odio. No sabemos mucho más sobre tus amores
con María: paseos en una cubierta, bajo la luz de la luna, en
noches ecuatoriales. Más bien nos imaginamos, para resumir la
cuestión, que no llegaron demasiado lejos. Tenías una evidente dificultad para relacionarte con mujeres de tu mismo nivel
social. Un estudioso de tu persona, de tu personaje, afirma que
preferías impresionar a gente modesta, antes que ser «un piojo
entre ricos». Y en cuanto a esa dificultad, el estudioso en cuestión compara el caso tuyo con el de Amiel. El amor, para Enrique Federico Amiel, escritor ginebrino de mediados del siglo
XIX, autor de un célebre *Journal intime,* de acuerdo con una
de sus anotaciones, es «una sed que no puede satisfacerse nunca». Ahora bien, a partir de tu cambio radical de vida, quizá
también habías cambiado en esto. Quizá, ya que los cambios
de vida, por radicales, por extremos que sean, nunca son tan
completos como se pretende. Siempre queda algo del personaje anterior: algo adherido, o escondido, o reprimido. Algo unido, sentado en el fondo, para perpetrar una cita literaria.

Dicho lo cual, recurro ahora a una fuente de información cercana, confiable. Tú estabas una mañana encerrado en
tu estudio de la calle Santo Domingo, me parece que hacia fines de la década del cincuenta o comienzos de los sesenta,
cuando recibiste la visita intempestiva, no anunciada, de María Letelier. Si la habías conocido en un viaje por mar en
1912, por joven que estuviera en 1912, la mujer que llegó a
visitarte a la calle Santo Domingo hacia mediados o fines de
la década del cincuenta debe de haber estado bastante entra-

da en años. A todo esto, Manolo, Manolín, tenía instrucciones estrictas, terminantes, tanto de su madre como tuyas, de
impedir que nadie te interrumpiera durante tu jornada de trabajo. Pero María, cuando Manolo le abrió la puerta de calle,
entró sin pedir permiso, como una tromba: le dio un solo em-
pujón al muchacho, sin decir agua va, y abrió la puerta del estudio. La joven lánguida, romántica, de pelo recogido, de
mirada en sombra, de las fotografías de juventud, se había
convertido en una mujer masculina, de actitudes violentas,
muy en el estilo de su tía doña Sara y de otras chilenas mayores que nos ha tocado conocer. Se escuchó entonces, en el interior de tu estudio, un diálogo vivo, intenso, en voces bajas,
pero que se atropellaban y de repente silbaban. Hubo una
breve frase tuya que se desprendió del conjunto con claridad:
Eso ya pasó, María. Eso ya había pasado. Pero, a pesar de *eso*,
en forma conciliadora, quizá para sacártela de encima, saliste
con ella de la casa y la llevaste a caminar por el bandejón central de la calle Cumming, donde hay pasto, uno que otro arbusto, árboles colocados en línea. No era un espacio
habilitado para caminar, pero a ti se te ocurrió hacerlo en ese
momento, a lo mejor como escapatoria, como recurso último.
Tenemos que imaginar lo que es una mujer vieja, agraviada,
empobrecida, consumida por el rencor: una furia, una gorgo-
na, una arpía, una boca con el rouge corrido y quizá un aliento dudoso. Y uno entiende, a la vez, tu paciencia, tu deseo de
no agraviarla más, de no herirla, o de herirla lo menos posible. Lo más grave de todo es que en ese preciso instante, cuando caminabas con María Letelier, de espalda cargada, de pelo
entrecano, de piernas que conservaban algo de su forma, pero
que estaban llenas de várices, por el bandejón central de Cumming, y la tomabas del brazo, conciliador, amistoso, llegó de
regreso de algunas compras la señora Maya, Mayita. Miró a
los dos que se alejaban, conversando, con ojos que despedían
chispas incendiarias. Sabía muy bien quién era María Letelier
del Campo: podía reconocerla a una legua de distancia. La señora Maya no pensó, no quiso pensar más. Vio rojo, o quizá

vio negro. Agarró a Manolo de un ala, llenó una bolsa con algo de ropa, con unos cuantos víveres, y se dirigió a la Plaza Yungay con tranco fuerte. Si tú querías volver a juntarte con las pituconas de tu tiempo, con las pisiúticas de tu misma clase social, allá tú.

—Por mi parte —mascullaba la Mayita, caminando con paso de marcha, zamarreando a Manolín, que no tenía la culpa de nada y no alcanzaba a decir esta boca es mía—, todo se ha terminado. ¿Viste? ¡Todo! ¡Y para siempre!

Aguantaron, la Mayita y Manolín, más de dos días atrincherados en la famosa peluquería. Tú te paseabas por la Plaza Brasil y por la Plaza Yungay como alma en pena, te acercabas, te alejabas, comprabas un vasito de bocado y chocolate a un heladero ambulante y te sentabas a comerlo en un banco, lleno de melancolía, frente a gorriones que daban saltos nerviosos y volaban a otra parte, cerca de mendigos que se rascaban las canillas flacas. Decidiste, por fin, cuando ya la espera te desesperaba, cuando ya no dabas más, levantar bandera blanca: caminar hasta la peluquería y golpear los vidrios. Insististe muchas veces, en la mañana y en la tarde, hasta el punto de que los nudillos ya te dolían, pero no te abrieron. Hacia el mediodía del día siguiente, un lunes, se presentaron algunas clientas. Tú te acercaste al umbral otra vez, pero la Mayita hizo como si no existieras, como si fueras transparente, y su ayudanta, en cumplimiento de terminantes instrucciones suyas, hizo lo mismo. Manolín, por su lado, había partido de mañana al colegio; no estaba, en consecuencia, en condiciones de intervenir en calidad de mediador ni de nada. Regresaste a casa, te preparaste un miserable sándwich de jamón, bebiste un par de vasos de vino y trataste de dormir, porque en toda la noche no habías conseguido pegar los ojos, pero ahora tampoco pudiste. No era más que una rabieta de la Mayita, pensabas, pero qué rabieta, qué furia desatada, y te decías que habías sido, tú, yo, te decías, un perfecto imbécil. ¿Por qué contemporizar con un fantasma de otros tiempos, por qué no echar al fantasma a patadas, y sanseacabó? Pero la verdad es que contemporizabas con tus fantasmas, con tu pasado, y tu escritura misma no se alimentaba de otra cosa. No había más que leer tus crónicas, escritura de la memoria profunda, de un mundo sumergido, de sus lianas y aguas movedizas. Hasta te habías indignado porque habían cambiado el nombre de la Alameda de las Delicias por el de Alameda Bernardo O'Higgins. Suprimían los nombres de tu época y te dejaban en el limbo, como bola huacha. Querías seguir viviendo en la Alameda de las Delicias, en la calle del Teatro, en qué sé yo dónde. Sin dejar de habitar en Santo Domingo abajo, sin perder nada. Yo también me acuerdo con nostalgia de esas *Delicias quinientos veinte* que cantaba mi madre: hermoso octosílabo, buen pie para un romance.

No dormiste, como ya dije, y volviste a presentarte en la peluquería de la Plaza Yungay, la peluquería Mayita, después de la hora del cierre. Manolín había regresado de la escuela y tomaba una taza de té con leche acompañada de un pan untado en dulce de membrillo. Te divisó, te hizo señas, regocijado, y corrió a abrirte la puerta. Tú le diste un beso, le acariciaste la cabeza, entraste como si tal cosa. Mayita salió de una sala interior y no dijo nada. Se colocó sus anteojos y se puso a mirar una revista de modas.

—Tengo unas tareas de castellano —dijo Manolín—. A ver si me ayudas.

—No sé si seré capaz —respondiste—. Ya sabes que soy negado para la gramática.

—Pero hay unas preguntas sobre el Arcipreste de Hita —dijo Manolín.

—¡Ah! —exclamaste—. ¡Ese cura cachondo! Eso ya me gusta más.

—¿Qué significa cachondo? —preguntó Manolín.

Te sobaste las manos. Iniciaste una larga explicación llena de digresiones, de anécdotas, de ejemplos tomados de la literatura y de la vida.

—Vas a pervertir a ese pobre niño —protestó la Mayita.

—Ya —dijiste—. Volvamos a casa. Miren que enseñar aquí es muy incómodo.

Para celebrar la reconciliación, invitaste a todo el mundo, es decir, a la Mayita y a Manolín, a cenar al restaurante *Los buenos muchachos*, que estaba por ahí cerca. Comieron arrollado caliente de huaso, bebieron una botella de tinto de antiguas reservas y hasta bailaron un tango. Una pareja te reconoció y te miraba desde su mesa con sonrisa beatífica, aprobadora. Mayita, Manolín y tú regresaron temprano, puesto que el niño tenía que levantarse a la mañana siguiente para ir al colegio.

—¡Qué fea se ha puesto tu amiga! —dijo la Mayita.

—¿Y por qué te pusiste tan celosa, entonces?

—Porque no me gusta que dejes entrar a esa gente a tu casa y a tu estudio. ¿No dices que tu estudio es para ti solo, que ahí no entra nadie, ni yo? Y de repente llega una loca, entra como Pedro por su casa, y tú, nada, mudo.

No te quedó más alternativa que poner cara de niño sorprendido en falta. Estabas medio achispado, con el sombrero deslizado hacia la coronilla, y me parece que tu expresión era decididamente cómica.

—Sé que lo hiciste por educación —continuó la Mayita—. Pero, ¿por qué tanta educación? ¿Me lo podrías explicar?

Ahora, sin abandonar tu gesto culpable, levantaste los brazos. ¡Qué tanta educación, qué tantos añuñúes, que tanto buen gusto! En último término, habías asimilado, absorbido, aquello que de mal gusto, de popular desparpajo, de fuerza natural, podía tener Mayita, y tratabas de dejártelo para ti, aun cuando no siempre lograbas hacerlo. Mientras ella captaba con suma rapidez, con facilidad instintiva, todo lo que de gusto, de elegancia, de finezas, podías enseñarle. De modo que en esto también se cambiaban los papeles. Y Manolín miraba con los ojos muy abiertos, y a veces entendía, y otras veces se quedaba sin entender, pero en el fondo entendiendo, captando lo que se podía captar, sacando sus conclusiones personales.

XXXIV

Los celos de Mayita ya nos acercan a tu final, a la mañana última de tu vida. Me pregunto, me lo he preguntado más de una vez, si dijiste algo sobre los celos en otros escritores, si tenías alguna conciencia del tema, algún interés. Sobre los celos, por ejemplo, en *La Ilíada,* o en Shakespeare, o en *El curioso impertinente,* o en la *Recherche.* Estabas lejos, sin duda, de la sensibilidad, del mundo de Marcel Proust, pero supiste abstenerte de escribir páginas de sátira barata, a la manera de tu contemporáneo y probable amigo, hombre de pluma ágil, aunque de visión limitada, Jenaro Prieto. Eras más incisivo, conocías más a fondo, fueran cuales fueran tus limitaciones, la angustia de ser escritor, los abismos de la conciencia, esas cosas. Pero, insisto, a pesar de tus devaneos con la vanguardia, con Dadá, eras claramente anterior al mundo de Proust, a su entrada en las complejidades y en las oscuridades, en los enigmas de la mente moderna. Tus verdaderas pasiones se situaban, como creo que ya lo dije, entre Eça de Queiros, el de Fradique Mendes y el del Primo Basilio, el cínico Primo Basilio, a quien, sin embargo, encontrabas tan parecido a Eduardo Briset y a Pedro Plaza, es decir, a ti mismo; el Zola de *Naná,* y Guy de Maupassant, con atisbos de Ponson du Terrail y de Paul Bourget. Contaste en una entrevista que la primera novela francesa y la más profunda impresión literaria de tu adolescencia fue *Cruelle énigme,* de Paul Bourget. Me gustaría leer ese libro ahora, por curiosidad, por entrar en tu mundo adolescente, ¿para ser un Pierre Ménard tuyo?, pero no lo encuentro en ninguna parte. Anoto el título en un papel y me propongo buscarlo en los *bouquinistes* del Sena en un próximo viaje.

Acerquémonos, entonces, a esa jornada engañosa y terrible, la del 19 de febrero de 1968, en medio del tórrido verano de Santiago de Chile y de todo el hemisferio sur. La que comenzó a perfilarse en una mañana de alrededor de diez años antes, como quedó insinuado en el primer capítulo. El texto que escribo aquí se abre como un paréntesis con ese primer capítulo, el del número equivocado en la última carrera del Hipódromo Chile, el del fatídico número equivocado, y empieza a cerrarse con los que vienen ahora, de modo que la novela, es decir, esta novela, si es que se trata de una novela, si es que ustedes la aceptan como tal, viene a transcurrir en el interior de un paréntesis más o menos largo. Saliste después de esa última carrera, en medio del gentío, en la hora crepuscular, después de haber comprobado que el grueso fajo de boletos, el que te había hecho casi llorar de alegría, correspondía a otro caballo, mal, sumamente mal, con el sombrero ladeado, con cara de viejo loco, bañado en un sudor frío que no auguraba nada bueno. A la mañana siguiente, Joaquín, tío Joaquín, despertaste peor, y el ataque, fulminante, frontal, te vino hacia el mediodía. Después de algunos meses de ejercicios, medicinas, tratamientos inútiles, la Mayita, como buena campesina de Machalí, resolvió acudir menos a las consultas de los doctores y hacerse cargo del asunto ella en persona. Había que hacerte una serie de masajes complicados, además de una gimnasia especial, y para tener ayuda segura le pidió a Manolín que dejara de ir al colegio por un tiempo. Ya ves, ya ven ustedes: en Mayita había una mezcla de abnegación, de ingenuidad, de disparate. Había consultado largamente con médicos, curanderos, especialistas en acupuntura, gente, en algunos casos, de experiencia en estas materias, y en otros, iluminada, esotérica, pero sin experiencia ninguna, adivinas, charlatanes, lectores de las líneas de la mano, gurus de sectas variopintas, y había tomado su resolución. Ni siquiera había vacilado en sacrificar los estudios de su hijo. Lo importante era salvarte. El rey de la casa y, si es por eso, del universo entero, del universo según ella, según Mayita, eras tú. Entretanto, monarca indiscutido y medio distraído, te sentabas a leer y a escuchar música: sobre todo música ligera, melodías de tu juventud, desde chotis madrileños cantados por Raquel Meller y por alguna otra, hasta tangos de Gardel y Lepera y canciones de Ivonne Printemps, de Maurice Chevalier, de Edith Piaf. Te pusiste implacable en eso de rechazar las visitas inoportunas, sobre todo después de la irrupción y de la brusca media vuelta del famoso Bollini, el gomoso y el afrancesado máximo. No transigías con nadie. Salías a la puerta de calle con la cara tapada por tu máscara de goma, que llegó a ser famosa, y decías: está veraneando en Zapallar, partió a París hace un par de días, en este momento se encuentra en un safari en el centro del África. Es probable que Jaime Laso Jarpa y yo hayamos llegado a visitarlo en esa época, cuando no tuvimos el privilegio de ver, en toda su envoltura carnal, al hombre de la máscara de goma, ya que ni siquiera a eso, a ese modesto resultado, llegamos.

Pasaba el tiempo, y el tratamiento de Mayita, a base de masajes, ejercicios, toallas calientes, cremas sedantes, producía efectos menores. No sé si alternaba todo esto, Mayita, con visitas a adivinas, con lecturas de naipes. En cualquier caso, conciliabas el sueño mejor, y tenías la sensación de que los músculos, desde un lado de la cara hasta los brazos y las piernas, estaban un poco, un poquitín más relajados. Mayita se había encargado de comprar en la Casa García o en algún lugar por el estilo un pesado aparato de televisión, novedad en aquellos años, un armatoste de madera bruñida de marca Phillips, y tú te divertías con la voz ronca, amurrada, botada a veces a solemne, del recién llegado Jaime Celedón, con el gracejo populachero de la Desideria, con la psicología y la metafísica del fútbol explicadas por la verba inextinguible del entonces joven Julio Martínez. Pero pasaron años, y no querías salir a ningún lado, y te costaba cada día más escribir tu crónica: las piernas se te ponían rígidas, buscabas un objeto durante una hora entera y lo tenías en la mano, te mirabas en el espejo ovalado del armario y cada día detestabas más a ése que no podías negar que eras tú, pero que al mismo tiempo, dijeran lo que dijeran, era otro. Muchos años más tarde, en su departamento de Buenos Aires, tuve la ocasión de conversar un par de horas seguidas, sin interrupción de nadie, con Jorge Luis Borges, y de entrada, como preámbulo de la velada, me preguntó por ti. Cuando le conté, al pasar, algunos de estos detalles de tus últimos años, Borges, con malignidad, me dijo: *L'homme qui rit.* ¡Eras el hombre de la máscara de goma y el hombre que ríe! Y podemos imaginarnos el estado de ánimo con el que comprobabas estas cosas, estas apariencias. Te imagino parándote a menudo frente al espejo ovalado de tu dormitorio, con tu vestimenta completa, de abrigo, sombrero, bufanda de lana de vicuña (¡qué se han creído ustedes!), o al del cuarto de baño, en pelotas, con fondo de fumarolas, y siempre en observación atenta, examinando, comparando, evocando, maldiciendo. ¿Maldiciendo qué? Maldiciendo el tiempo implacable, con incompleta resignación, con estoicismo insuficiente. ¡Qué otra cosa ibas a maldecir! Cantabas, o canturreabas, en español y en francés, y a menudo maldecías, y llegabas a la conclusión, señoras y señores, de que el tiempo se había terminado. Sí, Julito, alegabas, con una mezcla de risa y de rabia, estamos jugando los descuentos, y el pitazo final se acerca, y aunque sea por la cuenta mínima, hemos perdido. En las tardes mirabas con impaciencia el reloj y, a partir de las ocho y media de la noche, te permitías beber, a veces con la suave oposición de Mayita, un par de vasos de whiscote. El cartero te traía paquetes de libros a cada rato: de poetas jóvenes y ancianos, de poetisas veteranas, de narradores de Puerto Montt, de aspirantes a filósofos de la pampa salitrera, y a veces un conocido y lector tuyo de origen árabe, industrial textil, hombre que también hacía sus pinitos literarios, te mandaba un botellón de Johnnie Walker Etiqueta Negra, único envío que de verdad agradecías, que literalmente acariciabas.

—Le hago cariños como si fueran las caderas de una danzarina del vientre.

—¡Viejo loco! —exclamaba la Mayita.

Te dejaste una barba que salió enteramente blanca, de anciano venerable, ¿de mandarín chino?, y a los pocos días te la afeitaste, y una tarde cualquiera, después de haber llegado hasta allí en taxi, te bajaste a contemplar, mudo, lo que había sido el palacete de tus parientes ricos en épocas pasadas. Y otra tarde, en compañía del mismo viejo taxista a quien llamabas por teléfono y que había llegado a ser amigo tuyo, alcanzaste hasta el sector de Montolín y admiraste, embobado, durante largo rato, unos árboles, unas araucarias, un castaño, un pimiento que eran de tu época y debajo de cuyas ramas se escuchaban las voces cantarinas, atropelladas, de las niñas del Liceo Siete. No te olvidabas del gordito que te había pateado en el suelo con zapatos puntiagudos y que después, con el transcurso de los años, te saludaba lleno de amabilidad. ¿O era a mí al que había pateado, era a mí al que saludaba? Más de una vez, en el bar del restaurante El Parrón, o en otro de la avenida Brasil, invitaste al viejo taxista, don Walter, a beber una copa de whisky. Pero nada te tranquilizaba, nada te satisfacía, y salir, exhibirte ante los demás con esa cara medio paralizada, era un esfuerzo horrible.

—¡Qué lesera más grande! —exclamaba la Mayita.

—No es ninguna lesera —replicabas tú—. ¡Ojalá fuera una lesera!

La movilidad de tus piernas era cada día menor, más difícil, y como habías sido bueno para el dibujo en tus buenos tiempos, y hasta habías pintado y hecho una exposición de tus pinturas en una galería de Valparaíso, agarraste una tarde una hoja de papel grueso y un lápiz y te pusiste a dibujar chatas y otros objetos que, de existir, te permitirían hacer tus necesidades con comodidad, sin tener que arrastrarte desde la cama al baño. Chatas imaginarias, cagaderos utópicos. He podido ver esos dibujos con mis propios ojos, dibujos de la resignación, de la limitación, de la más desolada tristeza, aunque también, en cierto modo, de la imaginación y hasta del humor negro. Y un buen día, supongo, te pusiste a examinar de nuevo la pistola Colt, la misma que había pertenecido a tu padre, la que él, don Joaquín, en un atardecer de París de comienzos de siglo, mientras se escuchaban los cascos de los caballos de los *landós* y de los *fiacres,* te había regalado con solemnidad, para que defendieras tu honra, ni más ni menos, y que siempre permanecía guardada en el fondo del cajón de los calcetines. No tenía por qué no funcionar, y las balas parecían nuevas, pero, de todos modos, era mucho mejor probarla, de modo que un día de fines del invierno de 1967 le pediste a don Walter, tu taxista amigo, que te llevara a dar un paseo por el interior de la Quinta Normal.

—No creo que dejen entrar en auto a la Quinta, don Joaquín —dijo don Walter.

—¡Cómo no van a dejar!

Tú partiste a tu dormitorio, buscaste el bulto compacto en el fondo del cajón de los calcetines, te pusiste un abrigo gris, una bufanda del mismo color, un sombrero de corduroy negro que te gustaba, *Made in England,* sí, don Walter, agarraste el mejor de tus bastones, un clásico de color tabaco rubio, y partiste en el asiento de adelante, mirando la ciudad, las fachadas bajas, los árboles, los perros, las carretelas llenas de cachivaches, con ojos de gavilán. No perdías un solo detalle. Siempre habías sido un observador agudo, pero parecía que nunca hubieras captado los detalles, las esquinas de los muros de adobe, las trizaduras de las tejas, los papeles tirados por el suelo, con ojos tan acerados como ahora. Era como si te despidieras del espectáculo, de la función general. Y palpabas, entretanto, la funda de cuero de la Colt en el bolsillo interior del abrigo, que no era inglés, que era de la Casa García o de los Almacenes Paris, pero de calidad óptima. Llegaron, don Walter al mando de su taxi y tú, a una de las entradas de la Quinta, y vieron que el paso de automóviles, en efecto, estaba prohibido.

—Usted tenía toda la razón, don Walter —admitiste—, pero voy a bajar un rato, de todos modos, a estirar las piernas.

—¿No quiere que lo acompañe, don? —dijo don Walter, con expresión preocupada.

—¡No —exclamaste—, don Walterito! Déjeme ir solo. Aunque me cueste. Pero caminar solo, sin ninguna ayuda, me hace muy bien. Usted, entretanto, vaya buscando un barito por ahí. Para que nos tomemos nuestro whiskicito. Y en media hora más nos juntamos en este mismo punto, debajo de este mismo farol.

No sabías de dónde te había salido todo ese rosario de diminutivos, tan poco frecuentes en ti, pero te había salido, con su tono entre cariñoso y culpable, de muy adentro. De tan adentro, que don Walter, convencido a medias, dejó que te internaras por un camino oscuro y partió en busca de lo que le habías encargado. Caminaste con terrible dificultad, con dolores a las articulaciones, a los huesos, transpirando una transpiración helada, asustadora, sintiendo que te podías desplomar en cualquier momento y quedar botado en la oscuridad, tirado, murmuraste, como un perro, en esta ciudad de los quiltros, pero avanzaste, acezando, con la boca abierta, y al llegar a un lugar que parecía solitario, y que ya estaba lejos del punto de partida, un círculo rodeado de zarzamoras, de arbustos, de vallas medio caídas, con alambre de púa en mal estado, sacaste la pistola. Abriste la funda con manos vacilantes, forcejeando, y después te aseguraste de que hubiera una bala pasada. Entonces apuntaste a la luna, que acababa de salir por encima de los cerros de la costa, hiciste fuerza y disparaste. Haciendo puntería en la luna, como solían hacer los turcos de Estambul en una noche de eclipse, de acuerdo con algo que habías leído en alguna parte. El corazón te latió a un ritmo demente, como si estuviera a punto de reventar, y tuviste que apoyar todo el cuerpo en el bastón. Era un bastón de primera clase, el clásico de tus bastones, como te gustaba declarar, y, aparte de eso, comprobaste, aun cuando no había mayor necesidad de comprobarlo, que la Colt disparaba perfectamente. Después, en un bar de los alrededores de la Plaza de Armas, el del Hotel City, o el Capri, ya no estamos seguros, pero no en las cercanías de la Quinta Normal, don Walter no había encontrado ningún lugar decente, digno de ti, en aquellos parajes abandonados de la mano de Dios, le dijiste, poniéndole una mano en el hombro izquierdo, que le querías hacer un regalo.

—Porque usted, don Walter, se ha portado muy bien conmigo, me ha hecho mucha compañía en estos años de...

—y quisiste agregar una expresión grosera, pero te abstuviste de hacerlo. Eran horas graves, aunque el otro, el bueno de don Walter, no se diera del todo cuenta, y no querías mancharlas con un garabato.

—¡Cómo se le ocurre, don Joaquín! —exclamó don Walter, espantado, con los ojos, entre amarillosos y rojizos, muy abiertos, sosteniendo su vaso de whisky con mucho hielo y Coca-Cola, conforme con la horrorosa costumbre que no le reprochabas, que ni siquiera le mencionabas.

Te enderezaste, entonces, y declaraste, con un aire, con un acento, que no distaban mucho de ser solemnes:

—Si no me lo acepta, don Walter, le prometo que me ofendo. Mire que lo tenía guardado en la caja de fondos, y lo saqué especialmente para dárselo.

Era un reloj de bolsillo enchapado en oro, con su cadena dorada, y don Walter aceptó con una punta de humedad en los ojos amarillosos, y tú, al día siguiente, le pediste que le llevara una caja grande de bombones a don José Santos, que era tan aficionado a los caramelos, a las pastillas, y una bolsa de tabaco del mejor a Perico, que ahora no vivía lejos de tu barrio, emparejado con una mujer que había conocido, nadie sabía en qué circunstancia, allá por el paradero veinte de la Gran Avenida, una comerciante en verduras.

—Usted conoce las direcciones, don Walter.

—No me gusta que ande repartiendo estos regalos —murmuró don Walter—. Me da la impresión de que se está despidiendo.

—No me estoy despidiendo de nadie —dijiste, con una especie de aspereza, con un encogimiento de hombros—, pero, con los años, me estoy poniendo sentimental, figúrese usted, y me siento muy inclinado, además, a pasar mi vejez en calidad de monje. Aunque no creo en Dios, creo, como todos saben, en la Virgen Santísima, y me imagino que con eso basta. Si no fuera por la Mayita, me metería ahora mismo en un convento, de trapense, de benedictino, de alguna otra orden de ésas...

—No me lo figuro a usted de benedictino —murmuró don Walter, moviendo la cabeza, riéndose un poco, y él insistió en que sí, en que su compromiso con Mayita y con Manolín se lo impedía, pero estaba seguro de que sería un monje ejemplar. Y después, observado por los parroquianos del City o del Capri, ya es probable que no se pueda saber nunca cuál de los dos, chocó su vaso con el del horrible menjunje que bebía don Walter, su perfecto amigo, de dedo meñique levantado.

XXXV

Ella le llevó el desayuno a la hora de siempre. Se lo llevó en una bandeja que había estado antes en la casa de su madre, en Montolín, y antes de eso, creía recordar, en la casa de Monjitas: una cerámica donde había una pintura torpe, de trazos gruesos, que representaba la toma de la Bastilla, con asaltantes de gorro frigio y grandes llamaradas que brotaban de la fortaleza del *Ancien Régime*. Era un desayuno extraño, donde se notaba, con tantos años de distancia, su condición de chileno de Valparaíso educado a la inglesa (a pesar del tema francés de la bandeja): una botella de Cachantún, es decir, agua mineral con gas, sin hielo; un vaso de leche tibia con cereales, *corn flakes* o algo parecido; un huevo duro. La Mayita, al entrar con la bandeja, lo encontró sentado en la cama, de ánimo chispeante, alegre, como en sus mejores tiempos. Él le dijo que había amanecido de muy buen color, muy bonita, y que sus caderas gruesas, pero proporcionadas, como ánforas griegas, le encantaban, tú ya lo sabes, amor mío, le devolvían la juventud perdida.

—¡Qué bien! —exclamó la Mayita. Había estado preocupada en los últimos días: lo había visto mal, deprimido, huraño, con ese fondo negro, difícil de descifrar, que de repente le salía no se sabía de dónde, y ahora tenía la sensación de una nube que se disipaba. Él, como ya lo hemos dicho, había dibujado una serie de chatas y de instrumentos de su invención en una cartulina gris, y ella conocía un maestro habilidoso y se había propuesto encargarle que realizara esos diseños. ¡Todos! No se iba a poner a ahorrar en necesidades tan íntimas. Pero no dio vuelta la cartulina, al salir del dormitorio, y por lo tanto no vio lo que estaba escrito al otro lado.

Tampoco abrió un libro de crónicas suyas que acababa de salir de la imprenta y que estaba en la mesa del centro del salón. En medio de tanto devaneo doméstico, no había tenido tiempo: abriría y leería el libro con todo cuidado, pero cuando estuviera un poco más tranquila. De manera que no había sabido de ninguno de los dos textos, perfectamente claros, sin embargo, inequívocos: el del mensaje escrito detrás de aquella cartulina y el de la dedicatoria del libro recién salido.

Ella, la Mayita, a diferencia de él, tomaba desayuno a la chilena: un gran tazón de Nescafé con leche, una marraqueta de pan tostado untada en un poco de palta o de dulce de membrillo, algo de fruta, y hasta un vaso de mote con huesillos si hacía mucho calor. Después ordenaba los papeles y la ropa, disponía el almuerzo, porque había contratado a una cocinera patuleca, mañosa, quejumbrosa, pero de buena mano, y se daba una vuelta por su peluquería. Hacía tiempo que no cortaba el pelo ella misma, sobre todo desde que se había hecho cargo de los masajes, los ejercicios, las aplicaciones de calor que necesitaba Joaquín, pero había buscado con paciencia y había encontrado a un par de chiquillas peluqueras de primera clase. A Manolín, ahora último, le había dado por casarse con una novia que había conocido en el paseo de la Plaza Brasil, y ella quería costearle estudios en la universidad o en algún instituto, aunque fueran tardíos. Joaquín, el tío Joaquín, le daba gran apoyo en este propósito, porque Manolín, al final del recorrido, que había comenzado precisamente hacía unos veinte años, cuando lo trató de papá en aquel tugurio de un segundo piso de Ahumada, era su verdadero hijo, y los otros, los carnales, ya se habían desdibujado, se habían recluido en sus respectivas madrigueras, monigotes o sombras difusas, y la verdad era que ya molestaban menos. Al mayor, que solía llegar a pedirle plata, con sus rasgos colorines algo huesudos, deformados por el tiempo y por el vicio, lo recibía sólo en la puerta de calle, no lo dejaba cruzar el umbral de la casa, y con motivos más que justificados, y al chico, que era igual de pedigüeño, pero menos peligroso, más discreto, más humilde, inofensivo, le regalaba zapatos viejos, ropita usada, chalecos apolillados. El chico, el menor, se contentaba con eso: daba las gracias agachando la cabeza y se retiraba con cara de perro apaleado, arrastrándose por los rincones.

—¡Qué desastre! —exclamó Mayita, pensativa, y él, a todo esto, al otro lado del tabique, se había puesto a cantar a voz en cuello, con su estupenda entonación, con su voz algo cascada, pero de hombre sensible, de consumado artista. *Non, rien de rien*, cantaba, arrastrando las erres francesas, a la manera exacta de Edith Piaf, con su musicalidad única, en los límites de su genio popular, y seguía cantando: *Non, je ne regrette rien*, y un día le había explicado a la Mayita que la Piaf pertenecía al pueblo de Francia, como ella al de Chile, que había nacido en Belleville, un barrio obrero, y que el padre era un inmigrante italiano muerto de hambre, Cardone o Colleone o algo así de apellido. La hija había ganado un concurso de canto en su barrio a los quince años de edad, y a partir de entonces, dijo, dijiste, entusiasmado, se había ido ¡p'arriba, p'a las nubes, a la gloria en la ciudad de la gloria, aun cuando también fuera, como había dicho Paul Verlaine, la ciudad de la mierda, de la *merde!*

Cesó de cantar y hubo un silencio, un silencio cada vez más largo. Ella se había calado unos anteojos en el caballete de la nariz y examinaba facturas, cuentas de luz, de gas, de agua, un balance provisorio de la o de las peluquerías, porque nunca se supo, en definitiva, si eran una o varias, una oferta de proveedores de tinturas y de cremas diversas. Se escuchaban los pasos de Manolín en el dormitorio de al lado, el enamorado Manolín, que ahora se negaba a estudiar, y ella se decía que había sido un disparate cortarle sus estudios escolares, una consecuencia del atolondramiento de ella cuando él, Joaquín, había tenido su ataque, de su inenarrable angustia.

—Pero todo tiene arreglo en esta vida —murmuró, y levantó la cabeza, miró el techo por encima de las gafas rebajadas, y se propuso llamar a Manolo y hablarle. En ese preciso momento, sonó el disparo. Porque no cabía ninguna duda:

había sido un disparo, un pistoletazo seco, agudo, que rasgó el silencio que había seguido a la canción francesa. Mayita pegó un solo grito:

—¡Joaquín! —gritó, desesperada, con la voz enronquecida, y quedó tan desconcertada, tan anonadada, que siguió sentada en su silla, con sus anteojos encima del caballete, con la boca abierta, ahogada por la interpretación única, extrema, horrible, que se le podía dar al disparo del dormitorio de al lado, disparo seguido de un golpe seco en la puerta y de un bullicio de objetos caídos.

—¡No entres tú! —gritó Manolo, que había salido de su dormitorio, pálido como un papel. La detuvo con un gesto perentorio y trató de abrir la puerta grande, pero no pudo. Se adivinaba que el cuerpo había saltado de la cama, debido al impacto del balazo, y había quedado tendido en una forma que bloqueaba la puerta. Pero había una segunda entrada por el otro lado de la casa, a través del cuarto de baño, y Manolo, Manolín, después de dar un rodeo, entró por ese lado y se encontró con el cuerpo caído, con la cabeza aplastada contra la parte baja de la puerta, con salpicaduras de sangre y fragmentos de sesos en la cama, en la madera de la puerta, en las paredes. La chata donde estaba sentado era lo que se había caído al suelo con gran estrépito, no antes de manchar la colcha floreada, y cerca de ella quedó la pistola todavía humeante. Mejor no tocar nada, pensó Manolín, pero mejor, también, que mi mamá no vea esto. Cerró la puerta con llave y se abrazó con su mamá, la Mayita. Ella no lloraba, pero estaba pálida, con los ojos húmedos, con expresión de espanto. Manolo, en cambio, se puso a llorar y no paró durante un buen rato. Se acordaba de esa mañana en que le había dicho, por orden de ella, papá, y de la cara que había puesto él: una cara de sorpresa, de completa perplejidad, y, a los pocos segundos, de aceptación, de alegría.

—¡Cálmate, Manolito! —le decía ella—. Mira que nos toca hacer una serie de trámites. Con ojos que ya se habían secado y con manos que no temblaban, ella marcó algunos números, mientras pensaba en El Naturista de la calle San Diego, en Machalí, en Valparaíso, en voces inconfundibles, en bromas, en advertencias repentinamente serias. Hicieron su aparición, primero, precedidos por el teniente, los carabineros de la comisaría del barrio, caras conocidas, con expresiones de condolencia, de pesadumbre, sacándose las gorras con la punta de los dedos, inclinando las cabezas. Hacia las cinco de la tarde llegaron los funcionarios del Instituto Médico Legal, dos sujetos de cuello y corbata, que observaron el cuerpo con expresiones neutras, profesionales, como gente acostumbrada al poco agradable espectáculo, y que se pusieron de acuerdo para trasladarlo al Instituto a la mayor brevedad, puesto que la autopsia era obligatoria en estos casos. Poco después se hicieron presentes algunos reporteros y fotógrafos, los chicos de la prensa, como habría dicho él, pero la Mayita, doña Maya, con energía extraordinaria, con sorprendente firmeza, como si ya hubiera asumido en plenitud una condición de viuda que esa mañana, a la hora del desayuno, ni siquiera vislumbraba, les impidió entrar a la casa. Se puso a ordenar papeles y objetos varios, y entonces, cuando ya se había despedido del juez de turno y el cadáver ya se encontraba en la morgue, encontró el mensaje redactado en la parte de atrás de la cartulina con esos últimos dibujos: los de chatas y bacinicas. *Mi Mayita*, había escrito, con su caligrafía inclinada, aplicada, de toda la vida, y en tinta negra: *me voy*. Pedía que por favor no lo tomara a mal. Le aseguraba que la quería más que nunca, pero que ya no podía más. Y firmaba: *Tu Joaquín*.

Bastante más tarde, en los comienzos del largo crepúsculo de verano, llegaron algunos miembros del directorio de la Sociedad de Escritores, un par de periodistas de *La Nación*, alguien que parecía que representaba o que algo tenía que ver con la familia, aunque ella nunca lo supo con exactitud, y Perico, el amigo de siempre, que estaba muy compungido, con los ojos hinchados como bolsas rojizas, probablemente con una buena dosis de morfina recién inyectada en el cuerpo, pero que no se sorprendía en absoluto de lo que había ocurrido.

—Una vez —murmuró, con la voz suya baja y cavernosa, casi inaudible, de los grandes momentos, de las emociones
extremas—, quisimos suicidarnos juntos, para acompañarnos
hasta el final, y subimos a uno de los cerros de Peñalolén en
compañía de Fuenzalida, el dueño del Naturista, ¿se acuerdan? Pero Fuenzalida no nos creía ni jota. Se quedó sentado
en un boliche, saboreando una Pílsener y leyendo un diario
atrasado, en espera de que volviéramos de la punta del cerro
pronto.

Después de pronunciar estas palabras, que casi no se
escucharon, Perico sonrió con tristeza, mostrando un diente
amarillo en medio de una boca más bien despoblada, él, que
había sido uno de los hombres más ricos y de mejor facha de
todo Chile. Por otro lado, supe que Fuenzalida, en los últimos
años, llegaba de visita con relativa frecuencia a la calle Santo
Domingo, incluso en los tiempos finales, los de tu enfermedad, los de tu parálisis parcial, y que desarrollaba en largos y
alambicados discursos ideas extravagantes, medio nazis, francamente autoritarias, pero esto ya no viene al caso. ¿En qué
pensarías en los minutos anteriores a pegarte el tiro: en el niño de Valparaíso con una cinta roja de revolucionario constitucionalista, en la mesa de los apostadores gruesos de Vichy,
con el Aga Khan sentado en el centro y una lady esquelética y
tapada de joyas en el lado izquierdo, en las mujeres de la calle
Borja? Todo esto tampoco viene al caso. Cantaste, después te
quedaste callado, pensaste un poco, y decidiste que había que
apretar el gatillo de una vez por todas. Para eso habías hecho
tus pruebas de tiro y lo habías dejado todo en orden. La Mayita recibiría todos los meses la pensión del Premio Nacional
de Literatura y la del Premio de Periodismo, aparte de uno
que otro derecho de autor, y con eso, agregado a sus negocios
de peluquería, quedaría más que asegurada.

Cuando caía la oscuridad, cerca de las nueve de la noche, porque los anocheceres de febrero todavía son largos, llegó Eduardo Barrios, el autor de *El niño que enloqueció de
amor,* de *Gran señor y rajadiablos,* de *Un perdido,* personaje de

novela que le había dado bastante que pensar a Joaquín en los días de su aparición, y también se presentó Renzo Pecchenino, Lukas, cuyos dibujos y caricaturas siempre eran fieles a los cerros porteños. De modo que Valparaíso, a pesar de todo, de la distancia del tiempo y hasta de su irrealidad, se hacía presente. Y Mayita, a todo esto, había encontrado la otra despedida, la dedicatoria en el libro de crónicas recién publicado. ¡Qué descuido, pensó al encontrarla, qué desatentos somos y hemos sido siempre! Manuel Rojas, el autor de *Hijo de ladrón* y de tantas otros textos, entre ellos media docena de cuentos memorables, y José Santos González Vera, a quien ya hemos encontrado, muy joven, en las antiguas tertulias del Naturista, compañeros inseparables y unidos por la fe en la Acracia, en lo que antes se llamaba la Idea, se presentaron después de las diez de la noche y sostuvieron una larga conversación con doña Mayita, de pie en el umbral de la casa, con la cabeza descubierta en forma respetuosa y amistosa, pero sin entrar al salón, a pesar de que ella les insistía en que entraran.

—Ahora, con el perdón de ustedes —dijo doña Maya al cabo de un rato—, me voy a conversar con alguna gente de iglesia. Porque él asistió conmigo, hace poco, a unos funerales laicos y masones, y me comentó que los había encontrado muy pavos, muy tristes, y que preferiría un funeral católico con todas las de la ley, con cánticos, coronas de flores, responsos en latín y aspersiones de agua bendita.

—Para eso —me dijo—, al fin y al cabo, sirven los curas.

—Y tú, por lo demás, crees tanto en la Virgen.

—¡Así es! —respondió, y bajó la cabeza y se hizo la señal de la cruz, rezando, calculé, para sus adentros.

Rubén Azócar, el Chato Azócar, profesor de castellano y novelista, o algún otro director de la Sociedad de Escritores, ya no estoy del todo seguro, le propuso a la señora Maya que lo velaran en la Sociedad, en sus locales de la calle Almirante Simpson número siete, pero ella, que tuvo sus ideas sumamente claras a lo largo de todas estas horas y de todos estos días, como si hubiera nacido para actuar en las grandes circunstancias, recibió un llamado por teléfono de la rectoría y aceptó sin dudarlo un segundo el Salón de Honor de la Universidad de Chile, de manera que el cuerpo entrara y después saliera rumbo a la misa de difuntos y a su última morada, como se dice, bajo la sombra y la mirada adusta del bisabuelo de piedra, el fundador y primer rector, don Andrés Bello, cuya estatua no sólo en piedra sino en el más fino mármol de Carrara se encuentra al frente de dicho Salón, en plena Alameda, entre el gentío y el trepidar de la movilización colectiva. Cuentan, por otro lado, que misiá Maya tuvo que discutir mucho con los curas para que aceptaran hacerle exequias religiosas, debido, sobre todo, a que se había quitado la vida él mismo, y que al final, insistiendo en esto de su devoción mariana, y en su generosidad con la gente humilde, y en su paciencia con los niños, consiguió convencerlos, aunque también corrió el rumor de que sus apellidos, de piano de cola, como había escrito en una crónica de los años cincuenta, más que ninguna otra consideración, fueron el factor decisivo para que los curas prestaran la iglesia. Ella, que no había dejado gestión por hacer, había conversado por teléfono con una prima hermana de Joaquín, señora sumamente católica, financista de obras pías, y esta señora de gargantilla negra, camafeo con la miniatura de su difunto esposo, antiguo abogado del Arzobispado de Santiago, y cabellos albos, intercedió ante un obispo, detalle que no pudo dejar de influir en la decisión definitiva, a pesar de lo cual, por las razones que fueran, por prejuicio, por reproche, por no estar segura de lo que podría suceder entre la gente rara que había rodeado a Joaquín en su vida, no asistió, ella, la prima hermana, la intercesora, la dama de la gargantilla, a la misa de difuntos.

—En el fondo —le confesó a unas nietas suyas, unas Eguiguren Lorca—, lo quería. Guardaba un buen recuerdo de él, a pesar de todo...

—¿A pesar de qué?

—¡A pesar de tantas y tantas cosas! —replicó, y movía

la cabeza en forma melancólica -. Pero lo quería, es verdad, y me acordaba de las salidas tan graciosas que tenía desde niño chico, de los juegos y los disparates que inventaba. Pero no quise exponerme, ¿comprenden ustedes?

—Te hallamos toda la razón, Patita —dijeron a coro las niñas Eguiguren Lorca.

Al final, por lo demás, se hizo presente en la casa de Santo Domingo un presbítero literato, uno que cuidaba la biblioteca del convento de los Agustinos y que perseguía a las jóvenes investigadoras, según las malas lenguas, por detrás de las estanterías y alrededor de los pesados mesones de estudio. Fuera como fuera, el honrado y sanguíneo presbítero, con su mechón de pelo entrecano alzado, se consiguió una iglesia de cerca de la Plaza Yungay y celebró, con sus ojos en llamas, con sus manos negruzcas y llenas de expresión, y al parecer sin necesidad de pedirle permiso a nadie, una misa emotiva, a la que asistió con fervor un número pocas veces visto de periodistas y de intelectuales masones y ateos, amén de los personajes más heterogéneos. Se hizo presente entre los primeros, por ejemplo, don Walter, el taxista, y había enviado, cómo no, una estupenda corona de flores, en consideración a tantos whiskies, tantos ratos estupendos, tantas historias sabrosas que le había regalado mi tío Joaquín en vida, y sin pedir nunca nada a cambio. También llegaron, para asombro de muchos, aunque no de la Mayita y de Manolín, los dos hijos de su olvidado y pretérito primer matrimonio, quienes se abrieron paso por una de las naves laterales hasta la primera fila. Ya eran hombres muy mayores, golpeados sin compasión por la vida, y allí se quedaron, detrás de la viuda bien plantada y de su retoño ya mayor de edad, en una de las esquinas del banco, llenos de circunstancia y de cierta pompa. Las miradas convergían sobre ellos, y se dijo que el mayor era idéntico a él, de color más claro, tirado a pelirrojo, ¿el Azafrán, el niño que Pedro Wallace había ido a reconocer en la rueda de presos del Depósito de la calle de la Encomienda, al lado del Rastro de Madrid?, y que tenía una facha distinguida, a pesar de la vida que había llevado, de que había sido el lacho, el cafiche, nada menos, de la regenta de un prostíbulo, sí, señores, en buen castellano, una casa de putas, y muchos observaron que el menor, gordito, paliducho, de espalda inclinada, peinado a la gomina, parecía más blandengue, más inocuo en todo sentido. Algunos, un grupo que se encontraba al fondo de la iglesia, hacia un costado, tomaban notas de cada detalle, para la posteridad, digamos, en blocks de apuntes, y no es imposible que Alfonso Calderón, que había sido uno de sus más abnegados seguidores, gran estudioso de su vida y su obra, se hubiera atrincherado entre ellos.

Hay que dejar constancia de que el entierro tuyo, Joaquín, no fue como todos los entierros, no se pareció en nada. En la vida fuiste diferente, inquietante, atravesado, imposible de asimilar a nada o a casi nada, y puedo asegurar que en la muerte, aunque yo no estaba en ese funeral, ya que había partido a un improbable congreso cultural en la Cuba de Fidel Castro, también. Flotaba en el aire de la iglesia, de acuerdo con todos los testimonios, entre los santos de yeso y las coronas de flores, una emoción, un recogimiento y hasta una extrañeza, como si nadie pudiera creer que un mito, alguien que se había transformado de repente, sin que nos diéramos ni cuenta, en leyenda, dejara de un día para otro de estar vivo, de estar en la ciudad y entre su gente: porque era su gente, a pesar de los pesares. Y el hecho de que se hubiera dado la muerte de su propia mano confirmaba también, de un modo que tampoco era racional, que iba más allá de la lógica de todos los días, el mito. En resumidas cuentas, sentían todos que los mitos criollos, tema sobre el cual había, habías, tú, Joaquín, escrito tanto, podían suicidarse, pero era obvio que no podían morir en la cama de diabetes, de insuficiencia renal, de cáncer de próstata, de cualquiera de esos males.

En el trayecto al Cementerio General, el cortejo subió por Agustinas, y frente al diario *La Nación,* en la parte de la calle que coincidía con la Plaza de la Constitución y con la fachada norte del palacio de La Moneda, el personal del diario, de capitán a paje y a portero, se formó en doble fila. Parece que también había una compañía de bomberos en uniforme de gala y en correcta formación, pero este último detalle no me consta. El cortejo se detuvo, en un acto que había sido acordado entre Mayita y las autoridades del diario y autorizado, desde luego, por la Intendencia, y el director, vestido de riguroso luto, subió a una tarima especial, y habló de sus *Jueves,* de sus columnas de ese día, que había entregado durante alrededor de medio siglo y hasta la víspera exacta de su muerte, y de la vieja *Nación* de don Eliodoro, historia apolillada y de la cual sólo queda por ahí alguna placa recordatoria, alguna inscripción trasnochada. Después, ya en el Cementerio General de Santiago, frente al mausoleo donde se encontraba su madre y alguna otra gente de la familia —don Joaquín, su padre, recordemos, había sido enterrado en Boulogne-sur-Mer, y su abuelo del mismo nombre descansa en paz en una urna victoriana del camposanto de La Serena—, Francisco Coloane, el autor de los cuentos magistrales de *Cabo de Hornos,* quien no debía tener en ese instante mucho más de sesenta años, con su vozarrón un tanto aguardentoso, con emoción profunda, con ojos que indicaban que había llorado y que se largaría a llorar de nuevo en cualquier momento, pronunció un exaltado discurso en el que evocó su vida variada y aventurera, sus historias, sus novelas de protesta y de combate (así dijo), el corpus magnífico de sus crónicas (así dijo, también), y no omitió referirse a sus relaciones de ochenta años, únicas, conmovedoras, mágicas, con los cerros del puerto, con el cerro Barón y el cerro Alegre, con el de la Maestranza y el de la Cárcel, con el de la Princesa, con los viejos ascensores, e inventó algo, una historia hermosa y confusa, brumosa, sobre sus antepasados marinos. Coloane, Pancho, no pudo menos que levantar sus largos brazos al final de su oración fúnebre, conmovido hasta el tuétano, lloriqueando, invocando a su fantasma, y el contagio emocional que se difundió por el recinto no fue poco, aun cuando los oyentes no se desmayaban de impresión, como dijo alguien, no sé si Claudio Giaconi, que había ocurrido durante las exequias de Fiodor Dostoievsky o de Nicolai Gogol, tampoco me acuerdo con exactitud. Los demás oradores fueron menos inspirados, como cualquiera se podrá imaginar, más pedestres, pero hubo, eso sí, una serie de artículos en la prensa a lo largo de los días que siguieron y un homenaje solemne en el Senado. Volodia Teitelboim, quien era entonces, además de senador y escritor, una de las cabezas visibles y más activas del Partido Comunista, hizo uso de la palabra en nombre de su tienda política. Habló del homenajeado, de ti, de tu figura ya difunta, en forma por demás elogiosa, pero afirmó que no habías querido apoyar tu escritura, tu visión de Chile y del mundo, en un conjunto coherente de ideas, y que por eso, insinuó, habías pegado tantos palos de ciego. Era una manera de hacerte homenaje y, a la vez, de ponerte límites: de sostener que tu error, en resumidas cuentas, había consistido en no ingresar al partido, en no someterte a su disciplina, en no militar en su maquinaria poderosa, que te habría dado respaldo y te habría orientado. Tú te acordabas siempre, incluso en los años de la hemiplejia, de las grandes huelgas obreras de comienzos de siglo, de las mutuales y mancomunales que te habían recibido en sus sedes de los barrios marginales y de provincias, de una breve conversación que habías sostenido debajo de un pimiento, en un banco de la Plaza de Talca, con Luis Emilio Recabarren, poco después de la primera década del siglo, cuando acababa de amainar la tormenta provocada por la publicación de *El inútil*, de más de una con Elías Lafferte, para no hablar de Neruda, de Joaquín Gutiérrez, novelista de Costa Rica que residía en Chile, militante puro y duro, de tantos otros del gremio literario, y Volodia, sensible, oportuno, acudía con su palabra, con su pico de oro, y te salvaba la vida en el sentido político de la expresión. Te la salvaba, paradójicamente, pocos días después de tu muerte, en el adusto y republicano hemiciclo, entre amigos de tu juventud, conocidos tuyos, parientes, que callaban, y que frente a los aires peligrosos que corrían, a los tambores de la revolución cuyos ecos se aproximaban desde los senderos más diversos, habían puesto el pulgar derecho para abajo, habían vuelto a condenarte. Es decir, habías vivido en la contradicción, en el fragor del siglo, sufriendo sus embates, navegando en un barco grandote, pero que sufría el ataque de los elementos desencadenados, y habías muerto de la misma manera. No sabemos cómo resumió la situación tu hermano Emilio, a quien en esta novela he llamado muchas veces Luis Emilio, para colocar un pie suyo, por lo menos, en una realidad ficticia. No se puede negar que ustedes dos eran grandes amigos, verdaderos compinches, hasta cómplices. Nos podemos imaginar muy bien, en cambio, los probables comentarios de Perico Vergara, sus lagrimones y bromas, sus recuerdos comunes, su comprensión del caso tuyo, parecido en más de algo al suyo. Alone, Hernán Díaz Arrieta, sensible, puntilloso, dotado de una pluma aguzada, no poco insidiosa, con una punta de veneno, debe de haber dicho lo que tenía que decir en su calidad de crítico dominical, con variantes, con detalles pintorescos, con más de algún giro de mala uva, porque él sí que adulaba y comía de la mano de las señoronas castellano vascas, eclesiásticas, dueñas de fundos, y miraba el fenómeno tuyo con indulgencia, con algo de respeto literario, sin duda, pero con simpatía humana evidentemente escasa. El poeta Jorge Teillier, en cambio, personaje angelical, aunque siempre pasado a vino, un Verlaine de los campos de Lautaro y que después se había radicado en la región, amable para él, de La Ligua, te dedicó un número de la revista que había inventado y que dirigía, *Árbol de letras*. Habló de ti y de tu final trágico, a diferencia de Alone, con visible y entrañable simpatía, con algo que sólo se podría calificar como ternura. Y publicó tu decálogo del perfecto cronista, decálogo que, de otro modo, se habría perdido en la noche de los libros nonatos, noche, entre nosotros, particularmente densa, prolongada. El cronista, sentenciaste, debe parecer niño, más que sabio. El cronista recibe a cada rato preguntas donde figuran términos como peyorativo, concatenación, complejo de Edipo. Pero el pedante es enemigo del diario. La jerga técnica es enemiga de la crónica. La crónica se escribe en román paladino, en el lenguaje en que cada hombre suele hablar con su vecino. En algún momento habías escrito, y Jorge, curioso, laborioso como hormiga, a pesar de sus vinos mañaneros y de jornada entera, desenterró la frase: «El cronista es el filántropo de las letras, porque entrega su haber al público en calderilla». Buen epitafio el de Jorge Teillier, homenaje sentido, desprovisto de toda palabra hueca. Parece que conversó en una oportunidad contigo y eso, el recuerdo de aquella conversación, le permitió añadir comentarios personales. Habló de tu interés por «nuestras mujeres del pueblo» y por las «niñas de la vida». No puede haber denominación más buena, más llena de sentido, que la de niñas de la vida. ¿Qué sería de la vida sin ellas, qué sería del sentido, y qué sería, sin ellas, de las niñas de la otra vida, de la vida ordenada? ¿Qué sería, por último, de la otra vida, en el sentido más radical del término?

XXXVI

Tuve, yo, Jorge Edwards, no Joaquín, para que las cosas queden claras, y hace poco, es decir, años y décadas después de la desaparición de Joaquín y de doña Maya, un almuerzo copioso en un lugar llamado, y con la mayor propiedad, *Las vacas gordas*, a unas dos cuadras de la Plaza Brasil, en la esquina de Cienfuegos y Huérfanos abajo, frente a una casa modernista que me gustaría mucho poder comprar y restaurar, cosas que pienso a menudo y sin mayor consecuencia, y me puse a caminar, después de la sobremesa bien regada y más o menos prolongada, con rumbo al poniente. Habíamos tomado, para rematar el almuerzo, después de un panqueque prohibido, cuyo manjar blanco chorreaba por los costados de la masa acaramelada, algunas copas de pisco puro de 42 grados. Era una reunión con amigos laterales, gente que se gana la vida de maneras improbables, no siempre codificadas, de buen humor, y todos se dispersaron hacia otros puntos cardinales, hacia el oriente de la ciudad o el norte, prometiendo que la cuchipanda tendría que repetirse. En el poniente no había territorios productivos para mis alegres compañeros, miembros contemporáneos del viejo Club de los Negocios Raros, y yo había resuelto, por mi lado, bajar, aunque fuera con dolor, con el sudor de mi frente, el lujurioso manjar y los repetidos piscos Alto del Carmen. Mi resolución, que mezclaba la higiene con el espíritu de aventura, me condujo a calles y callejones desconocidos, a plazoletas en estado de abandono, frente a casas de un piso, de muros amarillos, rojizos, blancuzcos, a puertas entreabiertas, de vidrieras gruesas, ornamentadas, que permitían vislumbrar al fondo un parrón, unos almácigos, una gallina castellana que picoteaba el suelo, un conejillo blanco adentro de su jaula. Mientras veía todo esto, pensaba, absorto, en poemas de los barrios humildes, en fervores de Buenos Aires, en crepúsculos de Maruri, calle que nunca había visitado, por cierto, y que debía quedar por ahí cerca, y de pronto, con un sentimiento inquietante, con alarma, con miedo, por qué no decirlo, me pareció reconocer un nombre de calle que por algún motivo recordaba, nombre inscrito en un letrero amohosado y encarrujado, y encontrarme cerca de un número que también guardaba en algún recoveco de la memoria. Avancé, con las piernas menos sólidas que unos segundos antes, con la boca más seca, pero a sabiendas, sin embargo, de que esta debilidad no se podía atribuir al manjar y al pisco de alta graduación, o no del todo, por lo menos, si no quería engañarme. Me vi, de este modo, esto es, me desdoblé y me observé a mí mismo, a otro que era yo, en la vereda opuesta a una casa de dos pisos, construcción de madera y de adobe que había tenido su dignidad en décadas muy pasadas, pero que ahora estaba convertida en una cuasi ruina, con grandes agujeros debajo de los marcos de las ventanas, cristales trizados, una puerta de calle cuarteada y salida en parte de sus goznes. No había estado frente a esa casa nunca, de eso me sentía seguro, pero tenía al mismo tiempo la rara intuición de que la había visto en alguna parte. No me voy a poner esotérico, me dije, como las señoras magnético epilépticas de que hablaba Arturo Soria, a estas alturas de mi recorrido. Pero tenía la sensación nítida, pasara lo que pasara, de ingresar en terrenos resbaladizos, en un suelo pantanoso. Efectos desconocidos del alcohol, pensaba, etapas superiores, doblemente malignas, ya que de ahí probablemente se viajaría sin escalas al *delirium tremens*. Me acerqué, comprobé que el timbre había sido arrancado de cuajo, que sólo quedaba un mísero latón en forma de espiral, empujé la puerta descentrada, medio desfondada, y cedió con un crujido. Había una escalera estrecha, oscura, que desembocaba en otra puerta en el piso de arriba. Subí con precauciones, con la sensación de que los escalones podían desmoronarse, y golpeé en un vidrio esmerilado. Un vientecillo me soplaba detrás de la nuca, algo como un latido de advertencia, pero qué, pensé, qué me podía pasar. Golpeé por segunda vez, y tampoco hubo respuesta. En seguida, en estado de relativa inconsciencia, volví a golpear, y ahora con fuerza redoblada. Se escucharon entonces pasos débiles, tal vez cojos, en un piso de tablas mal ensambladas. Los vidrios temblaron en forma estrepitosa, como si fueran a desplomarse, cuando la puerta se abrió. Apareció una mujer de pelo entrecano, de nariz ancha y aplastada, de facciones algo perrunas, más bien gorda, que me escrutaba.

—¿Qué quiere? —dijo, pero no lo dijo con hostilidad, como sospeché en el primer momento que lo haría, sino en un tono confidencial, resignado, casi de complicidad, como si hubiera reflexionado rápido y hubiera cambiado de idea.

—Quiero verlo —respondí.

Ella puso cara de pregunta.

—A él —dije—. Al hijo.

Sonó grosero, hasta absurdo, pero, por algún motivo, no me salió pronunciar el nombre.

—Usted sabe que no recibe a nadie.

—Sí —respondí—, pero...

Lo habían visto en los funerales aquellos, alrededor de 25 años antes, boquiabierto ante las palabras encendidas de Francisco Coloane, quien, como recordamos, fue el primer orador y dejó descolocados a todos los que siguieron, y lo habían encontrado igual a su padre, aunque se parecía más que a nadie, según los lectores entendidos, al Azafrán, su precursor, el hijo de Pedro Wallace, el protagonista de *El chileno en Madrid*. De modo que estaba, según más de uno, predestinado: era carne de presidio. Y contaron que después lo habían visto en los corredores de la Biblioteca Nacional, tratando de vender unos papeles, y en la antesala de una conocida casa de remates, haciendo hora, y hasta en las escalinatas del Club de la Unión, y que andaba con una expresión doble, deliberadamente doble, de persona despistada, medio perdida en este mundo, y de pájaro carnicero, con los ojos salidos de las órbitas y duros. Porque estaba empeñado, en efecto, en vender papeles, manuscritos, cartas, fotografías con dedicatorias, amén de cachivaches heterogéneos: tres o cuatro pipas, una de ellas con una figura de viejo marinero en color blanco, todas en mal estado, unas colleras de azabache, una miniatura de la bisabuela paterna, la señora Garriga, un cenicero del Casino de Enghien, escenario de *El monstruo*, la segunda y desconocida novela de su padre. Papeles sueltos, en resumen, y porquerías varias, y lo sacaba todo del interior de un abrigo viejo, ancho, desfondado, con mano que temblaba, llena de manchas y de manchones del color de la nicotina.

—Pase —dijo la mujer, y acompañó la palabra con un gesto de la cabeza. Me condujo hasta una sala donde había una mesa, un sillón, un sofá de dos plazas, un par de sillas, y una horrible reproducción japonesa enmarcada y colocada en la pared principal: un crepúsculo con pajarracos que cruzaban el cielo. Se escucharon pasos apagados por pantuflas de lana, que parecía que barrían el suelo. Y de pronto, ocupando el umbral, había un hombre anciano, un poco más alto que tú, de nariz ganchuda, de ojeras y surcos profundos en la cara, de pelo más bien largo, descuidado, entre blanco y pelirrojo desteñido, que calzaba pantuflas de color ladrillo y que usaba una vestimenta de una fealdad trivial, casi ofensiva. El personaje tenía una panza puntiaguda, y el parecido a ti hacía el efecto de una caricatura. Su figura se colocaba delante de la tuya, de tu sombra, de tu perfil en la memoria, con un resultado grotesco, y el temblor de sus manos y hasta de sus brazos revelaba un mal de Parkinson avanzado.

El hombre se sentó en una de las sillas, cruzó las manos encima de la mesa, como si al cruzarlas en esa forma consiguiera disminuir su temblor, e hizo la misma, escueta pregunta que había hecho la mujer.

—¿Qué quiere?

Tuve la impresión, ahora, de que hablaba sin controlar lo que decía, de que mi visita no tenía ni podía tener un objeto explicable, de que había venido por malsana curiosidad, por espíritu de vagancia, incluso por insidia, ya que nadie me mandaba... ¡Etcétera!

Él carraspeó. Sus manos se afirmaban en la mesa, pero de todos modos seguían temblando. En otra mesa más pequeña, arrimada a la pared, había un retrato tuyo de juventud, vestido de petimetre latinoamericano en la Europa de antes de la primera guerra mundial, de chaqueta a cuadros y sombrero hongo, detalle que me pareció insólito. No tenía, al fin y al cabo, nada de tan insólito, pero si te había asaltado y te había golpeado, si te había dejado la casa de la calle San Diego patas para arriba, si nunca lo dejabas pasar de la puerta para adentro en la calle Santo Domingo, si te había robado cada vez que había podido...

Él, entonces, me miró a los ojos con frialdad, en espera de mi respuesta.

—No tenemos nada que ofrecerle, señor —dijo la señora, que intentaba ser un poco más amable. Porque los ojos de él eran de una dureza increíble, de una distancia que se podría llamar infinita, de un odio que le brotaba de las vísceras y le salía por todos los poros, a borbotones, en oleadas letales.

—Confieso —dije —que tenía muchas ganas de conocerlo. Al fin y al cabo, somos parientes cercanos, y yo admiraba tanto a su padre.

Sentí que las palabras mías eran débiles, que andaban en los bordes de la definitiva estupidez. Que eran *bordes*, como se dice precisamente ahora. Mientras subía las escaleras estrechas, hacía pocos minutos, me había formulado el propósito de tutearlo de entrada, pero ahora comprendía que había calculado mal todo, que la situación era otra, muy diferente, de una diferencia abismal, y que nunca dejaría de ser otra.

—Somos parientes cercanos, a lo mejor, pero a la vez no tenemos el menor parentesco —dijo, revelando una sutileza que no me había imaginado, casi una herencia, por extraño que esto parezca, de la agudeza tuya—. Somos, pero yo creo que más bien no somos. Y prefiero que las cosas queden así. ¿Me entiende usted, señor...?

Como dejó la frase en suspenso, le repetí mi nombre, pensando que a lo mejor no lo había captado bien, y él hizo un gesto raro, como si espantara una mosca, o como si hubiera visto por ahí una musaraña, una llovizna de lunares negros. Lo hizo con dificultad, con mano insegura, y respiró hondo antes de seguir hablando. Del fondo de sus pulmones, que debían de estar rellenos de carboncillo, de manchas dudosas, salía un ruido como de fuelle agotado, con las telas mal remendadas.

—Usted —prosiguió— ha vivido en una esfera determinada, y yo en otra, separada por años luz de la suya. Además, si usted siente curiosidad por mí, por mi mujer, por mi casa, por los papeles y los cachivaches de él que haya podido conservar, no tengo el menor interés en darle gusto.

—Está muy bien. Pero si usted conserva papeles, o cachivaches, como dice, yo me podría interesar en comprarlos.

El intento de soborno era obvio, casi obsceno, pero tampoco podía darme el lujo de andar con rodeos. El personaje, el hijo, era un fantasma, y era a la vez una posibilidad extrema. Había que arriesgar en el lenguaje y más que en el lenguaje. Él, entretanto, levantaba las cejas, que alguna vez habían sido pelirrojas. ¿Y al Azafrán no le decían Azafrán precisamente por eso, porque era pelirrojo, de piel y de pelo azafranados? Pero él, me dije, este anciano que está delante de mí, respirando a medias, semi ahogado, medio cianótico, arrebatado por el desconcierto, por una probable indignación, por las ganas de estrangularme, este personaje, para haber estado en una rueda de presos en el Depósito de la calle de la Encomienda, en Madrid, a fines de 1927 o a comienzos del 28, no puede haber tenido entonces más de ocho o diez años, once a lo sumo, porque ahora, en el momento en que yo lo visito, no representa más de ochenta y cuatro, ochenta y cinco. Ahora bien, ¿por qué no? Un guardia había dicho: «El chico promete». Otro había dicho: «De pronóstico». Podía ser, pues, un carterero, un lanza precoz, y el blanco de las cejas, alterado por un resto de color de tabaco o de azafrán, era un indicio de la edad muy avanzada, quizá más de ochenta y cinco. De manera que no habías inventado nada, o habías introducido el invento en un tejido real, formado por elementos de la biografía. La biografía tuya, a fin de cuentas, era un capricho, un disparate, y la suya, derivada de la tuya, qué otra cosa podía ser.

El personaje me hizo un gesto para que esperara y se puso de pie. Comprendí que había seguido el camino adecuado, que había tocado el punto sensible. Se dirigió hacia el interior con dificultad, sin prisa, arrastrando las pantuflas, apoyado en la mujer gorda. El desplazamiento era lento, desde luego, pero al mismo tiempo era claro, decidido. ¿Por qué le hablé, pensé, de parentesco, de admiración por su padre, algo que debía de haber escuchado muchas veces y que debía de haberle provocado una irritación loca, ganas de salir a las calles a poner bombas, y no le hablé al tiro, a la primera de cambio, de pesos, de plata, de la cochina plata? A lo mejor había que comenzar, sin embargo, en la forma en que comencé, y entrar después en materia, en el terreno de la compra y del cambalache. Además, ¿qué buscaba yo? Tampoco mis objetivos estaban demasiado claros. Había bebido muchas copas de Alto del Carmen, me había levantado después de una sobremesa larga, situación, quizá, provocada por mí, preparada de un modo minucioso y a la vez cercano a la inconsciencia, a la irracionalidad. Porque había querido, como primera medida, golpear a la puerta de su casa y verlo, comprobar que existía. Y mientras esperaba, me imaginaba desfiles fúnebres en Valparaíso, y a ti, de niño chico, de la mano de tu padre, con sus mostachos retorcidos, detrás de los otros, de las tres carrozas tapadas por las coronas de flores, de los parientes con largos abrigos de cuellos de piel o de terciopelo. Se escucharon, al cabo de casi veinte minutos, los pasos del personaje que regresaba de las habitaciones del interior, acezando. Avanzó con dificultades que parecía que se habían multiplicado en cuestión de segundos, ayudado por la mujer, hasta la mesa. Me acordé de un golpe despiadado en una rodilla el día del asalto a la casa de San Diego. Pensé que se había quedado desde entonces con un menisco malo, que me iba a vender las cosas que deseaba venderme y que iba a exhalar después su último suspiro. Y que ella, la mujer de piel morena, retaca, de nariz de cerámica mal esculpida, iba a heredar y a quedarse, con eso, feliz y contenta. El Azafrán se derrumbó en la silla, y ahora daba la sensación de que no sólo le temblaban las manos, de que temblaba entero, y de que la piel de la cara, en poco rato, se le había puesto más lívida, más cerosa, y se le había enterrado más en la osamenta. A pesar del temblor, se metió la mano izquierda al bolsillo y sacó algo que me produjo pánico, no lo voy a negar, aun cuando ese pánico era un perfecto disparate, un no sentido, un *nonsense*. Me pregunté por la razón de pasarme al inglés en aquel instante preciso, en aquella coyuntura. Me dije, a la vez, que la procesión subía y caracoleaba por los cerros, lenta, solemne: los fastuosos funerales de la Reina Victoria, el fin de su gloria y de su siglo.

—Esto —dijo, señalando la pistola Colt con sus dedos tembleques, y pareció que se hundía en una carraspera interminable— vale un millón de pesos. Ni un peso menos.

Le contesté que la pistola famosa, que el hombre había colocado entre sus piernas frágiles, no me interesaba. Que esas cosas no me gustaban.

—¿No me había dicho que tenía una cantidad de papeles?

—¿Papeles?

Torció el cuello, miró de reojo a la mujer, y la mujer, la gorda de nariz de pelota, puso una carpeta inflada, de la que salían papeles amarillos, fragmentos de la caligrafía tuya que conocía muy bien, inclinada y alargada, por los cuatro costados, encima de la mesa.

—¿Cuánto me pide por toda esa carpeta?

—Por toda la carpeta...

Se sobó la barbilla con el vaivén descontrolado del Parkinson, con la piel de las manos pegada a las falanges y cubierta de manchas diversas, de pelos que se habían desteñido. Miró a la mujer, pero en seguida hizo ademán de detenerla, de decirle: déjame a mí. Levantó la pistola de entre sus piernas y la puso en la mesa. Abrió la carpeta con grandes dificultades, respirando cada vez peor, y la empezó a recorrer. Había, a juzgar por los membretes, por la caligrafía, un tesoro en cartas, anotaciones, manuscritos, una que otra fotografía, viejas tarjetas postales. En algún rincón distinguí la firma de Jorge Cuevas Bartholin, ya transformado en marqués; en otro, la de Ramón Gómez de la Serna.

—Ochenta millones —dijo, al fin, y tuve la impresión de que el temblor había disminuido—, y le aseguro que es un regalo. Sólo vendo porque estoy obligado a vender. De lo contrario, ya lo habría expulsado de esta casa con viento fresco.

—Jioco —dijo la mujer en voz baja, como para que se apaciguara, para que moderara el tono.

Pero él, en lugar de mirar a la mujer, me miró a mí, a los ojos, con mirada de jugador. Esto es, con algo que tenía mucho de la mirada de su padre, de la mirada tuya: un pájaro al asecho, una córnea dura, de cristal amarillento, una espera y una apuesta, y detrás de la dureza, un brillo lúdico. Había salido a ti, pese a todo, y pensé que tú habrías rectificado: a todos nosotros. ¿No hemos sido todos mineros, financistas, especuladores en gran escala? Este, al fin y al cabo, especulaba en escala reducida, en proporciones modestas. Y ahí estaban las cartas, los papeles, la huella de tu caligrafía nerviosa, angustiada, desesperada.

—No tengo ahora esos ochenta millones, ni mucho menos —dije—, pero, ¿me deja ver?

En lugar de entregarme la carpeta, buscó durante largo rato, con gafas caladas encima del caballete curvo, de jeque árabe, y al fin, temblando de nuevo en forma intensa, sacó tres papeles y me los puso frente a los ojos.

—Un millón —dijo.

Eran tres cartas de premura, de petición de gracia, de insufrible humillación. El escritor, pensé, la literatura, el borde del abismo. Mientras lo pensaba, hacía un cálculo rápido.

Un millón de pesos era alrededor de mil quinientos dólares. Tenía mil quinientos dólares, un poco más, en el fondo de un cajón. En billetes contantes y sonantes.

—Le hago un cheque —dije.

Él pestañeó con ojos de saurio. Eso significaba que sí. Tuve la sensación, al mismo tiempo, de que se había convertido en camaleón, en batracio, en algún bicho anfibio, prehistórico, y de que mi única posibilidad de salir ileso de ahí, de esa antesala del abismo, radicaba en firmar ese cheque sin chistar. Saqué, pues, la chequera, extendí el cheque, lo firmé con algo de violencia, haciendo mella en el papel, aplastando la pluma fuente, apretando los dientes, y se lo puse delante de los ojos. Con insolencia, con rabia. Ya sabía, ya me constaba que comprendía ese lenguaje mejor que otro, con las escasas neuronas que podían quedarle. Tomó el cheque, sin inmutarse, lo leyó con cuidado y se lo pasó a ella.

—¿Y no se lleva la pistola?

Le volví a decir que no. Le insistí en que las pistolas no eran objetos de mi predilección. Me puse de pie. Él le ordenó a la mujer que me acompañara hasta la puerta. Me pasó por la cabeza la idea de darle la mano, de despedirme con un mínimo de amabilidad, de no romper los puentes, pero entendí que el gesto carecería de sentido. Ni siquiera estaba excluida la posibilidad de que me dejara con la mano estirada. Hice un saludo vago, al fin, y salí de la casa con mis tres papeles en el bolsillo de la chaqueta. Había alcanzado a leer un poco y no me sentía enteramente estafado. Tú decías que ibas a cobrar unos artículos de prensa y que apenas los cobraras, pasarías a pagar las cuentas de residencial que le debías a un tal señor Alonso, el propietario español, me imaginé, de alguna residencial con olor a fritanga. Y les pedías a tus acreedores que tuvieran paciencia. ¡Por favor! Todo estaba en camino de arreglarse. Incluso la crisis de la Bolsa de Nueva York. Incluso el gran krack financiero. En cuanto a las finanzas personales tuyas, ínfimas, roñosas, mientras tuvieras una pluma, y un último soplo de energía... Pensaste, me imagino, en las vueltas de piel o de terciopelo de los abrigos que marchaban en la fila de adelante, en la senda de las carrozas cargadas de coronas. ¡Qué reinado!, exclamaste: ¡qué mendigos en el interior del reino! Las ruedas de las carrozas chirriaban en los adoquines, mientras la tierra vacilaba, y mientras el mar se ponía plomizo, y el viento negro, silbante, barría los caseríos descolgados. La Virgen, entonces, se aparecía encima del cerro Maestranza, del cerro Alegre. Se aparecía y te sonreía. Era una historia loca, pero a ti te daba consuelo. Y no se podía pedir más que eso. Porque la sonrisa de la Virgen en las alturas te serenaba.

XXXVII

Yo estaba sentado en el comedor de mi casa, después de almuerzo, en el puesto de costumbre: de frente a la pared que corresponde al norte y con la ventana del poniente abierta a mi lado izquierdo. Había discutido con mi hija, ya no recuerdo a propósito de qué, y ella había salido de la casa dando un portazo. Ese golpe brusco, seguido de un silencio sin gracia, me había dejado entre apenado y resignado, en estado de ánimo filosófico, más bien pesimista. Por la ventana del poniente divisaba el paisaje habitual: edificios irregulares, renegridos, masacotes de cemento y de vidrio repartidos de cualquier manera y que se prolongaban hasta los cerros de la costa. Era un escenario urbano caótico, de agresiva, casi insoportable fealdad, pero, en los crepúsculos, la esfera de un sol rojo amarillo que no terminaba de esconderse detrás de las cumbres redondeadas, que lanzaba sus poderosos, deslumbrantes rayos finales hacia los edificios, daba la impresión de redimirlo. Era como si la belleza, en una etapa terminal, imprevista, se impusiera a pesar de todo. Hasta las torres de cemento sucio, incendiadas por la luz crepuscular, dejaban de ser feas. En otras palabras, entre el deterioro urbano y la luz de la naturaleza se colocaba la idea de la redención. Ojalá te redimas, hija, pensaba, pero sabía que yo, también, o sobre todo, necesitaba redimirme.

A todo esto, tenía las dos cartas y el papel con notas sueltas que había comprado en un millón de pesos, suma excesiva, sin duda, sólo que en aquellas cartas y en aquellas notas había una huella de tu sangre, de tu angustia, de manera que no tenían precio, y algunos archivos, además de tres o cuatro viejas ediciones tuyas, todo desparramado sobre la mesa. Me gustaba, siempre me ha gustado, la sensación de navegar entre papeles, de bucear, de sumergirme en el tiempo. Parece que prefiero estar cerca de la tinta, pensaba para mis adentros, recuperando la sonrisa que se me había quitado después del portazo, y no de la sangre: ¡más tinta, me decía, más papel cansado! La pared del norte, la de frente a mis ojos, y aquí vuelvo al comedor de mi casa, está ocupada por una pintura de formato rectangular, ni chica ni demasiado grande, una escena veneciana que perteneció a mi familia paterna, que a lo mejor venía de la rama tuya, que miraste, quizá, en tu infancia, vaya uno a saber: grandes columnatas en el exterior de un templo, pesadas argollas en un embarcadero, figuras difusas, túnicas negras, turbantes, harapos, ecos del oriente que habían llegado hasta unas graderías húmedas, lamidas por aguas verdosas. En lugar de poseer reservas que no sirven para nada, me dije, salvo para arrastrarlas hasta la tumba, debería comprar más papeles, más cuadros, más objetos decididamente inútiles. ¡Aunque me explotes, cabrón! Aunque me chupes la sangre. Porque sin esa memoria, sin esa historia, sin esas ceremonias raras, ¿qué cresta somos? Golpeé en la mesa con la palma de la mano, que me llegó a doler, y la cabeza de Ángela, que ya lleva más de veinte años en la casa, se asomó por la puerta entreabierta del repostero:

—¿Necesita algo, don Jorge?

No necesitaba nada, nada, Ángela, pero sospeché, a la manera de una fantasía, *cuasi* una fantasía, como habría podido leerse en una partitura de Schumann o de algún otro, que el proceso de la locura furiosa, el del definitivo deterioro, con su hecatombe de neuronas, había comenzado. A pesar de que aún no había bebido un solo sorbo del vaso de pisco de 42 grados que tenía a mi lado izquierdo. En ese momento preciso, dentro del flujo de estas ideas, que me hacían pensar en las aguas inciertas, malolientes, que lamían aquellos escalones, sonó el timbre de la casa, ronco, prolongado. La Ángela se desplazó sin hacer ruido, y al rato noté que dos sombras lentas, un poco ceremoniosas, aparatosas, que parecían enredarse en sí mismas, en sus repliegues, habían ingresado al zaguán.

—¿Quiénes son? —pregunté en voz baja.

—Un caballero viejo con una señora —susurró Ángela—, y el caballero dice que es primo suyo.

Abrí los ojos, víctima de súbitas palpitaciones cardíacas, enarqué las cejas, reflexioné a la carrera, y ordené los papeles de cualquier modo. Hasta pensé en esconder el vaso de pisco, pero resolví, a conciencia, no esconderlo. Ya no estaba en el colegio de curas, al fin y al cabo, y ellos, la extraña, desigual pareja, de salida de sus madrigueras, de sus covachas del barrio de la Estación Central, qué diablo me podían importar. Me asomé al vestíbulo y, en efecto, eran ellos, es decir, el Azafrán, o el otro, el hijo que no pertenecía a la ficción, el de carne y hueso, y, junto a él, la mujer baja, negruzca o negroide, perruna, bastante más joven, de nariz de pelota de plasticina.

—¿Qué se les ofrece?

—Veníamos a conversar con usted —dijo ella, y creo que agregó mi nombre con el «don» consabido.

Él, desde su temblor, desde su decrepitud, hizo un gesto vago de saludo con la cabeza, sin el menor amago de estirar la mano. Iba de sombrero de fieltro, y le sentaba bien, hay que reconocerlo: un poco al estilo de los gangsters del Hollywood de los años treinta y cuarenta, de James Cagney en su vejez, o de un Humphrey Bogart ligeramente achacoso. Les indiqué el camino del comedor y avanzaron despacio, como si fueran un animal doble, disparejo, de movilidad escasa. Él, que arrastraba los pies más que el día en que lo había visto por vez primera, se enredó en una de las esquinas de la alfombra, tropiezo que provocó la reacción alarmada de la mujer. Sólo miraba al suelo, sin energía ni capacidad ya para mirar hacia los costados, como si la más ínfima curiosidad fuera cosa de épocas desaparecidas. Clavaba, pues, los ojos en las tablas, tratando de no volver a tropezar, diciéndose, probablemente, que el terreno estaba minado, lleno de trampas, de eventuales traiciones, e iba directamente a lo suyo. Les ofrecí dos sillas frente a la mía, en el lado del norte de la mesa, debajo de la pintura veneciana, y él, ayudado por ella, dejó el sombrero encima de la mesa y se sentó con no poca dificultad, lanzando un profundo suspiro. Quedaron bien embarcados: parecían figuras de aquella escalinata improbable, monstruos recién incorporados al escenario.

—¿Les ofrezco algo, un café, un té, una bebida?

Él se limitó a rechazar el ofrecimiento con la cabeza. Ella dijo que no, muchas gracias, don, con una sonrisa meliflua. Entonces, con gran esfuerzo, poniéndose rojo, él hundió la mano temblorosa en un bolsillo y sacó, ¡imagínense ustedes, de nuevo!, la pistola Colt. Estaba bruñida: brillaba contra la luz intensa que venía del poniente y cuyo único destino parecía consistir, de pronto, en iluminarla, como si el sol crepuscular fuera un foco de teatro. Pensé, porque la verdad es que lo pensé, por absurdo que sea, que me iba a apuntar y me iba a disparar, y que a pesar del Parkinson, que por instantes se acentuaba, había altas posibilidades de que me acertara. Después, a lo mejor, la iba a dirigir contra sí mismo, y la mujer, la de nariz de plasticina, se iba a quedar boqueando como una rana, gruñendo, emitiendo estertores. Fue, digamos, una idea rápida que pasó por mi mente, producto del *stress*, del malestar, de las borras de la noche anterior. Si no hubiera sido por el portazo de mi hija, no habría sido tanto.

—Le he traído esto —dijo él.

Puse cara de pregunta. No era necesario repetir lo que ya le había dicho el otro día: que no me interesaba, que no coleccionaba, que no tenía el menor propósito de coleccionar objetos de esa especie.

—Es mejor que la tenga usted —agregó, con un cambio de tono muy curioso, con algo parecido a la suavidad, como si esas palabras fueran la comprobación de un fracaso personal, una confesión en artículo de muerte—: Así se queda en familia.

Pensé, en realidad, que sería irregular, anómalo, que saliera de la familia. Me dije que sería otra caída. Y estaba consciente, a la vez, de lo absurdo, de lo irracional de este pensamiento. Él, a todo esto, no dejaba de empuñar la Colt, con un dedo en el gatillo, y el temblor del Parkinson no daba ninguna garantía de que la pistola no se disparara. No me apuntaba al corazón, eso sí, pero el temblor de la mano podía desviar el tiro a cualquier parte. Me puse de pie, exasperado, y la pareja o, si ustedes quieren, el monstruo doble, me dirigió sus cuatro ojos amarillentos, pedigüeños. Me proponía estirar el brazo y expulsarlos de un solo grito, con riesgo cardíaco no menor, pero, en lugar de eso, dije, o dijo otra persona, una persona que tenía dones de ventrílocuo:

—¿Un millón?

—Dos millones —rectificó el otro, Joaquín hijo o el Azafrán, con absoluta tranquilidad, casi con humor, como si me estuviera tomando el pelo a propósito, y ella, con su pegote de nariz, hizo un gesto de confirmación con la cabeza.

—Pero el otro día... —protesté.

—El otro día es el otro día —replicó él, con lógica indudable, y ella, con el gesto perruno, asintió de nuevo.

—Es el doble —insistí, mientras me volvía a sentar. Y estaba encañonado. Era víctima de un robo a mano armada. ¿Qué otra cosa, por lo demás, se podía esperar? ¿No habíamos conocido a la persona que estaba al frente, debajo de la escalinata veneciana, en el Depósito de la calle de la Encomienda? Porque ya estaba absolutamente convencido de que era la misma: hasta me pareció que conservaba, a pesar de los años y de las décadas, un retintín de pronunciación a la madrileña. Y caí, además, en otra comprobación: en la del doble o nada, idea persistente, recurrente, tuya, propia de tu aventura, de tu apuesta. Un millón, ¡dos millones!

—Yo había calculado mal —gruñó el otro, haciendo una musaraña—. Son dos millones. ¡Otro regalo!

—De regalo en regalo...

Él pareció indicar, entonces, indicó de algún modo, que no estaba para bromas. Ella me miraba con ojos cristalizados, de batracio embalsamado. El tiro, calculé, podía salir en cualquier momento. Estaba, incluso, a punto de salir. Me levanté de nuevo de la silla, pensando que el balazo me podía llegar por la espalda, sin saber si estaba loco o si mi cálculo se justificaba, y le dije a la Ángela, en la cocina, en un susurro imperativo, que no los dejara entrar nunca más, y que avisara en la portería del edificio: él era un sujeto altamente peligroso, un fantasma que venía de visita con bala pasada. La Ángela, que en los últimos años se ha puesto cegatona, me miró a través de sus anteojos gruesos, con una mezcla, creo, de extrañeza y de burla. Porque no carece de un espíritu de sorna, pero sabe guardárselo muy adentro. Regresé al comedor y tiré mi chequera encima de los papeles desplegados, diciéndome que la sobremesa del otro día y la visita posterior a las calles de abajo, a las antesalas del infierno santiaguino, me habían salido caras. Si mi hija hubiera estado conmigo, otro gallo me habría cantado, pero quién le mandaba tener esa impaciencia, ese mal genio. El saldo de mi cuenta era bastante menor de dos millones, pero tenía derecho a sobregiro, y si me demoro un minuto más, pensé, puede doblar a cuatro. O doblo, o al Viaducto, exclamaba el Curriquiqui, y ¿quién era el único que conocía el paradero del Azafrán? Hice el cheque a la carrera, sofocado por la indignación, y bebí un sorbo del pisco de 42 grados. No cabía la menor duda de que el tipejo y la mujer quiltro o batracio venían dispuestos a todo. Él había heredado una buena dosis de desesperación y había multiplicado su herencia. Cuando vio que la firma ya estaba puesta, esbozó algo que podía parecer una sonrisa y estiró la mano. Le pasó el cheque, sin mirarlo siquiera, a su lazarillo, su cómplice, su pareja, y empezó a ponerse de pie. Ella recogió su sombrero con la mano izquierda y lo ayudó a él con la derecha. Trataba de que no se le notara, pero estaba contenta, con el sentimiento de la misión cumplida. En cuanto a él, a juzgar por su dificultad para levantarse, por sus temblores multiplicados, podía caerse muerto antes de salir, en el trayecto entre el comedor y la puerta principal. Me dieron la espalda sin despedirse, ahora que tenían los dos millones en el bolsillo, en el buche, por así decirlo, y emprendieron el camino hacia la puerta. La pistola, con su cañón de acero bruñido, había quedado en el centro de la mesa de encina clara. Le pedí a la Ángela que los acompañara hasta el ascensor del edificio, para estar seguro de que se habían ido. Después me asomé al balcón. El atardecer transcurría con indiferencia, como si nadie supiera del atraco que había sido perpetrado en el interior de mi casa, y, de hecho, nadie tenía por qué saber. Miguel Serrano, con vestimenta de tirolés, como correspondía a su condición de gran jerarca del nazismo criollo, sombrero con una plumilla, botas bajas de cuero oscuro, pantalón de franela verde, avanzaba a duras penas, con ayuda de un bastón grueso, nudoso, por la orilla del cerro Santa Lucía. Unos jóvenes punkies, con sus crines rojas y verdes, corrían por el centro de la calle en contra del semáforo, esquivando automóviles y motocicletas, como si la señal de partida de la subversión general se hubiera dado ya en alguna parte. Todos se arriesgan, pensé, todos viven en peligro, y yo, por no arriesgarme, por no atreverme, he tenido que desvalijar mi cuenta corriente.

La pareja salió del edificio y se encaminó hacia un taxi que los esperaba. No me había fijado antes en ese taxi, prueba irrecusable de que sabían que yo pagaría. Porque no estaban en situación de andar de taxi a la puerta, con el taxímetro en marcha. Pero él, el muy cabrón, sabía, y ella, el monstruo de los pantanos. Pensé que pagaría por no volver a verlos nunca, y que los dos millones, si sólo servían para eso, bien gastados estaban. Supuse que no regresarían, y que el nombre suyo figuraría pronto en la lista de defunciones de *El Mercurio,* en la tercera o la cuarta página del cuerpo nacional, pero tuve miedo de que aparecieran en mis sueños como seres de la pintura de Max Ernst, como animales de pesadilla: hombres con caras de iguanas o de lobos, con escamas de pescados encima de las chaquetas. En ese momento se abrió la puerta y entró mi hija. Divisó encima de la mesa el cañón bruñido de la pistola, que todavía brillaba en la luz de un crepúsculo que no terminaba nunca, y lanzó una exclamación.

—¡Y eso!

No era en absoluto fácil contar lo que había ocurrido, pero le dije, de todos modos, que era la pistola con que se había ultimado el tío Joaquín. Y su hijo mayor, le expliqué, a quien sólo había visto una vez en la vida, había llegado a vendérmela.

—Papaíto —murmuró ella, y me acarició la cabeza—. Siempre tan disparatado...

Sus estallidos de furia eran breves, por suerte, suplantados en forma rápida por la ternura (una de las palabras que la clase prohibía, ¿no es así, Joaquín?), y la compra de la pistola, por absurda que fuera, había servido para reconciliarnos. Ella pasó a visitar a su madre en el fondo de la casa. Yo palpé la madera pulida de la empuñadura y después apoyé el cañón en una mejilla, de lado, para sentir el contacto frío. No tenía, desde luego, la menor intención de suicidarme: soy la persona menos suicida de este mundo. Puse la canción de la amada Edith Piaf, la golondrina cantora, en mi aparato de música, y me dije que ya se acercaba la hora de beber un whisky suave. En homenaje a tu canción, que era bella y desgarradora, y para disipar las sombras. Pensaba, no sé por qué, en el lugar de Coquimbo que llaman Cementerio de los Ingleses: cruces rotas, oxidadas, lápidas del siglo XIX, naufragios a la cuadra de Papudo, de Tongoy, de Mejillones, nombres de marinos alemanes, irlandeses, escoceses, mezclados con uno que otro chileno. Detrás de las cruces había un enorme hacinamiento de tuberías, tanques, chimeneas paradas, tambores en desuso, alambrados de acero que ya no protegían nada. Me dirigí, a mi vez, al interior de la casa, sobre todo porque la luz de los cerros de la costa ya se apagaba. La pistola, ahora, era un bulto oscuro en el centro de la mesa de encina. El whisky que me preparé, no tan suave como había sido el propósito inicial, me produjo un rápido efecto de reblandecimiento, como si el *stress*, la tensión de aquella tarde, hubieran sido mayores de lo que yo mismo había creído. Hasta me puse, me dije, sentimental, porque me proponía darle un beso a mi hija para celebrar la reconciliación. ¡Cosas de las familias! La pareja

358

dispareja, a todo esto, el animal doble, debía de entrar a la casa y guardar el cheque con sumo cuidado, babeando de gusto, arrastrando las pantuflas por las tablas, por las astillas. Sólo se escucharía una carraspera, algún gruñido, un choque contra la esquina de un mueble amortiguado por la tela gastada. Nada más que eso. Familias, exclamaba André Gide, un escritor gabacho de la primera mitad del siglo pasado, de la época tuya, precisamente, y que ya poca gente recuerda: familias, ¡cómo os detesto!

Este libro se terminó de imprimir
en el mes de noviembre de 2004
en Encuadernación Aráoz SRL,
Avda. San Martín 1265,
(1407) Ramos Mejía, Buenos Aires,
República Argentina.